Alice Munro

SECRETS DE POLICHINELLE

NOUVELLES

Traduites de l'anglais (Canada)
par Céline Schwaller-Balaÿ

Éditions de l'Olivier

Une première édition de ce texte est parue aux éditions Rivages en 1995.

TEXTE INTÉGRAL

ÉDITEUR ORIGINAL
Alfred A. Knopf, New York, 1995

TITRE ORIGINAL
Open Secrets

ISBN 978-2-7578-3081-9

Ce livre est dédié à mes amies toujours fidèles : Daphne et Deirdre, Audray, Sally, Julie, Mildred, Ann, Ginger et Mary.

Emportés

LETTRES

Dans la salle de restaurant du *Commercial Hotel*, Louisa ouvrit la lettre qui était arrivée d'Europe le jour même. Elle mangeait un steak avec des pommes de terre, son repas habituel, et buvait un verre de vin. Il y avait dans la salle quelques voyageurs, ainsi que le dentiste qui dînait là tous les soirs parce qu'il était veuf. Il lui avait témoigné un certain intérêt au début, mais il lui avait dit n'avoir encore jamais vu de femme toucher au vin ou à l'alcool.

« C'est pour ma santé », avait répondu Louisa d'un ton solennel.

Les nappes blanches étaient changées chaque semaine, et entre-temps, elles étaient protégées par des sets de table en toile cirée. En hiver, la salle de restaurant sentait l'odeur de ces sets essuyés au torchon de cuisine, des vapeurs de charbon qui s'échappaient du fourneau, du jus de bœuf, des pommes de terre et des oignons séchés – une odeur pas désagréable pour qui arrivait du froid tenaillé par la faim. Sur chaque table se trouvait un petit huilier contenant une bouteille de sauce brune, une bouteille de sauce tomate, et le pot de raifort.

La lettre était adressée à « La bibliothécaire, Bibliothèque municipale de Carstairs, Carstairs, Ontario ». Elle datait de six semaines – du 4 janvier 1917.

Peut-être serez-vous surprise de recevoir une lettre d'une personne que vous ne connaissez pas et qui ne se souvient pas de votre nom. J'espère que vous êtes toujours la même bibliothécaire, bien qu'il se soit passé suffisamment de temps pour que vous soyez partie vous installer ailleurs.
Ce qui m'a valu de me retrouver ici, à l'hôpital, n'est pas trop grave. Je vois pire partout autour de moi et je me change les idées en évoquant des souvenirs et en me demandant par exemple si vous êtes toujours là-bas, à la bibliothèque. Si vous êtes la personne à laquelle je pense, vous êtes environ de taille moyenne, peut-être pas tout à fait, avec des cheveux châtain clair. Vous êtes arrivée quelques mois avant que je n'entre dans l'armée, remplaçant Miss Tamblyn qui occupait ce poste depuis le premier jour de mon inscription, à l'âge de neuf ou dix ans. De son temps, les livres étaient rangés un peu dans tous les sens, et c'est au péril de sa vie qu'on allait lui demander le moindre renseignement, car c'était un vrai dragon. Ensuite, vous êtes arrivée, et là, quel changement ! Vous avez tout classé par sections : œuvres de fiction et ouvrages généraux, livres d'histoire et récits de voyages, vous avez réordonné les magazines, que vous mettiez en rayon dès leur arrivée, au lieu de les laisser moisir jusqu'à ce que leur contenu entier soit périmé. J'en éprouvais de la gratitude mais ne savais comment l'exprimer. Je me demandais également ce qui vous avait amenée là-bas, vous qui aviez de l'éducation.

Je m'appelle Jack Agnew, et ma carte se trouve dans le tiroir. Le dernier livre que j'ai emprunté était très bon – H. G. Wells, Mankind in the Making. *Mon éducation s'arrête à la seconde ; ensuite, je suis rentré chez Doud, comme beaucoup. Ne m'étant pas engagé dans l'armée tout de suite après mes dix-huit ans, je ne saurais passer pour un homme courageux à vos yeux. J'ai toujours eu tendance à avoir mes propres idées. Le seul parent que j'aie à Carstairs, ou ailleurs, est mon père, Patrick Agnew. Il travaille pour Doud, pas à son usine, mais à son domicile, où il s'occupe du jardinage. C'est un loup solitaire encore plus que moi, et il s'en va pêcher à la campagne dès qu'il en a l'occasion. Je lui écris une lettre de temps en temps mais je doute qu'il la lise.*

Après dîner, Louisa se rendit au salon du deuxième étage, réservé aux dames, et elle s'assit au bureau pour rédiger sa réponse.

Je suis très heureuse d'apprendre que vous avez apprécié ce que j'ai fait à la bibliothèque, même s'il s'agissait juste d'un aménagement normal, sans plus.
Je suis certaine que vous aimeriez recevoir des nouvelles du pays, mais je suis bien mal qualifiée pour cette tâche, étant ici une étrangère. Je discute pourtant avec les gens à la bibliothèque et à l'hôtel. Les voyageurs de commerce qui séjournent à l'hôtel parlent le plus souvent de leurs affaires (elles marchent bien pour peu qu'on arrive à se procurer les matières premières), un peu de maladie, et beaucoup de la guerre. Il y a des rumeurs à propos

d'autres rumeurs et des opinions à gogo qui, j'en suis sûre, vous feraient rire, à moins qu'elles ne vous mettent en colère. Je ne prendrai pas la peine de les exposer ici, car je suis certaine qu'il y a un censeur chargé de lire ceci et que ce dernier découperait ma lettre en rubans.
Vous me demandez comment je suis arrivée ici. L'histoire n'a rien d'intéressant. Mes parents sont morts tous les deux. Mon père travaillait chez Eaton, *à Toronto, au rayon Meubles, et après sa mort, ma mère est entrée au rayon Linge de maison. J'y ai également travaillé, au rayon Livres, pendant un moment. Peut-être pourrait-on dire que* Eaton *était notre Doud. J'ai suivi mes études à Jarvis. J'ai souffert d'une maladie qui m'a valu un long séjour à l'hôpital, mais je suis tout à fait remise à présent. J'ai eu beaucoup de temps pour lire, et mes auteurs favoris sont Thomas Hardy – qu'on taxe de pessimisme, mais que je trouve très réaliste – et Willa Cather. J'étais simplement de passage dans cette ville quand j'ai appris la mort de la bibliothécaire, et je me suis dit que c'était peut-être le travail qu'il me fallait.*

Heureusement que votre lettre m'est parvenue ce matin car je m'apprête à sortir de l'hôpital et je ne sais pas si on me l'aurait réexpédiée là où je vais. Je suis content que vous n'ayez pas trouvé ma lettre trop idiote.
Si vous tombez sur mon père ou sur qui que ce soit d'autre, vous n'avez pas besoin de dire que nous nous écrivons. Cela ne regarde personne, et je sais que beaucoup de gens riraient de me savoir écrire à la bibliothécaire, comme ils riaient rien que de me

voir aller à la bibliothèque, alors, pourquoi leur donner une telle satisfaction ?
Je suis heureux de sortir d'ici. J'ai tellement plus de chance que certains qui ne remarcheront pas ou ne recouvreront jamais la vue et qui devront se tenir à l'écart du monde.
Vous m'avez demandé où j'habitais à Carstairs ? Eh bien, ce n'est pas un endroit dont on peut être fier. Si vous voyez où se trouve Vinegar Hill, et que vous tournez dans Flowers Road, c'est la dernière maison à droite, peinte avec ce qui fut jadis de la peinture jaune. Mon père cultive, ou cultivait, des pommes de terre. Autrefois, je les portais en ville avec ma carriole, et pour chaque sac vendu, je gagnais une pièce de cinq cents.
Vous faites allusion à vos auteurs préférés. Fut un temps, j'adorais Zane Grey, mais j'ai délaissé les romans pour les ouvrages historiques ou les récits de voyages. Je sais que je lis parfois des livres à tort et à travers, mais j'en tire tout de même quelque chose. Du H. G. Wells dont je vous ai parlé, par exemple, et des ouvrages de Robert Ingersoll, qui écrit sur la religion. Ils m'ont donné beaucoup à réfléchir. Si vous êtes très pieuse, j'espère ne pas vous avoir offensée.
Un jour où je suis allé à la bibliothèque, un samedi après-midi, vous veniez de déverrouiller la porte et vous étiez en train d'allumer les lampes car il faisait sombre et il pleuvait dehors. Vous vous étiez fait surprendre par l'orage sans chapeau ni parapluie, et vous aviez les cheveux mouillés. Vous en avez retiré les épingles pour les lâcher. Est-ce trop personnel de vous demander si vous les portez toujours longs ou si vous les avez coupés ? Vous êtes allée

*vous mettre près du radiateur, vous avez secoué vos cheveux au-dessus, et l'eau a grésillé comme de la graisse dans une poêle. J'étais assis en train de lire un article dans l'*Illustrated London News *à propos de la guerre. Nous avons échangé un sourire. (Je ne voulais pas dire que vos cheveux étaient gras en écrivant cela !)*

Je n'ai pas coupé mes cheveux, bien que j'y songe souvent. J'ignore si c'est la vanité ou la paresse qui me retient.
Je ne suis pas très pieuse.
Je suis allée au sommet de Vinegar Hill et j'ai trouvé votre maison. Les pommes de terre semblent bien se porter. Un berger allemand m'a cherché querelle, est-ce le vôtre ?
Il commence à faire assez chaud. Nous avons été inondés par la rivière, ce qui, d'après ce que j'ai compris, est un événement printanier annuel. L'eau s'est infiltrée dans le sous-sol de l'hôtel et a réussi à contaminer notre réserve d'eau potable, si bien que l'on nous a distribué de la bière et du ginger ale gratuitement. Mais seulement à ceux qui logeaient ou séjournaient ici. Comme vous pouvez l'imaginer, cela a donné lieu à pas mal de plaisanteries.
Je devrais vous demander si je peux vous envoyer quelque chose.

Je n'ai besoin de rien en particulier. Je reçois le tabac et les autres petites choses que les femmes de Carstairs confectionnent pour nous. J'aimerais lire quelques livres des auteurs que vous avez cités mais je doute d'en avoir la possibilité ici.
L'autre jour, un homme est mort d'une crise car-

diaque. C'était la nouvelle du siècle. Avez-vous entendu parler de l'homme qui est mort d'une crise cardiaque ? On n'entendait que ça ici, jour et nuit. Et tout le monde éclatait de rire, ce qui paraît peu charitable, mais l'incident semblait si étrange ! Et comme il ne s'agissait même pas d'un moment critique, on ne pouvait pas se dire qu'il avait pu avoir peur. (En fait, il était en train d'écrire une lettre à ce moment-là, alors je ferais mieux de me méfier.) Avant lui et après lui, d'autres sont morts, tués par une balle ou une bombe, mais c'était lui la vedette, parce qu'il est mort d'une crise cardiaque. Tout le monde dit que ça fait une bien longue route et bien des dépenses infligées à l'armée pour en arriver là !

L'été a été si sec que l'arroseuse est passée dans les rues tous les jours, pour essayer de faire retomber la poussière. Les enfants la suivaient en dansant. Il y a également eu une nouveauté en ville – une charrette munie d'une clochette qui circulait en vendant des glaces, et les enfants se montraient également très empressés à son approche. C'est l'homme qui a eu un accident à l'usine qui la poussait – vous voyez de qui je veux parler, bien que son nom m'échappe. Il a perdu un avant-bras. Ma chambre d'hôtel étant située au troisième étage, on se serait cru dans un four, et je sortais souvent me promener jusqu'à minuit passé. Je croisais beaucoup d'autres gens, parfois en pyjama. C'était comme dans un rêve. Il restait encore un peu d'eau dans la rivière, assez pour aller se promener en barque, et c'est ce qu'a fait le pasteur méthodiste un dimanche d'août. Il a prié pour qu'il pleuve, au cours d'un office public. Mais il y avait une petite fuite dans le bateau : l'eau

s'est infiltrée, lui a mouillé les pieds, et finalement, le bateau a coulé, laissant le pasteur planté dans de l'eau qui ne lui arrivait pas à la taille. Était-ce un accident ou l'œuvre d'un plaisantin ? Il se disait partout que ses prières avaient été exaucées, mais du mauvais côté.
Je passe souvent devant chez Doud pendant mes promenades. Votre père entretient magnifiquement les pelouses et les haies. J'aime la maison, si originale avec son allure aérienne. Mais peut-être ne faisait-il pas très frais, là non plus, car j'entendais les voix de la mère et de sa petite fille tard dans la nuit, comme si elles s'étaient trouvées sur la pelouse.

Même si je vous ai dit n'avoir besoin de rien, il y a pourtant quelque chose qui me ferait plaisir. C'est une photographie de vous. J'espère que vous ne trouverez pas que je dépasse les bornes en vous la demandant. Peut-être êtes-vous fiancée ou avez-vous un petit ami ici, à qui vous écrivez comme à moi. Vous valez mieux que la moyenne, et je ne serais pas surpris d'apprendre qu'un officier vous ait retenue. Mais maintenant que je vous l'ai demandée, je ne peux pas faire marche arrière, et je vous laisse libre de penser ce que vous voudrez de moi.

Louisa était âgée de vingt-cinq ans et avait été amoureuse une fois, d'un médecin qu'elle avait connu au sanatorium. Son amour, finalement partagé, avait coûté sa place au médecin. Elle conservait de sérieux doutes quant à savoir si on lui avait demandé de quitter le sanatorium ou s'il était parti de son propre gré, las de cette liaison. Il était marié, il avait des enfants. Les lettres avaient joué un rôle, cette fois-là aussi. Après son départ, ils avaient continué de correspondre. Et une ou deux fois après qu'elle fut sortie du sanatorium. Ensuite, elle lui avait demandé de ne plus lui écrire, et il ne lui avait plus écrit. Mais l'absence de ses lettres l'avait poussée hors de Toronto et décidée à se lancer dans la représentation commerciale. Elle ne serait alors déçue que lorsqu'elle rentrerait le vendredi ou le samedi soir. Sa dernière lettre avait été ferme, stoïque, et l'intime conviction d'être une héroïne de tragédie amoureuse accompagnait Louisa à travers le pays, tandis qu'elle traînait ses valises d'échantillons dans les escaliers de petits hôtels, parlait de la mode parisienne, affirmait que ses modèles de chapeaux étaient ravissants et buvait son verre de vin en solitaire. Si elle avait eu quelqu'un avec qui discuter, pourtant, cette seule idée aurait suffi à la faire rire. Elle aurait dit que l'amour n'était que tromperies, qu'une supercherie, et elle le croyait. Mais à la perspective d'un amour nouveau, elle sentait encore un silence l'envahir, un tressaillement parcourir ses nerfs, un fléchissement de sa raison, une prostration flagrante.

Elle se fit prendre en photo. Elle savait comment elle voulait que fût ce portrait. Elle aurait aimé porter un corsage blanc tout simple, une blouse de paysanne avec un lacet ouvert au col. Elle ne possédait pas de chemisier correspondant à cette description, et en fait, elle n'en avait jamais vu ailleurs que sur des images. Et elle aurait aimé lâcher ses cheveux. Ou, si elle devait les porter relevés, elle aurait souhaité les remonter en chignon très souple et les maintenir par des chapelets de perles.

Au lieu de cela, elle mit sa chemise de soie bleue et attacha ses cheveux comme à l'ordinaire. Elle trouva que la photo lui donnait le teint plutôt pâle et le regard vide. Son expression était plus sévère et plus sinistre qu'elle ne l'avait désirée. Elle l'envoya quand même.

Je ne suis pas fiancée et je n'ai pas de petit ami. J'ai été amoureuse une fois, et nous avons dû rompre. J'en ai été bouleversée à l'époque, mais je savais qu'il me fallait tenir bon, et à présent, je crois que cela valait mieux ainsi.

Elle s'était creusé la tête, bien sûr, pour se souvenir de lui. Elle ne se rappelait pas avoir secoué ses cheveux, comme il disait l'avoir vue faire, ni souri à un jeune homme quelconque quand les gouttes d'eau tombaient sur le radiateur. Il pouvait très bien avoir rêvé tout cela, et peut-être était-ce le cas.

Elle s'était mise à suivre la guerre de plus près qu'elle ne l'avait suivie jusque-là. Elle n'essayait plus de l'ignorer. Elle marchait dans la rue avec la sensation d'avoir dans la tête les mêmes informations troublantes et excitantes que tout le monde. Saint-Quentin, Arras, Montdidier, Amiens, et puis cette bataille sur les bords de la Somme ; est-ce qu'il n'y en avait pas déjà eu une, là ? Elle étalait sur son bureau les cartes de la guerre qui faisaient les doubles pages des magazines. Elle voyait tracée en lignes de couleurs l'offensive allemande sur la Marne, la première riposte des Américains à Château-Thierry. Elle regardait les illustrations sépia de l'artiste qui représentaient un cheval cabré pendant une attaque aérienne, des soldats en Afrique de l'Est buvant à même des noix de coco, et un rang de prisonniers allemands avec la tête ou les membres bandés, une expression triste et maussade sur le visage. À présent, elle ressentait ce que tout le monde ressentait – une peur et une inquiétude constantes, mêlées à cette excitation enivrante. On pouvait lever les yeux de sa vie du moment et sentir le monde crépiter au-delà des murs.

Je suis heureux d'apprendre que vous n'avez pas de petit ami, même si je sais que ceci est égoïste de ma part. Je ne pense pas que nous nous reverrons un jour. Je ne dis pas cela parce que j'ai rêvé de ce qui allait se passer ni parce que je suis un pessimiste redoutant toujours le pire. Simplement, cette issue me semble être la plus probable, bien que je préfère ne pas trop y penser et fasse chaque jour mon possible pour rester en vie. Je n'essaie pas de vous inquiéter ni de m'attirer votre compassion, mais simplement d'expliquer comment la certitude de ne jamais revoir Carstairs me pousse à croire que je peux dire tout ce que je veux. Je pense que c'est comme lorsqu'on a la fièvre. Alors, je vais dire que je vous aime. Je vous imagine perchée sur un tabouret de la bibliothèque pour ranger un livre : je m'approche de vous, je mets les mains sur votre taille pour vous déposer sur le sol, et vous vous retournez, dans mes bras comme si nous avions convenu de tout.

Tous les mardis après-midi, les femmes et les filles de la Croix-Rouge se réunissaient dans la salle du conseil qui se trouvait un peu plus loin dans le hall, après la bibliothèque. Quand celle-ci resta vide un moment, Louisa traversa le hall et pénétra dans la salle remplie de femmes. Elle avait décidé de tricoter une écharpe. Au sanatorium, elle avait appris les mailles de base, mais elle n'avait jamais appris, ou avait oublié, comment les monter ou les fermer.

Les plus âgées des femmes étaient toutes occupées à faire des paquets ou à plier des bandages qu'elles découpaient dans des draps de gros coton étalés sur les tables. Mais beaucoup de filles, assises près de la porte, mangeaient des petits pains et buvaient du thé. L'une d'elles tenait sur les bras un écheveau de laine qu'une autre enroulait en pelotons.

Louisa leur demanda ce qu'elle avait besoin de savoir.

« Eh bien, qu'est-ce que vous voulez tricoter ? » dit l'une des filles, la bouche encore pleine de petit pain.

« Un cache-nez, répondit Louisa. Pour un soldat.

– Oh, il va vous falloir de la laine réglementaire », dit une autre, plus poliment, en sautant de la table. Elle revint avec des pelotes de laine brune, et pêcha dans son sac une paire d'aiguilles inutilisée, annonçant à Louisa qu'elle pouvait la garder.

« Je vais juste vous faire le début, dit-elle. La largeur aussi est réglementaire. »

D'autres filles s'approchèrent et elles se mirent à taquiner la première, laquelle répondait au nom de Corrie. Elles lui disaient qu'elle faisait tout de travers.

« Ah, oui ? Vraiment ? répondit Corrie. Qu'est-ce que vous diriez d'une aiguille à tricoter dans l'œil ? Est-ce pour un ami ? demanda-t-elle à Louisa avec sollicitude. Un ami qui se bat en Europe ?

– Oui », dit Louisa. Bien sûr, elles la croyaient vieille fille, et elles se moquaient d'elle ou la plaignaient, selon l'attitude qu'elles adoptaient, gentillesse ou effronterie.

« Tricotez bien serré, dit celle qui venait de finir son petit pain. Tricotez bien serré pour qu'il ait chaud ! »

L'une des filles de ce groupe s'appelait Grace Horne. C'était une fille timide mais d'allure déterminée, âgée de dix-neuf ans, avec un visage large, des lèvres minces souvent serrées, des cheveux bruns coiffés avec une frange droite, et un corps joliment formé. Elle s'était fiancée à Jack Agnew avant son départ pour le front, mais ils avaient convenu de n'en rien dire.

GRIPPE ESPAGNOLE

Louisa avait sympathisé avec quelques-uns des voyageurs de commerce séjournant régulièrement à l'hôtel. Parmi eux se trouvait Jim Frarey, qui vendait des machines à écrire, des fournitures de bureau, des livres, et toutes sortes d'articles de papeterie. C'était un homme blond d'une quarantaine d'années, aux épaules légèrement voûtées mais solidement charpenté. À le voir, on aurait pu croire qu'il vendait quelque chose de plus lourd et de plus important dans le monde masculin, telles des machines agricoles.

Jim Frarey continua de démarcher durant toute l'épidémie de grippe espagnole, bien qu'il fût alors impossible de savoir si les magasins seraient ouverts ou non. Occasionnellement, les hôtels eux aussi étaient fermés, comme les écoles et les cinémas, et même – Jim Frarey trouvait cela scandaleux – les églises.

« Ils devraient avoir honte, les lâches, dit-il à Louisa. À quoi ça rime de traîner chez soi à attendre d'être frappé par la maladie ? Vous, par exemple, vous n'avez jamais fermé la bibliothèque, n'est-ce pas ? »

Louisa répondit qu'elle l'avait fermée seulement quand elle-même avait été souffrante. Un cas sans gravité, qui avait duré à peine une semaine, mais bien sûr, elle avait dû aller à l'hôpital. On lui avait interdit de rester à l'hôtel.

« Les lâches, répéta-t-il. Si on doit tomber malade, on tombe malade. Vous ne croyez pas ? »

Ils discutèrent du surpeuplement des hôpitaux, des morts parmi les médecins et les infirmières, du triste et incessant spectacle des funérailles. Jim Frarey habitait dans la même rue qu'une entreprise de pompes funèbres, à Toronto. Il expliqua qu'ils sortaient encore les chevaux et le fiacre noirs, tout le tralala, pour l'enterrement des personnalités justifiant de telles tracasseries.

« Jour et nuit, ils travaillaient, dit-il. Jour et nuit. » Il leva son verre et déclara : « À la santé, donc ! Vous-même avez l'air en forme. »

Il pensait qu'en fait, Louisa avait meilleure mine qu'avant. Peut-être avait-elle commencé à se mettre du fard. Elle avait une peau légèrement olivâtre, et ses joues lui avaient jusque-là paru sans couleur. Elle s'habillait également avec plus de classe, et s'appliquait à se montrer plus amicale. Elle révélait auparavant un caractère très en dents de scie, qui variait avec son humeur. À présent, elle buvait aussi du whisky, refusant toutefois d'y goûter avant de l'avoir noyé dans de l'eau. Avant, elle ne prenait qu'un verre de vin. Il se demandait si ce changement était dû à un petit ami. Mais un petit ami aurait ravivé son allure sans pour autant éveiller son intérêt pour le premier venu, ce qui, il en avait la quasi-certitude, s'était réellement passé. Ce changement s'expliquait plus certainement par le peu de temps qui lui restait pour trouver un mari, et la diminution si cruelle du nombre d'hommes à épouser en raison de la guerre. De telles circonstances pouvaient pousser une femme à réagir. Par ailleurs, elle était plus intelligente, de meilleure compagnie et plus jolie que la plupart des femmes déjà mariées. Qu'est-ce qui clochait chez les femmes comme elle ? Parfois, il suffisait de malchance. Ou d'un mauvais jugement à un moment décisif. D'un excès de vivacité et d'assurance, autrefois, qui avait mis les hommes mal à l'aise ?

« De toute façon, on ne peut pas arrêter le cours de la vie, dit-il. Vous avez bien fait de laisser la bibliothèque ouverte. »

C'était le début de l'hiver 1919, époque où de nouveaux cas de grippe s'étaient déclarés alors qu'on croyait tout danger écarté. Louisa et Jim semblaient entièrement seuls dans l'hôtel. Il n'était que neuf heures environ, mais le patron était allé se coucher. Sa femme se trouvait à l'hôpital, victime de la grippe. Jim avait sorti la bouteille de whisky du bar, fermé par crainte de contagion, et ils étaient assis à une table près de la fenêtre, dans la salle de restaurant. Un brouillard hivernal s'était formé au-dehors et pesait sur la vitre. On apercevait à peine les lampadaires et les quelques voitures qui avançaient précautionneusement sur le pont.

« Oh, ce n'était pas une question de principe, dit Louisa, si j'ai laissé la bibliothèque ouverte. C'était pour une raison plus personnelle que vous ne le pensez. »

Puis elle rit et lui promit une histoire singulière.

« Oh, le whisky a dû me délier la langue, dit-elle.

– Je ne suis pas cancanier », répondit Jim Frarey.

Elle lui adressa un regard dur et moqueur, disant que ceux qui affirmaient ne pas être cancaniers l'étaient presque invariablement. Même chose pour ceux qui promettaient de n'en souffler mot à personne.

« Vous pouvez raconter ceci où et quand bon vous

semblera à condition que vous ne mentionniez pas les véritables noms et que vous n'en parliez pas par ici, dit-elle. Pour ça, j'espère pouvoir vous faire confiance. Même si pour le moment, j'ai l'impression que cela m'est égal. Ce sera probablement différent quand l'effet de l'alcool se sera dissipé. C'est une leçon, cette histoire. Une leçon sur la façon dont les femmes peuvent se rendre ridicules. Vous allez me dire : ce n'est pas nouveau, on peut le constater tous les jours ! »

Elle se mit à lui parler d'un soldat qui avait commencé à lui envoyer des lettres depuis le front. Ce soldat se souvenait d'elle, étant un ancien usager de la bibliothèque. Mais elle-même ne se souvenait pas de lui. Pourtant, elle avait répondu amicalement à sa première lettre, et une correspondance s'était établie entre eux. Il lui expliqua l'endroit où il habitait en ville, et elle passa devant chez lui pour lui dire comment se portait sa maison. Il lui dit quels livres il avait lus et elle lui donna le même genre d'informations. Bref, ils révélèrent tous deux une partie d'eux-mêmes, et des sentiments naquirent des deux côtés. De son côté à lui, d'abord, à en croire ses déclarations. Elle n'était pas du genre à foncer tête baissée. Au début, elle pensait seulement se montrer gentille. Et par la suite, elle ne voulut pas le repousser ni l'embarrasser. Il lui demanda une photo d'elle. Elle en fit faire une qui ne lui plaisait pas mais qu'elle envoya tout de même. Il s'enquit ensuite de savoir si elle avait un petit ami et elle lui répondit en toute sincérité qu'elle n'en avait pas. Il ne lui envoya pas de photo de lui et elle ne lui en demanda pas, bien qu'elle fût évidemment curieuse de savoir à quoi il ressemblait. Cela ne lui aurait pas été facile de se faire prendre en photo en plein milieu d'une guerre. De plus, elle ne voulait pas passer pour une de ces femmes qui cessent d'être aimables quand la beauté n'est pas à la hauteur de leurs espérances.

Il écrivit qu'il ne s'attendait pas à rentrer chez lui. Il avait moins peur de mourir, disait-il, que de finir comme certains des hommes qu'il avait vus à l'hôpital, blessés. Il ne donnait pas de détails, mais elle pensait qu'il faisait allusion aux cas dont eux-mêmes avaient tout récemment appris l'existence – les hommes réduits à l'état de moignons, les aveugles, ceux que leurs brûlures rendaient monstrueux. Il ne se lamentait pas sur son sort, elle ne sous-entendait rien de tel. Simplement, il s'attendait à mourir, il avait choisi la mort entre différentes options, et il pensait à elle, lui écrivait comme les hommes écrivent à une petite amie dans une situation semblable.

Quand la guerre prit fin, elle n'avait pas eu de ses nouvelles depuis un moment. Elle espérait chaque jour recevoir une lettre, mais rien n'arrivait. Rien n'arrivait. Elle craignait qu'il ne comptât au nombre des soldats les plus infortunés de toute la guerre – des soldats tués la dernière semaine, le dernier jour, ou même la dernière heure. Chaque semaine, elle épluchait les journaux, où l'on trouvait encore des noms de nouvelles victimes après le jour de l'an, mais le sien ne figurait pas parmi eux. À cette époque, les journaux commençaient également à publier la liste de ceux qui rentraient au pays, insérant souvent une photo à côté des noms, ainsi qu'un petit encart notifiant les réjouissances. Quand les soldats se mirent à rentrer en masse, il y eut moins de place pour ces ajouts. Et là, elle vit son nom, un nom parmi d'autres sur la liste. Il n'avait pas été tué, il n'avait pas été blessé – il rentrait chez lui, à Carstairs, il s'y trouvait peut-être déjà.

C'est alors qu'elle décida de ne pas fermer la bibliothèque, malgré la grippe qui faisait rage. Chaque jour, elle était sûre qu'il allait venir, chaque jour, elle se préparait à le voir. Les dimanches étaient une torture. Lorsqu'elle pénétrait dans la mairie, elle avait toujours le sentiment qu'il pouvait se trouver devant elle, adossé à un mur pour attendre sa venue. Parfois, ce sentiment était si fort qu'elle en arrivait à prendre une ombre pour une silhouette masculine. Elle comprenait désormais pourquoi certaines personnes croyaient avoir vu des fantômes. Chaque fois que la porte s'ouvrait, elle s'attendait à poser les yeux sur son visage. Quelques fois, elle se promettait de ne pas lever la tête avant d'avoir compté jusqu'à dix. Peu de gens entraient, à cause de la grippe. Elle entreprit de réorganiser certaines choses, sans quoi elle serait devenue folle. Elle bouclait toujours cinq ou dix minutes après l'heure de fermeture. Ensuite, elle s'imaginait qu'il était peut-être de l'autre côté de la rue, sur le perron de la poste, en train de la regarder, trop timide pour se manifester. Bien sûr, craignant qu'il ne fût malade, elle cherchait toujours à glaner dans les conversations des nouvelles des derniers cas recensés. Personne ne prononça son nom.

C'est à cette époque qu'elle cessa complètement de lire. Les couvertures des livres lui semblaient pareilles à des cercueils, minables ou bien outrageusement ornées, et ce qu'elles renfermaient aurait tout aussi bien pu être de la poussière.

On devait lui pardonner, n'est-ce pas, on devait lui pardonner d'avoir cru, après de telles lettres, que la seule chose impensable serait qu'il ne l'aborderait pas, qu'il n'entrerait jamais en contact avec elle ? Qu'il ne franchirait jamais le seuil de sa porte, après de tels aveux ? Des cortèges funèbres passaient sous sa fenêtre, mais elle ne leur accordait pas une pensée, du moment qu'il ne s'agissait pas du sien. Même lorsqu'elle était souffrante, à l'hôpital, elle ne pensait qu'à retourner à la bibliothèque, à sortir de son lit, pour qu'il ne se heurtât pas à une porte close. Chancelante, elle se leva et retourna travailler. Par un après-midi chaud, alors qu'elle installait de nouveaux journaux sur les présentoirs, son nom lui sauta au visage comme les objets dans ses rêves fiévreux.

Elle lut un court avis à propos de son mariage avec une certaine Grace Horne. Pas une fille qu'elle connaissait. Pas une habituée de la bibliothèque.

La mariée portait une robe en crêpe de soie couleur fauve ornée d'un passepoil marron et crème, un chapeau de paille beige avec des rubans de velours marron.

Il n'y avait pas de photo. Passepoil marron et crème. Telle était la fin, la fin logique, de son histoire d'amour.

Mais sur son bureau à la bibliothèque, il y avait de cela quelques semaines, un samedi soir après le départ des lecteurs, alors qu'elle venait de verrouiller la porte et qu'elle éteignait les lumières, elle avait découvert un bout de papier. Avec quelques mots. *J'étais fiancé avant de partir au front.* Pas de nom. Et il y avait sa photographie, en partie glissée sous le buvard.

Il était entré dans la bibliothèque ce même soir. Cette fin de journée avait été chargée, elle avait souvent dû quitter son bureau pour aller chercher un ouvrage, remettre les journaux d'aplomb ou ranger des livres dans les rayons. Il s'était trouvé dans la même pièce qu'elle, l'avait regardée, avait couru ce risque. Mais il ne s'était pas manifesté.

J'étais fiancé avant de partir au front.

« Pensez-vous que tout ceci n'était qu'une blague à mes dépens ? demanda Louisa. Pensez-vous qu'un homme puisse être aussi diabolique ?

– D'après mon expérience, de telles plaisanteries sont bien plus souvent le fait des femmes. Non, non. Ne croyez pas cela. Il est beaucoup plus probable qu'il ait été sincère. Il s'est laissé un peu emporter. C'est seulement l'impression qu'on a au premier abord. Il était fiancé avant de partir au front, il ne s'attendait pas à revenir entier, mais il est bel et bien revenu. Et à ce moment-là, sa fiancée l'attendait – que pouvait-il faire d'autre ?

– Oui, quoi d'autre ! renchérit Louisa.

– Il a présumé de ses possibilités.

– Ah, c'est bien vrai, c'est bien vrai ! Et pour ma part, de quoi s'agissait-il sinon de vanité, ce qui méritait une bonne leçon ! » Elle avait l'œil vitreux et la mine espiègle. « Vous ne pensez pas qu'après m'avoir bien regardée, il a trouvé l'original encore pire que cette photo minable, et qu'il a reculé ?

– Pas du tout ! s'écria Jim Frarey. Et veuillez ne pas vous rabaisser ainsi !

– Je ne veux pas que vous me croyiez stupide, dit-elle. Je ne suis pas aussi bête et inexpérimentée que cette histoire le suggère.

– Je ne vous trouve pas stupide du tout.

– Mais peut-être pensez-vous que je suis inexpérimentée ? »

Et voilà, pensa-t-il – c'est comme d'habitude. Après avoir raconté une histoire sur elles, les femmes ne peuvent s'empêcher d'en raconter une autre. La boisson les affecte de façon radicale, la prudence passe à la trappe.

Elle lui avait une fois confié qu'elle s'était fait soigner dans un sanatorium. À présent, elle lui racontait qu'elle y avait été amoureuse d'un médecin. Le sanatorium jouissait d'un site magnifique sur les hauteurs d'Hamilton Mountain, et ils se retrouvaient là, le long des allées bordées de haies. Des dalles de calcaire formaient un escalier, et dans les endroits abrités poussaient des plantes que l'on ne voyait pas communément en Ontario – azalées, rhododendrons, magnolias. Le médecin s'y connaissait un peu en botanique, et il lui apprit que ces plantes appartenaient à la végétation de la Caroline. Très différente de celle d'ici, plus luxuriante, et il y avait aussi de petits endroits boisés, des arbres magnifiques, des chemins sous ces arbres. Des tulipiers.

« Des tulipiers ! s'écria Jim Frarey. Des arbres à tulipes !

– Non, non, c'est la forme de leurs fleurs ! »

Elle rit d'un rire de défi, puis se mordit la lèvre. Il jugea bon de continuer le dialogue en s'exclamant : « Des tulipes sur des arbres ! » tandis qu'elle expliquait : « Non, ce sont les fleurs qui ont la forme des tulipes, non, je n'ai jamais dit cela, arrêtez ! » Ainsi, ils glissèrent dans un état de prudente évaluation – un état que lui connaissait bien et dont il pouvait seulement espérer qu'elle le connût aussi – où se mêlaient de petites surprises agréables, des signes à demi sardoniques, un jaillissement d'espoirs audacieux, et une sorte de gentillesse inéluctable.

« À la nôtre ! dit Jim Frarey. Cela ne vous était jamais arrivé, n'est-ce pas ? Peut-être que cela n'arrivera plus jamais. »

Elle le laissa lui prendre les mains, la soulever à moitié de sa chaise. Il éteignit les lampes de la salle de restaurant en sortant. Ils montèrent l'escalier, qu'ils avaient si souvent monté séparément. Passèrent devant les tableaux du chien couché sur la tombe de son maître, de Marie reine d'Écosse en train de chanter dans les prés, du vieux roi aux yeux globuleux à l'expression d'indulgence et de satiété.

« *La nuit est de brouillard voilée, et j'ai le cœur tout apeuré* », tantôt chantait tantôt fredonnait Jim Frarey en montant. Il gardait une main assurée sur le dos de Louisa. « Tout va bien, tout va bien », dit-il en la guidant dans la courbe de l'escalier. Et lorsqu'ils gravirent l'étroite volée de marches qui menait au troisième étage, il déclara : « Je n'ai jamais été si près du paradis dans cet hôtel ! »

Mais plus tard dans la nuit, Jim Frarey poussa un grognement final et se redressa pour faire à Louisa une réprimande ensommeillée.

« Louisa, Louisa, pourquoi ne m'avez-vous pas dit quelle était la situation ?

– Je vous ai tout dit, répondit Louisa d'une faible voix traînante.

– Je me suis trompé, alors. Je n'avais pas l'intention que ceci change quoi que ce soit pour vous. »

Elle lui répondit que cela n'avait rien changé. Maintenant qu'il ne la clouait plus sur le lit et ne la retenait plus, elle se sentait tourbillonner irrésistiblement, comme si le matelas s'était changé en une toupie d'enfant qui l'emportait. Elle tenta d'expliquer que les traces de sang sur le drap étaient dues à ses règles, mais ses mots sortaient avec une voluptueuse nonchalance et ne parvenaient pas à former des phrases.

ACCIDENTS

Quand Arthur rentra de l'usine un peu avant midi, il cria : « Ne venez pas tant que je ne me serai pas lavé !

Il y a eu un accident à l'atelier ! » Personne ne répondit. Mrs. Feare, la gouvernante, parlait si fort dans le téléphone de la cuisine qu'elle ne l'entendit pas, et sa fille se trouvait évidemment à l'école. Il se lava, fourra tous les vêtements qu'il portait dans la corbeille à linge, et récura la salle de bains comme un meurtrier. Propre, les cheveux plaqués et lissés, il partit au domicile de la victime. Arthur avait dû demander où se trouvait sa maison. Il la croyait au sommet de Vinegar Hill, mais on lui répondit que non, celle-ci appartenait à son père – le jeune homme et sa femme vivaient à l'autre bout de la ville, de l'autre côté de l'entrepôt de pommes qui était là avant la guerre.

Il trouva les deux cottages en brique côte à côte, et se dirigea vers celui de gauche, ainsi qu'on le lui avait indiqué. Il n'aurait eu aucun mal à repérer le bon, de toute façon. La nouvelle l'avait précédé. Le portail donnant sur la maison était ouvert, et des enfants trop jeunes pour aller à l'école flânaient dans le jardin. Une petite fille assise sur une voiture d'enfant, qui n'allait nulle part, lui bloquait le passage. Il la contourna. À ce moment-là, une fillette plus âgée lui lança d'une voix solennelle – un avertissement :

« Son papa est mort. Son papa à elle ! »

Une femme sortit du salon avec une brassée de rideaux et la donna à une autre femme qui se tenait dans l'entrée. Celle qui prit les rideaux avait les cheveux gris et un visage suppliant. Il lui manquait les dents du haut. Elle retirait probablement son dentier, chez elle, pour plus de confort. La femme qui lui passa les rideaux était robuste mais jeune, avec une peau fraîche.

« Dites-lui, vous, de ne pas monter sur cet escabeau, demanda à Arthur la femme aux cheveux gris. Elle va se rompre le cou en dépendant ces rideaux. Elle pense qu'il faut tout laver. Êtes-vous l'entrepreneur des pompes funèbres ? Oh, non, excusez-moi ! Vous êtes Mr. Doud. Grace, viens ici ! Grace ! C'est Mr. Doud !

– Ne la dérangez pas, répondit Arthur.

– Elle croit qu'elle va pouvoir dépendre tous les rideaux, les laver, et les rependre d'ici demain, tout ça parce qu'il va falloir le mettre dans le salon. C'est ma fille. Je ne peux rien lui dire.

– Elle va bientôt se calmer », dit en venant du fond de la maison un homme morne aux traits néanmoins affables et qui portait un col de prêtre. Leur pasteur. Mais il n'appartenait à aucune Église connue d'Arthur. Baptiste ? Église de la Pentecôte ? Frères de Plymouth ? Il buvait du thé.

Une autre femme arriva et s'empara vivement des rideaux.

« Nous avons rempli et mis la machine en marche, dit-elle. Par une journée comme ça, ils sécheront en un rien de temps. Empêchez seulement les enfants d'entrer ici. »

Le pasteur dut se pousser et lever haut sa tasse, afin d'éviter la femme et son tas de rideaux.

« Est-ce qu'aucune de vous, mesdames, ne va offrir une tasse de thé à Mr. Doud ? demanda-t-il.

– Non, non, ne vous dérangez pas, répondit Arthur. Les frais des obsèques…, continua-t-il à l'attention de la femme aux cheveux gris. Si vous pouviez dire à votre fille…

– Lillian a mouillé sa culotte ! annonça triomphalement un enfant sur le pas de la porte. Mrs. Agnew ! Lillian a fait pipi dans sa culotte !

– Oui, oui, dit le pasteur. Elles vous en seront très reconnaissantes.

– Concession et pierre tombale, tout, dit Arthur. Assurez-vous qu'elles comprennent bien ceci. Quel que soit ce qu'elles veulent faire graver sur la pierre. »

La femme aux cheveux gris était sortie dans le jardin. Elle en revint avec une enfant qui hurlait dans les bras.

« Pauvre bichette ! s'exclama-t-elle. On lui a dit de ne pas entrer dans la maison, alors, où pouvait-elle aller ? Que pouvait-il lui arriver à part un accident ! »

La jeune femme sortit du salon en traînant un tapis.

« Je veux qu'on le mette sur la corde à linge pour le battre, dit-elle.

– Grace, voici Mr. Doud, venu vous présenter ses condoléances, dit le pasteur.

– Et pour demander si je peux faire quelque chose », ajouta Arthur.

La femme aux cheveux gris monta à l'étage avec l'enfant mouillée dans ses bras et deux autres sur ses talons. Grace les aperçut. « Ah non, pas vous ! Retournez dehors !

– Ma maman est dedans.

– Oui, et ta maman a un tas de choses à faire, elle n'a pas besoin que tu ailles l'ennuyer. Elle m'aide. Tu ne sais pas que le papa de Lillian est mort ?

– Y a-t-il quelque chose que je puisse faire pour vous ? » demanda Arthur, souhaitant prendre congé.

Grace le dévisagea, la bouche ouverte. Les bruits de la machine à laver emplissaient la maison.

« Oui, dit-elle. Attendez-moi ici.

– Elle est accablée, intervint le pasteur. Elle ne voulait pas se montrer impolie. »

Grace revint avec une pile de livres.

« Ces livres, là, dit-elle. Il les avait pris à la bibliothèque. Je ne veux pas avoir à payer des amendes. Il y allait tous les samedis soir, alors je pense qu'ils doivent être rendus demain. Je ne veux pas qu'ils me causent des ennuis.

– Je m'en occuperai, dit Arthur. J'en serai heureux.

– Je veux juste qu'ils ne me causent pas d'ennuis.

– Mr. Doud parlait de prendre en charge les funérailles », lui dit le pasteur, la reprenant gentiment. « Entièrement, y compris la pierre tombale. Quel que soit ce que vous voulez faire graver sur la pierre.

– Oh, je ne veux rien de spécial », répondit Grace.

Vendredi matin dernier, un épouvantable et tragique accident s'est produit à la scierie de l'usine Doud. C'est en passant la main sous l'axe principal que Mr. Jack Agnew a eu la malchance de se faire happer une manche par la vis de sûreté d'un engronage adjacent, de telle manière que son bras et son épaule ont été entraînés sous l'axe. De fait, sa tête est entrée en contact avec la scie circulaire, laquelle mesurait environ trente centimètres de diamètre. En un instant, la tête de l'infortuné jeune homme a été séparée de son corps, sectionnée selon une diagonale partant du dessous de l'oreille gauche au bas du cou. On pense que sa mort a été instantanée. N'ayant pas eu le temps de parler ou de crier, ce n'est pas lui mais la pluie de sang qui a alerté de façon horrible ses compagnons de travail.

Cet article fut réimprimé dans le journal une semaine plus tard pour ceux qui l'auraient éventuellement manqué la première fois, ou qui désiraient en envoyer un exemplaire à des amis ou des relations vivant hors de la ville (en particulier, à des gens qui avaient autrefois habité Carstairs et qui n'y habitaient plus). L'orthographe d'« engrenage » fut corrigée. Suivait une note d'excuse à ce propos. Suivait également la description d'obsèques très importantes, auxquelles avaient même assisté des gens venus de villes voisines, et d'aussi loin que Walley. Certains étaient venus en voiture ou en train, d'autres à cheval ou en boghei. Ils n'avaient pas connu Jack Agnew de son vivant, mais, comme le précisait le journal, ils souhaitaient rendre hommage à la façon sensationnelle et tragique dont il avait trouvé la mort. Tous les magasins de Carstairs furent fermés pendant deux heures, cet après-midi-là. L'hôtel ne ferma pas ses portes, parce qu'il fallait bien un endroit permettant à tous les visiteurs de manger et de boire.

Il laissait une femme, Grace, et une fillette de quatre ans, Lillian. Le défunt avait combattu courageusement durant la Grande Guerre, et il n'avait été blessé qu'une seule fois, sans gravité. Beaucoup avaient fait des commentaires sur une telle ironie.

L'omission du journal quant au père de la victime n'était pas délibérée. Le rédacteur en chef n'était pas originaire de Carstairs, et les habitants avaient oublié de lui parler du père avant qu'il ne fût trop tard.

Le père lui-même ne s'était pas plaint de cette omission. Le jour des funérailles, une très belle journée, il sortit de la ville comme il l'aurait fait normalement les jours où il décidait de ne pas se rendre chez Doud. Il portait un chapeau de feutre et un long manteau qui pouvait lui servir de tapis s'il lui prenait l'envie de faire un somme. Ses galoches étaient fermement maintenues sur ses pieds par des caoutchoucs servant à sceller les bocaux. Il allait pêcher le rémora. La saison n'était pas encore ouverte, mais il se débrouillait toujours pour y aller un peu avant. Il pêchait pendant tout le printemps jusqu'au début de l'été, cuisinait et mangeait ce qu'il attrapait. Il avait une poêle et une marmite cachées sur la berge. La marmite lui servait à faire bouillir le maïs qu'il chapardait dans les champs plus tard dans l'année ; il mangeait aussi les fruits des pommiers et des vignes sauvages. Il était tout à fait sain d'esprit mais il abhorrait la conversation. S'il ne put y échapper durant les semaines suivant la mort de son fils, il avait une façon d'y couper court.

« Il avait qu'à regarder ce qu'il faisait. »

En marchant dans la campagne ce jour-là, il rencontra une autre personne qui n'assistait pas aux funérailles. Une femme. Elle n'essaya pas d'engager la conversation, et semblait en fait aussi furieusement enfermée que lui dans sa solitude, fouettant l'air de longues et ferventes enjambées.

L'usine de pianos, qui avait débuté en fabriquant des orgues à soufflet, s'étendait en bordure ouest de la ville, tel un mur d'enceinte médiéval. Elle se composait de deux longs bâtiments semblables aux remparts intérieur et extérieur, reliés entre eux par un pont couvert à l'endroit où se trouvaient les bureaux principaux. Et, empiétant sur la ville et les rues où s'alignaient les maisons d'ouvriers, il y avait les fours, la fabrique et le chantier de la scierie, ainsi que les remises. Le sifflet de l'usine signifiait pour beaucoup le moment de se lever, quand il se déclenchait à six heures du matin. Il sifflait à nouveau pour indiquer le début du travail à sept heures, à midi pour le déjeuner, à une heure pour la reprise, et à cinq heures et demie pour annoncer aux ouvriers qu'ils pouvaient poser leurs outils et rentrer chez eux.

Le règlement était affiché à côté de la pendule, sous

une vitre. Les deux premières règles étaient les suivantes :

UNE MINUTE DE RETARD, C'EST UN QUART D'HEURE DE PAIE EN MOINS. SOYEZ PONCTUELS.

LA SÉCURITÉ NE VA PAS DE SOI. SOYEZ VIGILANT, POUR VOUS ET VOS COLLÈGUES.

Il y avait eu des accidents à l'usine, et un homme avait même été tué, écrasé par un chargement de bois. Le drame datait d'avant Arthur. Et une fois, pendant la guerre, un homme avait perdu un bras, ou une partie d'un bras. Ce jour-là, Arthur se trouvait à Toronto. Il n'avait donc jamais vu d'accident – rien de sérieux, en tout cas. Mais à présent, il songeait souvent au fait qu'un drame risquait de se produire.

Peut-être ne se sentait-il plus autant à l'abri du danger qu'avant la mort de sa femme. Celle-ci était morte en 1919, pendant la dernière offensive de la grippe espagnole, quand plus personne ne la redoutait. Même elle ne l'avait pas redoutée. Cela faisait presque cinq ans, et pour Arthur, ce décès marquait encore la fin d'une période insouciante de sa vie. Mais aux yeux des autres, il avait toujours paru très sérieux et très responsable – personne n'avait remarqué chez lui de différence notoire.

Dans ses rêves d'accidents, le silence se propageait, tout était arrêté. Les machines cessaient de produire leur bruit habituel, les voix s'éteignaient, et lorsque Arthur regardait par la fenêtre de son bureau, il comprenait que le sort avait frappé. Il ne se souvenait jamais avoir vu quoi que ce soit le lui annoncer. C'était juste le vide, la poussière dans la cour de l'usine, qui lui disaient : « Maintenant ».

Les livres restèrent sur le plancher de sa voiture pendant environ une semaine. Sa fille, Bea, lui demanda :

« Que font ces livres ici ? », et c'est là qu'il s'en souvint.

Bea lut tout haut les titres et le nom des auteurs. *Sir John Franklin et la romance du passage du nord-ouest*, de G.B. Smith. *Qu'arrive-t-il au monde ?*, G.K. Chesterton. *La Prise du Québec*, Archibald Hendry. *Bolchevisme : pratique et théorie*, de Lord Bertrand Russell.

Bea lut « bôl-che-visme », et Arthur lui dit comment prononcer correctement ce mot. Elle lui demanda ce que c'était, et il lui répondit : « C'est quelque chose qu'ils ont en Russie et que je ne comprends pas très bien moi-même. Mais d'après ce que j'en ai entendu, c'est scandaleux. »

Bea avait treize ans à l'époque. Elle avait entendu parler des ballets russes et aussi des derviches. Pendant les deux années suivantes, elle crut que le bolchevisme était une sorte de danse diabolique, et peut-être indécente. C'est du moins l'histoire qu'adulte elle racontait.

Elle ne mentionnerait pas le fait que les livres avaient un lien avec l'homme victime de l'accident. Ce détail aurait rendu l'histoire moins amusante. Peut-être l'avait-elle vraiment réellement oublié.

La bibliothécaire était perplexe. Les livres avaient encore leur carte à l'intérieur, ce qui signifiait qu'ils n'avaient pas été enregistrés à leur sortie, mais seulement retirés des rayons et emportés.

« Celui de Lord Russell manque depuis longtemps. »

Arthur n'était pas habitué à de tels reproches, mais il dit avec douceur :

« Je les rends de la part de quelqu'un d'autre. Le type qui s'est fait tuer. Dans l'accident à l'usine. »

La bibliothécaire avait ouvert le livre sur John Franklin. Elle regardait l'illustration représentant un bateau pris dans les glaces.

« C'est sa femme qui me l'a demandé », dit Arthur.

Elle prit chaque livre séparément, et les secoua comme si elle s'attendait à en voir tomber quelque chose. Elle passa ses doigts entre les pages. La partie inférieure de son visage remuait imperceptiblement, comme si elle s'était mordillé l'intérieur des joues.

« J'imagine qu'il s'est contenté de les emporter chez lui, dit Arthur.

– Pardon ? demanda-t-elle une minute après. Qu'avez-vous dit ? Je suis désolée. »

C'est l'accident, pensa-t-il. L'idée que l'homme ayant connu une mort semblable ait été la dernière personne à ouvrir ces livres, à tourner ces pages. La pensée qu'il aurait pu laisser un morceau de sa vie à l'intérieur, un bout de papier ou un cure-pipe en guise de marque-page, ou même quelques brins de tabac. Cela la dérangeait.

« C'est sans importance, dit-il. J'étais juste passé vous les rapporter. »

Il s'éloigna du bureau mais ne quitta pas tout de suite la bibliothèque. Il n'y était pas entré depuis des années. La photo de son père était suspendue entre les deux fenêtres de devant, là où elle serait toujours.

A.V. Doud, fondateur de la fabrique d'orgues Doud et de cette bibliothèque. Partisan du progrès, de la culture et de l'éducation. Véritable ami de la ville de Carstairs et de l'ouvrier.

Le bureau de la bibliothécaire se trouvait sous l'arcade séparant les deux salles. Les livres étaient rangés sur des rayonnages alignés dans la salle du fond. Des lampes aux abat-jour verts, munies de longues cordelettes, se balançaient dans les allées. Arthur se souvint que des années plus tôt, le conseil avait débattu l'idée d'acheter des ampoules de soixante watts au lieu de quarante. C'était cette bibliothécaire qui le leur avait demandé, et ils l'avaient fait.

Dans la salle de devant, il y avait des journaux et des magazines installés sur des présentoirs en bois, quelques lourdes tables rondes entourées de chaises permettant aux usagers de s'asseoir pour lire, et des rangées d'épais livres sombres derrière une vitrine. Des dictionnaires, probablement, ainsi que des atlas et des encyclopédies. Deux jolies fenêtres hautes donnaient sur la rue principale, avec le portrait du père d'Arthur suspendu entre elles. Les autres tableaux décorant la salle, accrochés trop haut, étaient de surcroît trop sombres et trop chargés pour qu'on pût les interpréter facilement d'en bas. (Plus tard, après qu'Arthur eut passé de nombreuses heures à la bibliothèque et discuté de ces tableaux avec la bibliothécaire, il sut que l'un d'eux représentait la bataille de Flodden Field, avec le roi d'Écosse chargeant depuis le sommet de la colline dans un nuage de fumée ; un autre, les funérailles de l'enfant-roi de Rome ; et un troisième, la querelle d'Oberon et de Tîtania d'après *Le Songe d'une nuit d'été*.)

Il s'assit à l'une des tables de lecture, d'où il pouvait regarder par la fenêtre. Il prit le vieil exemplaire du *National Geographic* qui s'y trouvait. Il tournait le dos à la bibliothécaire. Il pensait ainsi faire preuve de tact, puisqu'elle paraissait un peu bouleversée. D'autres personnes entrèrent, et il l'entendit leur parler. Sa voix semblait à peu près normale à présent. Il se disait sans cesse qu'il allait partir, mais il ne partait pas.

Il aimait la haute fenêtre nue baignée par la lumière de cette soirée de printemps, il aimait la dignité et l'ordre de ces salles. L'idée que des adultes allaient et venaient en ces lieux, lisaient des livres de façon régulière, l'intriguait agréablement. Semaine après semaine, un livre après l'autre, toute une vie durant. Lui-même lisait un ouvrage de temps en temps, lorsque quelqu'un le lui avait recommandé, et d'ordinaire, il l'appréciait ; mais il se replongeait ensuite dans les magazines, pour se tenir au courant des choses, sans jamais songer à lire un livre avant qu'un autre se trouvât sur son chemin, presque par accident. Il y avait de courtes périodes durant lesquelles personne n'occupait la bibliothèque, hormis lui et la bibliothécaire.

Pendant une de ces pauses, celle-ci s'approcha et demeura près de lui, replaçant des journaux sur le présentoir. Lorsqu'elle eut terminé, elle s'adressa à lui, avec une impatience contrôlée.

« Le récit de l'accident paru dans le journal – je suppose qu'il était plus ou moins précis… »

Arthur répondit qu'il était peut-être trop précis.

« Pourquoi ? Pourquoi dites-vous cela ? »

Il évoqua l'insatiable appétit des lecteurs pour les détails sordides. Le journal devait-il encourager une telle attitude ?

« Oh, je trouve cela naturel, dit la bibliothécaire. Je trouve naturel de vouloir connaître le pire. Les gens veulent pouvoir se représenter les événements. Moi aussi. Je n'entends rien aux machines. J'ai du mal à m'imaginer ce qui s'est passé. Même avec l'aide du journal. La machine a-t-elle fait quelque chose d'inattendu ?

– Non, répondit Arthur. Ce n'est pas la machine qui l'a attrapé et tiré, comme un animal. Il a fait un faux mouvement, ou tout au moins, un geste imprudent. Ensuite, il était fichu. »

Elle ne dit rien, mais ne s'éloigna pas.

« Il faut rester vigilant, reprit Arthur. Ne jamais relâcher son attention une seconde. La machine est notre servante, et c'est une excellente servante, mais elle fait une bien piètre maîtresse. »

Il se demanda s'il avait lu cette phrase quelque part, ou s'il avait trouvé cela tout seul.

« Et j'imagine qu'il n'y a aucun moyen de protéger les gens ? demanda la bibliothécaire. Mais vous devez tout savoir à ce sujet. »

Elle le laissa. Quelqu'un venait d'entrer.

L'accident fut suivi d'une vague de beau temps. La longueur des soirées et la chaleur des journées parfumées semblaient aussi soudaines que surprenantes, comme si telle n'était pas la façon dont se terminait finalement l'hiver dans cette partie du pays, pratiquement chaque année. Les nappes d'eau laissées par les inondations se retiraient dans les marécages comme par enchantement, les feuilles jaillissaient des branches rougies, des odeurs de granges flottaient jusqu'en ville, drapées dans le parfum des lilas.

Au lieu d'aspirer à se promener dehors par de pareilles soirées, Arthur se surprenait à penser à la bibliothèque, et il finissait souvent là-bas, assis à l'endroit qu'il avait choisi lors de sa première visite. Il y restait une demi-heure, ou une heure. Il regardait l'*Illustrated London News*, le *National Geographic*, le *Saturday Night* ou le *Collier's*. Tous ces magazines lui étaient livrés à domicile, et il aurait pu rester chez lui, dans son bureau, à regarder par la fenêtre ses pelouses bordées de haies que le vieux Agnew entretenait tant bien que mal, et les massifs de fleurs à présent couverts de tulipes dont les multiples couleurs vives formaient autant de combinaisons. Il semblait préférer la vue de la rue principale, où se profilaient les lignes agressives d'une rare Ford dernier modèle, ou la capote poussiéreuse de quelque voiture hésitante d'une série plus ancienne. Il préférait la poste, avec les horloges au sommet de sa tour qui indiquaient quatre heures différentes dans quatre directions différentes – toutes fausses, comme les habitants se plaisaient à le dire. Les passants et les rôdeurs déambulant sur le trottoir. Les gens qui essayaient de faire marcher la fontaine, bien qu'elle ne fût pas en service avant le 1er juillet.

Non pas qu'il éprouvât un besoin de compagnie. Il n'était pas là pour bavarder, même s'il saluait les gens qu'il connaissait par leur nom, et s'il connaissait la plupart. Il lui arrivait aussi d'échanger quelques mots avec la bibliothécaire, même si cet échange se réduisait souvent à un « Bonjour » lorsqu'il arrivait, et un « Bonsoir » lorsqu'il repartait. Il n'exigeait rien de personne. Sa présence lui semblait bienveillante, rassurante, et, par-dessus tout, naturelle. D'être assis ici, à lire et réfléchir, ici et non chez lui, il avait le sentiment d'apporter quelque chose. Les gens pouvaient compter sur sa présence.

Il aimait l'expression : employé du service public. Son père, qui le regardait ici, avec ses joues teintées de rose tendre, ses yeux bleus transparents et sa bouche pétulante de vieillard, ne s'était jamais considéré ainsi. Il se voyait plus comme un personnage public et un bienfaiteur. Il avait procédé à coups de caprices et de décrets, et s'en était tiré à bon compte. Quand les affaires marchaient au ralenti, il faisait le tour de l'usine en disant à tel et tel ouvrier : « Rentre chez toi. Rentre chez toi et restes-y jusqu'à ce que j'aie à nouveau besoin de toi. » Et ils s'en allaient. Ils travaillaient dans leur jardin ou partaient chasser le lapin, laissant s'accumuler les notes pour tout ce qu'ils devaient acheter, acceptant le fait qu'il n'aurait pas pu en être autrement. Cela les amusait encore, d'imiter son aboiement. *Rentre chez toi !* Il était leur héros plus qu'Arthur ne le serait jamais, mais ils n'étaient pas prêts à accepter le même traitement aujourd'hui. Pendant la guerre, les ouvriers s'étaient habitués à recevoir de bons salaires et à être constamment demandés. Ils ne songeaient pas au surcroît de main-d'œuvre que les soldats avaient créé en rentrant au pays, ils ne songeaient pas qu'une entreprise comme celle-là continuait à fonctionner d'une année sur l'autre, et même d'une saison sur l'autre, grâce à la chance et à l'ingéniosité. Ils n'aimaient pas le changement – ils étaient mécontents de l'actuelle réorientation en faveur du piano mécanique, qu'Arthur croyait être l'espoir du futur. Mais Arthur faisait ce qu'il avait à faire, même si sa façon de procéder s'avérait totalement opposée à celle de son père. Réfléchis à tout et réfléchis-y encore. Reste au second plan, sauf en cas de nécessité. Garde ta dignité. Essaie toujours d'être juste.

Ils escomptaient que tout leur fût fourni. Toute la ville l'escomptait. Le travail leur était fourni aussi sûrement que le soleil se levait le matin. Et les taxes imposées à l'usine augmentaient en même temps que l'eau, autrefois gratuite, devenait payante. La maintenance des routes d'accès se trouvait à présent sous la responsabilité de l'usine au lieu d'être à la charge de la municipalité. L'Église méthodiste demandait une somme importante pour faire construire une nouvelle école du dimanche. L'équipe de hockey de la ville avait besoin de nouveaux uniformes. On érigeait des stèles en pierre pour le parc commémoratif de la guerre. Et tous les ans, l'élève le plus brillant de terminale allait à l'université, gracieusement financé par l'usine Doud.

Demandez et vous serez exaucés.

À la maison non plus, les aspirations ne manquaient pas. Bea faisait des pieds et des mains pour aller dans une école privée et Mrs. Feare convoitait un nouveau robot mixeur pour la cuisine, ainsi qu'une nouvelle machine à laver. Toutes les moulures de la maison devaient être repeintes cette année. Toutes ces décorations dignes d'une pièce montée qui consommaient de la peinture au litre. Et au milieu de tout cela, ne voilà-t-il pas qu'Arthur s'était commandé une nouvelle voiture – une berline de chez Chrysler.

C'était nécessaire : il devait avoir une voiture neuve. Il devait avoir une voiture neuve, Bea devait aller dans cette école, Mrs. Feare devait avoir des appareils dernier cri, et les moulures devaient être aussi étincelantes que la neige de Noël. Sinon, les ouvriers perdraient leur respect, ils perdraient leur confiance, ils commenceraient à se demander si les affaires ne périclitaient pas. Et Arthur pouvait y arriver, avec de la chance, il pouvait y arriver.

Pendant des années après la mort de son père, il avait eu l'impression d'être un imposteur. Pas constamment, mais de temps en temps, il avait eu ce sentiment. Et à présent, ce sentiment avait disparu. Il pouvait s'asseoir à la bibliothèque et sentir qu'il avait disparu.

Il se trouvait dans le bureau au moment de l'accident, en rendez-vous avec un représentant en bois de placage. Il perçut un changement dans le bruit, mais il s'agissait plus d'un redoublement que d'une accalmie. Rien ne l'alerta – juste une sensation d'irritation. Comme l'accident s'était produit à la scierie, personne, dans les ateliers, dans les fours ou dans la cour, ne fut immédiatement au courant, et à certains endroits, le travail se poursuivit pendant plusieurs minutes. En fait, Arthur, penché sur les échantillons de placage posés sur son bureau, fut peut-être l'une des dernières personnes à comprendre qu'il s'était passé quelque chose. Il posa une question au vendeur, et le vendeur ne lui répondit pas. Arthur leva les yeux et vit la bouche de l'homme ouverte, son visage effrayé, son assurance de représentant envolée.

Puis il entendit crier son propre nom – à la fois « Mr. Doud ! », comme on l'appelait habituellement, et « Arthur ! Arthur ! » par ceux des plus vieux ouvriers qui l'avaient connu petit garçon. Il entendit également « scie » et « tête » et « Nom de Dieu de nom de Dieu ! »

Arthur aurait pu souhaiter que le silence, les sons et les objets se retirent de cette façon terrible mais libératrice, pour lui laisser de l'espace. Cela ne se passa pas du tout ainsi. Tout ne fut que cris, questions, précipitation, et lui-même fut propulsé au milieu de cette agitation jusqu'à la scierie. Un homme s'était évanoui, tombant de telle façon que si la scie n'avait pas été arrêtée un moment plus tôt, elle l'aurait eu lui aussi. Ce fut son corps, gisant mais entier, qu'Arthur prit brièvement pour celui de la victime. Oh, non, non ! Ils le poussèrent plus loin. La sciure était écarlate. Elle était trempée, brillante. La pile de bois qui se trouvait là semblait gaiement tachetée, ainsi que les lames. Un tas de vêtements de travail baignant dans le sang reposait sur la sciure et Arthur comprit qu'il s'agissait du corps – le tronc et les membres. Le flot de sang avait rendu la forme indistincte au premier regard – l'avait ramollie, comme un pudding.

Sa première pensée fut de couvrir ce spectacle. Arthur ôta sa veste et s'exécuta. Il lui fallut s'approcher, ses chaussures gargouillèrent dans le sang. La raison pour laquelle personne ne l'avait fait plus tôt était simplement que personne d'autre ne portait de veste.

« Est-ce qu'on est allé chercher le docteur ? » criait quelqu'un. « Chercher le docteur ! s'exclama un homme tout près d'Arthur. Y peut pas lui recoudre la tête – le docteur. Si ? »

Mais Arthur donna l'ordre d'aller chercher le médecin ; il imaginait que c'était nécessaire. On ne pouvait pas avoir un mort sans docteur. Cet ordre déclencha le reste. Médecin, croque-mort, cercueil, fleurs, prêtre. Mets tout cela en marche, donne-leur quelque chose à faire. Enlever la sciure, nettoyer la scie. Envoyer les hommes qui se trouvaient à proximité se laver. Porter celui qui s'est évanoui dans la salle de pause. Comment va-t-il ? Dire à la secrétaire de faire du thé.

Du cognac, voilà ce qui lui aurait fallu, ou du whisky. Mais il avait instauré une règle contre l'alcool dans l'enceinte de l'usine.

Quelque chose manquait encore. Où était-elle ? Là, lui avait-on dit. Par là. Non loin de l'endroit en question. Arthur entendit des vomissements. Très bien. Ramasse-la ou dis à quelqu'un de la ramasser. Les bruits de vomissements le sauvèrent, le calmèrent, lui donnèrent une détermination presque insouciante. Il la ramassa. Il la porta délicatement et avec précaution, comme on porterait une cruche primitive mais précieuse. Tenant le visage à l'abri des regards, comme pour le réconforter, pressé contre sa poitrine. Le sang imprégna sa chemise et colla l'étoffe à sa peau. Tiède. Il avait l'impression d'être un blessé. Il avait conscience qu'ils le regardaient, et il avait conscience de lui-même ainsi que doit l'être un acteur, ou un prêtre. Que faire d'elle, maintenant qu'il la tenait contre sa poitrine ? La réponse à cette question aussi lui vint. Pose-la, remets-la à sa place, sans l'ajuster précisément, bien sûr, pas comme si une couture suffisait à refermer la plaie. Juste plus ou moins à sa place, puis soulève la veste pour la disposer autrement.

Il ne pouvait demander le nom de l'homme maintenant. Il lui faudrait l'apprendre d'une autre manière. Après l'intimité que lui conféraient ses services au sein de l'usine, une telle ignorance aurait été une offense.

Mais Arthur s'aperçut qu'il le savait – le nom lui vint tout seul. Tandis qu'il remontait le coin de sa veste sur l'oreille qui, toujours pointée vers le haut, semblait en conséquence parfaitement intacte et utilisable, il reçut un nom. Le fils du type qui venait entretenir le jardin, et qui n'était pas toujours fiable. Un jeune homme réembauché à son retour de la guerre. Marié ? Sans doute. Il faudrait qu'il aille la voir. Dès que possible. Des vêtements propres.

La bibliothécaire portait souvent un chemisier rouge sombre. Ses lèvres étaient fardées d'un rouge assorti, et ses cheveux coupés au carré. Ce n'était plus une jeune femme, mais elle conservait un style accrocheur. Arthur se souvint que des années plus tôt, quand ils l'avaient embauchée, il avait trouvé qu'elle s'habillait très sobrement. Elle ne portait pas les cheveux au carré à cette époque, mais enroulés autour de la tête, à l'ancienne mode. Ils étaient toujours de la même couleur, une couleur chaude et agréable, qui rappelait celle des feuilles – des feuilles de chêne, disons, à l'automne. Il tenta d'estimer ce qu'elle gagnait. Pas grand-chose, certainement. Elle prenait bien soin de sa personne, avec le peu qu'elle touchait. Et où habitait-elle ? Dans l'une des pensions de famille – celle où logeaient les enseignants ? Non, pas là. Elle résidait au *Commercial Hotel*.

Et à présent, quelque chose d'autre lui revenait à l'esprit. Aucune histoire précise dont il pût se souvenir. On ne pouvait pas affirmer avec certitude qu'elle avait une mauvaise réputation. Mais elle ne jouissait pas non plus d'une réputation sans tache. On disait qu'elle prenait parfois un verre avec les voyageurs. Peut-être avait-elle un petit ami parmi eux. Un petit ami ou deux.

Enfin, elle était assez grande pour agir à sa guise. Ce n'était pas tout à fait comme avec une enseignante – engagée aussi pour donner l'exemple. Du moment qu'elle faisait son travail, et n'importe qui pouvait constater qu'elle le faisait bien. Elle devait vivre sa vie, comme tout le monde. N'était-il pas préférable d'avoir ici une jolie femme plutôt qu'une vieille grincheuse telle que Mary Tamblyn ? Des étrangers pouvaient venir faire un tour à la bibliothèque, ils jugeaient une ville d'après ce qu'ils voyaient, il fallait une jolie femme avec de belles manières.

Arrête ! Qui a dit le contraire ? Il débattait dans sa tête à son sujet, comme si quelqu'un était arrivé avec l'intention de la flanquer à la porte, et que lui-même n'avait eu nulle envie de le faire.

Et la question qu'elle avait posée, le premier soir, à propos des machines ? Que voulait-elle dire au juste ? Était-ce une façon détournée de lui jeter le blâme ?

Il lui avait parlé des tableaux et de l'éclairage, il lui avait même raconté que son père avait envoyé ses propres ouvriers ici et les avait payés pour fabriquer les rayonnages de la bibliothèque, mais il n'avait jamais parlé de l'homme qui avait pris les livres sans le lui dire. Un à la fois, probablement. Sous son manteau ? Les rapportant de la même façon ? Il avait dû les rapporter, ou il en aurait eu une pleine maison, ce que sa femme n'aurait jamais accepté. Il ne volait pas, sauf temporairement. Attitude inoffensive, mais singulière. Y avait-il un rapport ? Entre le fait de penser qu'on peut faire les choses un peu différemment et celui de croire qu'on peut échapper à un geste imprudent susceptible de vous faire happer une manche et de vous mettre la tête sous une scie ?

Peut-être, peut-être y avait-il un rapport. Une façon d'être.

« Ce gars… vous savez… l'accident…, dit-il à la bibliothécaire. Cette façon de partir avec les livres qu'il voulait. Pourquoi agissait-il ainsi, d'après vous ?

– Les gens font des choses étranges, répondit la bibliothécaire. Ils arrachent des pages. Parce que quelque chose leur a déplu, ou leur a plu, au contraire. Comme ça, sans raison. J'ignore pourquoi.

– A-t-il jamais arraché des pages ? Lui avez-vous déjà fait la morale ? Donné une raison d'avoir peur de vous ? »

Il voulait la taquiner un peu, sous-entendant par là qu'elle ne risquait pas d'effrayer qui que ce soit, mais elle ne le prit pas ainsi.

« Comment aurais-je pu ? Je ne lui ai jamais parlé ! répondit-elle. Je ne l'ai jamais vu. Je ne l'ai jamais vu, je ne pouvais pas savoir qui c'était. »

Elle s'éloigna, mettant fin à la conversation. Ainsi,

elle n'aimait pas se faire taquiner. Était-elle de ces gens couverts de blessures cicatrisées qu'on ne voyait que de près ? Une vieille mésaventure qui l'ennuyait, un secret ? Peut-être avait-elle perdu un amoureux à la guerre ?

Un autre soir, un samedi d'été, elle aborda elle-même le sujet, auquel il n'aurait jamais refait allusion.

« Vous souvenez-vous de notre conversation à propos de l'homme victime de l'accident ? »

Arthur lui dit que oui.

« J'ai quelque chose à vous demander, et vous trouverez peut-être cela étrange. »

Il acquiesça.

« Et ma question… je veux que vous… c'est confidentiel.

– Oui, très bien, dit-il.

– À quoi ressemblait-il ? »

À quoi ressemblait-il ? Arthur était déconcerté. Il était déconcerté par les manières et le secret dont elle avait entouré sa question – assurément, il trouvait naturel qu'elle voulût savoir à quoi ressemblait cet homme, lequel avait pénétré ici et s'était fait la malle avec ses livres à son insu – et, parce qu'il ne pouvait lui être d'aucun secours, il secoua la tête. Il n'arrivait pas à revoir une image de Jack Agnew.

« Grand, dit-il. Je crois qu'il était plutôt grand. À part ça, je ne peux rien vous dire. Je ne suis vraiment pas la personne à qui demander. Je reconnais facilement les gens, mais je suis incapable d'en faire un semblant de description physique, même quand il s'agit de quelqu'un que je vois tous les jours.

– Mais je croyais que vous étiez celui… j'ai entendu dire que c'était vous qui… dit-elle. Qui l'aviez ramassée. Sa tête. »

Arthur répondit sèchement :

« Je pensais qu'on ne pouvait pas la laisser comme ça par terre. » Cette femme le décevait, il se sentait gêné et honteux pour elle. Mais il tenta de parler avec naturel, sans laisser percer le reproche dans sa voix.

« Je ne peux même pas vous dire la couleur de ses cheveux. Ils étaient plutôt… plutôt masqués, à ce moment-là. »

Elle resta silencieuse un moment ou deux, et il ne la regarda pas.

« Je dois avoir l'air de ressembler à ces gens… ces gens fascinés par ce genre de choses », dit-elle ensuite.

Arthur émit un son de protestation, mais bien sûr, elle avait l'air ainsi.

« Je n'aurais pas dû vous poser la question, dit-elle. Je n'aurais pas dû y faire allusion. Je ne pourrai jamais vous expliquer pourquoi je l'ai fait. Je voudrais simplement vous demander, si vous le pouvez, de ne jamais penser que je suis comme ça. »

Arthur entendit le mot « jamais ». Elle ne pourrait jamais lui expliquer. Il ne faudrait jamais qu'il pense. Dans sa déception, il releva la suggestion que leurs conversations se poursuivraient, et peut-être sur une base moins fortuite. Il perçut de l'humilité dans sa voix, mais il s'agissait d'une humilité reposant sur une certaine forme d'assurance. C'était certainement une affaire de sexe.

Ou bien devait-il seulement cette idée à ce que cette soirée avait de particulier ? C'était le samedi soir du mois où il allait d'habitude à Walley. Il s'y rendait le soir même, il s'était juste arrêté en passant, il n'avait pas eu l'intention de rester aussi longtemps. C'était le soir où il allait rendre visite à une femme nommée Jane MacFarlane. Jane vivait séparée de son mari, mais elle n'envisageait pas le divorce. Elle n'avait pas d'enfants. Elle travaillait comme couturière. Arthur l'avait connue le jour où elle était venue chez lui pour tailler des vêtements à sa femme. Rien ne s'était passé à l'époque, et aucun d'eux n'y avait songé. Par certains côtés, Jane MacFarlane ressemblait à la bibliothécaire – jolie, quoique plus très jeune, courageuse, stylée, et compétente. Par d'autres, elle ne lui ressemblait pas tant que cela. Il n'imaginait pas Jane présenter un jour un homme en l'entourant de mystère, et vous informer par la suite que ce mystère ne serait jamais élucidé. Jane était de ces femmes qui apportaient la sérénité aux hommes. Le dialogue sibyllin qu'il entretenait avec elle – sensuel, limité, aimable – ressemblait à celui qu'il avait eu avec sa femme.

La bibliothécaire s'approcha de l'interrupteur situé près de la porte, et éteignit l'éclairage principal. Elle verrouilla la porte. Elle disparut au milieu des rayonnages, éteignant là aussi les lampes, sans se presser. L'horloge de la ville sonnait neuf heures. Elle devait la croire juste. Sa propre montre indiquait moins trois.

Il était temps de se lever, temps de partir, temps d'aller à Walley.

Quand elle en eut terminé avec les lampes, elle vint s'asseoir à la table à côté de lui.

« Je ne penserai jamais à vous d'une façon qui risquerait de vous peiner », dit-il.

Éteindre les lampes n'aurait pas dû tant assombrir la salle. Ils étaient en plein été. Mais de lourds nuages de pluie paraissaient s'être installés. La dernière fois qu'Arthur avait regardé la rue, il y avait vu encore une belle clarté : les gens de la campagne faisaient leurs courses, les garçons s'aspergeaient à la fontaine publique, les jeunes filles passaient dans leur robes d'été à fleurs bon marché, laissant les jeunes gens les observer depuis les endroits où ils se réunissaient – le perron de la poste et devant le magasin d'alimentation. Et à présent qu'il regardait à nouveau, il vit la rue en effervescence, victime du vent violent qui portait déjà quelques gouttes de pluie. Les filles criaient, riaient, et tenaient leur sac à main au-dessus de leur tête tandis qu'elles couraient se mettre à l'abri, les vendeurs remontaient leurs auvents et rentraient leurs corbeilles de fruits, les présentoirs de chaussures d'été, les outils de jardinage exposés sur les trottoirs. Les portes de l'hôtel de ville claquaient au rythme des fermières qui se précipitaient à l'intérieur, agrippant paquets et enfants, pour aller s'entasser dans la salle de repos réservée aux dames. Quelqu'un essaya la porte de la bibliothèque. La bibliothécaire leva les yeux mais ne bougea pas. Bientôt, la pluie balayait la rue en rideaux, tandis que le vent malmenait le toit de l'hôtel de ville et arrachait la cime des arbres. Tumulte et danger ne durèrent que quelques minutes, le temps que diminuât la force du vent. Le bruit persistant ensuite était celui de la pluie, qui tombait désormais à la verticale, si drue qu'ils auraient pu se croire sous une chute d'eau.

S'il se passait la même chose à Walley, pensa-t-il, Jane comprendrait qu'il ne faudrait pas l'attendre. Ce fut la dernière pensée qu'il lui accorda avant longtemps.

« Mrs. Feare a refusé de laver mes vêtements, dit-il à sa propre surprise. Elle avait peur de les toucher. »

La bibliothécaire répondit, d'une voix particulièrement tremblante, honteuse, et décidée :

« Je pense que ce que vous avez fait… je pense que c'était un geste remarquable. »

La pluie faisait un bruit si constant qu'il n'eut pas à répondre. Il trouva alors facile de se retourner et de la regarder. Son profil était faiblement éclairé par les remous de la pluie coulant le long des vitres. Elle avait l'air calme et insouciante. Du moins, c'est ce qui lui sembla. Il s'aperçut qu'il ne savait pratiquement rien d'elle – quel genre de personne elle était réellement, ou quel genre de secrets elle pouvait avoir. Il n'arrivait même pas à estimer la valeur qu'il avait à ses yeux. Il savait seulement qu'il en avait, et que ce n'était pas ordinaire.

Il ne parvenait pas plus à décrire le sentiment qu'elle faisait naître en lui que l'on peut décrire une odeur. On dirait l'odeur de roussi que dégage l'électricité. On dirait des grains de blé brûlés. Non, on dirait de l'orange amère. J'abandonne.

Il n'aurait jamais cru se trouver dans une pareille situation, animé par un besoin aussi évident. Mais il ne sembla pas pris au dépourvu. Sans y réfléchir à deux fois, ni même à une, il déclara :

« Je souhaiterais… »

Il avait parlé trop doucement, elle ne l'entendit pas.

Il haussa la voix.

« Je souhaiterais que nous puissions nous marier », répéta-t-il.

Elle le regarda. Elle rit, mais se contrôla.

« Je suis désolée, dit-elle. Je suis désolée. C'est à cause de ce qui m'a traversé l'esprit.

– De quoi s'agissait-il ?

– Je me disais : c'est la dernière fois que je le vois.

– Vous vous trompez », répondit Arthur.

LES MARTYRS DE TOLPUDDLE

Le train de passagers qui reliait Carstairs à London avait cessé de fonctionner durant la Seconde Guerre mondiale, et même les rails avaient été enlevés. Les gens disaient que c'était pour l'effort de guerre. Lorsque Louisa se rendit à London pour aller consulter le cardiologue, au milieu des années 50, elle dut donc emprunter le car. Elle n'était plus censée conduire.

Le médecin, le cardiologue, lui dit que son cœur était un peu tremblant et son pouls plutôt nerveux. Elle trouva que ces adjectifs donnaient à son cœur un air de comédien et à son pouls un air de chiot en laisse. Elle n'avait pas parcouru quatre-vingt-onze kilomètres pour être traitée avec tant de légèreté, mais elle ne releva pas, déjà absorbée par un article qu'elle avait lu dans la salle d'attente du médecin. Peut-être était-ce cet article qui avait rendu son pouls nerveux.

Sur une page intérieure du journal local, elle avait vu le titre : HONNEUR AUX MARTYRS DU PAYS, et elle avait poursuivi sa lecture, histoire de passer le temps. Elle apprit qu'il devait y avoir une sorte de cérémonie l'après-midi même au parc Victoria. C'était une cérémonie en l'honneur des martyrs de Tolpuddle. Selon le journal, peu de gens avaient entendu parler de ces martyrs, et Louisa ne comptait assurément pas parmi ceux-là. Il s'agissait d'hommes jugés et condamnés pour avoir fait prêter des serments illégaux. Ce crime singulier, commis plus de cent ans auparavant dans le Dorset, en Angleterre, leur avait valu d'être envoyés au Canada, et certains d'entre eux avaient échoué à London, où ils avaient passé le reste de leurs jours avant d'être enterrés sans notification ni commémoration particulières. On considérait aujourd'hui qu'ils faisaient partie des premiers fondateurs du mouvement syndicaliste, et les patrons des syndicats, en collaboration avec les représentants de la fédération canadienne du travail et les pasteurs de quelques églises locales, avaient organisé une cérémonie qui devait avoir lieu ce jour-là, à l'occasion du cent vingtième anniversaire de leur arrestation.

Martyrs est un peu exagéré, pensa Louisa. Après tout, ils n'ont pas été exécutés.

La cérémonie était censée débuter à trois heures, et les principaux orateurs devaient être un pasteur des environs, ainsi qu'un certain Mr. John (Jack) Agnew, porte-parole des syndicats de Toronto.

Il était deux heures et quart lorsque Louisa sortit du cabinet du médecin. Le bus pour Carstairs ne partait pas avant six heures. Elle avait prévu d'aller boire un thé et de manger quelque chose au dernier étage de *Simpsons*, puis de chercher un cadeau de mariage, ou, si elle en avait le temps, d'aller au cinéma à la séance de l'après-midi. Comme le parc Victoria s'étendait entre le cabinet du médecin et *Simpsons*, elle décida de couper au travers. Il faisait chaud, et l'ombre des arbres était agréable. Elle ne put éviter de voir l'endroit où l'on avait installé des chaises, ainsi qu'une petite estrade drapée d'un tissu jaune orné du drapeau canadien d'un côté et de ce qu'elle supposa être l'emblème d'un syndicat de l'autre. Quelques personnes s'étaient rassemblées, et elle se surprit à changer de chemin pour leur jeter un coup d'œil. Certaines, des personnes âgées, étaient très simplement mais convenablement habillées, et les femmes portaient des foulards sur la tête pour se protéger de la chaleur – des Européens. D'autres étaient des ouvriers – les hommes vêtus de chemises propres à manches courtes, les femmes de corsages et de pantalons nets – libérés plus tôt de l'usine pour l'occasion. Parmi les femmes, quelques-unes devaient venir de chez elles, car elles portaient des robes d'été et des sandales, et tentaient de surveiller de jeunes enfants. Louisa se dit que ces gens n'aimeraient pas la façon dont elle-même était habillée – à la mode, comme toujours, en shantoung beige, avec un béret écossais –, mais elle remarqua, à cet instant, une femme plus élégamment vêtue qu'elle, en tailleur de soie vert, ses cheveux sombres tirés en arrière et retenus par une écharpe vert et or. Elle devait avoir la quarantaine – son visage était usé, mais beau. Elle s'approcha immédiatement de Louisa, souriante, lui indiqua une chaise et lui donna un papier polycopié. Louisa ne put lire l'impression violette. Elle tenta d'apercevoir les hommes qui parlaient à côté de l'estrade. Les orateurs se trouvaient-ils parmi eux ?

La coïncidence du nom ne présentait pas grand intérêt. Ni le prénom ni le nom n'étaient très inhabituels.

Elle ignorait pourquoi elle s'était assise, ou pourquoi elle était venue ici en premier lieu. Elle commençait à éprouver une agitation familière, légèrement écœurante. Elle la sentait à peine. Mais quand celle-ci la prenait, se dire qu'elle la sentait à peine n'arrangeait rien. La seule chose à faire était se lever et s'en aller avant que d'autres gens ne viennent s'asseoir et l'encercler.

La femme en vert l'intercepta, et lui demanda si elle allait bien.

« Je dois prendre le car », dit Louisa d'une voix rauque. Elle s'éclaircit la gorge. « Un car régional », reprit-elle avec plus de calme, et elle partit à grandes enjambées, mais pas en direction de *Simpsons*. Elle se dit qu'en fait elle n'irait pas ; elle n'irait pas non plus chez *Birks* pour y acheter un cadeau de mariage, ni au cinéma voir un film. Elle irait juste s'asseoir à la gare routière, en attendant l'heure de rentrer chez elle.

À quelques pas de la gare routière, elle se souvint que le matin, le car ne l'avait pas déposée à cet endroit. La gare était en cours de démolition et allait être reconstruite – il y avait une station provisoire à quelques rues de là. Elle n'avait pas fait assez attention au nom de la rue où celle-ci se trouvait – York Street, à l'est de la gare habituelle, ou King Street ? De toute façon, elle devait faire un détour, car ces deux rues étaient en travaux, et elle allait se croire perdue quand elle s'aperçut qu'elle avait eu la chance d'arriver à la gare provisoire par un chemin détourné. C'était une vieille bâtisse – une de ces hautes maisons en brique gris-jaune datant de l'époque où l'endroit était un quartier résidentiel. Il s'agissait probablement de son dernier usage avant sa mise en démolition. Les maisons avoisinantes avaient dû être rasées afin de dégager le grand terrain de gravillon où les cars s'arrêtaient. Il restait des arbres au bord du terrain et, en dessous, on avait disposé quelques rangées de chaises qu'elle n'avait pas remarquées le matin en descendant du car. Deux hommes étaient assis sous ce qui avait jadis été la galerie de la maison, sur de vieux sièges de voiture. Ils portaient des chemises marron marquées à l'insigne de la compagnie, mais semblaient ne pas avoir le cœur à leur travail, négligeant de se lever quand elle leur demanda si le car pour Carstairs partait bien à six heures, et où elle pouvait trouver un rafraîchissement.

Six heures, à ce qu'ils savaient.

Au café, dans la rue.

Y a une glacière à l'intérieur, mais reste plus que du Coca et du jus d'orange.

Elle prit un Coca-Cola dans la glacière, dans une petite salle d'attente fermée qui sentait les toilettes sales. Le transfert de la gare dans cette maison en ruine avait dû jeter tout le monde dans un état d'indolence et d'incapacité. Il y avait un ventilateur dans la pièce servant de secrétariat, et elle vit, en passant, des papiers s'envoler du bureau. « Eh, merde ! » s'exclama la secrétaire en les piétinant.

Les chaises installées à l'ombre des arbres municipaux poussiéreux étaient de vieilles chaises en bois au dossier droit, peintes à l'origine de couleurs différentes – elles semblaient provenir de plusieurs cuisines. Des bandes de vieilles moquettes et des tapis de salle de bains en caoutchouc étaient étendus devant elles, pour protéger du gravier les pieds des usagers. Derrière la première rangée de chaises, elle crut voir un mouton couché par terre, mais il se changea en chien blanc crasseux qui s'approcha d'elle en trottinant, la regarda d'un air grave semi-officiel, renifla brièvement ses chaussures et repartit, toujours en trottinant. Elle n'avait pas vu s'il y avait des pailles près de la glacière, et elle n'avait pas envie de retourner à l'intérieur pour vérifier. Elle but son Coca à la bouteille, la tête renversée en arrière et les yeux fermés.

Quand elle les rouvrit, un homme était assis une chaise plus loin, et il lui parlait.

« Je suis venu dès que j'ai pu, dit-il. Nancy m'a dit que vous alliez prendre le car. Sitôt mon discours terminé, je suis parti. Mais la gare routière est entièrement démolie.

– Temporairement, rectifia-t-elle.

– Je vous ai tout de suite reconnue. Malgré… euh, bien des années. Quand je vous ai vue, je parlais à quelqu'un. Et quand j'ai regardé à nouveau, vous aviez disparu.

– Je ne vous reconnais pas, dit Louisa.

– Non, répondit-il. Je m'en doute. Bien sûr. Je le savais. »

Il portait un pantalon couleur havane, une chemise jaune pâle à manches courtes, une écharpe jaune et crème. Un rien dandy, pour un syndicaliste. Il avait les cheveux blancs mais épais et ondulés (le genre de cheveux frisés qui font des vagues en partant du front), la peau congestionnée et le visage profondément ridé par les efforts qu'il fournissait pendant ses discours – et quand il parlait aux gens en privé, supposait-elle, avec la ferveur et la persuasion de ses allocutions publiques. Il arborait des lunettes teintées, qu'il enleva alors, comme s'il avait voulu qu'elle le vît mieux. Ses yeux étaient d'un bleu pâle, légèrement rougis, et craintifs. Un bel homme, encore mince mis à part un petit renflement autoritaire au-dessus de la ceinture, mais elle ne trouvait pas ses beaux atours – ses vêtements de sport soignés, l'étalage de ses cheveux crantés, ses expressions efficaces – très attirants. Elle préférait le style d'Arthur. Cette réserve, cette dignité du costume sombre que certains qualifiaient de pompeuse, qui lui semblait admirable et innocente.

« J'ai toujours voulu briser la glace, dit-il. J'avais l'intention de vous parler. J'aurais dû passer vous dire au revoir, au moins. L'occasion de partir s'est présentée si subitement. »

Louisa ne savait pas du tout que répondre à cela. Il soupira.

« Vous avez dû être furieuse contre moi. Vous l'êtes toujours ? reprit-il.

– Non, dit-elle, et elle retomba, bêtement, dans les courtoisies habituelles. Comment va Grace ? Comment va votre fille ? Lillian ?

– Grace ne va pas très bien. Elle a de l'arthrite. Son

poids n'arrange rien. Lillian va bien. Elle est mariée, mais elle enseigne toujours au lycée. Les mathématiques. Pas très courant pour une femme. »

Comment Louisa pouvait-elle s'y prendre pour le détromper ? Pouvait-elle dire : Non, votre femme Grace s'est remariée pendant la guerre, elle a épousé un fermier, un veuf. Avant son mariage, elle venait faire le ménage chez nous une fois par semaine. Mrs. Feare était devenue trop vieille. Et Lillian n'a jamais terminé le lycée, comment pourrait-elle y enseigner ? Elle s'est mariée jeune, elle a eu des enfants, elle travaille au drugstore. Elle fait la même taille que vous, et a les mêmes cheveux, teints en blond. Je l'ai souvent regardée en pensant qu'elle devait être comme vous. À l'époque où elle grandissait encore, je lui donnais les vêtements dans lesquels ma belle-fille ne rentrait plus.

Mais au lieu de cela, elle demanda :

« Alors, la femme à la robe verte… ce n'était pas Lillian ?

– Nancy ? Oh, non ! Nancy est mon ange gardien. Elle note les endroits où je vais, quand j'y vais, vérifie si j'ai bien mon discours, ce que je bois et ce que je mange, et si j'ai bien pris mes pilules. J'ai tendance à avoir de la tension. Rien de trop sérieux. Mais je ne mène pas une vie saine. Je suis constamment en train de courir. Ce soir, je dois prendre l'avion pour Ottawa, demain, j'ai une réunion difficile, demain soir, je me rends à un banquet stupide. »

Louisa se sentit obligée de dire :

« Vous saviez que je me suis mariée ? J'ai épousé Arthur Doud. »

Elle crut lire de l'étonnement sur son visage. Mais il répondit :

« Oui, je l'ai entendu dire. Oui.

– Nous avons travaillé dur, nous aussi, poursuivit Louisa d'un ton résolu. Arthur est mort il y a six ans. Nous avons continué à faire tourner l'usine pendant toutes les années 30, même si par moments, nous n'avions plus que trois ouvriers. Nous n'avions pas d'argent pour effectuer les réparations, et je me rappelle avoir coupé les bannes du bureau pour qu'Arthur puisse les monter par une échelle et aller rapiécer le toit. Nous avons essayé de fabriquer tout ce qui nous passait par la tête. Même des pistes extérieures de bowling pour les parcs d'attractions. Ensuite, il y a eu la guerre, et nous n'arrivions pas à tenir le rythme. Nous vendions tous nos pianos, mais nous fabriquions aussi des boîtes de radars pour la marine. Je suis restée au bureau pendant tout ce temps.

– Ça a dû vous changer, dit-il, sur un ton qui se voulait plein de tact. Vous changer de la bibliothèque.

– Le travail, c'est le travail, répondit-elle. Je travaille toujours. Ma belle-fille Bea est divorcée, elle s'occupe de la maison tant bien que mal. Mon fils a enfin fini l'université – il est censé apprendre le métier, mais il trouve toujours des excuses pour partir au milieu de l'après-midi. Quand je rentre, à l'heure du dîner, je suis si fatiguée que je me sens sur le point de m'écrouler, et j'entends les glaçons tinter dans leurs verres pendant qu'ils rient derrière la haie. Oh, Mud ! s'exclament-ils en m'apercevant, Oh, pauvre Mud, assieds-toi ici, va lui chercher un verre ! Ils m'appellent Mud parce que c'est ainsi que mon fils m'appelait quand il était bébé. Mais ce ne sont plus des bébés ni l'un ni l'autre maintenant. La maison est fraîche quand je rentre – c'est une maison magnifique, si vous vous rappelez bien, avec trois niveaux, comme un gâteau de mariage. Avec des mosaïques dans l'entrée. Mais je suis toujours en train de penser à l'usine, c'est ça qui me préoccupe. Que faudrait-il faire pour nous maintenir à flot ? Il ne reste plus que cinq fabriques de pianos au Canada aujourd'hui, et trois d'entre elles se trouvent au Québec, en raison du faible coût de la main-d'œuvre. Vous savez tout cela, sans aucun doute. Quand je parle à Arthur dans ma tête, c'est toujours de la même chose. Je suis encore très proche de lui, mais pas vraiment de façon mystique. On pourrait penser qu'en vieillissant, notre esprit se remplit de ce qu'on appelle le côté spirituel des choses, mais le mien semble seulement devenir de plus en plus terre à terre, à force de vouloir arriver à quelque chose. Quel sujet de conversation pour un défunt ! »

Elle s'interrompit, elle était gênée. Mais elle n'était pas sûre qu'il eût tout écouté, et en fait, elle n'était même pas sûre d'avoir dit tout cela.

« Ce qui m'a fait démarrer…, dit-il. Ce qui m'a lancé avant toute chose, dans tout ce que j'ai pu faire, c'est la bibliothèque. Je vous dois donc beaucoup. »

Il posa ses mains sur ses genoux, laissa tomber sa tête.

« Ah, foutaises ! »

Il gémit, puis éclata de rire.

« Mon père, reprit-il, vous ne vous souvenez pas de mon père ?

– Mais si.

– Eh bien, parfois, je crois qu'il avait raison. »

Puis il leva la tête, la secoua, et fit une déclaration.

« L'amour ne meurt jamais. »

Elle se sentit irritée au point de s'offusquer. Voilà tout ce que les discours font de vous, pensa-t-elle : une personne capable d'affirmer des choses semblables.

L'amour meurt tout le temps, ou du moins devient-il détourné, étouffé – il pourrait tout autant être mort.

« Arthur venait jadis s'asseoir à la bibliothèque, dit-elle. Au début, il m'agaçait vraiment. Je regardais sa nuque en me disant : Ah, et si quelque chose venait vous frapper à cet endroit ! Évidemment, tout cela n'a aucun sens pour vous. Aucun sens. Et en fait, je me suis aperçue que ce que je voulais était entièrement différent. Je voulais l'épouser et avoir une vie normale. »

« Une vie normale », répéta-t-elle – et un vertige sembla s'emparer d'elle, une rémission générale de la sottise, qui vint chatouiller la peau de sa main tachetée, ses doigts épais et secs reposant non loin de ceux de l'homme, sur la chaise placée entre eux. Une flambée d'amour venue des cellules, de vieilles intentions. *Oh, il ne meurt jamais.*

Un groupe de gens étrangement vêtus traversaient la cour de gravier. Ils avançaient tous ensemble, telle une grappe noire. Les femmes ne montraient pas leurs cheveux – elles avaient des châles ou des bonnets noirs sur la tête. Les hommes portaient de larges chapeaux et des bretelles noires. Les enfants étaient habillés de la même façon que leurs aînés, jusqu'aux bonnets et aux chapeaux. Ils paraissaient vraiment accablés de chaleur dans ces vêtements – accablés de chaleur, poussiéreux, méfiants et timides.

« Les martyrs de Tolpuddle, dit l'homme d'une voix légèrement moqueuse, résignée et compatissante. Ah, je crois que je ferais mieux d'aller les voir. Je ferais mieux d'aller les voir et de leur dire un mot. »

Cette pointe de plaisanterie, cette gentillesse embarrassée lui firent penser à quelqu'un. À qui ? Lorsqu'elle vit de derrière l'envergure de ses épaules et ses larges fesses plates, elle sut.

Jim Frarey.

Oh, quel genre de tour lui jouait-on ? Ou plutôt, quel genre de tour se jouait-elle ? Elle ne tolérerait pas cela ! Elle se releva fermement, elle vit tous ces habits noirs se fondre en une seule flaque. Elle se sentait étourdie et humiliée. Elle ne le tolérerait pas !

Mais ils n'étaient pas tous noirs, à présent que le groupe approchait. Elle distinguait du bleu foncé (les chemises des hommes), du bleu foncé et du violet sur les robes de certaines femmes. Elle apercevait des visages – ceux des hommes cachés derrière des barbes, ceux des femmes sous leur bonnet aux larges bords. Et elle comprit alors qui étaient ces gens. Des mennonites.

Les mennonites vivaient dans cette partie du pays, où ils n'avaient jamais vécu auparavant. Il y en avait à proximité de Bondi, un village au nord de Carstairs. Ils rentreraient chez eux par le même car qu'elle.

Il ne se trouvait pas avec eux, ni nulle part en vue.

Un traître, irrémédiablement. Un voyageur.

Quand elle eut compris qu'il s'agissait de mennonites et non de vagues étrangers perdus impossibles à identifier, ces gens ne lui parurent pas si timides et si abattus. En fait, ils semblaient plutôt gais, et se faisaient passer un sac de bonbons, les adultes mangeant des sucreries avec les enfants. Ils s'installèrent sur les chaises qui l'entouraient.

Pas étonnant qu'elle se sentît moite. Elle était passée sous une vague que personne d'autre n'avait remarquée. On pouvait dire ce qu'on voulait sur ce qui s'était produit – mais cela revenait au même que de passer sous une vague. Elle était passée dessous, et l'avait traversée, gardant de celle-ci un reflet froid sur la peau, un battement dans les oreilles, un creux dans la poitrine, une révolte dans le ventre. C'était contre l'anarchie qu'elle s'élevait – cette confusion dévorante. Ces failles imprévues et ces farces impromptues, ces réconforts radieux qui partaient en fumée.

Mais l'arrivée de ces mennonites est une bénédiction. Le bruit des fesses qui s'asseyent sur des chaises, le crépitement du sac de bonbons, les sucements méditatifs et les conversations douces. Sans la regarder, une petite fille lui tend le sachet, et Louisa accepte un caramel à la menthe. Elle est surprise d'arriver à le tenir dans sa main, de sentir ses lèvres prononcer un « merci », et de découvrir dans sa bouche le goût précis auquel elle s'attendait. Elle suce son bonbon comme ils sucent les leurs, sans se presser, et laisse ce goût lui promettre une continuation tolérable.

Les lampadaires se sont allumés, bien que le soir ne soit pas encore tombé. Dans les arbres surplombant les chaises en bois, quelqu'un a tendu des guirlandes de petites ampoules colorées qu'elle n'avait pas remarquées jusque-là. Elles lui font penser à des festivités. Des carnavals. Des bateaux pleins de chanteurs naviguant sur le lac.

« Mais quel est cet endroit ? » demanda-t-elle à la femme assise à côté d'elle.

Le jour où mourut Miss Tamblyn, Louisa se trouvait par hasard au *Commercial Hotel*. Elle était alors voyageuse de commerce pour une compagnie qui vendait des chapeaux, des rubans, des mouchoirs et de la passementerie, ainsi que de la lingerie féminine à des détaillants. Lorsqu'elle en entendit parler à l'hôtel, elle se dit que la ville aurait rapidement besoin d'une nouvelle bibliothécaire. Elle commençait à être vraiment lasse de trimbaler ses valises d'échantillons d'un train à l'autre, de montrer ses articles dans les hôtels, de faire et défaire ses malles. Elle alla tout de suite parler aux personnes responsables de la bibliothèque, un certain Mr. Doud et un certain Mr. Macleod. Leurs noms sonnaient comme ceux d'un duo de vaudeville, mais eux-mêmes n'en avaient pas l'apparence. Le salaire était bas, mais elle ne gagnait pas grand-chose non plus en travaillant à la commission. Elle leur dit qu'elle avait terminé ses études secondaires, à Toronto, et qu'elle avait travaillé au rayon Livres de *Eaton* avant de se lancer dans la représentation. Elle ne jugea pas nécessaire de préciser qu'elle y avait travaillé cinq mois seulement avant d'apprendre qu'elle souffrait de tuberculose, ni qu'elle était restée quatre ans dans un sanatorium. Elle était guérie, de toute façon, ses taches aux poumons avaient disparu.

L'hôtel l'installa dans une des chambres réservées à l'attention des résidents permanents, au troisième étage. Elle voyait les collines couvertes de neige au-delà des toits. La ville de Carstairs se trouvait dans la vallée d'une rivière. Elle comptait trois ou quatre mille personnes, et une rue principale qui descendait la colline, enjambait la rivière et remontait de l'autre côté. Il y avait une fabrique d'orgues et de pianos.

Les maisons étaient construites pour durer des générations, les jardins étaient larges, les rues bordées de vieux ormes et d'érables. Elle n'avait jamais été dans cette ville au moment où les arbres se couvraient de feuilles. Cela devait faire une grosse différence. Tant de choses à présent visibles seraient alors cachées.

Elle se réjouissait de ce nouveau départ, en éprouvait de l'apaisement et de la reconnaissance. Elle avait déjà pris de nouveaux départs autrefois, et les choses n'avaient pas tourné ainsi qu'elle l'avait espéré, mais elle croyait aux décisions rapides, aux actes imprévus, au caractère unique de son destin.

Dans la ville régnait une odeur d'écurie. Comme le soir tombait, de gros chevaux aux sabots houppes et portant des œillères tiraient leurs traîneaux sur le pont, devant l'hôtel, au-delà des lampadaires, sur les sombres routes secondaires. Quelque part dans la campagne, ils n'entendraient plus le son des autres attelages et de leurs clochettes.

Une vraie vie

Un homme arriva et tomba amoureux de Dorrie Beck. Du moins voulut-il l'épouser. C'était sincère.

« Si son frère avait été en vie, elle n'aurait jamais eu besoin de se marier », disait Millicent. À quoi faisait-elle allusion ? À rien de honteux. Et elle ne faisait pas non plus allusion à l'argent. Elle voulait simplement dire que l'amour avait existé, que la gentillesse avait créé un certain confort, et que dans la pauvre vie un peu irréfléchie qu'avaient vécue ensemble Dorrie et Albert, la solitude n'avait pas été une menace. Millicent, qui à certains égards se montrait sagace et pratique, était à d'autres résolument sentimentale. Elle avait toujours cru en la douceur de l'affection qui a éliminé le sexe.

Elle pensait que c'était la façon dont Dorrie utilisait son couteau et sa fourchette qui avait captivé cet homme. En effet, c'était la façon dont lui-même les utilisait. Dorrie tenait sa fourchette de la main gauche et se servait de la droite uniquement pour couper. Elle ne prenait pas sans cesse sa fourchette dans la main droite pour piquer ses aliments. Et cela parce qu'elle avait fréquenté le Whitby Ladies College dans sa jeunesse. Un dernier soubresaut de la fortune des Beck. Elle en avait aussi rapporté une belle écriture, ce qui pouvait également avoir joué un rôle, car après leur première rencontre, l'homme semblait lui avoir fait toute sa cour par lettres interposées. Millicent trouvait que Whitby Ladies College sonnait particulièrement bien, et son plan – dont personne n'était au courant – était d'y envoyer un jour sa propre fille.

Millicent elle-même n'était pas une personne sans instruction. Elle avait enseigné. Elle avait éconduit deux soupirants sérieux – le premier parce qu'elle ne pouvait pas souffrir sa mère, le deuxième parce qu'il avait essayé de lui fourrer sa langue dans la bouche – avant d'accepter d'épouser Porter, qui avait dix-neuf ans de plus qu'elle. Il possédait trois fermes, et il lui avait promis une salle de bains dans l'année à venir, plus une salle à manger complète, un canapé capitonné et des chaises. Le soir de leur nuit de noces, il lui annonça : « Maintenant, il va falloir que tu y passes », mais elle savait que ce n'était pas dit méchamment.

C'était en 1933.

Elle eut trois enfants, assez rapidement, et après son troisième, elle commença à avoir des problèmes. Porter se comporta décemment – la plupart du temps, il la laissait tranquille.

La maison des Beck se trouvait sur les terres de Porter, mais ce n'était pas lui qui la leur avait rachetée. Il avait acheté la maison d'Albert et Dorrie à l'homme qui la leur avait achetée en premier lieu. D'un point de vue technique, donc, les Beck louaient à Porter leur ancienne propriété. Mais l'argent n'entrait pas en ligne de compte. De son vivant, Albert allait aider Porter le temps d'une journée quand celui-ci entreprenait des travaux importants – au moment de couler la dalle en ciment dans la grange ou de rentrer les foins. Dorrie elle aussi venait à ces occasions, de même qu'elle venait quand Millicent avait un nouvel enfant ou faisait le ménage. Dorrie possédait une force remarquable pour trimbaler les meubles, et elle pouvait accomplir des travaux d'homme, tels que relever les contrevents. Au commencement d'une tâche difficile – enlever le papier peint d'une pièce entière, par exemple – elle se remettait les épaules en place puis prenait une profonde et joyeuse inspiration. Elle rayonnait de détermination. C'était une grande femme solide aux jambes massives, avec des cheveux châtains, un large visage timide, et des taches de rousseur sombres semblables à des pois de velours. Un homme des environs avait donné son prénom à un cheval.

Malgré son engouement pour le ménage, Dorrie ne le faisait guère chez elle. La maison où elle avait vécu avec Albert – et où elle vécut seule, après la mort de celui-ci –, était grande et bien conçue, mais presque entièrement dépourvue de mobilier. Des noms de meubles surgissaient dans la conversation de Dorrie – le buffet en chêne, l'armoire de maman, le vieux lit en bois –, mais toujours collés à l'expression « qu'on a mis aux enchères ». Les enchères semblaient être une catastrophe naturelle, un mélange d'inondation et d'ouragan, dont il aurait été inutile de se plaindre. Il ne restait pas non plus un seul tapis, ni un seul tableau. Il y avait juste le calendrier de l'épicerie *Nunn*, où Albert avait jadis travaillé. L'absence d'objets si ordinaires, conjuguée à la présence d'autres objets – tels que les pièges et les armes de Dorrie, plus les planches lui servant à tendre les peaux de lapins et de rats musqués – avait fait perdre aux pièces leur appellation d'origine, et rendu frivole l'idée de les nettoyer. Une fois, en été, Millicent avait vu un tas de crottes de chien au sommet de l'escalier. Elle ne l'avait pas vu tout frais, mais il l'était encore assez pour offenser le regard. Au cours de l'été, il vira du marron au gris. Il devint aussi dur que de la pierre, digne, stable – et assez étrangement, Millicent en vint à le considérer de moins en moins comme autre chose qu'un objet occupant cet endroit de façon légitime.

C'était Delilah la responsable. Une chienne noire, croisée labrador. Elle pourchassait les voitures, et c'est ainsi qu'elle allait finalement se faire tuer. Après la mort d'Albert, elle et Dorrie avaient peut-être été toutes deux un peu détraquées. Mais ce n'était pas quelque chose qu'on voyait au premier regard. Au début, cela tenait simplement au fait qu'il n'y avait plus d'homme à la maison, et donc plus d'heure fixe pour dîner. Il n'y avait plus de vêtements d'homme à laver – ce qui éliminait la notion de lessives régulières. Personne à qui parler, de sorte que Dorrie se mit à discuter plus souvent avec Millicent, ou avec Millicent et Porter. Elle parlait d'Albert et de son travail, lequel avait consisté à parcourir la campagne avec le chariot, et plus tard le camion, de l'épicerie *Nunn*. Albert était allé au lycée, et il n'avait rien d'un âne, mais à son retour de la Grande Guerre, ne se sentant pas très bien, il avait cru préférable de travailler en plein air ; aussi avait-il accepté un emploi de livreur chez *Nunn*, qu'il avait gardé jusqu'à sa mort. C'était un homme d'une amabilité infatigable, et il faisait plus que simplement livrer des légumes. Il déposait des gens en ville. Il ramenait des malades de l'hôpital. Albert avait une folle dans sa tournée, et un jour, alors qu'il lui déchargeait ses provisions, il éprouva le besoin de se retourner. La folle se tenait derrière lui, une hachette à la main, prête à lui défoncer le crâne. En fait, elle avait déjà amorcé son geste, et quand Albert se glissa hors de sa portée, elle dut poursuivre sur sa lancée, tranchant nettement le cageot de légumes et fendant une livre de beurre. Il continua à lui livrer ses commandes, n'ayant pas le cœur de la remettre aux autorités qui l'auraient emmenée à l'asile. Elle ne reprit jamais sa hachette, mais lui donnait de petits gâteaux saupoudrés de graines douteuses, qu'il jetait dans l'herbe au bout de son allée. D'autres femmes – plus d'une – l'avaient reçu entièrement nues. L'une d'elles était sortie d'une baignoire installée au beau milieu de sa cuisine, et Albert s'était bassement incliné pour déposer les légumes à ses pieds.

« N'y a-t-il pas des gens étonnants ? » disait Dorrie. Et elle poursuivait avec l'histoire d'un célibataire dont la maison était tellement infestée de rats qu'il devait conserver ses provisions dans des sacs suspendus aux poutres de sa cuisine. Mais les rats couraient le long des poutres, sautaient sur les sacs et les déchiraient à coups de griffes, si bien que le type fut finalement obligé de mettre toute sa nourriture dans son propre lit.

« Albert disait toujours que les gens seuls sont à plaindre », concluait Dorrie – comme si elle ne comprenait pas qu'elle comptait désormais parmi eux. Le cœur d'Albert avait lâché – il avait juste eu le temps de se ranger sur le côté de la route et d'arrêter le camion. Il était mort dans un endroit charmant, où des chênes noirs poussaient dans une plaine alluviale, près d'un adorable ruisseau d'eau claire courant le long de la route.

Dorrie mentionnait d'autres anecdotes qu'Albert lui avait racontées sur les débuts des Beck dans la région. Comment les deux frères avaient remonté la rivière en radeau et construit un moulin sur la Grande Courbe, où il n'y avait rien alors à part des bois sauvages. Et rien non plus aujourd'hui, à part les ruines de leur moulin et de leur barrage. La ferme n'était pas un gagne-pain mais un passe-temps, à l'époque où ils avaient bâti leur grande maison et apporté leurs meubles depuis Édimbourg. Les bois de lits, les chaises, et les armoires sculptées qui finirent aux enchères.

« Ils ont contourné le cap Horn, dit Dorrie, traversé le lac Huron et remonté la rivière.

– Oh, Dorrie, répondit Millicent, ce n'est pas possible », et elle apporta un manuel scolaire de géographie qu'elle avait gardé pour lui montrer son erreur.

« Il devait s'agir d'un canal, alors, dit Dorrie. Je me souviens d'un canal. Le canal de Panama ?

– Il est plus probable que ce soit le canal de l'Érié, reprit Millicent.

– Oui, acquiesça Dorrie. Ils ont contourné le cap Horn et pris le canal de l'Érié. »

« Dorrie est une vraie dame, quoi qu'on en dise », confia Millicent à Porter ; il ne la contredit pas. Il était habitué aux jugements personnels et définitifs de sa femme. « Elle l'est cent fois plus que Muriel Snow », ajouta Millicent en nommant la personne qu'on pouvait considérer comme sa meilleure amie. « Je dis ça, et pourtant j'aime énormément Muriel Snow. »

Porter était également habitué à entendre ce genre de phrase.

« J'aime énormément Muriel Snow, et je la défendrais envers et contre tout, disait Millicent. J'aime bien Muriel Snow, mais ça ne veut pas dire que j'approuve tout ce qu'elle *fait*. »

Qu'elle fume. Et qu'elle dise : sacré nom, nom de Zeus, *caca. J'ai failli faire caca dans ma culotte.*

Muriel Snow n'était pas celle que Millicent avait choisie en premier pour meilleure amie. Au début de son mariage, elle avait visé haut. La femme de maître

Nesbitt. La femme du docteur Finnegan. Mrs. Doud. Elles l'avaient laissée abattre une énorme quantité de travail pour les bonnes œuvres de l'église, mais ne l'avaient jamais invitée à prendre le thé avec elles. Millicent n'entrait jamais chez elles, sauf pour assister à une réunion. Porter était fermier. Peu importait le nombre de fermes qu'il possédait, il était fermier. Elle aurait dû s'en douter.

Elle fit la connaissance de Muriel lorsqu'elle décida que sa fille, Betty Jean, prendrait des leçons de piano. Muriel était professeur de musique. Elle enseignait dans les écoles et chez les particuliers. Les temps étant ce qu'ils étaient, elle ne prenait que vingt *cents* la leçon. Elle jouait de l'orgue à l'église, et dirigeait plusieurs chorales, mais en partie bénévolement. Elle et Millicent s'entendaient si bien que bientôt, Muriel vint chez Millicent aussi souvent que Dorrie, avec toutefois un statut différent.

Muriel avait trente ans passés et n'avait jamais été mariée. Le mariage était une chose dont elle parlait ouvertement, en plaisantant, et sur un ton plaintif, surtout en présence de Porter. « Ne connaissez-vous donc aucun homme, Porter ? disait-elle. Ne pouvez-vous pas me dégoter un seul homme convenable ? » Porter répondait qu'il pouvait éventuellement lui en trouver quelques-uns, mais qu'elle ne les trouverait peut-être pas vraiment convenables. L'été, Muriel allait rendre visite à sa sœur, à Montréal, et une fois, elle était allée passer quelque temps à Philadelphie, chez des cousins qu'elle n'avait jamais vus, à qui elle avait seulement écrit. La première chose dont elle rendit compte à son retour fut la situation de la gent masculine.

« Terrible. Ils se marient tous jeunes, ils sont

catholiques, et leurs femmes ne meurent jamais – elles sont trop occupées à faire des enfants.

« Oh, ils avaient bien quelqu'un en vue pour moi, mais j'ai tout de suite compris qu'il ne réussirait pas dans la vie. C'était le genre grand garçon à sa maman.

« J'en ai bel et bien rencontré un, mais il avait un horrible défaut. Il ne se coupait pas les ongles de pied. De gros ongles de pied jaunes. Eh bien ? Vous n'allez pas me demander comment je m'en suis aperçue ? »

Muriel s'habillait toujours dans les tons de bleu. Une femme doit choisir une couleur qui lui va vraiment bien et la porter tout le temps, disait-elle. Comme son parfum. Ce doit être sa signature. Le bleu passait généralement pour une couleur convenant aux blondes, mais c'était faux. Le bleu leur donnait souvent un air encore plus délavé qu'à l'origine. Il seyait mieux aux peaux mates, comme celle de Muriel – des peaux qui prenaient un beau hâle et ne le perdaient jamais complètement. Il seyait aux cheveux bruns et aux yeux marron, dont Muriel était également pourvue. Elle ne lésinait pas sur ses vêtements – le contraire s'avérait une erreur. Elle portait toujours du vernis à ongles – d'une couleur profonde et troublante, abricot, rouge rubis, ou même doré. Elle était petite et ronde, elle faisait de l'exercice pour garder la ligne. Elle avait un grain de beauté sombre sur le devant du cou, tel un joyau suspendu à une chaîne invisible, et un autre semblable à une larme au coin d'un œil.

« Le mot qui vous définit le mieux n'est pas “jolie”, déclara un jour Millicent à sa propre surprise. C'est “ensorceleuse”. » Elle rougit ensuite de son compliment, sachant qu'elle s'était montrée puérile et excessive.

Muriel aussi rougit un peu, mais de plaisir. Elle

s'enivrait de l'admiration des autres, la convoitait ouvertement. Une fois, elle s'arrêta chez Millicent avant d'aller à Walley donner un concert, pour lequel elle espérait obtenir une récompense. Elle arborait une robe bleu glacier chatoyante.

« Et ce n'est pas tout, dit-elle. Tout ce que je porte est neuf, et tout est en soie. »

Il était faux qu'elle ne trouvait jamais d'homme. Elle en trouvait assez fréquemment, mais très rarement un qu'elle pouvait amener dîner. Elle les trouvait dans d'autres villes, où elle emmenait ses chorales participer à des concerts de masse ; à Toronto, à des récitals de piano auxquels elle conduisait parfois un élève prometteur. D'autres fois, elle les trouvait directement chez ses élèves. C'était leurs oncles, leurs pères, leurs grands-pères, et s'ils refusaient d'entrer chez Millicent, se contentant de lui faire signe – parfois avec brusquerie, parfois avec bravade – depuis la voiture, c'est qu'ils étaient mariés. Une épouse clouée au lit, une épouse alcoolique, une mégère haineuse en guise de femme ? Peut-être. Quelques fois, ils n'y faisaient même pas allusion – une épouse fantôme ? Ils escortaient Muriel à des événements musicaux, l'intérêt pour la musique offrant une excuse toute faite. Il arrivait même qu'un élève leur servît de chaperon. Ces hommes l'emmenaient dîner au restaurant dans des villes lointaines. Ils étaient désignés sous le terme d'amis. Millicent défendait Muriel. Comment pouvait-il y avoir du mal à cela alors que tout se passait au grand jour ? Mais tout ne se passait pas au grand jour, pas totalement, et ces histoires se terminaient toujours par des malentendus, des mots durs, de la méchanceté. Un avertissement du conseil de l'école. Miss Snow devra changer de conduite. C'est un mauvais exemple. Une épouse au téléphone. Miss Snow, je suis désolée mais nous annulons les leçons – ou juste un silence au bout du fil. Un rendez-vous manqué, un mot sans réponse, un nom qu'on ne devait plus jamais prononcer.

« Je n'attends pas grand-chose, disait Muriel. J'attends d'un ami qu'il soit un ami. Et eux, ils se tirent dès que ça sent le roussi, après avoir juré de toujours me défendre. Comment ça se fait ?

– Eh bien, tu sais, Muriel, lui dit une fois Millicent, une épouse est une épouse. C'est très bien d'avoir des amis, mais un mariage, c'est un mariage. »

En entendant cela, Muriel explosa et déclara que Millicent ne pensait que du mal d'elle, comme tout le monde ; n'aurait-elle jamais le droit de prendre du bon temps, en toute innocence ? Elle claqua la porte et roula sur les lys, volontairement sans doute. Pendant une journée, Millicent eut le visage congestionné à force de pleurer. Mais cette animosité ne dura pas et Muriel revint, également en larmes, se blâmant.

« Je me suis conduite comme une idiote depuis le début », dit-elle, et elle passa au salon pour jouer du piano. Millicent connaissait désormais ses habitudes. Quand Muriel était heureuse et avait un nouvel ami, elle jouait des chansons tendres et tristes, comme *Flowers of the Forest* ou :

Elle portait des vêtements d'homme,
Et s'habillait gaiement…

Et quand elle était déçue, elle frappait les touches d'une main dure et rapide, elle chantait d'un ton méprisant :

Hé, Johnny Cope, tu pars déjà ?

Parfois, Millicent invitait des gens à dîner (mais pas les Finnegan, ni les Nesbitt, ni les Doud), et à ces occasions, elle aimait aussi inviter Dorrie et Muriel. Dorrie l'aidait à laver les casseroles après le repas, et Muriel pouvait distraire les invités en jouant du piano.

Elle demanda au prêtre anglican de venir un dimanche après les vêpres, et d'amener l'ami qui, avait-elle entendu dire, séjournait chez lui. L'anglican était vieux garçon, mais Muriel avait très tôt renoncé à lui. Ni chair ni poisson, disait-elle. Dommage. Millicent l'appréciait, principalement pour sa voix. Elle avait grandi dans un milieu anglican, et bien qu'elle fût devenue membre de l'Église unifiée, culte dont se réclamait Porter (comme tout le monde, comme tous les gens importants et indispensables de la ville), elle préférait encore les coutumes anglicanes. Les vêpres, la cloche de l'église, le chœur remontant l'allée centrale d'un pas aussi majestueux que possible, en chantant – au lieu de simplement s'attrouper avant de s'asseoir. Les mots les plus beaux. *Mais toi, ô Seigneur, aie pitié de nous pauvres pécheurs. Épargne ceux, ô Seigneur, qui confessent leurs fautes. Pardonne à ceux qui font pénitence, selon la Promesse…*

Porter l'accompagna un jour et détesta l'office.

Les préparatifs en vue de ce dîner furent considérables. On sortit le damas, les cuillères de service en argent, les assiettes à dessert noires décorées de pensées peintes à la main. Il fallut repasser la nappe et polir toute l'argenterie ; restait ensuite l'appréhension de trouver une minuscule trace de pâte à polir, de la gomme grise sur les dents d'une fourchette ou parmi les raisins ornant le bord de la théière qu'ils avaient reçue pour leur mariage. Durant tout le dimanche,

Millicent fut déchirée entre plaisir et agonie, espoir et angoisse. Les choses susceptibles d'aller de travers se multipliaient. Le bavarois pouvait ne pas prendre (ils n'avaient pas encore de réfrigérateur, et devaient mettre les aliments à rafraîchir sur le sol de la cave). Le gâteau risquait de ne pas lever assez pour atteindre toute sa splendeur. S'il ne levait pas, il risquait d'être sec. Les biscuits auraient peut-être un goût de farine rance, un scarabée pouvait sortir de la salade. À cinq heures, elle se trouvait dans un tel état de tension et d'inquiétude que personne ne pouvait rester dans la cuisine avec elle. Muriel était venue tôt pour l'aider, mais elle n'avait pas émincé assez finement les pommes de terre, et était parvenue à s'écorcher les phalanges en râpant les carottes ; on lui reprocha d'être inutile, et on l'envoya jouer du piano.

Muriel était vêtue de crêpe turquoise et sentait son parfum d'Espagne. Si elle avait envoyé une lettre de refus au prêtre anglican, elle n'avait pas encore vu son visiteur. Un célibataire, peut-être, ou un veuf, puisqu'il voyageait seul. Riche, ou il ne voyagerait pas du tout, pas si loin. Il venait d'Angleterre, disait-on. Quelqu'un avait dit non, d'Australie.

Elle essayait de mettre au point les *Danses polovtsiennes*.

Dorrie était en retard. Cela chamboula le programme. La salade en gelée dut être remportée à la cave, de crainte qu'elle ne ramollît. Les biscuits mis à tiédir dans le four durent être ressortis, de peur qu'ils ne durcissent. Les trois hommes étaient assis sous la galerie – c'est là qu'ils devaient prendre le repas, présenté en buffet – et buvaient de la limonade. Millicent avait constaté les effets de l'alcool sur sa propre famille – son père en était mort quand elle avait dix ans –, et, avant leur mariage, elle avait fait promettre à Porter de ne jamais plus y toucher. Bien entendu, il y touchait – il conservait une bouteille dans le grenier – mais quand il buvait, il restait à distance, et elle croyait sincèrement qu'il tenait sa promesse. C'était un exemple assez courant à cette époque, du moins chez les fermiers : alcool à la grange, abstinence à la maison. La plupart des hommes auraient trouvé bizarre une femme qui ne leur aurait pas imposé une telle loi.

Mais Muriel, en sortant sur la terrasse dans ses chaussures à talons hauts et sa robe de crêpe moulante, s'exclama immédiatement :

« Oh, mon cocktail préféré ! Du gin citron ! » Elle en but une gorgée et fit la moue à Porter. « Vous avez recommencé ! Vous avez encore oublié le gin ! » Puis elle se mit à taquiner le prêtre anglican, lui demandant s'il n'avait pas une flasque dans sa poche. Ou bien le prêtre était galant, ou bien l'ennui l'avait rendu téméraire. Il répondit qu'il aurait souhaité en avoir une.

Le visiteur, qui se leva pour être présenté, était grand et mince, avec un visage olivâtre triste et précis qui semblait faire des plis. Muriel ne céda pas à la déception. Elle s'assit à côté de lui, et tenta avec beaucoup de verve d'engager la conversation. Elle lui parla de ses leçons de musique, fit des remarques acerbes sur les chorales et les musiciens de la région. Elle n'épargna pas les anglicans. Elle nargua le prêtre et Porter, puis raconta l'histoire du poulet qui était monté sur scène pendant un concert donné dans une école de campagne.

Porter avait fait ses corvées plus tôt, il s'était lavé et avait passé son costume, mais il jetait sans cesse des regards inquiets du côté de la grange, comme s'il se rappelait avoir oublié de faire quelque chose. L'une des vaches beuglait à tue-tête dans le pré, et il finit par s'excuser pour aller voir ce qu'elle avait. Il découvrit que son veau s'était pris dans la barrière en fil de fer et avait réussi à s'étrangler. Il ne parla pas de cette perte en revenant, les mains lavées de frais. « Un veau pris dans la barrière », fut tout ce qu'il dit. Mais il lia en quelque sorte l'accident à cette réception, au fait de devoir s'habiller et manger sur ses genoux. Il ne trouvait pas cela naturel.

« Ces vaches sont aussi pénibles que des enfants, dit Millicent. Elles exigent toujours votre attention au mauvais moment ! » Ses propres enfants, qu'elle avait fait souper plus tôt, risquaient un œil entre les balustres pour voir la nourriture qu'on apportait sous la galerie. « Je crois qu'il va nous falloir commencer sans Dorrie. Vous devez mourir de faim, les hommes ! C'est juste un petit buffet sans prétention. Nous aimons parfois manger dehors, le dimanche soir.

– Commencez, commencez ! » s'écria Muriel qui avait aidé à apporter les différents plats – la salade de pommes de terre, les carottes râpées, la salade en gelée, l'émincé de chou, les œufs à la sauce piquante et le poulet froid, le pain de saumon et les biscuits tièdes, ainsi que les sauces. Au moment même où elles achevaient de tout installer, Dorrie apparut au coin de la maison, l'air échauffée par sa marche à travers champs, ou par l'émotion. Elle portait sa plus belle robe d'été, une robe d'organdi bleu marine à pois rehaussée d'un col blanc, qui aurait convenu à une petite fille ou à une vieille dame. Des fils pendaient à l'endroit où elle avait arraché la dentelle déchirée du col au lieu de la repriser et, malgré la chaleur, un ourlet de maillot dépassait de sa manche. Ses chaussures avaient été si récemment et si négligemment nettoyées qu'elles laissaient des marques de cirage blanc sur l'herbe.

« J'aurais été à l'heure, dit Dorrie, si je n'avais pas dû tuer une chatte sauvage. Elle n'arrêtait pas de rôder autour de chez moi. J'étais convaincue qu'elle avait la rage. »

Elle s'était mouillé les cheveux et les avait gaufrés, les maintenant en place avec des épingles. Coiffée ainsi, avec son visage rose luisant, elle avait l'air d'une poupée avec une tête et des membres en porcelaine fixés sur un corps en tissu fermement bourré de paille.

« Au début, j'ai pensé qu'elle pouvait être en chaleur, mais elle ne se comportait pas vraiment de cette façon. Elle ne se frottait pas le ventre, comme je les vois faire d'habitude. Et j'ai remarqué qu'elle crachait. Alors, je me suis dit que la seule chose à faire était de l'abattre. Ensuite, je l'ai mise dans un sac et j'ai appelé Fred Nunn pour voir s'il pouvait la porter à Walley, chez le vétérinaire. Je veux savoir si elle avait vraiment la rage, et Fred aime bien avoir une excuse pour prendre la voiture. Je lui ai dit de laisser le sac sur le perron si le vétérinaire n'était pas chez lui, vu que nous sommes dimanche soir.

– Je me demande ce qu'il croira que c'est ! dit Muriel. Un cadeau ?

– Non. J'ai épinglé un mot, au cas où. Pas de doute, elle crachait et elle bavait. » Elle toucha son propre visage, pour montrer où coulait la bave. « Trouvez-vous votre séjour ici agréable ? » demanda-t-elle au prêtre anglican, lequel était en ville depuis trois ans et avait enterré son frère.

« C'est Mr. Speirs qui séjourne parmi nous, Dorrie », corrigea Millicent. Dorrie répondit aux présentations, et ne sembla nullement gênée de son erreur. Elle expliqua que ce qui lui avait fait prendre l'animal pour une chatte sauvage était son affreuse robe tout emmêlée, et elle pensait aussi qu'une bête semblable ne se serait jamais approchée d'une maison à moins d'avoir la rage.

« Mais je mettrai une explication dans le journal, au cas où. Je serais ennuyée s'il s'agissait d'un animal de compagnie. J'ai perdu le mien il y a trois mois – ma chienne Delilah. Elle s'est fait renverser par une voiture. »

C'était étrange d'entendre qualifier cette chienne d'animal de compagnie, cette grosse Delilah toute noire qui parcourait la campagne d'un pas lourd aux côtés de Dorrie, qui fendait les champs avec une joie sauvage pour aller attaquer les voitures. Dorrie n'avait pas été affligée par sa mort ; elle avait même déclaré qu'elle s'y attendait, un jour ou l'autre. Mais à présent, en l'entendant parler d'« animal de compagnie », Millicent se dit que Dorrie avait peut-être éprouvé un chagrin qu'elle n'avait pas montré.

« Venez remplir votre assiette, ou nous allons tous devoir mourir de faim, dit Muriel à Mr. Speirs. C'est vous l'invité, vous devez vous servir le premier. Si les jaunes d'œufs vous semblent foncés, c'est simplement dû à ce que les poules ont mangé – ils ne vous empoisonneront pas. J'ai râpé les carottes de cette salade moi-même, alors, si jamais vous y trouvez du sang, c'est que je me suis montrée un peu trop enthousiaste et que je me suis écorché les phalanges. Je ferais mieux de me taire maintenant, sinon Millicent va me tuer. »

Et Millicent riait avec colère, tout en protestant :

« Mais non, ils ne sont pas foncés ! Mais non, vous ne vous êtes pas écorchée ! »

Mr. Speirs avait prêté une grande attention à tout ce que Dorrie avait raconté. Peut-être était-ce ce qui avait rendu Muriel si effrontée. Millicent se dit qu'il voyait peut-être Dorrie comme une nouveauté, une Canadienne sauvage qui se baladait en tuant des animaux. Peut-être l'étudiait-il pour pouvoir la décrire à ses amis, en Angleterre.

Dorrie ne parlait pas en mangeant, et elle mangea énormément. Mr. Speirs mangea beaucoup lui aussi – Millicent s'en réjouit –, et sembla quelqu'un de silencieux en toutes circonstances. Le prêtre entretint la conversation en racontant un livre qu'il était en train de lire. L'ouvrage s'intitulait *La Piste de l'Oregon*.

« Terribles, les épreuves ! » conclut-il.

Millicent dit qu'elle en avait entendu parler. « J'ai des cousins qui habitent dans l'Oregon, mais je ne me souviens pas du nom de la ville. Je me demande s'ils y sont allés par cette piste. »

Le prêtre répondit que si leur famille y était allée cent ans plus tôt, c'était très probable.

« Oh, je ne crois pas qu'il y ait si longtemps. Ils s'appelaient Rafferty.

– Y avait un dénommé Rafferty qui organisait des courses de pigeons, dit Porter avec une énergie soudaine. C'était il y a longtemps, quand ce genre de chose était plus courant. Et qu'on pariait de l'argent dessus. Eh bien, y s'est rendu compte qu'il avait un problème avec son pigeonnier : les pigeons n'y entraient pas directement, et vu qu'ils ne touchaient pas le fil de fer, ils n'étaient pas pris en compte. Alors, il a pris l'œuf d'une femelle, il l'a vidé, et il a mis un scarabée dedans. Et le scarabée a fait un tel raffut à l'intérieur que naturellement, la pigeonne a cru que son œuf était sur le point d'éclore. Alors, elle a volé tout droit au pigeonnier, elle a touché le fil, et tous ceux qui avaient misé de l'argent sur elle se sont fait beaucoup d'argent. Le type aussi, bien entendu. En fait, ça se passait en Irlande, et le gars qui racontait cette histoire, c'est comme ça qu'il a eu l'argent pour venir au Canada. »

Millicent ne croyait pas une seconde que l'homme en question s'appelait Rafferty. Ç'avait juste été une excuse.

« Alors, vous avez un fusil chez vous ? demanda le prêtre à Dorrie. Cela signifie-t-il que vous avez peur des clochards et autres vagabonds ? »

Dorrie posa sa fourchette et son couteau, mâcha soigneusement quelque chose, puis avala.

« Je m'en sers pour chasser », répondit-elle.

Après un silence, elle précisa qu'elle chassait la marmotte et le lapin. Elle portait les marmottes à l'autre bout de la ville, pour les vendre à la visonnière. Elle dépeçait les lapins, tendait les peaux, et les vendait à une boutique de Walley qui faisait de grosses affaires avec les touristes. Elle aimait la viande de lapin sautée ou bouillie, mais comme elle ne pouvait pas tout manger à elle seule, elle en portait souvent un, vidé et dépecé, à une famille en difficulté. De nombreuses personnes refusaient ses dons. Les gens pensaient que c'était aussi cruel que de manger un chien ou un chat. Même si, à ce qu'elle savait, ceci n'était pas impensable en Chine.

« C'est vrai, dit Mr. Speirs. J'ai mangé des deux.

– Eh bien alors, vous savez, répondit Dorrie. Les gens sont pleins de préjugés. »

Il posa des questions sur les peaux, remarqua qu'il fallait sûrement faire très attention pour les détacher, ce que Dorrie lui confirma en ajoutant que cela nécessitait un couteau fiable. Elle décrivit avec plaisir la première incision nette pratiquée le long du ventre. « C'est encore plus difficile avec les rats musqués, parce qu'il faut faire plus attention à la fourrure : elle vaut plus cher. Elle est plus dense. Et étanche.

– Vous ne chassez pas le rat musqué au fusil ? » demanda Mr. Speirs.

Non, non, répondit Dorrie. Elle les attrapait avec des pièges. Avec des pièges, oui, reprit Mr. Speirs, et Dorrie fit la description de son piège préféré, auquel elle avait apporté quelques améliorations de son cru. Elle avait pensé déposer un brevet mais ne l'avait jamais fait. Elle parla des cours d'eau printaniers, du réseau de petits ruisseaux qu'elle suivait péniblement sur des kilomètres, jour après jour, après que la neige eut presque entièrement fondu mais avant l'apparition des feuilles, au moment où la fourrure des rats musqués était la plus belle. Millicent savait que Dorrie faisait ce genre de choses, mais elle avait cru qu'elle les faisait pour gagner un peu d'argent. À l'entendre parler à présent, Dorrie semblait sincèrement aimer cette vie. Les mouches noires déjà dehors, l'eau froide passant pardessus ses bottes, les rats noyés. Et Mr. Speirs écoutait tel un vieux chien, un chien de chasse, peut-être, qui serait resté assis les yeux à demi clos, évitant de justesse, grâce à la bonne opinion qu'il avait de lui-même, d'afficher une stupeur impolie. Il a désormais senti quelque chose que personne d'autre ne peut comprendre – ses yeux sont grands ouverts, son nez remue et ses muscles se tendent, des rides courent sur sa peau au souvenir d'un jour d'insouciance et de consécration. À quelle distance se trouve l'eau ? demande-t-il. Est-elle profonde ? Combien pèsent les rats musqués ?

Combien en comptez-vous par jour au maximum? Utilise-t-on le même genre de couteau ?

Muriel demanda une cigarette au prêtre, en obtint une, fuma quelques instants puis l'écrasa au beau milieu de son bavarois.

« Pour éviter de le manger et de grossir », dit-elle. Elle se leva pour aider à remporter les plats, mais elle retourna bientôt au piano et aux *Danses polovtsiennes*.

Millicent était ravie que l'invité fût mêlé à la conversation, bien que le charme de celle-ci la déroutât. De plus, elle avait trouvé la nourriture bonne, et il n'y avait eu aucun sujet d'humiliation, aucun goût étrange, aucune anse de tasse poisseuse.

« Je croyais que les trappeurs étaient tous dans le Nord, dit Mr. Speirs. Je pensais qu'ils se trouvaient au-delà du cercle arctique, ou tout au moins sur le bouclier précambrien.

– J'avais dans l'idée d'aller là-bas autrefois », dit Dorrie. Sa voix s'épaissit pour la première fois, sous l'effet de l'embarras – ou de l'émotion. « Je pensais être capable de vivre dans une cabane et de chasser tout l'hiver. Mais j'avais mon frère, et je ne pouvais pas laisser mon frère. Et je connais bien, ici. »

Vers la fin de l'hiver, Dorrie arriva chez Millicent avec un grand coupon de satin blanc. Elle annonça qu'elle avait l'intention de faire une robe de mariée. C'était la première fois que quelqu'un l'entendait parler de mariage – elle précisa qu'il aurait lieu en mai – ou apprenait le prénom de Mr. Speirs. C'était Wilkinson, Wilkie.

Où et quand Dorrie l'avait-elle vu, depuis le dîner sous la galerie ?

Nulle part. Il était parti pour l'Australie, où il possédait une propriété. Des lettres avaient fait la navette entre eux.

Des draps furent étendus sur le sol de la salle à manger, et la table poussée contre le mur. Le satin fut étalé par-dessus. Sa large surface brillante, son étincelante vulnérabilité imposèrent le silence à toute la maison. Les enfants s'approchèrent pour le regarder, et Millicent leur cria de déguerpir. Elle avait peur de tailler dedans. Et Dorrie, qui pouvait si facilement fendre la peau d'un animal, reposa les ciseaux. Elle avoua qu'elle avait les mains tremblantes.

Elles glissèrent un mot à Muriel pour lui demander de passer après l'école. Celle-ci porta la main à son cœur en apprenant la nouvelle, et elle traita Dorrie de rusée, de Cléopâtre, qui avait su fasciner un millionnaire.

« Je parie qu'il est millionnaire, dit-elle. Une propriété en Australie – qu'est-ce que ça veut dire ? Je parie qu'il ne s'agit pas d'un élevage de cochons ! Tout ce que je peux espérer, c'est qu'il ait un frère. Oh, Dorrie, je ne vous ai même pas dit : félicitations ! »

Elle gratifia Dorrie de baisers sonores et lascifs que celle-ci reçut, immobile, comme si elle avait eu cinq ans.

Ce que Dorrie avait dit, c'était que Mr. Speirs et elle entendaient faire « un genre de mariage ». Que voulez-vous dire, lui avait demandé Millicent, une cérémonie de mariage, c'est ça que vous voulez dire ? Et Dorrie avait acquiescé.

Muriel fit la première entaille dans le satin, déclarant que quelqu'un devait bien se lancer, mais que si c'était à refaire, elle ne la ferait peut-être pas tout à fait au même endroit.

Elles s'habituèrent bientôt aux erreurs. Aux erreurs et aux rectifications. Tous les jours en fin d'après-midi, quand Muriel arrivait, elles attaquaient une nouvelle étape – coupe, épinglage, faufilage, couture – les dents serrées, en poussant des cris de guerre menaçants. Elles durent modifier le patron au fur et à mesure, en fonction des problèmes imprévus : une manche trop juste, les tas que le satin lourd formait à la taille, les excentricités de la silhouette de Dorrie. Celle-ci mettant en danger le bon déroulement des travaux, elles l'employèrent à balayer les chutes de tissu et à recharger la bobine de la navette. Chaque fois que Dorrie s'asseyait à la machine à coudre, elle coinçait sa langue entre ses dents. Parfois, quand elle n'avait rien à faire, elle déambulait de pièce en pièce dans la maison de Millicent, s'arrêtant pour regarder par les fenêtres la neige qui commençait à fondre, l'interminable fin de l'hiver. Ou bien elle restait immobile, pareille à une bête docile, dans ses sous-vêtements de laine qui sentaient assez franchement l'odeur de sa peau, pendant que Muriel et Millicent tiraient et arrangeaient le tissu autour d'elle.

Muriel avait décidé de se charger des vêtements. Elle savait ce qu'il faudrait à Dorrie. Il lui faudrait plus qu'une robe de mariée. Il lui faudrait une tenue de voyage, une chemise de nuit pour la nuit de noces ainsi qu'une robe de chambre assortie, et bien sûr une gamme complète de sous-vêtements neufs. Des bas de soie, et un soutien-gorge – le premier que Dorrie eût jamais porté.

Dorrie n'avait pas songé à tout cela. « Je considérais la robe de mariée comme l'obstacle principal, dit-elle. Je ne voyais pas plus loin. »

La neige fondit, les ruisseaux se remplirent, les rats

musqués devaient nager dans l'eau froide, chics et luisants avec leur trésor sur le dos. Si Dorrie pensait à ses pièges, elle ne le disait pas. La seule promenade qu'elle faisait à cette époque consistait à traverser le champ qui s'étendait entre sa propre maison et celle de Millicent.

Enhardie par l'expérience, Muriel coupa un tailleur dans de la belle laine rousse, ainsi qu'une doublure. Elle laissait ses répétitions de chorales aller à vau-l'eau.

Millicent dut réfléchir au repas de mariage. Il était censé avoir lieu au *Brunswick Hotel*. Mais qui pouvait-elle inviter, à part le prêtre anglican ? Beaucoup de gens connaissaient Dorrie, mais ils la connaissaient comme la dame qui laissait des lapins dépecés sur les pas de porte, arpentait les champs et les bois avec son chien et son fusil, marchait dans les ruisseaux en crue chaussée de ses hautes bottes en caoutchouc. Ils étaient peu à savoir quelque chose des vieux Beck, même si tous se souvenaient d'Albert et l'avaient aimé. Dorrie n'était pas vraiment un sujet de plaisanterie – quelque chose l'en protégeait, que ce fût la popularité d'Albert, ou sa propre brusquerie et sa propre dignité –, mais la nouvelle de son mariage avait suscité un grand intérêt, d'une nature pas réellement sympathique. On qualifiait ce mariage d'événement monstrueux, plutôt scandaleux, pensant même à un canular. Porter rapporta qu'on lançait des paris quant à savoir si le type viendrait.

Finalement, Millicent se souvint de cousins qui avaient assisté aux funérailles d'Albert. Des gens ordinaires, respectables. Dorrie avait leurs adresses, on leur envoya des invitations. Ensuite, les frères Nunn, pour qui Albert avait travaillé, avec leurs épouses.

Deux amis qui jouaient aux boules avec Albert, également accompagnés de leurs femmes. Les propriétaires de la visonnière où Dorrie vendait ses marmottes ? La femme de la pâtisserie qui ferait le glaçage du gâteau ?

Le gâteau serait préparé à la maison, puis porté à la boutique pour y être glacé par cette femme, qui possédait un diplôme de décoration en pâtisserie d'une école de Chicago. Il serait couvert de roses blanches, de festons semblables à de la dentelle, de cœurs et de guirlandes, de feuilles argentées, et de ces minuscules bonbons également argentés sur lesquels on pouvait se casser une dent. Auparavant, il faudrait mélanger les ingrédients, le faire cuire, et c'est là que pourraient intervenir les bras solides de Dorrie, pour remuer et remuer encore un mélange si compact qu'il semblait n'être fait que de fruits confits, de raisins secs et de raisins de Corinthe, avec un peu de pâte au gingembre pour tenir le tout ensemble comme de la colle. Quand Dorrie eut le gros saladier contre son ventre et qu'elle prit la cuillère, Millicent entendit le premier soupir satisfait franchir ses lèvres depuis longtemps.

Muriel décida qu'il devait y avoir une demoiselle d'honneur. Ou une dame d'honneur. Ce ne pouvait être elle, car elle serait en train de jouer de l'orgue. *Ô amour parfait.* Et la marche nuptiale.

Il faudrait que ce soit Millicent. Muriel n'accepterait aucun refus de sa part. Elle apporta une de ses propres robes du soir, une robe longue bleu ciel qu'elle fendit à la poitrine – quelle confiance et quelle désinvolture montrait-elle désormais en matière de couture ! – puis proposa d'y ajouter une taille en dentelle d'un bleu plus sombre, ainsi qu'un boléro assorti. La robe aurait l'air neuf, et lui irait comme un gant, assura Muriel.

Millicent rit lors du premier essayage, puis elle

s'exclama : « Voilà de quoi faire fuir les pigeons ! » Mais elle était ravie. Porter et elle n'avaient pas fait un grand mariage – ils s'étaient contentés d'aller au presbytère, décidant d'investir l'argent économisé dans le mobilier. « J'imagine que j'aurai besoin d'un truc, dit-elle. Quelque chose à me mettre sur la tête.

– Son voile ! s'écria Muriel. Et le voile de Dorrie ? Nous nous sommes tellement concentrées sur la robe que nous avons complètement oublié le voile ! »

Dorrie prit inopinément la parole, et déclara qu'elle ne porterait jamais de voile. Elle ne supporterait pas d'être drapée là-dessous, elle aurait l'impression d'avoir des toiles d'araignée sur la tête. En l'entendant parler de toiles d'araignée, Muriel et Millicent sursautèrent, car certaines plaisanteries insinuaient que Dorrie en avait ailleurs.

« Elle a raison, trancha Muriel. Un voile serait superflu. » Elle envisagea autre chose. Une couronne de fleurs ? Non, également superflu. Une capeline ? Oui, il fallait trouver un vieux chapeau d'été et le recouvrir de satin blanc. Puis en trouver un autre et le recouvrir de dentelle bleu foncé.

« Voilà le menu, annonça Millicent d'un ton incertain. Feuilletés de poulet à la crème, petits biscuits ronds, aspics, cette salade à base de pommes et de noix, glace rose et blanche pour accompagner le gâteau... »

En pensant au gâteau, Muriel demanda :

« Aurait-il une épée, par hasard, Dorrie ?

– Qui ça ?

– Wilkie. Votre Wilkie. Est-ce qu'il a une épée ?

– Pourquoi aurait-il une épée ? s'étonna Millicent.

– Je me disais qu'il en avait peut-être une.

– Je ne peux pas vous éclairer », conclut Dorrie.

Suivit alors un moment pendant lequel elles se turent

toutes les trois, devant songer au futur marié. Il faudrait le laisser pénétrer dans la pièce et l'installer au milieu de tout cela. Les capelines. Le poulet à la crème. Les feuilles argentées. Elles étaient assaillies de doutes. Tout au moins Millicent et Muriel. Elles osaient à peine se regarder.

« Je me disais juste qu'étant anglais, ou je ne sais quoi…, dit Muriel.

– C'est un homme bien de toute façon », déclara Millicent.

Le mariage fut fixé pour le second samedi de mai. Mr. Speirs devait arriver le mercredi et loger chez le prêtre anglican. Le dimanche précédant la cérémonie, Dorrie était censée venir dîner chez Millicent et Porter. Muriel aussi. Comme Dorrie n'arrivait pas, ils commencèrent sans elle.

Millicent se leva au milieu du repas.

« Je vais là-bas, dit-elle. Elle ferait bien d'être plus ponctuelle pour son mariage.

– Je peux vous accompagner, proposa Muriel.

– Non merci, répondit Millicent. À deux, ce sera peut-être pire. »

Qu'est-ce qui sera pire ?

Elle ne savait pas.

Elle traversa le champ toute seule. Il faisait bon, et la porte arrière de chez Dorrie était ouverte. Entre la maison et l'endroit où s'élevait autrefois la grange s'étendait une plantation de noyers aux branches encore nues, les noyers comptant parmi les derniers arbres à se couvrir de feuilles. La chaude lumière du soleil qui se déversait au travers des branches dénudées semblait surnaturelle. Ses pas ne faisaient aucun bruit sur l'herbe.

Et là, sur la terrasse de derrière, il y avait le vieux fauteuil d'Albert qui restait dehors tout l'hiver.

Ce que Millicent avait dans la tête, c'était que Dorrie avait pu avoir un accident. Lié à un fusil. Peut-être pendant qu'elle nettoyait le sien. Ce genre de chose arrivait. Ou peut-être gisait-elle quelque part dans un champ, ou dans les bois, au milieu des vieilles feuilles mortes, des jeunes poireaux et de la potentille. Elle avait pu trébucher en sautant une barrière. Elle avait eu besoin d'aller se promener une dernière fois. Et après toutes les fois sans problèmes, le coup était parti tout seul. Millicent n'avait jamais éprouvé de craintes semblables à propos de Dorrie, et elle savait qu'à sa façon, Dorrie se montrait très prudente et très compétente. C'était sans doute à cause des événements de cette année que tout semblait possible. Cette demande en mariage, cette chance absolument incroyable, pouvaient aussi vous faire croire à la catastrophe.

Mais ce n'était pas à un accident qu'elle pensait. Pas vraiment. Sous ces hypothèses d'accidents aussi nombreuses qu'effrayantes, elle cachait ce qu'elle redoutait réellement.

Elle appela Dorrie depuis la porte ouverte. Et elle s'attendait tellement à entendre le silence en guise de réponse, le silence et l'indifférence maléfiques d'une maison depuis peu désertée par quelqu'un à qui il est arrivé malheur (ou contenant encore le corps de la personne à qui est arrivé – qui *s'est attiré* – ce malheur), elle s'attendait tellement au pire qu'elle ressentit un choc, et que ses jambes se mirent à flageoler à la vue de Dorrie en personne, vêtue du vieux pantalon et de la vieille chemise qu'elle portait dans les champs.

« Nous vous attendions, dit Millicent. Nous vous attendions pour le dîner.

– J'ai dû perdre la notion du temps, répondit Dorrie.

– Ah, vos pendules se seraient-elles toutes arrêtées ? » reprit Millicent en retrouvant son calme, tandis qu'elle traversait l'entrée de service jonchée de ses mystérieux débris familiers. Elle sentit une odeur de friture.

La cuisine était sombre à cause du gros lilas indiscipliné qui poussait tout contre la fenêtre. Dorrie utilisait le fourneau à bois d'origine, et possédait une de ces vieilles tables munies d'un tiroir pour les couteaux et les fourchettes. C'était un soulagement de constater que le calendrier accroché au mur datait de l'année en cours.

Dorrie se préparait à manger. Elle était en train d'émincer un oignon violet pour l'ajouter aux morceaux de bacon et aux tranches de pommes de terre qu'elle avait mis à frire dans la poêle. Fini le prétexte d'avoir perdu la notion du temps.

« Continuez, dit Millicent. Continuez à faire votre repas. J'ai mangé quelque chose avant de prendre l'envie de venir vous chercher.

– J'ai fait du thé », annonça Dorrie. Elle le gardait au chaud sur l'arrière du fourneau, et, quand elle le versa, il avait la couleur de l'encre.

« Je ne peux pas partir, dit-elle en détachant les morceaux de bacon qui grésillaient dans la poêle. Je ne peux pas partir d'ici. »

Millicent décida de traiter cette déclaration comme celle d'une enfant qui affirme ne pas pouvoir aller à l'école.

« Eh bien, voilà de bien bonnes nouvelles pour

Mr. Speirs, dit-elle. Après tout le chemin qu'il aura fait. »

Dorrie se pencha en arrière car la graisse devenait revêche.

« Mieux vaudrait enlever ça du feu un moment, dit Millicent.

– Je ne peux pas partir.

– J'ai déjà entendu ça. »

Dorrie acheva de préparer son repas et déposa le résultat dans une assiette. Elle y ajouta du ketchup et deux épaisses tranches de pain trempées dans la graisse qui restait au fond de la poêle. Elle s'assit pour manger, sans piper mot.

Assise également, Millicent patientait.

« Donnez-moi une raison », dit-elle finalement.

Dorrie haussa les épaules sans cesser de mastiquer.

« Peut-être savez-vous quelque chose que j'ignore. Qu'avez-vous découvert ? Est-il pauvre ? »

Dorrie secoua la tête.

« Riche », dit-elle.

Ainsi, Muriel avait raison.

« Beaucoup de femmes donneraient leur chemise pour un homme comme ça.

– Je m'en fiche », répliqua Dorrie. Elle mastiqua, avala, et répéta : « Je m'en fiche. »

Millicent devait se lancer, malgré son embarras.

« Si vous pensez à ce que je crois que vous pensez, alors, il se pourrait bien que vous vous fassiez du souci pour rien. Souvent, en prenant de l'âge, ils ne veulent même pas s'en donner la peine.

– Oh, ce n'est pas ça ! Je sais tout à ce sujet. »

Ah, vraiment, se dit Millicent, et comment ça ? Dorrie croyait peut-être savoir, d'après ce qu'elle avait vu des animaux. Millicent s'était parfois dit que si les femmes savaient vraiment, elles ne se marieraient jamais.

Pourtant, elle déclara :

« Le mariage vous change les idées et vous donne une vraie vie.

– J'ai déjà une vie, rétorqua Dorrie.

– Très bien », dit Millicent comme si elle abandonnait la discussion. Elle but son thé infect. Elle était en train d'avoir une inspiration. Elle laissa s'écouler un moment, puis reprit : « C'est à vous de voir, sans aucun doute. Mais il y a un problème au sujet de votre logement. Vous ne pouvez pas rester ici. Quand Porter et moi avons appris que vous alliez vous marier, nous avons mis cette maison en vente, et nous l'avons vendue.

– Vous mentez, dit Dorrie aussitôt.

– Nous ne voulions pas qu'elle reste vide pour servir de refuge aux clochards. Nous avons pris les devants et nous l'avons vendue.

– Vous ne me feriez jamais un coup pareil.

– Quel coup, puisque vous alliez vous marier ? »

Millicent croyait déjà à sa propre histoire. Bientôt, celle-ci se réaliserait peut-être. Ils pourraient proposer la maison à un prix assez bas, et quelqu'un l'achèterait. Elle était encore réparable. Ou ils pouvaient la faire démolir, pour récupérer les briques et les boiseries. Porter serait ravi de s'en débarrasser.

« Vous ne me mettriez pas à la porte de chez moi. »

Millicent ne dit rien.

« Vous mentez, n'est-ce pas ? demanda Dorrie.

– Donnez-moi votre Bible, dit Millicent. Je jurerai dessus. »

Dorrie jeta bien un coup d'œil circulaire, mais avoua :

« Je ne sais pas où elle est.

– Écoutez, Dorrie. Tout ça, c'est pour votre bien. J'ai peut-être l'air de vous mettre à la porte, mais c'est seulement pour vous faire faire ce que vous n'êtes pas tout à fait prête à faire seule.

– Ah, dit Dorrie. Et pourquoi ? »

Parce que le gâteau de mariage est prêt, pensa Millicent, et que la robe en satin est faite ; le repas a été commandé, et les invitations envoyées. Tout ce mal qu'on s'est donné. Les gens pouvaient trouver cette raison idiote, mais pas ceux qui s'étaient donné ce mal. Ce n'était pas juste de voir ruiner ses plus gros efforts.

Mais il y avait autre chose, car elle croyait ce qu'elle disait en affirmant à Dorrie que le mariage était le moyen d'avoir une vie. Et que voulait dire Dorrie par « ici » ? Si elle voulait dire qu'elle aurait le mal du pays, eh bien soit ! Le mal du pays n'avait jamais été incurable. Millicent ne prêterait aucune attention à ce « ici ». Personne n'avait le droit de passer sa vie « ici » quand on lui proposait ce qu'on avait proposé à Dorrie. C'était une sorte de péché de refuser une telle offre. Par entêtement, par peur, et par bêtise.

Millicent avait l'impression que Dorrie était acculée. Dorrie était peut-être en train d'abandonner, ou de laisser l'idée d'abandonner s'infiltrer en elle. Peut-être. Elle restait assise, aussi immobile qu'une statue, mais cette statue pouvait avoir un cœur de chair.

Pourtant, ce fut Millicent qui se mit tout à coup à pleurer.

« Oh, Dorrie, dit-elle. Ne soyez pas stupide ! » Elles se levèrent toutes les deux, s'agrippèrent l'une à l'autre, et Dorrie dut jouer la consolatrice, tapotant et apaisant d'un air magistral, tandis que Millicent sanglotait et répétait des mots sans suite. *Heureuse. Aide. Ridicule.*

« Je veillerai sur Albert, dit Millicent lorsqu'elle fut un peu calmée. Je lui porterai des fleurs. Et je n'en parlerai pas à Muriel Snow. Ni à Porter. Personne n'a besoin de savoir. »

Dorrie ne dit rien. Elle semblait un peu perdue, préoccupée, comme si elle retournait sans cesse une idée dans sa tête, se résignant à en accepter le poids et l'étrangeté.

« Ce thé est infect, dit Millicent. Ne peut-on pas en faire un buvable ? » Elle alla jeter le contenu de sa tasse dans le seau prévu à cet effet.

Dorrie restait plantée dans la faible clarté de la fenêtre – entêtée, obéissante, puérile, féminine –, mystérieuse et exaspérante créature que Millicent paraissait désormais avoir conquise, qu'elle congédiait. Et il lui en coûtait plus, se disait Millicent, plus qu'elle ne l'avait pensé. Elle essaya d'amadouer Dorrie d'un regard sombre mais encourageant, faisant cesser son accès de larmes. Elle déclara :

« Les dés sont jetés. »

Dorrie se rendit à son mariage à pied.

Personne n'avait été au courant de son intention. Quand Porter et Millicent arrêtèrent la voiture devant chez elle pour l'emmener, Millicent éprouvait un reste d'angoisse.

« Klaxonne, dit-elle. Elle a intérêt à être prête maintenant.

– C'est pas elle, là-bas devant ? » demanda Porter.

C'était bien elle. Elle portait un manteau gris léger ayant appartenu à Albert par-dessus sa robe en satin, et elle tenait sa capeline d'une main, un bouquet de lilas de l'autre. Quand ils arrêtèrent la voiture, elle répondit : « Non, j'ai besoin d'exercice. Ça m'éclaircira les idées. »

Ils n'avaient d'autre choix que de continuer et d'attendre à l'église pour la voir descendre la rue, pendant que des curieux sortaient des magasins pour regarder, que quelques voitures donnaient des coups de klaxon badins, et que des gens agitaient la main en criant : « Voilà la mariée ! » En arrivant près de l'église, elle s'arrêta pour ôter le manteau d'Albert, et elle fut soudain étincelante, miraculeuse, comme la statue de sel dans la Bible.

Muriel se trouvait dans l'église où elle jouait de l'orgue, et elle ne put donc pas s'apercevoir, en ce dernier instant, qu'elles avaient complètement oublié les gants et que Dôme serrait les tiges ligneuses des lilas dans ses mains nues. Mr. Speirs était entré dans l'église, lui aussi, mais il en était ressorti, brisant toutes les convenances, laissant le prêtre seul à l'intérieur. Il était aussi mince, aussi jaune, et semblait aussi féroce que dans les souvenirs de Millicent, mais quand il vit Dorrie jeter le vieux manteau à l'arrière de la voiture de Porter et poser son chapeau sur sa tête – Millicent dut se précipiter pour le mettre comme il faut –, il parut noblement satisfait. Millicent les vit, lui et Dorrie, juchés très haut, juchés sur des éléphants, en habit de cérémonie, portés pesamment vers l'avant, en route pour l'aventure. Une vision. Elle débordait d'optimisme et de soulagement, et elle murmura à Dorrie :

« Il vous emmènera partout. Il fera de vous une reine ! »

« Je suis devenue aussi grosse que la reine des Tonga », écrirait Dorrie d'Australie, quelques années plus tard. Une photographie montrait qu'elle n'exagérait pas. Elle avait les cheveux blancs, la peau brune, comme si toutes ses taches de rousseur s'étaient libérées pour se rejoindre. Elle portait un vêtement ample, aussi coloré que des fleurs tropicales. La guerre avait mis fin à tout projet de voyage, et au terme de celle-ci, Wilkie était mourant. Dorrie resta à Queensland, sur une grande propriété où elle cultivait de la canne à sucre et des ananas, du coton, des arachides et du tabac. Elle montait à cheval, malgré son poids, et avait appris à piloter un avion. Elle entreprit seule des voyages dans cette partie du monde. Elle avait tué des crocodiles. Elle mourut dans les années 50, en Nouvelle-Zélande, en grimpant au sommet d'un volcan.

Millicent raconta à tout le monde ce qu'elle avait juré de taire. Elle s'en attribua le mérite, naturellement. Elle évoquait son inspiration, son stratagème, sans un remords. « Quelqu'un devait prendre le taureau par les cornes », disait-elle. Elle avait l'impression d'avoir été la créatrice d'une vie – avec plus de succès dans le cas de Dorrie que dans celui de ses propres enfants. Elle avait créé le bonheur, ou quelque chose d'approchant. Elle oublia la façon dont elle avait pleuré, sans savoir pourquoi.

Le mariage eut une influence sur Muriel. Elle donna sa démission, elle partit pour Alberta. « Je me donne un an », avait-elle déclaré. Et en un an, elle s'était trouvé un mari – pas le genre d'homme qu'elle avait fréquenté par le passé. Un veuf, avec deux jeunes enfants. Un prêtre chrétien. Millicent se demanda pourquoi Muriel le définissait ainsi. Tous les prêtres n'étaient-ils pas chrétiens ? Quand ils vinrent leur rendre visite – avec deux enfants de plus, les leurs –, elle comprit la justesse de cette définition. Cigarettes, alcool et jurons étaient hors de question, tout comme le maquillage, et le genre de musique que jouait Muriel auparavant. Elle jouait des cantiques, à présent, dans le genre de ceux dont elle se moquait autrefois. Elle portait n'importe quelle couleur, et avait une horrible permanente – ses cheveux, grisonnants, se dressaient sur son front en touffes crêpelues. « Une grande partie de mon ancienne vie me retourne l'estomac rien que d'y penser », dit-elle, et Millicent eut l'impression qu'elle et Porter étaient globalement assimilés à cette époque qui-lui-retournait-l'estomac.

La maison ne fut ni vendue ni louée. Elle ne fut pas non plus démolie, et la maçonnerie était si saine qu'elle ne céda pas facilement. Elle était encore capable de rester debout des années et des années tout en conservant une apparence potable. Un arbre de fissures pouvait étendre ses ramifications parmi les briques, mais le mur ne tombait pas. Les châssis des fenêtres se tordaient, mais les vitres ne tombaient pas. Les portes étaient verrouillées, mais des enfants y pénétraient probablement pour écrire sur les murs et casser la vaisselle que Dorrie avait abandonnée. Millicent n'entra jamais pour vérifier.

Il y avait une chose que Dorrie et Albert faisaient, et que Dorrie fit seule par la suite. Cette coutume devait remonter à leur enfance. Chaque année, à l'automne, ils – puis elle – ramassaient toutes les noix tombées des arbres. Ils continuaient ainsi, en ramassant de moins en moins, jusqu'au moment où ils pouvaient raisonnablement être certains d'avoir ramassé la dernière, ou l'avant-dernière. Ensuite, ils les comptaient, et inscrivaient le résultat final sur le mur de la cave. Le jour, l'année, le total. Ils n'utilisaient pas ces noix. Ils se contentaient de les jeter en bordure du champ et de les laisser pourrir.

Millicent ne poursuivit pas cette corvée inutile. Elle en avait beaucoup d'autres, et beaucoup à faire faire à ses enfants. Mais à l'époque de l'année où les noix gisaient dans l'herbe haute, elle songeait à cette coutume, et à Dorrie qui avait dû s'attendre à la perpétuer jusqu'à sa mort. Une vie de coutumes, de saisons. Les noix qui tombaient, les rats musqués qui nageaient dans le ruisseau. Dorrie avait dû croire qu'elle était faite pour vivre ainsi, dans son excentricité raisonnable, sa solitude supportable. Elle aurait probablement pris un autre chien.

Mais je n'aurais pas toléré ça, se dit Millicent. Elle ne l'aurait pas toléré et assurément, elle a eu raison. Elle a vécu assez longtemps pour être une vieille femme, et elle vit encore, bien que Porter soit mort depuis plusieurs dizaines d'années. Elle ne fait pas souvent attention à la maison. La maison est là, c'est tout. Mais de temps en temps, elle voit bel et bien sa façade fissurée et les fenêtres aveugles, faussées. Les noyers, derrière, qui perdent encore et encore leur délicate voûte de feuilles.

« Je devrais faire démolir ça et vendre les briques », dit-elle en s'étonnant de ne pas l'avoir fait plus tôt.

La Vierge albanaise

Dans les montagnes, à Maltsia e madhe, elle avait dû essayer de leur dire son prénom, et « Lottar » était ce qu'ils en avaient fait. Elle s'était blessée à la jambe, en tombant sur des rochers pointus quand son guide avait été tué. Elle avait eu de la fièvre. Combien de temps leur avait-il fallu pour la transporter à travers les montagnes, enveloppée dans une couverture et sanglée sur le dos d'un cheval, elle n'en avait aucune idée. Ils lui avaient donné de l'eau à boire de temps en temps, et parfois du raki, une sorte de liqueur très forte. Elle avait senti une odeur de pins. À un moment, alors qu'ils se trouvaient sur un bateau, elle s'était éveillée pour voir les étoiles s'éclairer, s'éteindre, changer de place – des amas instables qui l'avaient rendue malade. Plus tard, elle comprit qu'ils avaient dû traverser le lac. Le lac de Scutari, ou Shkodër, ou Shkodra. Ils avaient accosté au milieu des roseaux. La couverture était infestée de parasites qui passaient sous le chiffon noué autour de sa jambe.

À la fin de son voyage, bien qu'elle ignorât que ce fût la fin, elle gisait dans une petite hutte de pierre, annexe de la grande maison qu'on appelait la *kulla*. C'était la hutte des malades et des mourants. Pas celle de l'enfantement, chose que ces femmes faisaient dans les champs de maïs, ou au bord du chemin en portant un paquet au marché.

Elle resta allongée, peut-être des semaines durant, sur un lit de fougères. Confortable, il avait l'avantage de pouvoir se changer facilement quand il était souillé ou taché de sang. Une vieille femme prénommée Tima s'occupa d'elle. Elle tamponnait la blessure avec une pâte faite de cire d'abeille, d'huile d'olive et de résine de pin. Plusieurs fois par jour, elle retirait le pansement et rinçait la blessure au raki. Lottar voyait des rideaux de dentelle noire accrochés aux chevrons, et elle pensait être chez elle, dans sa chambre, avec sa mère (qui était morte) à son chevet. « Pourquoi as-tu accroché ces rideaux ? demanda-t-elle. Ils sont affreux. »

Il s'agissait en réalité de toiles d'araignée que la fumée avait rendues épaisses et duveteuses – des toiles d'araignée anciennes, que personne ne dérangeait d'une année sur l'autre.

Dans son délire, elle eut aussi la sensation qu'on lui appuyait une large planche sur le visage – quelque chose ressemblant à une planche de cercueil. Mais quand elle reprit conscience, elle apprit que ce n'était qu'un crucifix, un crucifix en bois qu'un homme tentait de lui faire embrasser. Cet homme était un prêtre, un franciscain. Grand, l'air féroce, il avait le sourcil et la moustache noirs, une odeur fétide, et il portait, hormis le crucifix, un revolver dont elle apprit plus tard qu'il s'agissait d'un browning. Il savait, à son allure, qu'elle était giaour – pas musulmane – mais il ne concevait pas qu'elle pût être une hérétique. Il connaissait un peu d'anglais, mais le prononçait d'une façon telle qu'elle ne le saisissait pas. Et à l'époque, elle ignorait tout de la langue des Ghegs. Mais quand sa fièvre fut tombée, il essaya quelques mots d'italien, et ils purent communiquer, car elle avait appris cette langue à l'école et parcourait l'Italie depuis six mois. Il en comprenait tellement plus que les autres, qu'elle s'attendait, au début, à ce qu'il comprît tout. Quelle est la ville la plus proche ? lui demanda-t-elle, et il lui répondit : Shkodra. Alors, allez-y, s'il vous plaît – allez-y et trouvez le consulat britannique, s'il y en a un. J'appartiens à l'Empire britannique. Dites-leur que je suis ici. Et s'il n'y a pas de consul, allez voir la police.

Elle ne se rendait pas compte que sous aucun prétexte ils n'iraient trouver la police. Elle ignorait qu'elle appartenait désormais à cette tribu, à cette *kulla*, même s'ils n'avaient pas eu l'intention de la faire prisonnière et s'il s'agissait d'une erreur embarrassante.

Il était incroyablement honteux d'attaquer une femme. Quand ils avaient tiré sur son guide, ils avaient cru qu'elle ferait faire demi-tour à son cheval et redescendrait la route de montagne à toute allure, jusqu'à Bar. Mais son cheval avait pris peur en entendant le coup de feu, il avait trébuché sur les cailloux et elle était tombée, se blessant à la jambe. Ils n'avaient eu alors d'autre choix que de l'emmener avec eux, et de retraverser la frontière séparant le Črna Gora (autrement dit le Rocher Noir, ou le Monténégro) et Maltsia e madhe.

« Mais pourquoi avoir volé le guide, et pas moi ? » demanda-t-elle, croyant naturellement que le vol était le motif de l'agression. Elle revoyait l'air affamé de cet homme et de son cheval, les lambeaux blancs de son turban qui flottaient au vent.

« Oh, ce ne sont pas des voleurs ! s'exclama le franciscain, choqué. Ce sont des hommes honnêtes. Ils l'ont tué parce qu'ils avaient de vieilles rancœurs contre lui. Contre sa maison. C'est leur loi. »

Il lui expliqua que l'homme qu'ils avaient abattu, son guide, avait tué un homme de cette *kulla*. Lui-même avait fait cela parce que l'homme qu'il avait tué avait tué un homme de sa *kulla* à lui. Et ces règlements de comptes se poursuivraient ainsi, ils se poursuivaient ainsi depuis longtemps maintenant, car il naissait toujours d'autres garçons. Ils pensent qu'ils ont plus de fils que les autres peuples du monde, et que c'est pour servir cette nécessité.

« Enfin, c'est terrible, conclut le franciscain. Mais c'est pour leur honneur, l'honneur de leur famille. Ils sont toujours prêts à mourir pour leur honneur. »

Elle dit que son guide ne devait pas être si prêt que cela, puisqu'il s'était enfui au Črna Gora.

« Mais cela n'a rien changé, n'est-ce pas ? répliqua le franciscain. Même s'il était allé en Amérique, ça n'aurait rien changé. »

À Trieste, elle était montée à bord d'un bateau à vapeur pour longer la côte dalmatienne. Elle se trouvait avec ses amis, Mr. et Mrs. Cozzens, qu'elle avait connus en Italie, et leur compagnon le Dr. Lamb, qui les avait rejoints depuis l'Angleterre. Ils firent escale dans le petit port de Bar, que les Italiens appelaient Antivari, et passèrent la nuit à l'*European Hotel*. Après dîner, ils allèrent marcher sur la terrasse, mais comme Mrs. Cozzens avait peur de prendre froid, ils rentrèrent jouer aux cartes. Il plut durant la nuit. Elle se réveilla, écouta la pluie tomber, et elle fut si déçue qu'elle se mit à détester ces gens d'âge mûr, en particulier le Dr. Lamb, qu'elle croyait venu d'Angleterre à la demande des Cozzens afin de faire sa connaissance. Ils pensaient probablement qu'elle était riche. Une héritière d'outre-Atlantique dont ils pouvaient presque pardonner l'accent. Ces gens mangeaient trop, et ils devaient prendre des pilules. Être dans des endroits inconnus les inquiétait – pourquoi donc étaient-ils venus ? Au matin, elle devrait retourner sur le bateau avec eux, ou ils feraient toute une histoire. Elle ne prendrait jamais la route traversant les montagnes pour rejoindre Cetinje, la capitale du Monténégro – on leur avait dit que ce n'était pas prudent. Elle ne verrait jamais le clocher où l'on accrochait jadis les têtes des Turcs, ni le platane sous lequel le prince-poète tenait audience avec son peuple. Incapable de se rendormir, elle décida de descendre aux premières lueurs, et, même s'il pleuvait encore, de suivre un moment la route qui montait derrière la ville, juste pour aller voir les ruines qu'elle savait trouver à cet endroit parmi les oliviers, la forteresse autrichienne au sommet de son rocher, et le front sombre du mont Lovcen.

Le temps se montra obligeant, tout comme le réceptionniste de l'hôtel, qui lui fournit presque aussitôt un guide en guenilles mais néanmoins enjoué, avec son cheval sous-alimenté. Ils se mirent en route – elle sur le cheval, l'homme marchant en tête. La route était raide, sinueuse et couverte de cailloux, le soleil de plus en plus chaud, et les taches d'ombre intermédiaires froides et noires. Commençant à avoir faim, elle songea qu'il lui faudrait bientôt faire demi-tour. Elle prendrait le petit déjeuner avec ses compagnons qui se levaient tard.

Sans doute entreprit-on des recherches, après avoir découvert le corps du guide. Les autorités avaient dû être averties – quelles qu'aient pu être ces autorités. Le bateau avait dû lever l'ancre à l'heure, et ses amis partir. L'hôtel n'avait pas gardé leurs passeports. Au

Canada, personne ne songerait à ouvrir une enquête. Elle n'entretenait aucune correspondance régulière : elle était fâchée avec son frère, ses parents étaient morts. Tu ne reviendras pas à la maison avant d'avoir dilapidé tout ton héritage, lui avait dit son frère, et après, qui s'occupera de toi ?

Tandis qu'on la transportait à travers la forêt de pins, elle se réveilla pour s'apercevoir qu'elle était suspendue, bercée – malgré la douleur, et peut-être à cause du raki – jusqu'à glisser dans un état d'abandon incrédule. Elle fixa son regard sur le paquet qui pendait à la selle de l'homme assis devant elle, et qui tapait contre le flanc du cheval. Il renfermait quelque chose d'environ la taille d'un chou, enveloppé dans une étoffe raide couleur de rouille.

Cette histoire, que j'entendis dans le vieil hôpital St. Joseph de Victoria, me fut contée par Charlotte, une amie dans le genre de ceux que je fréquentais à mes débuts là-bas. Mes relations amicales semblaient alors à la fois intimes et incertaines. Je ne savais jamais pourquoi les gens me racontaient des choses, ni ce que j'étais censée croire.

J'étais venue à l'hôpital avec des fleurs et des chocolats. Charlotte leva la tête, coiffée de ses cheveux blancs plumeux retenus par des barrettes, et regarda les roses.

« Bah, dit-elle. Elles ne sentent rien ! Pour moi, en tout cas. Elles sont belles, bien sûr. Il faudra manger les chocolats vous-même, ajouta-t-elle. Je trouve que tout a le goût de goudron. J'ignore comment je sais quel goût a le goudron, mais c'est l'impression que j'ai. »

Elle avait de la fièvre. Sa main, que je pris, me sembla chaude et enflée. On lui avait coupé les cheveux, et ceci lui donnait l'air d'avoir moins de chair sur le visage et sur le cou. La partie de son corps qui se trouvait sous les couvertures de l'hôpital semblait aussi vaste et bosselée qu'à l'ordinaire.

« Mais ne me prenez pas pour une ingrate, dit-elle. Asseyez-vous. Apportez le siège qui est là-bas – elle n'en a pas besoin. »

Il y avait deux autres femmes dans la chambre. L'une d'elles n'était qu'un tas de cheveux gris-jaune sur l'oreiller, et l'autre, ligotée sur un fauteuil, se tortillait en gémissant.

« C'est un endroit horrible, dit Charlotte. Mais on doit faire de son mieux pour s'en accommoder. Je suis si contente de vous voir. Celle-là, là-bas, hurle toute la nuit, reprit-elle en désignant du menton le lit près de la fenêtre. Dieu merci, elle dort, maintenant. Je ne ferme pas l'œil de la nuit, mais j'ai mis tout ce temps à profit. D'après vous, qu'ai-je fait ? J'ai inventé une histoire, pour un film ! Je l'ai déjà toute dans la tête, et je voudrais que vous l'entendiez. Vous saurez juger si elle fera un bon film. Moi, je pense que oui. J'aimerais que Jennifer Jones joue dedans. Quoique, je ne sais pas. Elle ne paraît plus avoir le même génie. Maintenant qu'elle a épousé un magnat du cinéma.

« Écoutez, dit-elle. (Oh, pourriez-vous redresser un peu plus cet oreiller, derrière ma tête ?) La scène se passe en Albanie, en Albanie du Nord, qu'on appelle Maltsia e madhe, dans les années 20, à une époque où ce pays était très primitif. C'est au sujet d'une jeune femme qui voyage seule. Elle s'appelle Lottar, dans l'histoire. »

Je m'assis pour écouter. Charlotte se penchait en

avant, se balançant même un peu sur son lit dur lorsqu'elle soulignait à mon attention un point particulier. Ses mains enflées s'agitaient de haut en bas, son regard bleu s'agrandissait jusqu'à devenir imposant, et de temps en temps, elle retombait sur ses oreillers, puis fermait les yeux pour avoir une vision plus nette de son histoire. Ah, oui, disait-elle. Oui, oui. Et elle continuait.

« Oui, oui, dit-elle enfin. Je sais la suite, mais c'est assez pour l'instant. Il faudra que vous reveniez. Demain. Vous reviendrez ?

– Oui, demain », répondis-je, mais elle sembla s'être endormie sans m'entendre.

La *kulla* était une grande maison de pierre brute, avec une étable en bas et les pièces d'habitation au-dessus. Un balcon courait tout autour, et on y voyait toujours une vieille femme assise avec une espèce de bobine volant comme un oiseau entre ses mains et laissant derrière elle une tresse d'un noir brillant, des kilomètres et des kilomètres de tresse noire, qui servait à orner les pantalons des hommes. D'autres femmes travaillaient sur des métiers à tisser, ou cousaient des sandales de cuir. Pas une n'était assise en train de tricoter, car pas une n'aurait songé à s'asseoir pour tricoter. Le tricot était ce qu'elles faisaient en allant et venant à la source, avec leurs barriques d'eau accrochées sur le dos, ou bien sur le chemin qui menait aux champs et à la forêt de hêtres, où elles ramassaient les branches tombées. Elles tricotaient des bas – noirs et blancs, rouges et blancs, avec des motifs en zigzag semblables à des éclairs. Les mains des femmes ne devaient jamais rester inactives. Avant l'aube, elles battaient la pâte à pain dans son pétrin de bois noirci, formaient des miches sur le dos des pelles, et les faisaient cuire dans l'âtre. (C'était du pain de maïs, sans levain, qu'on mangeait chaud et qui gonflait comme des vesses-de-loup dans l'estomac.) Ensuite, elles devaient balayer la *kulla*, jeter les fougères sales et en entasser des brassées fraîches pour la nuit à venir. C'était souvent l'une des tâches confiées à Lottar, puisqu'elle avait si peu d'expérience dans tous les autres domaines. Les petites filles remuaient le yaourt pour éviter la formation de grumeaux pendant qu'il caillait. Les filles plus âgées égorgeaient parfois un agneau, puis lui recousaient le ventre après l'avoir garni d'ail, de sauge et de pommes sauvages. Ou bien elles allaient toutes ensemble, filles et femmes de tous âges, laver les turbans blancs des hommes dans la petite rivière froide qui coulait à proximité, et dont les eaux étaient aussi transparentes que du verre. Elles s'occupaient de la récolte de tabac, dont elles mettaient les feuilles mûres à sécher dans l'étable obscurcie. Elles binaient le maïs et les concombres, trayaient les brebis.

Les femmes avaient l'air sévères mais elles ne l'étaient pas, en réalité. Elles étaient seulement préoccupées, fières, et avides de compétition. Qui pouvait porter le plus gros chargement de bois, tricoter le plus vite, biner le plus de rangées de maïs ? Tima, qui avait veillé sur Lottar durant sa maladie, était l'ouvrière la plus performante de toutes. Elle remontait en courant la côte menant à la *kulla*, avec une charge de bois attachée sur son dos qui semblait dix fois plus grosse qu'elle. Elle sautait d'un rocher à l'autre dans la rivière pour battre les turbans comme si elle avait eu affaire à des corps d'ennemis. « Oh, Tima, Tima ! »

s'exclamaient les autres femmes d'un ton d'admiration ironique. « Oh, Lottar, Lottar ! » disaient-elles sur un ton presque identique lorsque celle-ci, à l'autre bout de l'échelle de l'efficacité, laissait le courant emporter les vêtements. Parfois, elles la frappaient avec un bâton, comme elles auraient frappé un âne, mais ce geste trahissait plus l'exaspération que la cruauté. D'autres fois, les plus jeunes lui demandaient : « Parle ton parler » et, pour les divertir, Lottar parlait anglais. Les filles plissaient le nez et crachaient en entendant des sons si étranges. Lottar tenta de leur apprendre des mots – « main », « nez », etc. Mais ces mots leur semblaient comiques, et elles se les répétaient en se tordant de rire.

Les femmes restaient avec les femmes et les hommes avec les hommes, sauf à certains moments de la nuit (les femmes se taquinaient à propos de ces moments déniés et pleins de honte, allant parfois jusqu'à se gifler), ainsi qu'au cours des repas, quand les femmes servaient à manger aux hommes. Ce que faisaient les hommes pendant la journée ne regardait pas les femmes. Ils fabriquaient leurs munitions, et entretenaient avec beaucoup de soin leurs fusils, qui étaient quelquefois très beaux, décorés d'argent gravé. Ils dynamitaient également des rochers pour dégager la route, et ils s'occupaient des chevaux. Partout où ils se trouvaient, on entendait des rires, et parfois des chansons ou des tirs de balles à blanc. Chez eux, ils semblaient en vacances, mais certains devaient partir en expédition punitive, ou se rendre à une réunion visant à mettre un terme à une certaine vague de meurtres. Aucune femme ne croyait au succès de ces réunions – elles riaient et disaient que cela ferait seulement vingt morts de plus. Quand un jeune homme partait tuer sa première victime, les femmes faisaient grand cas de ses vêtements et de sa coiffure, pour l'encourager. S'il ne réussissait pas, aucune n'acceptait de l'épouser – une femme digne de ce nom aurait eu honte de se marier avec un homme n'ayant jamais tué – et ils tenaient tous à avoir de nouvelles épouses à la maison, pour les aider au travail.

Un soir, alors que Lottar servait à manger à un homme, un invité – il y avait toujours des invités aux repas servis à la table basse, la *sofra* –, elle remarqua qu'il avait de petites mains et pas de poils sur les poignets. Pourtant, il n'était pas jeune, ce n'était pas un garçon. Un visage ridé, tanné, sans moustache. Elle écouta sa voix au cours de la conversation, et celle-ci lui sembla rauque mais féminine. Toutefois, il fumait, il mangeait avec les hommes, il portait un fusil.

« Est-ce que c'est un homme ? » demanda Lottar à la femme qui servait avec elle. La femme secoua la tête, refusant de parler là où les hommes risquaient de les entendre. Mais les petites filles qui avaient surpris la question se montrèrent moins prudentes. « Est-ce que c'est un homme ? Est-ce que c'est un homme ? dirent-elles en imitant Lottar. Oh, Lottar, tu es si bête ! Ne sais-tu pas reconnaître une Vierge quand tu en vois une ? »

Elle ne leur demanda donc rien d'autre. Mais quand elle revit le franciscain, elle lui courut après pour lui poser la question. Qu'est-ce qu'une Vierge ? Elle dut lui courir après, car il ne s'arrêtait plus désormais pour lui parler, comme au temps où elle était alitée dans la petite hutte. Elle travaillait toujours, lorsqu'il venait à la *kulla*, et il ne pouvait pas passer beaucoup de temps avec les femmes, de toute façon – il allait s'asseoir avec les hommes. Elle se mit à courir en le voyant partir et descendre le chemin à grands pas au milieu des sumacs, en direction de l'église en bois et de l'appentis où il vivait.

Il lui expliqua que c'était une femme, mais une femme devenue semblable à un homme. Refusant de se marier, elle jurait devant témoins de ne jamais le faire, à la suite de quoi elle enfilait des vêtements masculins, possédait son propre fusil, son propre cheval si elle en avait les moyens, et vivait comme elle l'entendait. D'ordinaire, elle était pauvre, elle n'avait pas de femmes à son service. Mais personne ne l'ennuyait, et elle pouvait manger à la *sofra* avec les hommes.

Lottar ne parlait plus au prêtre d'aller à Shkodra. Elle comprenait à présent que la ville devait se trouver très loin. Parfois, elle lui demandait s'il avait entendu dire quelque chose, si quelqu'un la recherchait, et il lui répondait « personne », d'une voix sévère. Quand elle songeait à la façon dont elle s'était comportée durant les premières semaines – donnant des ordres, parlant anglais sans scrupules, certaine que son cas méritait une attention particulière –, elle avait honte d'avoir compris si peu de choses. Plus elle restait à la *kulla*, plus elle parlait leur langue et s'habituait aux travaux, et plus l'idée de partir lui devenait étrangère. Un jour, elle devrait s'en aller. Mais comment le pourrait-elle à présent ? Comment pouvait-elle partir au beau milieu de la récolte de tabac, de la moisson des sumacs, ou pendant les préparatifs pour la fête de l'enlèvement de saint Nicolas ?

Dans les champs de tabac, les femmes étaient leurs gilets et leurs chemises, et elles travaillaient à moitié nues sous le soleil, cachées entre les hautes rangées de plants. Le jus de tabac, noir et collant comme de la mélasse, leur coulait le long des bras et leur barbouillait la poitrine. Au crépuscule, elles allaient à la rivière où elles se frottaient pour se nettoyer. Elles s'éclaboussaient dans l'eau froide, ensemble. Elles cherchaient à se faire perdre l'équilibre, et Lottar entendait alors crier son nom sur un ton d'avertissement et de triomphe, dénué de mépris, ainsi que n'importe quel autre nom : « Lottar, attention ! Lottar ! »

Les femmes lui dirent certaines choses. Elles lui dirent que les enfants mouraient à cause de la Striga. Même les adultes se ratatinent et meurent parfois, quand la Striga leur a jeté un sort. La Striga a l'air d'une femme ordinaire, pour que tu ne puisses pas la reconnaître. Elle suce le sang. Pour l'attraper, tu dois poser une croix sur le seuil de l'église le dimanche de Pâques, quand tout le monde est à l'intérieur. Alors, la Striga ne peut pas sortir. Sinon, tu peux suivre la femme que tu soupçonnes, et tu as une chance de la voir vomir du sang. Si tu arrives à racler un peu de ce sang avec une pièce en argent, et que tu portes cette pièce sur toi, aucune Striga ne peut te faire de mal, jamais.

Les cheveux coupés à l'époque de la pleine lune deviennent blancs.

Si tes membres te font mal, coupe une mèche de tes cheveux et de tes poils d'aisselle, et fais-les brûler – la douleur s'en ira.

Les *oras* sont les démons qui sortent la nuit et allument de fausses lanternes pour égarer les voyageurs. Il faut t'accroupir et te couvrir la tête, sinon, ils te font tomber du haut d'une falaise. Ils attrapent aussi les chevaux et les font courir jusqu'à ce qu'ils meurent d'épuisement.

Le tabac avait été récolté, les moutons descendus des montagnes – animaux et humains bouclés dans la *kulla* pendant les semaines de neige et de pluie froide –, et un jour, dans la douceur précoce du soleil printanier, les femmes menèrent Lottar vers une chaise installée sur le balcon. Là, avec beaucoup de cérémonie et de plaisir, elles lui rasèrent les cheveux au-dessus du front. Ensuite, elles enduisirent ceux qui restaient d'une teinture noire mousseuse. La teinture était grasse : ses cheveux devinrent si rigides qu'elles purent en faire des sortes d'ailerons et des chignons aussi fermes que des boudins. Toutes se pressaient autour de Lottar, critiquant et admirant. Elles lui mirent de la farine sur le visage et lui passèrent des vêtements sortis de l'une des grandes armoires sculptées. Pour quoi faire ? demanda Lottar, tandis qu'elle disparaissait dans une chemise blanche brodée de fils d'or, un corselet rouge orné d'épaulettes à franges, une écharpe de soie rayée d'un mètre de large et de douze mètres de long, une jupe de laine noire et rouge, et sous les chaînes dorées qu'on lui jetait les unes après les autres dans les cheveux et autour du cou. Pour faire beau, disaient-elles. Et une fois leur travail terminé, elle s'exclamèrent : « Vous voyez ! Elle est belle ! » Elles semblaient triomphantes et défier celles ayant douté qu'une telle transformation fût possible. Elles tâtaient les muscles de ses bras, que Lottar avait acquis en maniant la houe et en portant le bois, et tapotaient son large front fariné. Puis elles se mirent à pousser des cris, car elles avaient oublié une chose très importante : la peinture noire qui reliait les deux sourcils pour ne former qu'une seule ligne au-dessus du nez.

« Le prêtre arrive ! » cria l'une des filles qu'on avait

dû envoyer faire le guet, et la femme qui peignait la ligne noire déclara : « Ah non, il ne l'empêchera pas ! » Mais les autres s'écartèrent.

Le franciscain tira deux balles à blanc, comme il le faisait toujours pour annoncer son arrivée, et les hommes de la *kulla* en tirèrent eux aussi pour lui souhaiter la bienvenue. Mais cette fois-ci, il ne resta pas avec les hommes. Il monta directement sur le balcon en criant :

« Honte ! Honte ! Honte à vous ! Honte ! Je sais pourquoi vous lui avez teint les cheveux, dit-il aux femmes. Je sais pourquoi vous lui avez passé des vêtements de mariée. Tout ça pour un cochon de musulman ! Et vous ! Vous restez assise là, avec votre peinture, dit-il à Lottar. Ignorez-vous pour quoi c'est faire ? Ignorez-vous qu'ils vous ont vendue à un musulman ? Il vient de Vuthaj. Il sera là à la nuit tombée !

– Et alors ? rétorqua une femme avec audace. Tout ce qu'ils en ont tiré, c'est trois napoléons. Elle doit épouser quelqu'un. »

Le franciscain lui ordonna de tenir sa langue.

« Est-ce là ce que vous voulez ? demanda-t-il à Lottar. Épouser un infidèle et aller vivre avec lui à Vuthaj ? »

Lottar répondit que non. Elle avait l'impression d'avoir du mal à bouger ou à ouvrir la bouche, sous le poids de sa chevelure graisseuse et de sa parure. Sous ce poids, elle luttait comme on le fait face à un danger, pour sortir de sa torpeur. L'idée d'épouser le musulman était encore trop lointaine pour être ce danger – ce qu'elle comprenait, c'est qu'elle allait être séparée du prêtre, et qu'elle n'aurait jamais plus la possibilité de lui demander une explication.

« Saviez-vous qu'on allait vous marier ? lui demanda-t-il. Est-ce cela que vous désirez, être mariée ? »

Non, dit-elle. Non. Et le franciscain tapa dans ses mains. « Enlevez toutes ces saletés dorées ! commanda-t-il. Enlevez-lui ces vêtements ! Je vais la faire Vierge ! Si je vous fais Vierge, tout ira bien, lui expliqua-t-il. Le musulman n'aura pas besoin de tuer qui que ce soit. Mais vous devez jurer de ne jamais aller avec un homme. Vous devez le jurer devant témoins. *Per quri e per kruch.* Par la pierre et par la Croix. Vous comprenez cela ? Je ne vais pas les laisser vous marier à un musulman, mais je ne veux pas que de nouvelles tueries commencent sur ces terres. »

C'était l'une des choses que le franciscain essayait à tout prix d'empêcher – la vente de femmes à des hommes musulmans. Le fait que leur religion pût être si facilement négligée le mettait hors de lui. Ils vendaient les filles comme Lottar, qui n'auraient rien rapporté ailleurs, et les veuves qui n'avaient engendré que des filles.

Lentement, l'air boudeur, les femmes retirèrent tous les riches vêtements. Elles apportèrent un pantalon d'homme, usé et sans tresse, plus une chemise et un turban. Lottar les mit. Une femme armée d'une horrible paire de cisailles coupa presque tout ce qui restait des cheveux de Lottar, une tâche rendue difficile à cause de la teinture.

« Demain, tu aurais été jeune mariée », lui dirent-elles. Certaines semblaient tristes, d'autres méprisantes. « À présent, tu n'auras jamais de fils. »

Les petites filles se saisirent des cheveux coupés et se les collèrent sur la tête, fabriquant toutes sortes de nœuds et de franges.

Lottar prêta serment devant douze témoins. Des hommes exclusivement, bien sûr, et ils avaient l'air aussi maussades que les femmes devant la tournure qu'avaient prise les événements. Elle ne vit jamais le musulman. Le franciscain réprimanda les hommes et leur dit que si ce genre de chose ne cessait pas, il fermerait le cimetière et les obligerait à enterrer leurs morts en terre païenne. Lottar était assise à l'écart, dans ses nouveaux vêtements dont elle n'avait pas l'habitude. Rester oisive lui semblait étrange et désagréable. Quand le franciscain eut fini sa harangue, il s'approcha d'elle et la regarda de toute sa hauteur. Il respirait bruyamment, en raison de sa colère, ou essoufflé par son sermon.

« Bien. Voilà », dit-il. Il plongea la main dans un pli intérieur de son vêtement, en sortit une cigarette et la lui donna. Elle avait l'odeur de sa peau.

Une infirmière apporta le dîner de Charlotte, un repas léger composé d'une soupe et de pêches en boîte. Charlotte ôta le couvercle de la soupe, la renifla, et détourna la tête.

« Partez, ne regardez pas cette lavasse, dit-elle. Revenez demain – vous savez que ce n'est pas encore terminé. »

L'infirmière me suivit jusqu'à la porte, et une fois dans le couloir, elle déclara :

« C'est toujours les plus démunis chez eux qui se montrent les plus critiques. Elle n'est pas des plus faciles, mais on ne peut s'empêcher de l'admirer, en quelque sorte. Vous n'êtes pas de la famille, n'est-ce pas ? »

Oh, non, répondis-je. Non.

« Quand elle est entrée ici, c'était étonnant. Pendant qu'on lui retirait ses affaires, quelqu'un s'est exclamé : "Oh, quels jolis bracelets", et elle a aussitôt voulu les vendre ! Et son mari, c'est encore autre chose. Vous le connaissez ? Ce sont vraiment des personnages ! »

Le mari de Charlotte, Gjurdhi, était venu seul à ma librairie par une froide matinée, moins d'une semaine plus tôt. Il traînait un plein chariot de livres enveloppés dans une couverture. Il avait déjà essayé de me vendre des livres, chez eux, et je me dis qu'il s'agissait peut-être des mêmes. La première fois, j'avais été troublée, mais à présent que je me trouvais sur mon propre terrain, j'avais plus d'assurance. Je lui dis que non, je ne vendais pas de livres d'occasion, je n'étais pas intéressée. Gjurdhi fit un brusque signe de tête, comme si je n'avais pas eu besoin de lui dire cela, et si cette remarque n'avait eu aucune importance dans notre conversation. Il continua à prendre les livres un par un, m'invitant à passer les mains sur les reliures, insistant pour me faire remarquer la beauté des illustrations et m'impressionner avec les dates de publication. Je dus réitérer mon refus à maintes reprises, et je m'entendis y ajouter des excuses, un peu malgré moi. Il prit le parti de comprendre chaque refus comme s'appliquant à un livre en particulier, et il se contentait de m'en montrer un autre, en disant avec véhémence : « Ça aussi ! C'est très beau. Vous remarquerez. Et il est très vieux. Regardez comme il est beau ce vieux livre ! »

Il s'agissait, pour certains, de récits de voyages datant du début du siècle. Pas si vieux que cela, et pas très beaux non plus, avec leurs photographies pâles au grain épais. *Randonnée dans les Pics Noirs. Haute Albanie. Terres secrètes d'Europe du Sud.*

« Il faudra que vous alliez à la librairie spécialisée

dans le livre ancien, dis-je. Celle de Fort Street. Vous n'aurez pas loin à les emporter. »

Il fit entendre un son méprisant, indiquant peut-être qu'il savait très bien où elle se trouvait, ou qu'il y était déjà allé sans succès, ou encore que la plupart de ces livres sortaient en premier lieu, d'une façon ou d'une autre, de cette librairie.

« Comment va Charlotte ? » demandai-je avec chaleur. Je ne l'avais pas vue depuis un moment, alors qu'elle venait au magasin assez souvent. Elle m'apportait de petits cadeaux – des grains de café enrobés de chocolat pour me donner de l'énergie ; un pain de savon pure glycérine pour combattre le dessèchement de la peau, à force de manipuler tant de papier. Un presse-papiers orné d'échantillons de roches trouvés en Colombie-Britannique, un stylo qui s'éclairait dans le noir (pour que je puisse continuer à rédiger des factures si les lumières venaient à s'éteindre). Elle prenait le café avec moi, parlait, se promenait dans le magasin, s'occupant avec discrétion quand j'avais du travail. Par les sombres journées venteuses d'automne, elle portait le manteau de velours dans lequel je l'avais vue pour la première fois, et elle se protégeait des averses avec un parapluie noir ancien de taille démesurée. Elle l'appelait « sa tente ». Quand elle voyait que j'étais trop absorbée par un client, elle me tapait sur l'épaule en disant : « Je vais m'esquiver sans bruit avec ma tente. Nous parlerons une autre fois. »

Un jour, un client me demanda brusquement : « Qui est cette femme ? Je l'ai vue en ville avec son mari. J'imagine que c'est son mari. Je croyais que c'était des colporteurs. »

Charlotte avait-elle pu entendre cette remarque ? Avait-elle senti de la froideur dans l'accueil de ma nouvelle vendeuse ? (Charlotte se montrait assurément froide à son égard.) Peut-être avais-je simplement été occupée trop de fois. Je ne pensais pas vraiment que ses visites avaient cessé. Je préférais penser que l'intervalle entre elles s'était rallongé, pour une raison qui n'avait peut-être rien à voir avec moi. J'avais du travail et j'étais fatiguée, de toute façon, à l'approche de Noël. Le nombre de livres que je vendais s'avérait agréablement surprenant.

« Je ne voudrais pas passer pour une détractrice, m'avait dit ma vendeuse, mais je crois que vous devriez savoir que cette femme et son mari ont été interdits dans beaucoup de magasins, en ville. On les soupçonne de vol à l'étalage. Je ne sais pas. Il porte toujours cet imperméable à grandes manches, et elle son manteau. Mais je sais avec certitude qu'à Noël, ils allaient chaparder du houx dans des jardins privés. Et ensuite, ils essayaient de le vendre dans les immeubles. »

En cette froide matinée, après avoir refusé tous les livres de son chariot, je demandai de nouveau à Gjurdhi des nouvelles de Charlotte. Il me répondit qu'elle était malade. Il parlait d'un ton maussade, comme si cela ne me regardait pas.

« Portez-lui un livre », dis-je. Je pris un recueil de poésie légère dans la collection Penguin. « Portez-lui ceci ; dites-lui que j'espère qu'elle l'aimera. Dites-lui que j'espère qu'elle ira bientôt mieux. Peut-être pourrais-je aller la voir. »

Il mit le livre à l'intérieur du paquet posé dans le chariot. Je me dis qu'il allait probablement essayer de le vendre aussitôt.

« Pas chez nous, dit-il. À l'hôpital. »

J'avais remarqué, chaque fois qu'il se penchait vers le chariot, un grand crucifix de bois qui se balançait hors de son manteau, et qu'il devait remettre à l'intérieur. Comme ceci se produisait à nouveau, je dis sans réfléchir, tant j'étais confuse et contrite : « Qu'est-ce que c'est beau ! Quel beau bois sombre ! Il a l'air médiéval. »

Il le fit passer par-dessus sa tête. « Très vieux. Très beau. Du bois de chêne. Oui. »

Il me le mit dans la main, et dès que j'eus compris ce qui était en train de se passer, je le lui rendis.

« Un bois *merveilleux* », repris-je. En le voyant le ranger, je me sentis sauvée, quoique irritée par le remords.

« Oh, j'espère que Charlotte n'est pas gravement malade ! » dis-je.

Il sourit d'un air méprisant, en se tapant sur la poitrine – peut-être pour me montrer l'origine du mal de Charlotte, peut-être seulement pour sentir le morceau de peau qu'il venait de mettre à nu.

Puis lui, le crucifix et les livres quittèrent mon magasin. Je sentais qu'insultes et humiliations avaient été subies, de chaque côté.

Après le champ de tabac s'élevait une forêt de hêtres, où Lottar était souvent venue chercher du bois pour le feu. Plus loin, on trouvait une côte herbue – un haut pâturage – et au sommet de ce pâturage, à environ une demi-heure d'ascension de la *kulla*, se dressait un petit abri de pierre, une cabane rudimentaire sans fenêtre, avec une entrée basse sans porte, un foyer en coin sans cheminée. Les moutons venaient s'y réfugier ; le sol était jonché de crottes.

C'est là qu'elle alla vivre après avoir été faite Vierge. L'incident du fiancé musulman avait eu lieu au printemps, environ un an après son arrivée à Maltsia e madhe, et c'était la saison où il fallait conduire les moutons à leurs hauts pâturages. Lottar devait tenir le compte des bêtes, veiller à ce que le troupeau ne tombât pas dans les ravins et ne s'aventurât pas trop loin. Elle devait aussi traire les brebis tous les soirs. Elle était censée tuer les loups, si jamais certains s'approchaient. Mais il n'en vint aucun ; aucun membre de la *kulla* encore en vie n'avait jamais vu de loups. Les seuls animaux sauvages que Lottar aperçut étaient un renard roux, une fois, près du ruisseau, et des lapins, aussi abondants qu'imprudents. Elle apprit à les tuer, à les dépecer et à les cuisiner : elle les vidait comme elle l'avait vu faire par les jeunes bouchères de la *kulla*, et laissait mijoter les parties les plus charnues dans sa marmite posée sur le feu, avec des gousses d'ail sauvage.

Comme elle ne voulait pas dormir à l'intérieur de l'abri, elle se confectionna un toit de branches à l'extérieur, contre le mur, formant ainsi une extension au toit de la hutte. Elle installa son tas de fougères en dessous, et la couverture de feutre qu'on lui avait donnée pour étendre sur sa couche quand elle voulait dormir. Elle ne se souciait plus des punaises. Il y avait des pointes plantées dans le mur entre les pierres sèches. Elle ignorait leur raison d'être, mais elles lui étaient très commodes pour accrocher les seaux de lait et les quelques marmites qu'on lui avait fournies. Elle puisait son eau dans le ruisseau, où elle lavait son propre turban et se lavait elle aussi quelquefois, plus pour se soulager de la chaleur que par souci de sa crasse.

Tout avait changé. Elle ne voyait plus les femmes. Elle perdit l'habitude de constamment travailler. Les petites filles montaient le soir pour venir chercher le lait. À cette distance de la *kulla* et de leurs mères, elles devenaient plus espiègles. Elles grimpaient sur le toit, détruisant souvent les installations de branches que Lottar avait faites. Elles sautaient dans les fougères, dont elles chapardaient parfois une brassée pour en faire une balle grossière qu'elles se lançaient jusqu'à ce qu'elle tombât en morceaux. Elles s'amusaient tellement que Lottar devait les chasser au crépuscule, leur rappelant combien elles avaient peur dans la forêt de hêtres quand il faisait noir. Elle était sûre qu'elles couraient tout le long et renversaient la moitié du lait en chemin.

De temps à autre, elles lui apportaient de la farine de maïs, qu'elle mélangeait avec de l'eau et faisait cuire sur sa pelle près du feu. Un jour, elles vinrent avec un cadeau, une tête de mouton – Lottar se demanda si elles l'avaient volée – à faire bouillir dans sa marmite. Elle avait le droit de garder une partie du lait, et au lieu de le boire frais, elle le laissait souvent cailler, le remuant pour en faire du yaourt dans lequel elle trempait son pain. C'est ainsi qu'elle le préférait à présent.

Les hommes grimpaient souvent par le bois peu de temps après que les petites filles l'avaient traversé en courant pour redescendre à la *kulla*. Cela semblait être une de leurs coutumes, en été. Ils aimaient s'asseoir sur les berges du ruisseau, tirer des balles à blanc, boire du raki et chanter, ou, parfois, seulement fumer et discuter. Ils n'entreprenaient pas cette expédition pour venir voir comment elle allait. Mais comme ils venaient de toute façon, ils lui offraient du café ou du tabac, rivalisant de conseils sur la façon de réparer le toit de son abri pour qu'il ne s'effondre pas, de maintenir le feu toute la nuit, de se servir de son fusil.

Son fusil était un vieux martini italien, qu'on lui

avait donné à son départ de la *kulla*. Parmi les hommes, certains disaient que ce fusil avait la poisse, car il avait appartenu à un garçon qui s'était fait tuer avant d'avoir eu lui-même le temps de tuer quelqu'un. D'autres affirmaient que les martini en général avaient la poisse, et qu'ils ne servaient pas à grand-chose.

Des mauser, voilà ce qu'il fallait, pour avoir la précision et plusieurs coups.

Mais les balles de mauser étaient trop petites pour causer suffisamment de dégâts. Il y avait des hommes qui continuaient à se balader avec des trous de mauser plein la peau – on les entendait siffler lorsqu'ils passaient à proximité.

En réalité, rien ne valait un gros fusil à silex avec une bonne charge de poudre, une balle et des clous.

Quand ils ne parlaient pas d'armes, les hommes parlaient des derniers règlements de comptes, et se racontaient des blagues. L'un d'eux raconta l'histoire d'un sorcier. Il y avait un sorcier emprisonné par un pacha. Le pacha le fit sortir pour exécuter des tours devant des invités. Apportez-moi un bol d'eau, dit le sorcier. Bon : cette eau est la mer. Quel port vais-je donc vous montrer sur cette mer ? Montre-nous un port de l'île de Malte, dirent-ils. Et le port apparut. Des maisons, des églises, et un bateau prêt à partir. Et maintenant, voudriez-vous me voir monter à bord de ce bateau ? Le pacha se mit à rire. Vas-y ! Alors, le sorcier mit le pied dans le bol d'eau, monta à bord du bateau et partit pour l'Amérique ! Qu'est-ce que vous pensez de ça !

« Les sorciers n'existent pas, de toute façon », dit le franciscain qui ce soir-là était monté avec les hommes, ainsi qu'il le faisait souvent. « Si tu avais parlé d'un saint, ton histoire aurait peut-être voulu dire quelque chose. » Il s'exprimait d'un ton sévère, mais Lottar pensait qu'il était heureux, comme eux tous, comme elle, aussi, avait le droit de l'être avec eux et avec lui, même s'il ne lui accordait pas la moindre attention. Le tabac fort qu'ils lui donnaient à fumer l'étourdit et il lui fallut s'allonger dans l'herbe.

Le temps arriva où Lottar dut songer à s'installer dans sa maison. Les matins étaient froids, les fougères trempées de rosée, et les feuilles des vignes viraient au jaune. Elle prit sa pelle et ôta les crottes de moutons qui jonchaient le sol, en vue de faire son lit à l'intérieur. Elle commença à bourrer les fentes entre les pierres avec de l'herbe et des feuilles mélangées à de la boue.

Quand les hommes vinrent lui rendre visite, ils lui demandèrent pourquoi elle faisait cela. Pour l'hiver, répondit-elle, ce qui les fit rire.

« Personne ne peut rester ici en hiver », dirent-ils. Ils lui montrèrent à quelle hauteur arrivait la neige, mettant la main à hauteur de leur poitrine. De plus, tous les moutons auront été redescendus.

« Tu n'auras plus de travail – et que mangeras-tu ? Tu crois que les femmes te donneront du pain et du yaourt sans rien en échange ?

– Comment puis-je retourner à la *kulla* ? demanda Lottar. Je suis une Vierge, où dormirais-je ? Quel genre de travail ferais-je ?

– C'est vrai, lui répondirent-ils gentiment, avant de discuter entre eux. Quand une Vierge appartient à la *kulla*, elle reçoit un lopin de terre, d'habitude, où elle peut vivre seule. Mais celle-ci n'appartient pas vraiment à la *kulla*, elle n'a pas de père pour lui donner quoi que ce soit. Que fera-t-elle ? »

Peu de temps après – et au milieu de la journée, quand personne ne venait jamais la voir – le franciscain grimpa la prairie, tout seul.

« Je ne leur fais pas confiance, dit-il. Je crois qu'ils vont à nouveau essayer de vous vendre à un musulman. Malgré votre serment. Ils vont essayer de gagner de l'argent en vous vendant. S'ils pouvaient vous trouver un chrétien, ce ne serait peut-être pas si terrible, mais je suis sûr que ce sera un infidèle. »

Ils s'assirent sur l'herbe et burent du café.

« Avez-vous des affaires personnelles à emporter ? Non. Nous partirons bientôt.

– Qui traira les brebis ? » dit Lottar. Quelques-unes commençaient déjà à descendre la pente ; elles allaient l'attendre.

« Laissez-les », répondit le franciscain.

C'est ainsi qu'elle quitta non seulement les moutons, mais aussi son abri, la prairie, les vignes sauvages et les sumacs, les frênes de montagne, les genévriers et les chênes rabougris qu'elle avait regardés durant tout l'été, la peau de lapin qui lui servait d'oreiller, la casserole dans laquelle elle avait fait bouillir son café, le tas de bois qu'elle avait ramassé le matin même, les pierres autour de son feu – qu'elle reconnaissait chacune à sa forme et sa couleur particulières. Elle comprenait qu'elle partait, car le franciscain avait la mine sévère, mais elle n'envisageait pas son départ d'une façon qui l'aurait poussée à regarder autour d'elle pour voir les choses une dernière fois. C'était inutile, de toute façon. Jamais elle n'oublierait un seul détail.

Comme ils pénétraient dans la forêt de hêtres, le franciscain déclara :

« À présent, nous ne devons faire aucun bruit. Je vais prendre un autre sentier, qui ne passe pas si près de la *kulla*. Si nous entendons quelqu'un sur le chemin, nous nous cacherons. »

Des heures, donc, de marche silencieuse, entre les hêtres aux troncs lisses comme des trompes d'éléphant, entre les chênes aux membres noirs et les pins secs. Des heures à monter et descendre, à franchir des crêtes, à choisir des sentiers dont Lottar ignorait jusque-là l'existence. Le franciscain n'hésita pas une seule fois et ne proposa jamais de faire halte. Quand ils sortirent enfin des bois, Lottar fut surprise de constater qu'il y avait encore autant de lumière dans le ciel.

Le franciscain sortit une miche de pain et un couteau d'une poche de son habit, et ils mangèrent en marchant.

Ils arrivèrent au lit d'une rivière asséchée, pavé de pierres rondes sur lesquelles on marchait avec difficulté, tel un torrent, un torrent immobile de pierres entre les champs de maïs et de tabac. Ils entendaient des chiens aboyer, et parfois des voix. Les plants de maïs et de tabac, qui n'avaient pas encore été récoltés, se dressaient plus haut que leurs têtes, et ils descendirent la rivière asséchée ainsi abrités, tandis que la lumière du jour finissait de s'évanouir. Quand ils ne purent plus marcher et que l'obscurité les dissimula, ils s'assirent sur les pierres blanches du lit de la rivière.

« Où m'emmenez-vous ? » demanda finalement Lottar. Au début, elle avait cru qu'ils se dirigeaient vers l'église et la maison du prêtre, mais à présent, elle voyait que c'était impossible. Ils étaient allés beaucoup trop loin.

« Je vous emmène chez l'évêque, dit le franciscain. Lui saura quoi faire de vous.

– Pourquoi pas chez vous ? Je pourrais être votre domestique.

– Cela m'est interdit d'avoir une femme chez moi. Comme à n'importe quel prêtre. L'évêque ne nous autoriserait même pas une vieille servante. Et il a raison, les problèmes proviennent du fait d'avoir une femme à la maison. »

Quand la lune se fut levée, ils continuèrent. Ils marchèrent et se reposèrent, marchèrent et se reposèrent, mais sans jamais dormir, sans même chercher un endroit confortable où s'allonger. Grace à leurs pieds endurcis et à leurs sandales usées, ils évitèrent les ampoules. Tous deux avaient l'habitude de parcourir de longues distances – le franciscain au sein de sa vaste paroisse, et Lottar en suivant les moutons.

Au bout d'un moment, le franciscain devint moins sévère – peut-être moins soucieux – et lui parla presque comme aux premiers jours de leur rencontre. Il parlait italien, bien qu'elle maîtrisât à présent convenablement la langue gheg.

« Je suis né en Italie, dit-il. Mes parents étaient ghegs, mais j'ai vécu en Italie durant ma jeunesse, et c'est là que je suis devenu prêtre. Une fois, j'y suis retourné, il y a des années, et je me suis rasé la moustache, je ne sais pourquoi. Oh, si, je sais – c'était parce qu'ils se moquaient de moi, au village. Et quand je suis revenu, je n'ai pas osé montré mon visage à madhe. Un homme imberbe est une honte là-bas. Je suis resté dans une chambre à Shkodra jusqu'à ce qu'elle repousse.

– Est-ce à Shkodra que nous allons ?

– Oui, c'est là qu'habite l'évêque. Il enverra un message pour dire que j'ai bien fait de vous emmener, même s'il s'agit d'un vol. Ce sont des barbares, à madhe. Ils viennent vous tirer par la manche au beau milieu d'une messe pour vous demander de leur écrire une lettre. Avez-vous vu ce qu'ils mettent sur les tombes ? Les croix ? Ils façonnent les croix en forme d'homme très mince qui tient un fusil en travers contre sa poitrine. Vous n'avez pas remarqué ? » Il rit et secoua la tête. « Je ne sais pas quoi faire d'eux, ajouta-t-il. Mais ce sont de braves gens quand même – ils ne vous trahissent jamais.

– Mais vous pensiez qu'ils allaient peut-être me vendre en dépit de mon serment.

– Oh, oui. Mais vendre une femme est un moyen de gagner de l'argent. Et ils sont si pauvres. »

Lottar comprenait à présent qu'à Shkodra, elle se trouverait dans une position nouvelle – elle ne serait pas impuissante. En arrivant là-bas, elle pourrait s'enfuir. Elle pourrait trouver quelqu'un parlant anglais, elle pourrait trouver le consulat britannique. Ou sinon, le français.

L'herbe fut trempée avant l'aube et la nuit très froide. Mais quand le soleil se leva, Lottar cessa de trembler et une heure après, elle avait chaud. Ils marchèrent toute la journée. Ils mangèrent le reste du pain et burent à tous les ruisseaux d'eau vive qu'ils purent trouver. Ils avaient laissé la rivière asséchée et les montagnes loin derrière. Lottar se retourna et vit un mur de roches déchiquetées avec un peu de vert accroché à la base. Ce vert était les bois et les pâturages qu'elle avait crus si hauts. Ils suivirent des sentiers à travers les champs brûlants sans jamais cesser d'entendre le bruit des chiens qui aboyaient. Ils rencontrèrent des gens sur les chemins.

Au début, le franciscain dit à Lottar :

« Ne parlez à personne – ils se demanderaient qui vous êtes. » Mais il devait répondre quand on le saluait.

« Est-ce la direction de Shkodra ? Nous nous rendons à Shkodra, chez l'évêque. Voici mon domestique, qui vient des montagnes. »

« Ça va, vous avez l'air d'un domestique dans ces vêtements, dit-il à Lottar. Mais ne parlez pas : ils se poseront des questions si vous parlez. »

J'avais peint les murs de ma librairie en jaune pâle lumineux. Le jaune symbolise la curiosité intellectuelle. Quelqu'un avait dû me dire cela. J'ouvris le magasin en mars 1964. C'était à Victoria, en Colombie-Britannique.

J'étais assise à mon bureau, mes collections exposées derrière moi. Les représentants des maisons d'édition m'avaient conseillé de faire un stock de livres sur les chiens et les chevaux, la voile et le jardinage, les oiseaux et les fleurs – selon eux, c'était tout ce qui s'achèterait à Victoria. Ignorant leurs conseils, j'avais commandé des romans, des recueils de poésie et des livres expliquant le soufisme, la relativité et le B linéaire. Et j'avais disposé ces livres, à leur arrivée, de façon que les sciences politiques se fondent peu à peu avec la philosophie, et la philosophie avec la religion, sans cassure nette, afin que les poètes compatibles puissent se blottir les uns contre les autres, la disposition des rayons – pensais-je – reflétant un cheminement plus ou moins naturel de l'esprit, où des trésors récents ou bien oubliés risquaient continuellement de faire surface. J'avais pris tout ce soin, et maintenant ? Maintenant, j'attendais, avec le sentiment de qui s'est manifestement mis sur son trente et un en l'honneur d'une soirée, poussant peut-être jusqu'à aller chercher des bijoux au crédit municipal ou dans le coffre de famille, pour découvrir que la soirée se résume à quelques voisins en train de jouer aux cartes. À un hachis parmentier servi dans la cuisine, suivi d'un verre de mousseux.

La boutique était souvent vide deux ou trois heures d'affilée, et quand quelqu'un entrait, c'était toujours pour demander un livre qu'il avait vu jadis à la bibliothèque du catéchisme ou sur les étagères de sa grand-mère, ou encore un ouvrage oublié voilà vingt ans dans un hôtel à l'étranger. Ces gens ne se souvenaient généralement plus du titre, mais ils me racontaient l'histoire. C'est au sujet de cette petite fille qui part pour l'Australie avec son père pour exploiter la mine d'or dont ils ont hérité. C'est à propos de cette femme qui a eu un bébé toute seule en Alaska. C'est sur une course entre un vieux clipper et le premier bateau à vapeur, dans les années 1840.

Ah, bon. Ça ne coûtait rien de demander.

Ils partaient sans un regard pour les richesses qui les entouraient.

Quelques personnes exprimaient leur gratitude, s'exclamant qu'il s'agissait d'une glorieuse contribution à la ville. Ils bouquinaient pendant une demi-heure, une heure, avant de dépenser soixante-quinze *cents*.

Il faut du temps.

J'avais trouvé un studio avec kitchenette dans un vieil immeuble en angle de rues appelé les Dardanelles. Le lit se repliait dans le mur. Mais en général, je ne prenais pas la peine de le remonter, car je n'avais jamais de compagnie. Et le crochet ne me semblait pas solide. J'avais peur que le lit ne jaillît du mur pendant que je mangeais ma soupe en boîte ou ma pomme de terre au four. Cela pouvait me tuer. Je gardais aussi la fenêtre ouverte en permanence, car je croyais sentir une faible odeur de gaz, même quand les deux brûleurs et le four étaient éteints. Entre la fenêtre ouverte à l'appartement et la porte ouverte au magasin, pour encourager le client, je devais toujours m'emmitoufler dans mon pull en laine noir ou dans ma robe de chambre en velours rouge (un article qui avait une fois laissé sa teinte rosée sur tous les mouchoirs et tous les sous-vêtements de mon mari abandonné). J'avais du mal à me séparer de ces habits confortables pour les laver. Je somnolais la plupart du temps, sous-alimentée et tremblant de froid.

Mais je n'étais pas abattue. J'avais opéré un changement radical dans ma vie, et malgré les regrets qui m'étreignaient chaque jour, j'en éprouvais de la fierté. J'avais le sentiment d'être enfin entrée dans le monde, avec une véritable peau neuve. Assise à mon bureau, je faisais durer une tasse de café ou de bouillon clair pendant une heure, les mains serrées autour de la tasse tant qu'il s'en dégageait de la chaleur. Je lisais, mais sans but ni engagement. Je lisais des phrases prises au hasard dans des livres que j'avais toujours voulu lire. Souvent, ces phrases me semblaient si satisfaisantes, ou si belles et insaisissables, que je ne pouvais m'empêcher d'abandonner tous les mots qui se trouvaient autour pour céder à une émotion particulière. J'étais vigilante et rêveuse, coupée de chaque individu mais toujours consciente de la ville elle-même – laquelle me semblait un lieu étrange.

Une petite ville, sur la limite ouest du pays. Enclave de trucages pour touristes. Les devantures Tudor, les bus à deux étages, les pots de fleurs et les promenades en carrioles tirées par des chevaux : presque insultant. Mais aussi la lumière marine éclairant la rue, les personnes âgées minces et alertes courbées dans le vent pendant leur promenade quotidienne le long des falaises couronnées de genêts, les bungalows délabrés et un peu bizarres avec leurs jardins plantés d'araucarias et d'arbustes ornementaux. Ici, les noisetiers fleurissent à l'approche du printemps, les aubépines bordant les rues portent des fleurs rouges et blanches, les plantes grasses pointent de luxuriants boutons roses et incarnats comme on n'en voit nulle part dans l'arrière-pays. Telle une ville de conte, pensais-je – telle cette ville côtière transplantée en Tasmanie, dans l'histoire qui se passe en Nouvelle-Zélande. Mais il persiste quelque chose de nord-américain. Tant de gens, après tout, viennent de Winnipeg ou de la Saskatchewan. À midi, une odeur de repas en train de cuire s'échappe des immeubles pauvres. Viande sautée, légumes bouillis – des repas campagnards qu'on cuisine, au milieu de la journée, dans des kitchenettes étriquées.

Comment expliquer ce que j'aimais tant ? À l'évidence, ce n'était pas ce que pouvait rechercher un nouveau commerçant – l'animation et le dynamisme susceptibles de faire naître l'espoir d'un succès commercial. *Y se passe pas grand-chose*, tel était le message que la ville m'envoyait. Et quand une personne qui ouvre un magasin se moque de recevoir un message semblable, on peut se demander : Qu'est-ce qui arrive ? Les gens ouvrent des magasins afin de vendre des choses, ils espèrent avoir assez de travail pour devoir agrandir la boutique, puis vendre plus, devenir riches, et enfin, ne plus avoir à venir au magasin du tout. Pas vrai ? Mais y a-t-il des gens qui ouvrent un magasin dans l'espoir d'y trouver refuge, parmi les choses qu'ils apprécient le plus – le fil, les tasses à thé ou les livres –, et dans la seule intention d'une revendication confortable ? Ils deviennent partie intégrante de l'immeuble, partie intégrante de la rue, de tous les plans de la ville, et finalement, des souvenirs de tous. Ils boivent du café au milieu de la matinée, ils sortent les habituelles guirlandes à Noël, ils lavent leurs vitrines au printemps avant d'y exposer leur nouvelle collection. Les magasins, pour ces gens-là, sont ce que pourrait être une cabane dans les bois pour d'autres – un refuge et une justification.

Il faut quelques clients, bien sûr. Les échéances du loyer arrivent régulièrement, le stock ne se paie pas tout seul. J'avais hérité d'un peu d'argent – c'était ce qui m'avait permis de venir ici et de lancer le magasin – mais si les affaires ne prenaient pas un peu d'ampleur, je ne pourrais pas continuer après l'été. Je le comprenais bien. J'étais heureuse de voir que les gens venaient plus nombreux au fur et à mesure que le temps se réchauffait. Je vendais plus, la survie commençait à sembler possible. Des lots de livres devaient récompenser les meilleurs élèves des écoles à la fin du trimestre, et cela amenait les professeurs avec leurs listes, leurs éloges et leurs malheureux espoirs de réduction. Les gens qui venaient bouquiner achetaient régulièrement, et certains commençaient à devenir des amis – ou le genre d'amis que j'avais ici, au temps où je semblais heureuse en parlant à des gens jour après jour sans jamais apprendre leurs noms.

La première fois que Lottar et le prêtre aperçurent la ville de Shkodra, celle-ci paraissait flotter au-dessus des lais de limon, ses dômes et ses clochers brillant comme s'ils avaient été faits de brume. Mais lorsqu'ils y pénétrèrent en début de soirée, toute cette tranquillité s'évanouit. Les rues, pavées de grosses pierres brutes, étaient pleines de gens et de charrettes tirées par des ânes, de chiens errants, de cochons qu'on emmenait quelque part, d'odeurs de feux et de cuisine, de fumier, et de quelque chose de terrible – semblable à de la charogne. Un homme s'approcha, un perroquet sur l'épaule. L'oiseau semblait proférer des malédictions dans une langue inconnue. À plusieurs reprises, le franciscain arrêta des gens pour leur demander la direction de la maison de l'évêque, mais ils passaient sans répondre, se moquaient de lui ou disaient des mots qu'il ne comprenait pas. Un garçon offrit de leur montrer le chemin, contre de l'argent.

« Nous n'avons pas d'argent », répondit le franciscain. Il entraîna Lottar sous un porche, où ils s'assirent pour se reposer. « À Maltsia e madhe, dit-il, la plupart de ces gens, qui ont une si haute opinion d'eux-mêmes, chanteraient vite une autre chanson. »

L'intention que Lottar avait eue de s'enfuir en abandonnant le prêtre s'était envolée. D'abord, elle ne pouvait pas demander son chemin mieux que lui. Ensuite, elle avait l'impression qu'ils étaient des alliés incapables de survivre dans cette ville éloignés l'un de l'autre. Elle n'avait pas compris à quel point elle dépendait de l'odeur de sa peau, de la détermination blessée de ses longues enjambées, du panache de sa moustache noire.

Le franciscain se leva d'un bond en disant qu'il se souvenait – il se souvenait à présent du chemin pour aller chez l'évêque. Il la précéda d'un pas rapide dans les étroites rues des bas-quartiers bordées de hauts murs, d'où l'on ne voyait rien des maisons et des jardins hormis des façades et des portails. Les pierres pavant le sol pointaient de telle façon qu'il était aussi difficile de marcher ici que dans le lit de la rivière. Mais il avait vu juste, il poussa un cri de triomphe : ils étaient arrivés devant la porte de l'évêché.

Un majordome l'ouvrit et les laissa entrer, mais seulement au terme d'une âpre discussion. Après avoir ordonné à Lottar de s'asseoir par terre dans la cour devant la grille, le franciscain fut conduit dans la maison pour y rencontrer l'évêque. Bientôt, on envoya quelqu'un par les rues jusqu'au consulat britannique (Lottar n'en fut pas informée), d'où il revint avec le domestique du consul. La nuit était tombée, et l'homme portait une lanterne. Lottar fut à nouveau emmenée. Elle suivit le domestique et sa lanterne jusqu'au consulat.

Une baignoire pleine d'eau chaude l'attendait, dans la cour. On emporta ses vêtements. Qu'on brûla probablement. On coupa ses cheveux noirs graisseux infestés de vermine. On lui versa de l'essence sur le crâne. Elle dut raconter son histoire – la façon dont elle était arrivée à Maltsia e madhe – et ceci lui fut difficile, parce qu'elle n'avait plus l'habitude de parler anglais, et parce que cette époque lui semblait lointaine et sans importance. Elle dut réapprendre à dormir sur un matelas, à s'asseoir sur une chaise, à manger avec un couteau et une fourchette.

Dès que possible, ils la mirent dans un bateau.

Charlotte s'interrompit. « Cette partie n'a aucun intérêt. »

J'étais venue à Victoria car c'était l'endroit le plus éloigné de London, en Ontario, où je pouvais me rendre sans quitter le pays. À London, mon mari Donald et moi-même avions loué comme appartement le sous-sol de notre maison à un couple, Nelson et Sylvia. Nelson était étudiant en anglais et Sylvia travaillait comme infirmière. Donald était dermatologue, et moi je faisais une thèse sur Mary Shelley – qui n'avançait pas bien vite. J'avais connu Donald en allant le consulter à propos d'une allergie dans le cou. Il avait huit ans de plus que moi – un homme grand, avec des taches de rousseur, qui rougissait facilement, plus intelligent qu'il n'en avait l'air. Un dermatologue voit chagrin et désespoir, même si les problèmes qui amènent les gens à le consulter ne sont pas du même ordre que les tumeurs et les artères bouchées. Il voit des sabotages internes, et des destins vraiment malchanceux. Il voit comment des choses telles que l'amour et le bonheur peuvent être gouvernées par une plaque de cellules irritées. Les expériences de ce genre avaient rendu Donald gentil, d'une façon prudente et impersonnelle. Il me dit que mon allergie était probablement due au stress, et que j'allais devenir une femme merveilleuse, une fois que j'aurais résolu quelques problèmes.

Nous invitâmes Sylvia et Nelson à dîner, et Sylvia nous parla de la ville minuscule dont ils venaient tous les deux, en Ontario du Nord. Elle dit que Nelson avait toujours été le garçon le plus brillant de leur classe, de leur école, et peut-être même de toute la ville. Lorsqu'elle dit cela, Nelson la regarda avec une expression parfaitement plate et dévastatrice, semblant attendre avec une patience infinie et la plus innocente des curiosités une explication quelconque, et Sylvia rit en ajoutant : « Je blaguais, évidemment. »

Quand Sylvia travaillait de nuit à l'hôpital, j'invitais parfois Nelson à venir partager notre repas de façon moins formelle. Nous nous habituâmes à ses silences, à son indifférence à table, et au fait qu'il ne mangeait pas de riz ni de nouilles, pas d'aubergines, d'olives, de crevettes, de poivrons ni d'avocats, et sans doute beaucoup d'autres choses, car ces aliments n'étaient pas courants dans cette ville d'Ontario du Nord.

Nelson paraissait plus vieux que son âge. Petit, solidement bâti, la peau jaunâtre et le sourire absent, ses traits suggéraient un mépris d'homme mûr et une pugnacité latente, si bien qu'il ressemblait plus à un entraîneur de hockey, ou à un contremaître de chantier intelligent, sans éducation, juste, et mal embouché, plutôt qu'à un timide étudiant de vingt-deux ans.

Il n'était pas timide en amour. Je le découvris plein de ressources et de détermination. Nous succombâmes à une séduction mutuelle, et il s'agissait de notre première liaison à tous les deux. J'avais une fois entendu dire, dans une soirée, qu'une des choses agréables à propos du mariage était la possibilité d'avoir de véritables liaisons – une liaison avant le mariage risquait toujours de n'être rien d'autre qu'une simple cour amoureuse. J'avais été écœurée par un tel discours, et affolée à l'idée que la vie pût être si triste et si triviale. Mais quand commença ma propre liaison avec Nelson, j'éprouvai un étonnement constant. Il n'y avait ni tristesse ni trivialité dans notre histoire, juste l'implacabilité et la clarté du désir, une tromperie étincelante.

Nelson fut le premier à voir les choses en face. Un après-midi, il roula sur le dos et dit d'une voix rauque pleine de défi : « Il va falloir que nous partions. »

Je crus qu'il voulait dire que lui et Sylvia allaient devoir partir, qu'ils ne pouvaient plus continuer à vivre dans cette maison. Mais il voulait parler de lui et moi. Ce « nous » signifiait lui et moi. Bien sûr, lui et moi disions « nous » en parlant de nos arrangements, de nos transgressions. À présent, il en faisait le « nous » de notre décision – peut-être d'une vie commune.

Ma thèse était censée porter sur les derniers romans de Mary Shelley, ceux que personne ne connaît. *Lodore, Perkin Warbeck, Le Dernier Homme.* Mais je m'intéressais plus à la vie de Mary, avant qu'elle ne tirât ses tristes enseignements de la vie et ne s'attachât à faire de son fils un baronet. J'adorais lire des textes sur les autres femmes ayant haï, envié, ou erré : Harriet, la première femme de Shelley ; Fanny Imlay, la demi-sœur de Mary, qui avait peut-être elle-même été amoureuse de Shelley ; et la belle-sœur de Mary, Mary Jane Clairmont, qui avait pris mon propre prénom – Claire – pour accompagner Mary et Shelley dans la lune de miel précédant leur mariage, afin de pouvoir continuer à courtiser Byron. J'avais souvent parlé à Donald de l'impétueuse Mary, de l'infidèle Shelley, et de leurs rendez-vous sur la tombe de la mère de Mary ; des suicides d'Harriet et de Fanny ; et de la persévérance de Claire, qui avait eu un bébé de Byron. Mais je n'y avais jamais fait allusion devant Nelson, en partie parce que nous avions peu de temps pour discuter, et en partie parce que je ne voulais pas qu'il me croie tirer une certaine inspiration ou un quelconque réconfort de ce méli-mélo d'amour, de désespoir, de tromperie et de théâtralisme. Je ne voulais pas le croire moi-même. De plus, Nelson n'était pas très porté sur le XIXe siècle ou sur les Romantiques. Il le disait lui-même. Il disait qu'il avait envie de faire quelque chose sur les déterreurs de scandales. Peut-être voulait-il plaisanter.

Sylvia ne réagit pas comme Harriet. Son esprit n'était ni influencé ni entravé par la littérature, et quand elle découvrit ce qui s'était passé, elle entra dans une rage salutaire.

« Espèce d'idiot ! » cria-t-elle à Nelson.

« Sale hypocrite ! » me dit-elle.

Nous nous trouvions tous les quatre dans notre salle de séjour. Donald continua de nettoyer et de bourrer sa pipe, la tapota, l'alluma, la dorlota, l'étudia, tira dessus, l'alluma de nouveau – avec des gestes si semblables à ceux d'un personnage de film que j'étais gênée pour lui. Puis il mit quelques livres et le dernier numéro de *Macleans* dans sa mallette, alla chercher son rasoir dans la salle de bains et son pyjama dans la chambre, et s'en alla.

Il se rendit tout droit à l'appartement d'une jeune veuve qui travaillait en qualité de secrétaire dans sa clinique. Dans une lettre qu'il m'écrivit plus tard, il expliquait qu'il n'avait jamais considéré cette femme autrement que comme une amie avant ce soir-là, où il comprit subitement combien il lui serait agréable d'aimer une personne douce, sensible, et qui ne soit pas « bordélique ».

Sylvia devait prendre son travail à onze heures. D'habitude, Nelson l'accompagnait à pied jusqu'à l'hôpital – ils n'avaient pas de voiture. Ce soir-là, elle lui dit qu'elle aimerait mieux se faire accompagner par un putois.

Ceci nous laissa seuls, Nelson et moi. La scène avait duré bien moins longtemps que je ne l'avais imaginé. Nelson semblait sombre mais soulagé, et, si j'avais l'impression que la conception de l'amour en tant que marée déferlante, en tant qu'événement glorieux déchirant, avait été rapidement expédiée, je n'eus pas la bêtise de le montrer.

Nous nous étendîmes sur le lit pour parler de nos projets et finîmes par faire l'amour, car c'était ce que nous avions l'habitude de faire. Dans la nuit, Nelson se réveilla et pensa qu'il ferait mieux de redescendre dans son propre lit.

Me levant dans l'obscurité, je m'habillai, fis ma valise, écrivis un mot, et partis à la cabine téléphonique du coin pour appeler un taxi. Je pris le train de six heures pour Toronto, qui avait une correspondance avec celui pour Vancouver.

Il était moins cher de voyager en train si l'on voulait bien rester assis pendant trois nuits, ce qui ne me dérangeait pas.

Aussi restai-je assise, par cette triste et interminable matinée, dans ce train de jour descendant le canyon du Fraser aux parois à pic pour entrer dans la vallée détrempée du fleuve, où de la fumée planait au-dessus des petites maisons ruisselantes, des vignes brunes, des buissons épineux et des moutons blottis les uns contre les autres. C'est en décembre que ce tremblement de terre ébranla ma vie. Pour moi, Noël était annulé. L'hiver, avec ses congères, ses glaçons et ses blizzards revigorants, était annulé par cette saison floue de saleté et de pluie. J'étais constipée, je savais que j'avais mauvaise haleine, j'avais les membres engourdis, et le moral au plus bas. Et à ce moment-là, n'ai-je pas songé combien il était stupide d'imaginer qu'un homme pût être si différent d'un autre, quand la vie se résumait finalement à avoir du café convenable et un endroit où s'allonger ? N'ai-je pas songé que même si Nelson avait été assis à côté de moi, il serait devenu un étranger au visage gris dont le chagrin et l'embarras n'auraient été que l'extension de mon propre chagrin ?

Non. Non. Nelson resterait toujours Nelson à mes yeux. Mes sentiments n'avaient pas changé à l'égard de sa peau, de son odeur, et de son regard sombre.

C'était l'aspect extérieur de Nelson qui semblait me revenir le plus volontiers à l'esprit, alors que pour Donald, c'était ses frémissements et ses sympathies intérieurs, cette gentillesse élaborée et ces doutes secrets que j'avais découverts à force de câlinerie et de complicité. Si j'avais pu réunir l'amour que je portais à ces deux hommes, et le donner à un seul, j'aurais été une femme comblée. Si j'avais pu aimer tout le monde aussi minutieusement que Nelson, et aussi calmement et platoniquement que j'aimais à présent Donald, j'aurais été une sainte. Au lieu de cela, j'avais porté un coup double, apparemment pour rien.

Les clients réguliers devenus peu à peu un genre d'amis rassemblaient une femme d'âge moyen qui était expert-comptable mais préférait des lectures telles que *Six Philosophes existentiels*, ou *Le Sens du sens* ; un fonctionnaire de province qui commandait de splendides et coûteux ouvrages de pornographie dont je ne soupçonnais pas l'existence (leurs positions élaborées, orientales ou étrusques, me semblaient grotesques et inintéressantes comparées aux rituels simples, efficaces et tant attendus auxquels je me livrais avec Nelson) ; un notaire qui vivait derrière son étude, au bas de Johnson Street. (« Je vis dans les quartiers pauvres, m'avait-il dit. Une nuit, je m'attends à voir un malabar tituber au coin d'une rue en criant à tue-tête "Ste-el-la !", tel Marlon Brando dans *Un tramway nommé désir* ») ; et la femme que je connus plus tard sous le nom de Charlotte – le notaire la surnommait la Duchesse. Tous ces gens ne s'aimaient pas beaucoup les uns les autres, et la tentative que je fis au début pour nouer une conversation entre la comptable et le notaire se solda par un échec.

« Épargnez-moi ces femelles au visage flétri et fardé, me dit le notaire la fois suivante. J'espère que vous ne la cachez nulle part, ce soir. »

Il était vrai que la comptable fardait son visage mince et intelligent de femme de cinquante ans d'une main généreuse, et se dessinait des sourcils semblables à deux traits d'encre de Chine. Mais pour qui se prenait-il, ce notaire, avec ses chicots tachés de nicotine et ses joues vérolées ?

« Il m'a fait l'impression d'un type plutôt superficiel », me confia la comptable, comme si elle avait deviné et courageusement négligé les remarques faites à son sujet.

Voilà ce que c'est de vouloir parquer les gens en couples, écrivis-je à Donald. *Et de quel droit est-ce que j'essaie ?* Je correspondais régulièrement avec Donald, lui décrivant le magasin, la ville, et même, du mieux possible, mes propres sentiments indescriptibles. Il vivait avec Helen, la secrétaire. J'écrivais aussi à Nelson, qui vivait seul ou non, de nouveau ou non avec Sylvia. Je ne pensais pas qu'ils se soient réunis. Je pensais qu'elle croyait aux attitudes inexcusables et aux ruptures définitives. Nelson avait une nouvelle adresse. Je l'avais cherchée dans l'annuaire téléphonique de London. Après des débuts réticents, Donald me répondit. Il m'envoyait des lettres impersonnelles et relativement intéressantes sur les gens que nous connaissions tous les deux, sur ce qui se passait à la clinique. Nelson n'écrivait pas du tout. Je me mis à lui adresser des lettres recommandées. Désormais, je savais au moins qu'il allait les chercher.

Charlotte et Gjurdhi avaient dû entrer ensemble

dans le magasin, mais je n'avais pas compris qu'ils formaient un couple avant de les voir partir. Charlotte était une femme massive et informe mais néanmoins vive, avec un visage rose, des yeux bleus brillants, et une épaisse chevelure blanche luisante qu'elle portait comme une petite fille, ondulée sur les épaules. Bien qu'il fît assez doux, elle était vêtue d'une cape en velours gris foncé ornée d'un maigre revers de fourrure grise – un vêtement qui semblait appartenir ou avoir appartenu à la scène. Il en dépassait une ample chemise et un pantalon de laine écossais, et ses larges pieds nus poussiéreux étaient chaussés de sandales ouvertes. Elle tintait autant que si elle avait porté une armure invisible. Un bras tendu pour attraper un livre révéla l'origine de ces tintements. Des bracelets – un nombre incalculable, massifs ou fins, ternes ou brillants. Certains étaient décorés de grosses pierres carrées, couleur de sang ou de caramel.

« Quand on pense que ce vieil imposteur est encore sur la brèche », me dit-elle comme si elle poursuivait une conversation agréable et décousue.

Elle avait pris un livre d'Anaïs Nin.

« Ne faites pas attention, reprit-elle. Je dis des choses terribles. J'aime bien cette femme, en fait. C'est lui que je ne peux pas souffrir.

– Henry Miller ? dis-je, commençant à la suivre.

– Exact. » Elle continua à parler d'Henry Miller, de Paris, de la Californie, sur un ton moqueur, énergique et à demi affectueux. Elle semblait pour le moins avoir habité à côté des gens dont elle parlait. Finalement, en toute naïveté, je lui demandai si tel était le cas.

« Non, non ! Mais j'ai l'impression de tous les connaître. Pas personnellement. Enfin… personnellement. Si, personnellement. De quelle autre façon peut-on les connaître ? Je ne les ai jamais rencontrés en personne. Mais dans leurs livres. C'est ce qu'ils veulent, non ? Je les connais. Je les connais tellement qu'ils m'ennuient. Comme tous les gens qu'on connaît. Vous ne pensez pas ? »

Elle se déporta vers la table ou j'avais exposé les nouveaux livres de poche des éditions New Directions.

« Alors, voici la nouvelle équipe, dit-elle. Oh, ça par exemple », s'exclama-t-elle en ouvrant des yeux ronds devant les photos de Ginsberg, de Corso et de Ferlinghetti. Elle se mit à lire si attentivement que je pris ce qu'elle dit ensuite pour un extrait de poème.

« Je suis passée et je vous ai vue », déclara-t-elle. Elle reposa le livre et je compris qu'elle parlait de moi. « Je vous ai vue assise ici, et je me suis dit qu'une jeune femme aimerait probablement sortir de temps en temps. Au soleil. J'imagine que vous n'envisagez pas de me payer à rester assise ici, pour que vous puissiez sortir ?

– Euh, j'aimerais bien…, répondis-je.

– Je ne suis pas bête. En fait, je suis même plutôt instruite. Demandez-moi qui a écrit les *Métamorphoses* d'Ovide. Ça va, vous n'avez pas besoin de rire.

– J'aimerais bien, mais je n'en ai vraiment pas les moyens.

– Ah, bon. Vous avez sûrement raison. Je ne fais pas très chic. Et je ficherais probablement tout en l'air. Je me disputerais avec les gens, si jamais ils achetaient des livres que je trouve épouvantables. » Elle ne parut pas déçue. Elle prit un exemplaire de *L'Avocatier raté* et déclara : « Celui-là, il faut que je l'achète, pour le titre ! »

Elle poussa un petit sifflement, et l'homme à qui il semblait destiné leva les yeux de la table couverte de livres qu'il regardait, près du fond de la boutique. Je l'avais remarqué, sans pour autant faire le lien avec elle. Je pensais qu'il s'agissait seulement d'un de ces hommes qui entraient au hasard, seuls, et restaient là à regarder autour d'eux, comme s'ils tentaient de comprendre dans quel genre d'endroit ils se trouvaient, ou quelle était l'utilité des livres. Pas un alcoolique ou un mendiant, et certainement pas quelqu'un d'inquiétant-juste un de ces vieillards miteux et extrêmement taciturnes qui appartenaient à la ville un peu à la manière des pigeons, se déplaçant toute la journée à l'intérieur d'un périmètre limité, sans jamais regarder le visage des gens. Il portait un manteau qui lui tombait aux chevilles, taillé dans un tissu brunâtre, brillant et caoutchouté, ainsi qu'une casquette de velours marron ornée d'un gland. Le genre de casquette qu'aurait portée un vieux savant gâteux ou un homme d'église dans un film anglais. Il existait donc entre eux une similarité – tous deux arboraient des articles qui auraient pu passer pour les pièces de rebut d'un coffre de déguisements. Mais de près, il semblait beaucoup plus âgé qu'elle. Un visage allongé, jaunâtre, des yeux tombants brun tabac, une moustache éparse répugnante. Quelques vagues restes de beauté, ou de puissance. Une férocité éteinte. Il obéit à son sifflement – qui semblait mi-sérieux, mi-moqueur –, et resta à côté d'elle, aussi silencieux et respectueux qu'un chien ou un âne, tandis qu'elle s'apprêtait à payer.

À cette époque, le gouvernement de Colombie-Britannique appliquait une taxe à l'achat sur les livres. Pour celui-ci, elle s'élevait à quatre *cents*.

« Je ne peux pas payer ça ! s'écria-t-elle. Une taxe sur les livres ! Je trouve ça immoral. Je préférerais encore aller en prison. Vous n'êtes pas d'accord ? »

J'étais d'accord. Je ne lui fis pas remarquer – comme je l'aurais fait avec n'importe qui d'autre – que le magasin ne serait pas épargné pour autant.

« Vous ne trouvez pas mes paroles consternantes ? reprit-elle. Vous voyez ce que ce gouvernement est capable de faire aux gens ? Il les transforme en *orateurs.* »

Elle mit le livre dans son sac sans acquitter les quatre *cents*, et ne paya jamais la taxe à une quelconque occasion.

Je les décrivis tous deux au notaire. Il sut immédiatement de qui je parlais.

« Je les surnomme la Duchesse et l'Algérien, dit-il. J'ignore d'où ils sortent. Lui est peut-être un terroriste à la retraite. Ils parcourent la ville avec un chariot, comme des éboueurs. »

Je reçus un mot m'invitant à dîner un dimanche soir. Il était signé *Charlotte*, sans autre nom de famille, mais la formulation et l'écriture étaient assez formelles.

Mon mari Gjurdhi et moi-même serions ravis de…

Jusque-là, je n'avais souhaité aucune invitation de ce genre, et j'aurais été à la fois dérangée et embarrassée d'en recevoir une. Je fus donc surprise du plaisir que je ressentis. Charlotte me faisait entrevoir une franche lueur d'espoir ; elle ne ressemblait pas aux autres, que je ne voulais fréquenter qu'au magasin.

L'immeuble où ils habitaient se trouvait dans Pandora Street. Il était recouvert de stuc couleur moutarde, et sa minuscule entrée carrelée me fit penser à des toilettes publiques. Elle ne sentait pas mauvais, pourtant, et leur appartement n'était pas vraiment sale, juste affreusement en désordre. Des livres s'empilaient contre les murs, et des morceaux d'étoffe à motifs pendaient mollement pour cacher le papier peint. Il y avait des stores en bambou sur la fenêtre, des feuilles de papier coloré – sûrement inflammables – épinglées autour des ampoules électriques.

« Comme vous êtes mignonne d'être venue, s'écria Charlotte. Nous avions peur que vous ayez des tonnes de choses plus intéressantes à faire que de venir rendre visite à de vieux débris tels que nous. Où pouvez-vous vous asseoir ? Pourquoi pas ici ? » Elle enleva une pile de magazines encombrant un fauteuil en rotin. « Est-ce que c'est confortable ? Ça fait des bruits tellement intéressants, le rotin. Parfois, quand je suis ici toute seule, ce fauteuil se met à craquer et à grincer exactement comme si quelqu'un se tortillait dedans. Je pourrais parler d'une présence, mais je ne suis pas douée pour croire à toutes ces bêtises. J'ai essayé. »

Gjurdhi nous servit un vin jaune sucré. Pour moi dans un haut verre à pied qui n'avait pas été épousseté, pour Charlotte dans un gobelet, et pour lui dans une tasse en plastique. Il semblait impossible qu'un quelconque dîner pût sortir de la petite cuisine en alcôve où produits alimentaires, marmites et vaisselle s'entassaient pêle-mêle, mais il flottait une bonne odeur de poulet rôti, et au bout d'un petit moment, Gjurdhi apporta les hors-d'œuvre – des plats de concombre en tranches, des bols de yaourts. J'étais assise sur le siège en rotin, Charlotte dans l'unique fauteuil. Gjurdhi était assis par terre. Charlotte portait son pantalon écossais, et un T-shirt rose qui moulait ses seins libres. Elle s'était verni les ongles de pieds d'une couleur assortie à son T-shirt. Ses bracelets tintaient contre l'assiette quand elle prenait des tranches de concombre. (Nous mangions avec les doigts.) Gjurdhi portait sa casquette et une robe de chambre soyeuse rouge foncé par-dessus son pantalon. Des taches s'étaient fondues avec les motifs.

Après le concombre, nous mangeâmes du poulet agrémenté de raisins secs et d'épices dorées, du pain aigre et du riz. Charlotte et moi eûmes droit à des fourchettes, mais Gjurdhi prenait le riz avec son pain. J'allais souvent repenser à ce repas, au cours des années à venir, quand ce genre de nourriture, cette façon décontractée de s'asseoir et de manger, et jusqu'à une certaine version du style et du désordre caractérisant cette pièce, deviendraient courants et à la mode. Les gens que je connaissais et moi-même allions renoncer – pour un temps – aux tables de salle à manger, aux verres à vin assortis, et dans une certaine mesure, aux couverts et aux chaises. Quand on me divertissait, ou que je m'efforçais de divertir ainsi mes invités, je songeais toujours à Charlotte et à Gjurdhi, à la limite de la vraie privation, cette hasardeuse authenticité qui les plaçait au-dessus de toutes ces imitations futures. À l'époque, c'était tout nouveau pour moi, et je me sentais à la fois mal à l'aise et ravie. J'espérais me montrer à la hauteur d'un tel exotisme, mais ne pas être trop rudement mise à l'épreuve.

Mary Shelley entra bientôt dans la conversation. Je citai les titres de ses derniers romans, et Charlotte répéta rêveusement : « Per-kin War-beck. N'est-ce pas lui… n'est-ce pas lui qui prétendait être un petit prince et qui a été assassiné à la Tour ? »

C'était la première fois que je rencontrais quelqu'un – autre qu'un historien, un historien spécialiste de l'époque Tudor – qui connaissait ce détail.

« Ça ferait un bon film, dit-elle. Vous ne croyez pas ? La question que je me pose toujours à propos de tels simulateurs, c'est : qui pensent-ils être vraiment, eux ? Est-ce qu'ils y croient, ou quoi ? Mais c'est la vie de Mary Shelley le véritable film, non ? Je me demande pourquoi personne n'en a fait un sur elle. D'après vous, qui jouerait le rôle de Mary ? Non. Non, d'abord, il faut commencer par Harriet. Qui jouerait Harriet ?

« Une actrice qui présenterait bien une fois noyée, poursuivit-elle en déchirant un morceau de poulet doré. Elizabeth Taylor ? Pas un assez grand rôle. Susannah York ?

« Qui était le père ? demanda-t-elle en faisant allusion au bébé qu'Harriet ne mettrait jamais au monde. Je ne pense pas que ce soit Shelley. Je ne l'ai jamais cru. Et vous ? »

Tout ceci était très bien, très agréable, mais j'avais espéré que nous en viendrions aux explications – aux révélations personnelles, si ce n'est exactement aux confidences. On s'y attend un peu, dans de telles occasions. Sylvia n'avait-elle pas évoqué, à ma propre table, cette ville de l'Ontario du Nord, et raconté que Nelson était l'élève le plus brillant de l'école ? J'étais surprise de constater avec quelle impatience j'attendais, enfin, de raconter mon histoire. Donald et Nelson – j'attendais de dévoiler la vérité, ou une partie de la vérité, dans toute sa blessante complexité, à quelqu'un qui ne serait ni étonné ni outré en l'entendant. J'aurais aimé chercher à comprendre ma propre attitude, en bonne compagnie. Avais-je considéré Donald comme une figure paternelle – ou parentale, puisque mes deux parents étaient morts ? L'avais-je abandonné parce que je leur en voulais à eux de m'avoir abandonnée ? Que signifiait le silence de Nelson, était-il désormais permanent ? (Mais après réflexion, je ne pensais pas parler à quiconque de la lettre qui m'était revenue la semaine précédente avec la mention « Inconnu à cette adresse ».)

Ceci n'était pas ce que Charlotte avait en tête. Il n'y eut aucune occasion, aucun échange. Après le poulet, le verre à vin, le gobelet et la tasse furent remportés et remplis d'un sorbet rose extrêmement sucré, plus facile à boire qu'à manger avec une cuillère. Puis arrivèrent des tasses de café désespérément fort. Gjurdhi alluma deux bougies comme la pièce s'assombrissait, et on me donna l'une d'elles pour aller à la salle de bains, qui se réduisait à des toilettes et une douche. Charlotte expliqua que les lampes ne fonctionnaient pas.

« Des réparations, précisa-t-elle. Ou alors, un caprice. Je crois vraiment qu'il s'agit de caprices. Mais heureusement, nous avons notre poêle à gaz. Du moment que nous avons notre poêle, nous nous moquons de leurs caprices. Mon seul regret, c'est que nous ne pouvons pas passer de musique. J'allais mettre quelques vieux chants engagés : "*J'ai rêvé que j'avais vu Joe Hill la nuit dernière*", chanta-t-elle en prenant une fausse voix de baryton. Vous le connaissez ? »

Je connaissais ce chant. Donald le chantait quand il était un peu ivre. D'habitude, les gens qui chantaient « *Joe Hill* » avaient des sympathies politiques vagues mais discernables ; pourtant, avec Charlotte, je ne pensais pas qu'il en fût ainsi. Elle ne fonctionnait pas à coups de sympathies, de principes. Elle traitait avec légèreté ce que les autres prenaient au sérieux. Je n'étais pas sûre de mes sentiments à son égard. Il ne s'agissait pas simplement d'affection ou de respect. C'était plus une envie de pouvoir évoluer dans son élément, sans éprouver de surprise. D'être optimiste, autocritique, légèrement malicieuse, insatiable.

Pendant ce temps, Gjurdhi me montrait certains de leurs livres. Comment cela avait-il commencé ? Probablement à la suite d'un commentaire – sur leur nombre, ou quelque chose dans ce genre – que j'avais fait après avoir trébuché sur une pile en revenant des toilettes. Il sortait des livres avec des reliures en cuir ou en cuir d'imitation (comment aurais-je pu faire la différence ?) avec des pages de garde marbrées, des frontispices à l'aquarelle, des gravures sur acier. Au début, je crus que l'admiration était peut-être tout ce qu'on attendait de moi, et j'admirai tout. Mais près de mon oreille, j'entendis parler d'argent – était-ce la première phrase distincte que j'entendais Gjurdhi prononcer ?

« Je ne vends que des livres neufs, dis-je. Ceux-ci sont merveilleux, mais je n'y connais vraiment pas grand-chose. C'est un travail complètement différent, les livres comme ça. »

Gjurdhi secoua la tête comme si je n'avais pas compris et qu'il allait à présent essayer, fermement, de m'expliquer à nouveau. Il répéta le prix d'une voix plus insistante. Pensait-il que je tentais de marchander avec lui ? Peut-être me disait-il combien il avait payé ce livre ? Peut-être étions-nous simplement en train de spéculer sur le prix auquel il pourrait se vendre – pas de parlementer pour savoir si j'allais l'acheter.

Je répétais sans cesse « non », et « oui », essayant de jongler avec ces réponses de façon appropriée. Non, je ne peux pas les prendre pour mon magasin. Oui, ils sont très beaux. Non, vraiment, je suis désolée, je suis incapable de juger.

« Si nous avions vécu dans un autre pays, disait Charlotte, Gjurdhi et moi aurions peut-être fait quelque chose. Ou seulement si les films avaient pris un peu d'essor dans ce pays. C'est ce que j'aurais aimé faire. Nous trouver du travail dans le cinéma. Comme figurants. Mais peut-être n'avons-nous pas un profil assez commun pour être figurants, peut-être nous aurait-on trouvé de petits rôles. Je crois que les figurants ne doivent pas se détacher au sein d'une foule, pour qu'on puisse les utiliser indéfiniment. Avec Gjurdhi, nous retenons plus l'attention que ça. Gjurdhi, surtout – on pourrait *utiliser* ce visage. »

Elle ne prêtait aucune attention à la deuxième conversation qui s'était nouée, et elle continuait de me parler, secouant la tête à l'attention de Gjurdhi de temps à autre, suggérant qu'elle trouvait sa conduite engageante, quoique peut-être inopportune. Je devais parler à Gjurdhi doucement, en aparté, sans cesser de répondre à Charlotte par des signes de tête.

« Vraiment, vous devriez les porter à la librairie spécialisée dans le livre ancien, dis-je. Oui, ils sont très beaux. Les livres comme ça ne sont pas de mon ressort. »

Gjurdhi ne geignait pas, n'agissait pas de manière insinuante. Péremptoire, plutôt. Il semblait vouloir me donner des ordres, et s'avérer hautement désappointé si je ne capitulais pas. Confuse, je repris du vin jaune, le versant dans mon verre encore plein de sorbet. Ce geste fut probablement une offense très grave. Gjurdhi parut affreusement mécontent.

« Pouvez-vous imaginer des illustrations dans les romans modernes ? dit Charlotte en consentant finalement à lier les deux conversations. Dans un Norman Mailer, par exemple ? Il faudrait qu'elles soient abstraites. Vous ne croyez pas ? Un genre de barbelé avec des taches ? »

Je rentrai chez moi avec un mal de tête et un sentiment d'imperfection discordante. J'étais prude, voilà tout, quand il s'agissait de mêler affaires et hospitalité. Je m'étais peut-être conduite avec maladresse, je les avais déçus. Et ils m'avaient déçue. En m'obligeant à me demander pourquoi ils m'avaient invitée.

Je regrettais Donald, à cause de « *Joe Hill* ».

J'avais aussi la nostalgie de Nelson, à cause d'une expression entrevue sur le visage de Charlotte à mon départ. Un air de délectation et de contentement qui, je le savais, avait un rapport avec Gjurdhi, même si j'osais difficilement le croire. Cet air me donna l'impression qu'à peine aurais-je descendu l'escalier et quitté l'immeuble pour sortir dans la rue, quelque vieille bête suante et famélique, rampante, jaunâtre et indécente, quelque vieux tigre galeux mais pressant, allait s'élancer au milieu des livres et des assiettes sales pour se livrer à un acte de sauvagerie familier.

Un ou deux jours plus tard, je reçus une lettre de Donald. Il voulait divorcer, pour pouvoir épouser Helen.

J'embauchai une vendeuse, une lycéenne, à raison de deux heures tous les après-midi, pour me permettre d'aller à la banque et faire du travail d'écritures. La première fois que Charlotte l'aperçut, elle alla droit vers le bureau et tapota la pile de livres qui s'y trouvait et que je destinais à une vente rapide.

« Est-ce ceci que les patrons recommandent à leurs subordonnés ? » demanda-t-elle. La jeune fille sourit prudemment et ne répondit pas.

Charlotte avait raison. C'était un livre intitulé

Psychocybernétique, qui traitait de la façon d'acquérir une image de soi positive.

« Vous avez bien fait de l'employer elle plutôt que moi, dit Charlotte. Elle est beaucoup plus coquette, elle n'ouvrira pas son bec, et n'effrayera pas le client. Elle n'aura pas *d'opinions.* »

« Il faut que je vous dise quelque chose à propos de cette femme », déclara ma vendeuse après le départ de Charlotte.

Cette partie n'a aucun intérêt.

« Que voulez-vous dire ? » demandai-je. Mais mon esprit battait la campagne, en ce troisième après-midi passé à l'hôpital. Durant la dernière partie de l'histoire de Charlotte, j'avais repensé à un livre commandé spécialement et que je n'avais pas reçu, sur les croisières en Méditerranée. J'avais aussi songé au notaire, à qui l'on avait fracassé le crâne la veille au soir, dans son bureau de Johnson Street. Il n'était pas mort, mais il avait peut-être perdu la vue. Un vol ? Ou un acte de vengeance, un attentat, lié à une période de sa vie que je n'avais pas soupçonnée ?

Mélodrame et confusion rendaient cet endroit plus ordinaire à mes yeux, mais moins à ma portée.

« Mais si, elle a de l'intérêt, dis-je. Tout en a. C'est une histoire fascinante.

– Fascinante », répéta Charlotte d'un ton minaudier. Elle fit une grimace, qui lui donna l'air d'un bébé vomissant une cuillerée de bouillie. Ses yeux, toujours fixés sur moi, semblèrent perdre de leur couleur, perdre leur bleu enfantin, vif et présomptueux. Son irritabilité se changeait en dégoût. Elle affichait à présent une expression de dégoût haineux, de lassitude indicible

– telle qu'on montre parfois à son miroir, mais très rarement à quelqu'un d'autre. Peut-être en raison des pensées qui me trottaient déjà dans la tête, il me vint à l'idée que Charlotte pouvait mourir. Elle pouvait mourir d'un moment à l'autre. À ce moment même. Maintenant.

Elle désigna le verre d'eau et sa paille en plastique recourbée. Je tins le verre de façon qu'elle pût boire, en lui soutenant la tête. Je sentis la chaleur de son cuir chevelu, une pulsation à la base de son crâne. Elle but avidement, et l'horrible expression quitta son visage.

« Croupie, dit-elle.

– Je crois que cela ferait un excellent film », dis-je en l'installant de nouveau sur les oreillers. Elle me saisit le poignet, puis le lâcha.

« Où avez-vous trouvé cette idée ? demandai-je.

– Dans la vie, répondit Charlotte d'une voix indistincte. Attendez un moment. » Elle détourna la tête, sur son oreiller, comme si elle devait arranger quelque chose en privé. Puis elle se reprit, et m'en dit un peu plus.

Charlotte ne mourut pas. Du moins, elle ne mourut pas à l'hôpital. Quand je revins le lendemain en fin d'après-midi, son lit était vide et les draps fraîchement changés. L'infirmière qui m'avait déjà parlé tentait de prendre la température de la femme ligotée dans le fauteuil. Elle rit en voyant l'expression qui se peignit sur mon visage.

« Oh, non ! s'exclama-t-elle. Ce n'est pas ça. Elle est sortie ce matin. Son mari est venu la chercher. Nous voulions la transférer dans une maison de repos, à Saanich, et il était censé l'y emmener. Il a dit qu'un taxi les attendait dehors. Ensuite, nous avons reçu un coup de téléphone pour nous avertir qu'ils ne s'étaient pas présentés ! Ils étaient tout joyeux en partant. Il lui avait apporté une pile de billets, et elle les lançait en l'air. Je ne sais pas… il s'agissait peut-être juste de billets d'un dollar. Mais nous n'avons aucune idée de l'endroit où ils sont allés. »

Je me rendis à pied jusqu'au petit immeuble de Pandora Street. Je me disais qu'ils étaient peut-être tout simplement rentrés chez eux. Ils pouvaient avoir perdu le plan pour se rendre à la maison de convalescence, et ils n'avaient pas voulu demander leur chemin. Peut-être avaient-ils décidé de rester ensemble chez eux, coûte que coûte. Peut-être avaient-ils ouvert le gaz.

Au début, incapable de retrouver l'immeuble, je crus m'être trompée de rue. Mais je me souvenais du magasin qui faisait l'angle et de certaines maisons. L'immeuble avait été transformé – voilà ce qui s'était passé. Le stuc avait été peint en rose ; de grandes fenêtres neuves et des portes vitrées avaient été installées ; de petits balcons avec des grilles en fer forgé ajoutés. Les balcons fantaisie avaient été peints en blanc, l'immeuble tout entier ressemblait à un salon de dégustation de glaces. Sans doute l'immeuble avait-il également été rénové à l'intérieur, et le loyer augmenté afin que des gens comme Charlotte et Gjurdhi ne puissent avoir aucun espoir d'y vivre. Je vérifiai les noms inscrits à côté de la porte, et bien sûr, le leur avait disparu. Ils avaient dû déménager quelque temps auparavant.

La transformation de l'immeuble semblait avoir un message pour moi. Celui-ci était sur le point de disparaître. Je savais que Charlotte et Gjurdhi n'avaient pas réellement disparu – ils se trouvaient quelque part, vivants ou morts. Mais pour moi, ils avaient disparu. Et ceci, plus que leur perte elle-même, me plongea dans un désarroi plus inquiétant que tous les petits tourbillons de regret qui m'avaient emportée au cours de l'année passée. J'étais désorientée. Il me fallait retourner au magasin pour permettre à mon assistante de rentrer chez elle, mais j'avais l'impression de pouvoir tout aussi facilement partir dans une autre direction, dans n'importe quelle autre direction. C'était mon sens de l'orientation qui était en danger – voilà tout. Parfois, notre sens de l'orientation est faussé, il est menacé, il semble presque perdu. Les endroits et les rues nient nous connaître, l'air se raréfie. Ne préférerions-nous pas, dans ces moments-là, avoir une destinée à laquelle nous soumettre, quelque chose qui nous sollicite, n'importe quoi, plutôt que ces choix fragiles, ces jours arbitraires ?

Aussi me laissai-je aller à imaginer une vie avec Nelson. Si je l'avais imaginée conformément à la réalité, voici comment elle se serait déroulée :

Nelson vient à Victoria. Mais il n'aime pas l'idée de travailler au magasin, de servir la clientèle. Il trouve un poste d'enseignant dans une école de garçons, un endroit snob où son allure robuste de prolétaire et ses manières blessantes font bientôt de lui un favori.

Nous quittons l'appartement des Dardanelles pour un bungalow spacieux situé à quelques rues de la mer. Nous nous marions.

Mais ceci marque le début d'une période d'éloignement. Je suis enceinte. Nelson tombe amoureux de la mère d'un élève. Je tombe amoureuse d'un interne que je rencontre à l'hôpital pendant l'accouchement.

Nous surmontons tout cela, Nelson et moi. Nous

avons un autre enfant. Nous acquérons des amis, des meubles, des rituels. Nous allons à de trop nombreuses soirées, à certaines époques de l'année, et nous parlons régulièrement de commencer une nouvelle vie, loin d'ici, quelque part où nous ne connaissons personne.

Nous devenons distants, proches – distants, proches – et ainsi de suite.

En entrant dans le magasin, j'aperçus un homme près de la porte qui regardait à moitié la vitrine et à moitié le haut de la rue, puis qui me regarda. C'était un homme de petite taille portant un trench-coat et un chapeau en feutre. Il me fit l'impression d'être déguisé. Comiquement déguisé. L'homme s'approcha de moi, me heurta l'épaule, et je criai comme si j'avais reçu le choc de ma vie – ce qui en fait était le cas. Puisqu'il s'agissait de Nelson, qui venait me solliciter. Ou du moins m'aborder, et voir ce qui se passerait.

Nous avons été très heureux.
Je me suis souvent sentie totalement seule.
Il y a toujours dans cette vie quelque chose à découvrir.
Les jours et les années se sont écoulés dans une sorte de flou.
Dans l'ensemble, je suis satisfaite.

Quand Lottar quitta la cour de l'évêque, elle était enveloppée dans un long manteau qu'on lui avait donné, peut-être pour cacher ses vêtements en loques, ou pour contenir son odeur. Le domestique du consul lui parla en anglais, lui disant où ils allaient. Elle le comprenait mais était incapable de répondre. Il ne faisait pas tout à fait nuit. Elle distinguait encore la pâle silhouette des roses et des oranges poussant dans le jardin de l'évêque.

Le majordome tenait la grille ouverte.

Elle n'avait pas vu l'évêque. Et elle n'avait pas vu le franciscain depuis qu'il avait suivi le majordome à l'intérieur de la maison. Et elle l'appelait à présent, tandis qu'elle s'en allait. Ne sachant quel nom crier, elle cria : « *Xoti ! Xoti ! Xoti !* », ce qui signifiait « chef », ou « maître », dans la langue des Ghegs. Mais elle n'eut aucune réponse, et le domestique du consul balançait impatiemment sa lanterne, lui indiquant le chemin à suivre. La lumière tomba accidentellement sur le franciscain, à demi dissimulé par un arbre. Un petit oranger. Son visage, aussi pâle que les oranges dans cette lumière, apparut au travers des branches, son haie évanoui. Un visage diaphane suspendu dans l'arbre, empreint d'une expression triste plutôt impersonnelle et accommodante, semblable à celle qu'on voit sur le visage d'un apôtre dévot mais fier, sur les vitraux d'une église. Puis son visage disparut, lui coupant le souffle, comme elle le comprit trop tard.

Elle l'appela encore et encore, et quand le bateau entra dans le port de Trieste, il attendait sur le quai.

Secrets de Polichinelle

C'était samedi par une matinée
Aussi belle qu'on pouvait l'espérer,
Sept filles, de leur cheftaine Miss Johnstone accompagnées,
S'en allèrent camper loin du C.G.I.T. *

« Et dire qu'elles ont failli ne même pas y aller, dit Frances. Vu les trombes d'eau qui tombaient samedi matin. Ça faisait une demi-heure qu'elles attendaient dans le sous-sol de l'Église unifiée, et elle a dit : "Oh, ça va s'arrêter – mes randonnées ne sont jamais annulées à cause de la pluie !" Et maintenant, je parie qu'elle aurait bien aimé qu'elles le soient. Ça aurait été une tout autre histoire. »

Il cessa bel et bien de pleuvoir, elles prirent bel et bien la route, et il se mit à faire si chaud en chemin que Miss Johnstone leur permit de s'arrêter dans une ferme où la femme leur apporta des Coca-Cola tandis que l'homme les laissait se rafraîchir avec le tuyau d'arrosage. Elles s'arrachaient le tuyau des mains, se jouaient des tours, et Frances affirma que d'après Mary Kaye,

* C.G.I.T. : Canadian Girls in Training.

Heather Bell avait été la pire de toutes, la plus effrontée, qu'elle avait attrapé le jet et les avait toutes aspergées aux endroits où il ne fallait pas.

« Ils vont essayer de la faire passer pour une pauvre innocente, mais les faits sont totalement différents, poursuivit Frances. C'était peut-être une grosse combine, qu'elle a pu manigancer pour retrouver quelqu'un. Un homme, je veux dire. »

Maureen intervint :

« Je trouve ça un peu tiré par les cheveux.

– En tout cas, je ne crois pas qu'elle se soit noyée. Ça, je n'y crois pas. »

Les chutes de la Peregrine River ne ressemblaient pas du tout aux chutes d'eau qu'on voit en photo. Il s'agissait ni plus ni moins d'une cascade, tombant sur des saillies de calcaire qui ne dépassaient pas quinze ou vingt mètres de haut chacune. Il y avait une cavité suffisamment grande pour se tenir debout et respirer derrière l'épais rideau liquide, et tout autour, le calcaire était creusé de cuvettes aux bords arrondis et à peine plus grosses que des baignoires, dans lesquelles dormait de l'eau tiède prise au piège. Il aurait fallu montrer beaucoup de détermination pour s'y noyer. Pourtant, les autres filles avaient regardé à l'intérieur – elles avaient couru partout en criant le nom de Heather et en explorant toutes les cuvettes, elles avaient même passé la tête derrière le bruyant rideau aquatique. Elles avaient bondi sur la roche nue en hurlant et s'étaient fait tremper, en fin de compte, à force de plonger sous la cascade dans un sens et dans l'autre. Jusqu'au moment où Miss Johnstone avait crié pour les faire revenir.

Il y avait Betsy et Eva Trowell,
Et Lucille Chambers également,

Ginny Bos et Mary Kaye Trevelyan,
Robin Sands et la pauvre Heather Bell.

« Sept, c'est tout ce qu'elle a pu réunir, reprit Frances. Et pour chacune, il y avait une raison. Robin Sands, fille du médecin. Lucille Chambers, fille du pasteur. Elles ne peuvent pas y échapper. Les Trowell : des paysannes. Sont contentes de participer à n'importe quoi. Ginny Bos, le singe agile : elle est là dès qu'il s'agit de se baigner ou de chahuter. Mary Kaye habite juste à côté de chez Miss Johnstone. Sans commentaires. Et Heather Bell, nouvelle en ville. Et sa mère elle aussi partie pour le week-end – oui, elle voulait saisir l'occasion. De partir en expédition de son côté. »

Il y avait environ vingt-quatre heures qu'Heather Bell avait disparu, pendant la randonnée annuelle du C.G.I.T. aux chutes de la Peregrine River. Mary Johnstone, qui avait désormais passé la soixantaine, organisait cette randonnée depuis des années, depuis avant la guerre. Autrefois, on voyait au moins deux douzaines de filles emprunter la départementale par un samedi matin de juin. Elles portaient toutes un short bleu marine, un chemisier blanc, et un foulard rouge autour du cou. Maureen en avait fait partie, une vingtaine d'années plus tôt.

Miss Johnstone les mettait toujours en train en chantant la même chose :

Pour la beauté de la terre,
Pour la beauté des cieux,
Pour l'amour qui depuis notre premier jour,
Plane sur nous et tout autour…

Et l'on entendait fredonner d'autres mots, prudemment mais sûrement, sous les paroles de l'hymne.

Pour la vue de Miss Johnstone et de son croupion,
Qui se dandinent sur la route,
Nous autres andouilles chantons cette chanson –
N'a-t-elle pas l'air d'une vieille croûte ?

Est-ce que d'autres femmes du même âge que Maureen se souvenaient de ces paroles ? Celles qui habitaient encore en ville étaient mères de famille – elles avaient des filles assez grandes pour participer à cette randonnée, et même plus grandes. Elles piqueraient la petite crise maternelle appropriée, au sujet du langage vulgaire. Avoir des enfants vous changeait. Cela rendait votre position d'adulte suffisamment avantageuse pour vous permettre d'éliminer et d'abandonner entièrement certaines parties de vous – les anciennes. Le travail, le mariage ne faisaient pas tout à fait la même chose : ils vous faisaient seulement *agir* comme si vous aviez oublié certaines choses.

Maureen n'avait pas d'enfants.

Maureen se trouvait en compagnie de Frances Wall, et elle fumait des cigarettes en buvant du café, assise à la table du petit déjeuner coincée dans l'ancien office, sous les hauts placards vitrés. Ceci se passait chez Maureen, à Carstairs, en 1965. Elle vivait dans cette maison depuis huit ans, mais elle avait encore l'impression de s'y déplacer sur d'étroits sentiers qui reliaient les endroits où elle se sentait chez elle. Elle avait aménagé ce coin pour pouvoir prendre les repas ailleurs qu'à la table de la salle à manger, et elle avait tendu du chintz neuf dans la véranda. Il fallait longtemps pour amener son mari à faire des changements. Les pièces de devant étaient encombrées de gros meubles de valeur, en chêne ou en noyer, et les rideaux étaient en brocart vert et mûre, comme dans un hôtel cossu – on ne pouvait envisager d'y changer quoi que ce soit.

Frances travaillait au service de Maureen, mais elle n'avait pas le statut de domestique. Elles étaient cousines, bien que Frances fût plus vieille de presque une génération. Elle avait travaillé dans cette maison longtemps avant que Maureen ne vînt s'y installer – elle avait travaillé pour la première Mrs. Stephens. Parfois, elle appelait Maureen « Madame ». C'était une plaisanterie, à demi amicale, mais à demi seulement. Combien avez-vous payé ces côtelettes, Madame ? Oh, ils ont dû vous voir venir ! Et elle disait à Maureen qu'elle prenait du popotin, que sa coiffure ne lui allait pas quand elle remontait et laquait ses cheveux tel un saladier à l'envers. Ceci, bien que Frances fût elle-même une femme assez boulotte avec d'épais cheveux gris en broussaille surplombant un visage fade et impudent. Maureen ne se trouvait pas timide – elle avait l'air majestueux – et elle n'était assurément pas incompétente, puisqu'elle avait dirigé le cabinet de son mari avant d'obtenir son « diplôme » (comme ils disaient tous les deux) de maîtresse de maison. Elle pensait parfois qu'elle devrait essayer d'imposer un plus grand respect à Frances – mais elle avait besoin de quelqu'un chez elle avec qui plaisanter et se chamailler. Elle ne pouvait se permettre d'être une commère, vu la situation de son mari, et elle ne pensait pas que ce fût sa nature de toute façon, mais elle laissait Frances faire des tas de remarques mesquines, de spéculations audacieuses, aussi extravagantes qu'impitoyables.

(Par exemple, ce que Frances avait dit sur la mère de Heather Bell, et ce qu'elle disait sur la randonnée en général. Frances croyait faire autorité en la matière, parce que Mary Kaye Trevelyan était sa petite-fille.)

Mary Johnstone était une femme qu'on pouvait difficilement évoquer à Carstairs sans prononcer le mot « merveilleuse ». Elle avait eu la polio et avait failli en mourir, à l'âge de treize ou quatorze ans. Elle en avait gardé des jambes courtes, un corps petit et épais, des épaules voûtées et un cou légèrement tordu qui faisait un peu pencher sa grosse tête d'un côté. Elle avait étudié la comptabilité, s'était trouvé une place au secrétariat de l'usine Doud, et elle avait consacré son temps libre aux jeunes filles, répétant souvent qu'elle n'en avait jamais rencontré de mauvaises, seulement quelques-unes un peu déboussolées. Chaque fois que Maureen croisait Mary Johnstone dans la rue ou dans un magasin, son cœur se serrait. Venait d'abord ce sourire pénétrant, ces yeux qui fouillaient les vôtres, cette joie manifeste quel que fût le temps – vent, grêle, soleil ou pluie, tout avait du bon –, puis la question moqueuse : *Alors, que devenez-vous, Mrs. Stephens ?* Mary Johnstone ne manquait jamais de dire « Mrs. Stephens », mais elle prononçait ce nom comme s'il s'agissait d'un titre de pacotille et si elle pensait tout le temps : Ce n'est que Maureen Coulter. (Les Coulter étaient exactement pareils que les Trowell, auxquels Frances avait fait allusion : des paysans. Ni plus, ni moins.) *Qu'avez-vous fait d'intéressant ces derniers temps, Mrs. Stephens ?*

Maureen avait alors l'impression qu'on la mettait dans l'embarras et qu'elle ne pouvait rien y faire, l'impression qu'on lui lançait un défi et que celui-ci était lié à son mariage heureux, à son grand corps sain (dont la seule infortune était cachée : on lui avait ligaturé les trompes pour la rendre stérile), à son teint vermeil et à ses cheveux auburn, ainsi qu'à ses vêtements, auxquels elle consacrait beaucoup de temps et d'argent. C'était comme si elle devait quelque chose à Mary Johnstone, une compensation jamais nommée. Ou comme si Mary Johnstone pouvait voir des failles plus importantes que celles que Maureen aurait su affronter.

Frances non plus n'aimait pas Mary Johnstone, aussi purement et simplement qu'elle détestait tous ceux qui se mettaient trop en valeur.

Miss Johnstone les avait emmenées faire une marche d'un kilomètre avant le petit déjeuner, comme elle le faisait toujours, pour grimper au sommet du Rocher – le gros morceau de calcaire qui surplombait la Peregrine River, un phénomène si rare dans cette partie du pays qu'on ne lui avait pas donné d'autre nom que le Rocher. Le dimanche matin, les filles devaient toujours en passer par cette excursion, encore à demi endormies d'avoir tenté de rester éveillées toute la nuit et à demi malades d'avoir fumé des cigarettes de contrebande. Frissonnantes aussi, car le soleil n'avait pas encore pénétré très profondément dans les bois. Le sentier méritait à peine d'être ainsi qualifié : il fallait escalader des troncs d'arbres pourris, se dandiner à travers les fougères et les plantes que Miss Johnstone désignait sous le nom de podophylles en boucliers, de géraniums et de gingembre sauvages. Elle en arrachait des morceaux qu'elle grignotait, enlevant tout juste la terre. Regardez ce que la nature nous fournit.

« J'ai oublié mon sweat-shirt, dit Heather à mi-chemin. Est-ce que je peux retourner le chercher ? »

Autrefois, Miss Johnstone aurait probablement répondu non. « Avance et tu te réchaufferas toute seule », voilà ce qu'elle aurait dit. Elle devait se sentir mal à l'aise, cette fois-ci, en voyant s'étioler la popularité de ses randonnées – un phénomène qu'elle attribuait à la télévision, aux mères actives, au laxisme familial. Elle dit oui.

« Oui, mais dépêche-toi. Dépêche-toi et rattrape-nous. »

Ce que Heather Bell ne fit jamais. Du Rocher, elles avaient regardé le panorama, (Maureen se rappelait y avoir cherché des capotes anglaises – les appelait-on encore comme cela ? – au milieu des bouteilles de bière et des papiers de bonbon), et Heather ne les avait toujours pas rattrapées. Elles ne l'avaient pas croisée en rentrant. Heather ne se trouvait ni dans la grande tente, ni dans la petite où Miss Johnstone avait passé la nuit, ni entre les tentes. Elle n'était dans aucun des abris ou des nids d'amour cachés au milieu des cèdres entourant le camp. Miss Johnstone coupa court à ces recherches.

« Crêpes ! cria-t-elle. Crêpes et café ! Voyons si l'odeur des crêpes et du café ne saura pas faire sortir Miss Maligne de sa cachette. »

Il leur fallut s'asseoir et manger – une fois que Miss Johnstone eut dit les grâces, remercié Dieu pour tout ce qui se trouvait dans les bois et à la maison –, et pendant qu'elles mangeaient, Miss Johnstone s'exclama : « Hmm, miam ! Le grand air ne nous ouvre-t-il pas l'appétit ? hurla-t-elle à pleins poumons. N'est-ce pas les meilleures crêpes que vous ayez jamais mangées ? Heather ferait mieux de se dépêcher, ou il n'en restera pas. Heather ? Est-ce que tu écoutes ? Il n'en restera pas une seule ! »

Dès qu'elles eurent terminé, Robin Sands demanda

si elles pouvaient à présent y aller, si elles pouvaient partir à la recherche de Heather.

« Vaisselle d'abord, ma petite demoiselle, répondit Miss Johnstone. Même si tu ne touches jamais à un torchon chez toi. »

Robin faillit fondre en larmes. Personne ne lui parlait jamais ainsi.

Quand elles eurent tout remis en ordre, Miss Johnstone les laissa partir, et c'est à ce moment-là qu'elles retournèrent aux chutes. Mais Miss Johnstone les ramena assez rapidement pour les faire asseoir en demi-cercle, encore mouillées, puis elle-même s'assit en tailleur face au groupe en criant que si jamais quelqu'un les écoutait, cette personne était invitée à se joindre à elles. « Toute personne qui se cache par ici pour essayer de nous jouer des tours est la bienvenue ! Sors immédiatement et on ne te posera pas de questions ! Sinon, il nous faudra continuer sans toi ! »

Puis elle se lança dans son discours, son sermon du-dimanche-matin-de-la-randonnée, sans scrupules ni inquiétudes. Elle parla longuement, posant une question de temps à autre pour s'assurer que les filles écoutaient. Le soleil sécha leurs shorts, et Heather Bell ne revint pas. Elle n'émergea pas d'entre les arbres, mais Miss Johnstone ne cessa pas de parler pour autant. Elle ne les laissa pas partir avant que Mr. Trowell arrivât au camp avec son camion, apportant la glace pour le dessert de midi.

Elle ne leur en donna pas la permission, mais elles s'échappèrent quand même. Elles se levèrent d'un bond pour courir à la rencontre du camion. Elles se mirent toutes à lui raconter en même temps. Jupiter, le chien des Trowell, sauta par-dessus le hayon, et Eva se jeta à son cou en sanglotant comme si c'était lui qui avait disparu.

Miss Johnstone se releva, s'approcha et cria à Mr. Trowell assez fort pour couvrir la clameur des filles :

« J'en ai une qui s'est mis dans l'idée de disparaître ! »

À présent, les équipes de recherche battaient la campagne. L'usine Doud était fermée, pour permettre à tous ceux qui le voulaient de participer. On avait pris des chiens. Il était question de draguer la rivière en aval des chutes.

Quand l'agent de police alla avertir la mère de Heather, celle-ci rentrait juste de week-end, arborant robe bain de soleil et talons hauts.

« Eh bien, vous feriez mieux de la retrouver, dit-elle. C'est votre boulot. »

Elle travaillait à l'hôpital – elle était infirmière. « Soit divorcée, soit jamais mariée du tout, disait Frances. Une pour tous et tous pour une, telle est sa devise. »

En entendant son mari l'appeler, Maureen se précipita vers la véranda. Après l'attaque qu'il avait eue deux ans plus tôt, à l'âge de soixante-neuf ans, il avait cessé son activité d'avocat, mais il écrivait encore des lettres et traitait quelques affaires pour de vieux clients qui n'avaient jamais pu s'habituer à quelqu'un d'autre. Maureen lui tapait toute sa correspondance, et l'aidait chaque jour à faire ce qu'il appelait ses corvées.

« 'est-ce tu fais là-bas dehors ? » questionna-t-il. Il avait parfois du mal à articuler, si bien qu'elle devait rester auprès de lui pour lui servir d'interprète avec les gens qui le connaissaient mal. Lorsqu'il était seul avec elle, il faisait moins d'efforts, et il lui arrivait de prendre une voix geignarde et irritée.

« Je parle à Frances, répondit Maureen.

– De'uoi ?

– De choses et d'autres.

– Ouais. »

Il prononça ce dernier mot d'un ton morne et traînant, comme pour dire qu'il savait parfaitement de quoi elles parlaient, et qu'il n'approuvait pas. Commérages, rumeurs – l'impitoyable frisson de la catastrophe. Il ne bavardait pas volontiers – même ses reproches étaient brefs, une affaire d'intonation et d'implication. Il semblait invoquer un ensemble de croyances, des règles connues de tous les gens convenables et peut-être de tout le monde, même de ceux qui avaient passé leur vie à échouer. Il paraissait un peu peiné, un peu gêné pour les personnes visées, lorsqu'il avait à faire cela, mais il était redoutable. Ses reproches s'avéraient d'une extraordinaire efficacité.

Les habitants de Carstairs perdaient tout juste l'habitude d'appeler les avocats maître Untel, comme on s'adresse à un docteur en médecine par son titre. Ils ne faisaient plus allusion ainsi aux jeunes de la profession mais appelaient toujours le mari de Maureen maître Stephens. Maureen elle-même pensait souvent à lui en ces termes, bien qu'elle l'appelât Alvin. Il s'habillait tous les jours de la manière dont il s'habillait autrefois pour aller à son cabinet – avec un trois-pièces gris ou marron –, et ses vêtements, qu'il payait pourtant relativement cher, ne semblaient jamais convenablement taillés pour son corps longiligne dont ils ne parvenaient pas à masquer les aspérités. De plus, ils ne semblaient jamais entièrement débarrassés d'une fine couche de cendres de cigarette, de miettes, et peut-être même de pellicules de peau morte. La tête dodelinante, le visage affaissé par la préoccupation, maître Stephens avait une expression rusée et rêveuse – on ne savait jamais exactement. Les gens aimaient cela : ils aimaient son air un peu négligé et perdu, et sa capacité inattendue à faire surgir un détail effrayant. Il connaît la loi, disaient-ils. Il n'a pas besoin de consulter des livres. Il a tout dans la tête. Son attaque n'avait pas ébranlé leur foi, et elle n'avait pas non plus réellement altéré son apparence ou ses manières, seulement accentué les traits qui existaient déjà.

Tout le monde pensait qu'il aurait pu être juge s'il avait bien su mener son jeu. Il aurait pu être sénateur. Mais il avait trop d'honneur. Il n'aurait pas accepté de faire des courbettes. C'était la crème des hommes.

Maureen s'assit près de lui sur l'agenouilloir pour écrire en sténo. Au cabinet, il l'avait surnommée « le Bijou », car elle était intelligente et digne de confiance, tout à fait capable, en fait, d'établir des documents et de rédiger des lettres seule. Même à la maison, sa première femme et ses deux enfants, Helena et Gordon, l'avaient appelée ainsi. Les enfants le faisaient encore de temps en temps, même s'ils étaient désormais adultes et vivaient loin du foyer familial. Helena employait ce surnom avec affection et provocation, Gordon avec une gentillesse solennelle satisfaite. Helena, célibataire instable, revenait rarement chez son père et trouvait moyen de se quereller avec lui quand elle y revenait. Gordon était enseignant dans une école militaire, et il aimait amener sa femme et ses enfants à Carstairs, cherchant plutôt à vanter les mérites de la ville, de son père et de Maureen, leurs vertus rustiques.

Maureen prenait encore plaisir à être le Bijou. Du moins trouvait-elle ce statut confortable. Une partie de ses pensées pouvaient vagabonder de leur côté. Elle songeait maintenant à la façon dont commençait au camp la longue aventure de la nuit, rythmée par les ronflements d'abdication de Miss Johnstone, à l'objectif visé – rester éveillée jusqu'à l'aube –, ainsi qu'à tous les stratagèmes et autres divertissements employés pour atteindre celui-ci, bien qu'elle n'ait jamais entendu témoigner de leur efficacité. Les filles jouaient aux cartes, se racontaient des blagues, fumaient des cigarettes, et vers minuit, elles entamaient le grand jeu intitulé Vérité ou Défi. Certains défis consistaient à ôter le haut de son pyjama et à montrer ses nichons ; à manger un mégot de cigarette ; à avaler de la terre ; à se mettre la tête dans un seau d'eau et essayer de compter jusqu'à cent ; à aller pisser devant la tente de Miss Johnstone. Les questions auxquelles il fallait répondre la vérité étaient : Est-ce que tu hais ta mère ? ton père ? ta sœur ? ton frère ? Combien de quéquettes as-tu déjà vues et à qui appartenaient-elles ? As-tu déjà menti ? volé ? touché le cadavre de quelque chose ? La sensation de nausée et d'étourdissement éprouvée après avoir fumé trop vite trop de cigarettes revint à Maureen, ainsi que l'odeur de la fumée planant sous les lourdes toiles imprégnées du soleil de la journée, l'odeur des filles qui avaient nagé pendant des heures dans la rivière, couru et joué à cache-cache dans les roseaux poussant sur les berges, et qui avaient dû brûler les sangsues collées à leurs jambes.

Elle se rappelait à quel point elle avait été turbulente à cette époque. Une grande-gueule, une casse-cou. Juste avant d'entrer au lycée, une certaine étourderie – que celle-ci fût authentique, feinte, ou bien moitié-moitié – s'était emparée d'elle. Bientôt, cette étourderie disparut, son corps élancé disparut à l'intérieur de ce corps plus ample, et elle devint une jeune fille timide et studieuse, une timorée. Elle acquit les qualités que son mari verrait et apprécierait, au moment de l'embaucher et de la demander en mariage.

Je te défie de t'enfuir. Était-ce possible ? Il est des moments où les filles sont inspirées, où elles veulent courir toujours plus de risques. Elles veulent être des héroïnes, quel qu'en soit le prix. Elles veulent pousser une plaisanterie plus loin que personne ne l'a jamais poussée auparavant. Être insouciantes, intrépides, causer des ravages – tel était l'espoir perdu des filles.

Depuis l'agenouilloir recouvert de chintz où elle était assise à côté de son mari, elle regardait les vieux hêtres rouges, voyant derrière ceux-ci non pas la pelouse ensoleillée mais les arbres désordonnés qui poussaient le long de la rivière – les cèdres épais, les chênes aux feuilles brillantes et les peupliers étincelants. Une sorte de mur en lambeaux avec des entrées cachées, et derrière ce mur, des sentiers où se promenaient des animaux, parfois même des humains solitaires, différents de ce qu'ils étaient au-dehors, chargés de responsabilités, de certitudes et d'intentions différentes. Elle pouvait s'imaginer en train de disparaître. Mais bien sûr, on ne disparaissait pas, et il y avait toujours quelqu'un sur un chemin pour venir croiser le vôtre, quelqu'un dont la tête était pleine de projets pour vous avant même de vous avoir rencontré.

Cet après-midi-là, lorsqu'elle se rendit à la poste pour envoyer les lettres de son mari, Maureen entendit deux nouveaux rapports d'enquête. On avait vu une jeune fille blonde monter dans une voiture noire sur l'autoroute de Bluewater au nord de Walley, vers treize heures ce dimanche. Elle faisait peut-être du stop. Ou attendait une voiture en particulier. Cela s'était passé à une trentaine de kilomètres des chutes, une distance qu'il fallait environ cinq heures pour parcourir à travers la campagne. C'était faisable. Elle avait pu également se faire emmener par une autre voiture.

Mais des gens qui entretenaient des tombeaux de famille dans un cimetière de campagne abandonné, dans les terres marécageuses s'étendant au nord-est du pays, avaient entendu un cri, un hurlement, au milieu de l'après-midi. Ils se rappelaient s'être demandé : C'était qui ? Pas *quoi*, mais qui. C'était qui ? Plus tard, pourtant, ils se dirent qu'il avait dû s'agir d'un renard.

De plus, un carré d'herbe était couché près du camp, et il y avait des mégots de cigarette récents tout autour. Mais qu'est-ce que cela prouvait ? Des gens venaient par ici en permanence. Des amoureux. Des jeunes garçons préparant un mauvais coup.

Et un homme l'aura peut-être rencontrée,
Armé d'un couteau ou d'un fusil,
Il l'aura croisée et sans plus s'en soucier,
Lui aura ôté sa jeune vie.

Mais certains diront qu'il n'en est pas ainsi,
Qu'elle a trouvé un inconnu ou un ami,
Qu'elle est partie dans une grosse voiture noire,
Et que personne ne sait la fin de l'histoire.

Le mardi matin, tandis que Frances préparait le petit déjeuner et que Maureen aidait son mari à finir de s'habiller, quelqu'un frappa à la porte, qui n'avait pas remarqué ou fait confiance à la sonnette. Ce n'était pas la première fois que des gens passaient à une heure aussi matinale, mais cela créait des problèmes, car maître Stephens avait plus de difficultés à parler tôt le matin, et ses méninges mettaient elles aussi un petit moment à chauffer.

À travers la vitre granitée de la porte d'entrée, Maureen aperçut les silhouettes floues d'un homme et d'une femme. Bien habillés – la femme, tout au moins : elle portait un chapeau. Cela signifiait une affaire importante. Mais les affaires importantes aux yeux des intéressés pouvaient sembler banales pour les autres. La possession d'une commode avait déjà valu des menaces de mort à son propriétaire, et un particulier pouvait prendre un coup de sang pour une allée empiétant de dix centimètres sur son terrain. Du bois de chauffage qui manquait, des chiens qui aboyaient, une lettre désagréable : tout cela était capable d'enflammer les gens et de les amener à frapper à la porte. *Allez interroger maître Stephens. Allez l'interroger sur la loi.*

Il y avait évidemment une maigre chance pour que ces deux-là fassent de la propagande religieuse.

Mais non.

« Nous sommes venus voir maître Stephens, dit la femme.

– Eh bien, dit Maureen, il est tôt. » Elle ne les reconnut pas tout de suite.

« Désolés, mais nous avons quelque chose à lui dire », reprit la femme qui était parvenue à entrer dans le hall et à faire reculer Maureen. L'homme secoua la tête en signe d'embarras ou d'excuse, indiquant qu'il n'avait d'autre choix que celui de suivre son épouse.

L'entrée se remplit d'une odeur de mousse à raser, de crème déodorante et d'eau de Cologne bon marché vendue en grande surface. *Lys de la vallée.* Et là, Maureen les reconnut.

Il s'agissait de Marian Hubbert. Mais elle semblait différente, avec son tailleur bleu – trop chaud pour la saison –, ses gants de toile marron et son chapeau de plumes assorti. D'habitude, on la voyait en ville vêtue d'un pantalon, qui parfois même ressemblait à un pantalon de travail pour homme. C'était une femme robuste d'à peu près l'âge de Maureen – elles avaient fréquenté le lycée en même temps, bien qu'à une ou deux classes d'écart. Marian avait un corps disgracieux mais vif, et ses cheveux grisonnants étaient coupés court, si bien qu'on apercevait les poils de son cou. Dotée d'une voix forte, elle avait la plupart du temps un comportement assez exubérant. Elle se montrait plus modérée à présent.

L'homme qui l'accompagnait était celui qu'elle avait épousé assez peu de temps auparavant. Deux ans, peut-être. Grand, l'air gamin, il portait une veste bon marché couleur crème, trop rembourrée aux épaules. Des cheveux bruns ondulés, fixés à l'aide d'un peigne humide. « Excusez-nous », dit-il d'une voix douce – d'une voix que sa femme n'était peut-être pas censée entendre – tandis que Maureen les conduisait à la salle à manger. De près, ses yeux ne paraissaient pas aussi jeunes : on y discernait de la fatigue et de la sécheresse, ou de l'étonnement. Peut-être n'était-il pas très intelligent. Maureen se souvenait à présent d'une rumeur selon laquelle Marian l'avait trouvé par le biais d'une annonce. *Femme possédant ferme, titre de propriété incontestable.* Ou peut-être *Femme d'affaires possédant ferme*, car l'autre nom de Marian Hubbert était la Dame aux Corsets. Pendant des années et des années, elle avait vendu des corsets sur mesure, et peut-être en vendait-elle encore, au nombre décroissant de femmes qui en portaient. Maureen l'imaginait en train de prendre leurs mensurations, les tâtant comme une infirmière, autoritaire et insultante de professionnalisme. Mais elle avait fait preuve de gentillesse envers ses vieux parents, lesquels étaient restés à la ferme jusqu'à un âge avancé, là où quantité de choses commencent à mal aller. Et à présent refaisait surface une autre histoire, moins médisante, au sujet de son mari. C'était lui le chauffeur du car qui emmenait les personnes âgées à leur séance de natation thérapeutique, à la piscine couverte de Walley – voilà comment ils s'étaient rencontrés. Maureen gardait une autre image de lui : elle le revoyait en train de porter le vieux père dans ses bras jusqu'au cabinet du docteur Sands. Marian, elle, chargeait en tête, balançant son sac par la bandoulière, prête à ouvrir la porte.

Maureen alla dire à Frances de servir le petit déjeuner dans la salle à manger, et d'apporter deux tasses à café de plus. Puis elle partit avertir son mari.

« C'est Marian Hubbert, enfin, ex-Hubbert, dit-elle. Et l'homme, quel que soit son nom, qu'elle a épousé.

– Slater », précisa son mari du ton sec qu'il aurait employé pour souligner les particularités d'une vente ou d'un bail dont vous l'auriez cru incapable de se souvenir aussi facilement. « Théo.

– Tu es plus à la page que moi », remarqua Maureen.

Il demanda si son porridge était prêt. « Manger et écouter », dit-il.

Frances apporta le porridge sur lequel il se jeta aussitôt. Généreusement arrosé de crème et saupoudré de sucre brun, le porridge était son plat favori, été comme hiver.

Lorsqu'elle servit le café, Frances essaya de traîner,

mais Marian lui décocha un regard sévère qui la renvoya à sa cuisine.

Eh bien, se dit Maureen : elle se débrouille mieux que moi !

Marian Hubbert ne possédait pas un seul atout visible. Elle avait un visage grossier, des joues tombantes – elle rappelait à Maureen une espèce de chien. Pas nécessairement un chien laid. Elle n'avait pas vraiment un visage laid. Seulement grossier et décidé. Mais partout où elle se trouvait, y compris maintenant, dans la salle à manger de Maureen, Marian se comportait comme si elle avait tous les droits. Il fallait compter avec elle.

Elle avait mis une large quantité de fard, ce qui expliquait peut-être aussi pourquoi Maureen ne l'avait pas reconnue tout de suite. Pâle, rosé, il ne convenait pas à son teint olivâtre, ni à ses épais sourcils noirs. Ce maquillage lui donnait l'air étrange, mais pas ridicule. Elle semblait l'avoir mis, ainsi que le tailleur et le chapeau, pour prouver qu'elle pouvait s'habiller à la manière des autres femmes, qu'elle connaissait la norme. Mais peut-être avait-elle eu l'intention de se faire belle. Peut-être se trouvait-elle transformée par la poudre pâle accrochée à ses joues, l'épais fard à lèvres rose – et elle s'était peut-être retournée après avoir fini de se maquiller pour se montrer timidement à son mari. Celui-ci, répondant à la place de sa femme à propos d'une question de sucre dans son café, étouffa un ricanement en soulignant *deux* morceaux.

Il disait « avec plaisir » et « merci » aussi souvent que possible. « Merci beaucoup, avec plaisir. Merci. La même chose pour moi. Merci. »

« Voilà : nous ne savions rien de cette fille jusqu'à ce que tout le monde semble déjà au courant, disait

Marian. Ce que je veux dire, c'est que nous ne savions même pas que quelqu'un avait disparu, ni rien. Pas avant hier, quand nous sommes venus en ville. Hier ? Lundi ? Hier, c'était lundi. Je mélange les jours, car je prends des calmants. »

Marian n'était pas du genre à vous dire qu'elle prenait des calmants et à en rester là. Elle vous expliquait pourquoi.

« J'avais un énorme furoncle dans le cou, juste là ! » poursuivit-elle. Elle tourna la tête dans un craquement, tentant de leur montrer le pansement qui le recouvrait. « Il me faisait souffrir, et je commençais aussi à avoir mal à la tête : je crois que c'était lié. Je me sentais tellement mal dimanche, que je me suis mis un linge chaud autour du cou et que j'ai avalé deux calmants avant d'aller m'allonger. Il était de repos ce jour-là, mais maintenant qu'il travaille, il a toujours beaucoup de choses à faire à la maison. Il travaille à l'Énergie atomique.

– Douglas Point ? » demanda maître Stephens en levant brièvement les yeux de son porridge. Tous les hommes montraient un certain intérêt ou un certain respect – dont maître Stephens lui-même n'était pas dispensé – à l'évocation de la nouvelle centrale d'énergie atomique de Douglas Point.

« C'est là qu'il travaille maintenant », reprit Marian. Comme beaucoup de paysannes, et aussi nombre de femmes demeurant à Carstairs, elle parlait de son mari en disant *il* – avec une certaine emphase – au lieu de l'appeler par son prénom. Maureen s'était surprise à le faire une ou deux fois, mais elle s'était corrigée sans que personne n'eût besoin de lui en faire la remarque.

« Il devait d'abord sortir le sel pour les vaches, continua Marian, après quoi il est revenu pour réparer la barrière. Vu qu'il avait quelque chose comme cinq cents mètres à faire, il a pris le camion. Mais il a laissé Bounder. Il est parti avec le camion sans lui. Bounder : notre chien. Bounder ne va jamais nulle part sauf s'il peut se faire emmener. Il l'a laissé pour monter la garde, un peu parce qu'il savait que j'étais allée me coucher. J'avais pris deux calmants, et j'étais plus en train de somnoler que de dormir quand j'ai entendu aboyer Bounder. Ça m'a tout de suite réveillée. Bounder qui aboyait. »

Elle se leva, enfila son peignoir et descendit l'escalier. Elle n'avait gardé que ses sous-vêtements pour se mettre au lit. Elle regarda par la porte d'entrée, dans l'allée : personne. Elle ne vit pas non plus Bounder, et il avait cessé d'aboyer. Il s'arrêtait quand c'était quelqu'un qu'il reconnaissait. Ou quelqu'un qui passait juste sur la route. Pourtant, elle n'était pas convaincue. Elle regarda par les fenêtres de la cuisine, qui donnaient sur le côté de la maison mais pas derrière. Toujours personne. Pour voir la cour de derrière, il fallait entièrement traverser ce qu'ils appelaient l'arrière-cuisine. Il s'agissait en fait d'un genre de débarras, semblable à une remise adossée à la maison, où s'entassaient pêle-mêle toutes sortes de choses. Cette resserre possédait une fenêtre donnant sur l'arrière de la maison, mais on ne pouvait ni s'en approcher ni voir au travers à cause des cartons empilés et des ressorts du vieux divan qui se dressaient devant. Il fallait aller ouvrir la porte de service pour voir à l'extérieur. À ce moment-là, elle crut entendre contre cette porte comme un bruit de griffes. Peut-être Bounder. Peut-être pas.

Il faisait si chaud dans cette arrière-cuisine fermée et pleine de bric-à-brac qu'elle avait du mal à respirer. Sous son peignoir, elle était moite de sueur. Eh bien au moins, t'as pas de fièvre, se dit-elle, tu sues comme une truie.

Se souciant plus d'avoir de l'air à respirer que de ce qui pouvait se trouver au-dehors, elle poussa la porte d'un coup brusque. Celle-ci s'ouvrit sur l'extérieur, envoyant dinguer le type qui s'y tenait appuyé. Il chancela en arrière mais ne tomba pas. Elle vit alors de qui il s'agissait. C'était Mr. Siddicup.

Bounder le connaissait, bien sûr, car il passait souvent devant chez eux et coupait de temps en temps à travers leur terrain durant ses promenades ; d'ailleurs, ils ne l'en avaient jamais empêché. Parfois, il traversait carrément la cour – mais c'était juste parce qu'il n'avait plus toute sa tête. Elle ne lui criait jamais après, contrairement à certains. Elle lui avait même proposé de s'asseoir sur le perron pour se reposer quand il était fatigué, elle lui avait offert des cigarettes. Et il les acceptait. Mais il ne s'asseyait jamais.

Bounder se contentait de le renifler et de lui faire fête. Bounder n'était pas exigeant.

Maureen connaissait Mr. Siddicup, comme tout le monde. C'était lui qui accordait les pianos chez Doud, autrefois. Un petit Anglais jadis digne et sarcastique, doté d'une charmante épouse. Ils lisaient des ouvrages empruntés à la bibliothèque et étaient réputés pour leur jardin, spécialement pour leurs fraises et leurs rosiers. Puis, il y a quelques années, les malheurs avaient commencé. Mr. Siddicup avait dû subir une opération à la gorge – un cancer, probablement –, après laquelle il n'avait plus jamais pu parler, juste émettre des sifflements et des grognements. Il avait déjà cessé de travailler chez Doud – ils possédaient désormais des moyens électroniques d'accorder les pianos, meilleurs que l'oreille humaine. Sa femme mourut subitement. Les changements se produisirent alors à toute allure – du vieil homme convenable qu'il était, il dégénéra en vieux vagabond morose et plutôt répugnant, ceci en l'espace de quelques mois. Des favoris sales, des taches sur ses vêtements, une odeur de tabac aigre, et une expression de suspicion constante, parfois de haine, dans le regard. S'il ne trouvait pas ce qu'il voulait à l'épicerie, ou si l'on avait changé les affaires de place, il faisait exprès de faire tomber les conserves et les boîtes de céréales. Il n'était plus le bienvenu au bar, et ne s'approchait jamais plus de la bibliothèque. Les amies d'église de sa femme continuèrent à lui rendre visite pendant un moment, pour lui apporter un plat de viande ou quelque pâtisserie. Mais il régnait dans la maison une odeur terrible et un désordre pernicieux – même pour un homme vivant seul, c'était inexcusable –, et lui-même se montrait tout le contraire de reconnaissant. Il jetait les restes des tourtes et des ragoûts dans son allée, cassant les plats. Aucune femme ne tenait à ce qu'on plaisantât du fait que même Mr. Siddicup refusait de toucher à sa cuisine. Aussi le laissèrent-elles tranquille. Quand on passait en voiture devant chez lui, on l'apercevait parfois, immobile, debout dans le fossé, presque tout entier caché dans les hautes herbes, tandis que les autos filaient à côté de lui. On pouvait aussi le rencontrer par hasard dans une ville à des kilomètres de chez lui, et il se produisait alors une chose étrange. Son visage retrouvait un peu de son ancienne expression, semblait prêt pour l'incontournable surprise enjouée qui accompagne les salutations de deux personnes vivant dans une même ville et se rencontrant dans une autre. Il paraissait alors véritablement espérer voir l'instant s'ouvrir, entendre les mots percer, espérer, en fait, que les changements subis pourraient être effacés, là, dans cet autre endroit – que sa voix, sa femme, et son ancienne stabilité dans la vie pourraient lui être rendues.

Les gens n'étaient pas méchants, en général. Ils se montraient patients, jusqu'à un certain point. Marian affirma qu'elle ne l'aurait jamais chassé.

Elle expliqua qu'il avait l'air assez furieux, ce jour-là. Pas seulement comme lorsqu'il tentait d'exprimer ce qu'il voulait dire sans y parvenir, ou lorsqu'il s'énervait après des gamins qui le taquinaient. Sa tête s'agitait d'un côté et de l'autre, et son visage semblait enflé, pareil à celui d'un bébé en train de brailler.

Allons, allons, dit-elle. Eh bien, Mr. Siddicup, que se passe-t-il ? Qu'essayez-vous de me dire ? Vous voulez une cigarette ? Essayez-vous de me dire qu'on est dimanche et que vous n'avez plus une seule cigarette ?

Il secoua la tête de gauche à droite, puis de haut en bas, et à nouveau de gauche à droite.

Allons. Décidez-vous, dit Marian.

Ah, ahh était tout ce qu'il parvenait à dire. Il porta les deux mains à sa tête, faisant tomber sa casquette. Puis il recula et se mit à zigzaguer dans la cour entre la pompe et la corde à linge, ânonnant toujours ces mêmes sons – *ah, ahh* – qui refusaient de se changer en mots.

À ce moment-là, Marian repoussa sa chaise si brusquement qu'elle faillit la renverser. Elle se leva et entreprit de leur montrer exactement ce qu'avait fait Mr. Siddicup. Elle vacilla, s'accroupit et se frappa la tête avec les mains, sans pour autant déloger son chapeau. Devant le buffet, devant le service à thé en argent offert à maître Stephens en remerciement de ses nombreuses années au service de la Société des hommes de loi, elle se livra à cette petite démonstration. Son mari tenait sa tasse à café des deux mains et gardait sur elle un œil respectueux par un effort de volonté. Quelque chose altéra furtivement son visage – un tic, un nerf qui sauta dans sa joue. Marian le regardait malgré ses singeries, et son regard disait : Attends. Reste tranquille.

Maître Stephens, d'après ce qu'avait pu voir Maureen, n'avait pas levé les yeux du tout.

Voilà ce qu'il a fait, dit Marian en se rasseyant. Et en voyant ce qu'il faisait, et parce qu'elle-même ne se sentait pas bien, elle se dit qu'il avait peut-être mal quelque part.

Mr. Siddicup. Mr. Siddicup. Est-ce que vous essayez de me dire que votre tête vous fait mal ? Vous voulez que j'aille vous chercher un cachet ? Vous voulez que je vous emmène chez le docteur ?

Pas de réponse. Il ne s'arrêtait pas pour autant. *Ah, ahh.*

Tout en trébuchant, il se retrouva près de la pompe. Ils avaient désormais l'eau courante dans la maison, mais utilisaient toujours la pompe à l'extérieur, et y remplissaient la gamelle de Bounder. Quand Mr. Siddicup vit de quoi il s'agissait, il s'affaira. Il alla actionner la poignée et pompa comme un fou de haut en bas. Il n'y avait plus de tasse pour boire, ainsi qu'il y avait autrefois. Mais dès que l'eau arriva, il se mit la tête dessous. Elle jaillit puis s'arrêta, car il avait cessé de pomper. Il retourna donc à la poignée, se remit la tête sous l'eau, et ainsi de suite : il pompait et s'aspergeait, laissant l'eau couler sur son crâne et son visage, ses épaules et sa poitrine, ne songeant qu'à se mouiller, sans toutefois cesser de faire des bruits quand il le pouvait. Bounder était excité et il courait partout, bousculant Mr. Siddicup avec des gémissements compatissants.

Ça suffit, vous deux ! leur cria Marian. Lâchez cette pompe ! Lâchez-la et calmez-vous !

Seul Bounder obéit. Mr. Siddicup ne put s'arrêter avant d'être tellement trempé et aveuglé qu'il ne trouva plus la poignée de la pompe. Là, il s'arrêta. Il leva un bras et une fois celui-ci levé, il pointa un doigt derrière lui, grosso modo en direction des taillis et de la rivière. Il avait le doigt en l'air et faisait toujours les mêmes bruits. À ce moment-là, cela n'avait aucun sens pour elle. Elle n'y repensa que plus tard. Puis il cessa et s'assit sur le bord du puits, trempé et tremblant, la tête entre les mains.

Peut-être que c'est tout simple, après tout, se dit-elle. Il se plaint parce qu'il n'y a pas de tasse.

Si c'est une tasse que vous voulez, je vais aller vous en chercher une. Pas la peine de continuer à faire l'enfant. Vous restez ici, moi je vais vous chercher une tasse.

Elle retourna à la cuisine en prendre une. Et il lui vint une autre idée. Elle lui prépara des biscuits complets avec du beurre et de la confiture. C'était une gâterie pour enfant, les biscuits complets, mais c'était aussi une chose que les personnes âgées aimaient bien : elle s'en souvenait à cause de sa mère et de son père.

Elle retourna à la porte et l'ouvrit, les mains pleines. Mais il n'y avait plus trace de lui. Personne dans la cour, à part Bounder, lequel affichait la même expression que lorsqu'il savait avoir fait une bêtise.

Où est-il allé, Bounder ? Dans quelle direction ?

Bounder était penaud, il en avait marre, et il refusa

de donner une quelconque indication. Il partit en catimini dans son coin, à l'ombre de la maison, dans la terre, près des fondations.

Mr. Siddicup ! Mr. Siddicup ! Venez voir ce que je vous ai apporté !

Silence de mort. Sa tête cognait. Elle commença à manger les biscuits elle-même, mais elle n'aurait pas dû – après deux bouchées, elle eut envie de vomir.

Elle avala deux autres comprimés et remonta se coucher. Fenêtres ouvertes et stores baissés. Elle regrettait à présent de ne pas avoir acheté un ventilateur pendant les soldes chez *Canadian Tire*. Mais elle s'endormit sans, et quand elle se réveilla, il faisait presque nuit. Elle entendait la tondeuse – *il* (son mari) finissait de couper l'herbe à côté de la maison. Elle descendit à la cuisine et vit qu'il avait émincé des pommes de terre froides, fait cuire un œuf dur, et épluché des oignons verts pour se composer une salade. *Il* n'était pas comme certains hommes, ces cas désespérés en matière de cuisine qui attendent que leurs femmes se lèvent de leur lit de douleur pour venir leur préparer à manger. Elle piocha dans la salade, mais ne put rien avaler. Une autre pilule, au lit, et elle dormit comme une souche jusqu'au matin.

On ferait mieux de t'emmener chez le docteur, dit-il alors. Il téléphona à son travail. Je dois emmener ma femme chez le docteur.

Marian proposa de faire chauffer une aiguille pour qu'*il* puisse percer le furoncle. Mais *il* ne supportait pas l'idée de la blesser, et de toute façon, *il* avait peur de faire quelque chose de travers. Alors, ils montèrent dans le camion et partirent voir le docteur Sands. Le docteur était sorti, ils durent patienter. Les autres personnes qui attendaient leur tour apprirent la nouvelle. Elles furent toutes étonnées de constater qu'ils n'étaient pas au courant. Mais ils n'avaient pas allumé la radio. C'était toujours elle qui l'allumait, et dans son état, elle ne la supportait pas. Ils n'avaient pas non plus remarqué de groupes d'hommes, ni rien de particulier sur la route.

Le docteur Sands soigna le furoncle mais ne le perça pas. Sa façon de traiter un furoncle consistait à lui donner un coup sec, à lui taper sur la tête, au moment où il semblait seulement le regarder. Voilà ! dit-il, c'est moins compliqué que l'aiguille, et somme toute, moins douloureux car vous n'avez pas le temps d'avoir des sueurs froides. Il le nettoya et y appliqua un pansement en disant qu'elle se sentirait rapidement mieux.

Et elle s'était sentie mieux, quoique un peu endormie. Elle avait l'esprit tellement vide et embué qu'elle retourna au lit et dormit jusqu'à ce que son mari vînt la réveiller vers quatre heures de l'après-midi, avec une tasse de thé. C'est à ce moment-là qu'elle repensa à ces filles, qui étaient venues avec Miss Johnstone le samedi matin pour demander à boire. Elle avait plein de Coca-Cola et elle leur en avait servi dans des verres à fleurs, avec des glaçons. Miss Johnstone n'avait voulu que de l'eau. *Il* les avait laissées jouer avec le tuyau d'arrosage ; elles s'étaient aspergées en sautillant, et s'étaient bien amusées. Elles essayaient de sauter par-dessus les rigoles d'eau, et faisaient un peu les folles quand Miss Johnstone avait le dos tourné. *Il* avait presque dû leur arracher le tuyau des mains, et les arroser un peu pour leur apprendre à se tenir.

Elle tentait de se souvenir de quelle fille il s'agissait. Elle connaissait la fille du pasteur, la fille du docteur Sands et les Trowell – avec leurs petits yeux de mouton, on reconnaissait une Trowell n'importe où. Mais parmi les autres ? Elle se souvenait d'une gamine particulièrement turbulente qui essayait d'attraper le tuyau en sautant même après que son mari l'eut rangé, d'une qui faisait des roues, et d'une autre toute menue avec des cheveux blonds. Mais peut-être confondait-elle avec Robin Sands – Robin avait les cheveux blonds. Ce soir-là, elle demanda à son mari s'il voyait de quelle fille il s'agissait, mais il était pire qu'elle : il ne connaissait pas les gens des environs, et s'avérait incapable d'en identifier un seul.

Elle lui parla aussi de Mr. Siddicup. Tout lui revenait à présent. Son air bouleversé, son manège avec la pompe, son doigt pointé en l'air. La signification de tout ceci la turlupinait. Ils en parlèrent, s'interrogèrent, et ils en vinrent à se poser tant de questions qu'ils purent à peine fermer l'œil. Jusqu'au moment où elle finit par lui dire : Bon, je sais ce qu'il faut faire. Il faut qu'on aille parler à maître Stephens.

Alors ils s'étaient levés pour venir le plus vite possible.

« Police, dit alors maître Stephens. Police, que z'auriez dû aller voir. »

Le mari prit la parole.

« On ne savait pas si on devait ou non. » Il avait les deux mains sur la table, doigts écartés, appuyés, tirant sur la nappe.

« Pas pour accusation, reprit maître Stephens. Pour information. »

Il parlait déjà en abrégé avant son attaque. Et Maureen avait remarqué, longtemps auparavant, comment quelques mots de lui, prononcés sur un ton pas très amical – prononcés, en fait, sur un ton de châtiment brutal – parvenaient à remonter le moral aux gens, à leur ôter un poids.

Elle songeait depuis un moment à l'autre raison qui avait poussé les femmes à cesser leurs visites chez Mr. Siddicup. Elles n'aimaient pas les vêtements. Les vêtements féminins, les sous-vêtements – vieux slips et soutiens-gorge effilochés, caleçons usés et bas granuleux – qui pendaient des dossiers de chaises et de la corde à linge tendue au-dessus du radiateur, ou gisaient simplement en tas sur la table. Tous ces articles avaient dû appartenir à sa femme, bien sûr, et, au début, on aurait pu croire qu'il les lavait et les faisait sécher pour les trier avant de s'en débarrasser. Mais ils étaient restés là, semaine après semaine, et les femmes avaient commencé à s'interroger : les laissait-il traîner pour sous-entendre quelque chose ? Les enfilait-il à même la peau ? Était-ce un pervers ?

Tout ce qu'on divulguait désormais, elles le mettaient sur son compte.

Un pervers. Peut-être avaient-elles raison. Peut-être qu'il les conduirait là où il avait étranglé ou frappé Heather à mort dans un accès de pulsions sexuelles, ou on trouverait chez lui quelque chose à elle. Et les gens diraient tout bas d'une voix mauvaise que non, ils n'étaient pas surpris. *Ça ne m'a pas surpris, et vous ?*

Maître Stephens avait posé une question sur le poste qu'occupait le mari à Douglas Point, et Marian avait répondu : « *Il* travaille à la maintenance. Tous les jours en sortant, *il* doit passer aux rayons X, et même les chiffons dont *il* se sert pour nettoyer ses bottes, il faut les enterrer. »

Quand Maureen referma la porte derrière eux et vit leurs silhouettes s'éloigner en vacillant à travers la vitre granitée, elle n'était pas tout à fait convaincue. Elle monta les trois marches menant au palier de l'escalier, où se trouvait une petite fenêtre voûtée. Elle les regarda.

Il n'y avait ni voiture, ni camion, ni aucun autre véhicule en vue susceptible de leur appartenir. Ils avaient dû se garer dans la grand-rue, ou sur le parking situé derrière la mairie. Ils ne voulaient peut-être pas qu'on vît leur véhicule devant chez maître Stephens.

La mairie abritait également le poste de police. Ils tournèrent bel et bien dans cette direction, mais traversèrent ensuite la rue en diagonale et, toujours sous les yeux de Maureen, ils s'assirent sur le muret de pierre qui courait autour du vieux cimetière et du jardin floral baptisé Pioneer Park.

Pourquoi éprouveraient-ils le besoin de s'asseoir après être restés assis dans la salle à manger pendant au moins une heure ? Ils ne parlaient pas, ne se regardaient pas, mais ils semblaient unis, comme s'ils se reposaient au milieu de durs labeurs partagés.

Lorsqu'il était en veine de souvenirs, maître Stephens parlait des gens qui venaient jadis se reposer sur ce mur. Des fermières qui devaient aller en ville à pied pour vendre des poulets ou du beurre. Des petites paysannes sur le chemin du lycée, avant l'invention du car scolaire. Elles s'arrêtaient, cachaient leurs caoutchoucs, et les reprenaient en rentrant chez elles.

D'autres fois, les souvenirs l'exaspéraient.

« Le temps jadis. Qui voudrait le r'trouver ? »

Marian ôta alors quelques épingles et retira délicatement son chapeau. C'était donc ça : son chapeau la blessait. Elle le posa sur ses genoux, et son mari tendit la main. Il la débarrassa du chapeau, comme s'il avait eu hâte de la débarrasser de tout ce qui pouvait lui être un fardeau. Il le posa sur ses genoux. Il se pencha et se mit à le caresser, d'un geste réconfortant. Il caressait ce chapeau fait d'horribles plumes marron de la façon dont il aurait apaisé une petite poule effrayée.

Mais Marian l'arrêta. Elle lui dit quelque chose, elle pressa une main sur la sienne. Comme une mère aurait interrompu les simagrées d'un enfant attardé – avec un sursaut d'horreur, une courte pause dans son amour épuisé.

Maureen ressentit un choc. Elle sentit un frisson lui parcourir les os.

Son mari sortit de la salle à manger. Elle ne voulait pas qu'il la surprît en train de les regarder. Elle tourna le vase d'herbes sèches qui se trouvait sur le rebord de la fenêtre.

« J'ai cru qu'elle ne s'arrêterait jamais de parler. »

Il n'avait rien remarqué. Son esprit était ailleurs.

« Descends par ici », dit-il.

Peu après leur mariage, le mari de Maureen lui apprit que lui et la première Mrs. Stephens avaient cessé de coucher ensemble après la naissance d'Helena, leur cadette. « Nous avions eu notre fils et notre fille », dit-il, suggérant qu'il était inutile de faire d'autres tentatives. À l'époque, Maureen ne comprit pas qu'il pourrait un jour vouloir lui infliger un semblable isolement. Elle était amoureuse au temps de leur mariage. Pourtant, la première fois qu'il lui avait passé le bras autour de la taille, au bureau, elle s'était dit qu'il la croyait sans doute partie vers la mauvaise porte, et qu'il voulait la guider dans la bonne direction – mais elle était arrivée à cette conclusion en raison de sa bienséance, et non par faute d'avoir espéré sentir son bras sur elle. Ceux qui l'avaient soupçonnée de faire un mariage avantageux, quoique bienveillant, auraient été surpris en constatant à quel point elle avait été heureuse durant sa lune de miel – et ceci bien qu'elle dût apprendre à jouer au bridge. Elle connaissait le pouvoir de son mari – sa façon de l'utiliser et sa façon de le contenir. Elle le trouvait attirant, en dépit de son âge, de sa gaucherie, des taches de nicotine sur ses dents et sur ses doigts. Sa peau était tiède. Environ deux ans après leur mariage, elle fit une fausse couche et perdit tant de sang qu'on lui ligatura les trompes afin d'écarter tout autre risque de ce genre. Après cet incident, la partie intime de leur vie de couple cessa. Son mari semblait surtout avoir cherché à lui faire plaisir, trouvant injuste de dénier à une femme la possibilité d'avoir un enfant.

Parfois, quand elle le harcelait un peu, il lui disait : « Voyons, Maureen. Qu'est-ce que cela signifie ? » Ou bien il lui ordonnait d'arrêter ses enfantillages. Ceci venait d'une injonction qu'il avait empruntée à ses enfants, et qu'il avait continué à employer longtemps après qu'eux-mêmes eurent cessé de l'utiliser, longtemps après, en fait, qu'ils eurent quitté la maison.

Cet ordre humiliait Maureen, et ses yeux s'emplissaient de larmes. Son mari était un homme qui détestait les larmes par-dessus tout.

Et à présent, pensa-t-elle, ne serait-ce pas un soulagement de retrouver cet ancien état de choses ? Car l'appétit sexuel de son mari était revenu – ou alors, un tout nouvel appétit était né en lui. Il ne restait rien aujourd'hui de cette cérémonie plutôt maladroite, de cette tendresse solennelle des débuts de leur union. Aujourd'hui, ses yeux se voilaient et son visage semblait tourmenté. Il lui parlait d'un ton brusque et menaçant, allant parfois jusqu'à la pousser et à la secouer, essayant même de fourrer ses doigts en elle par-derrière. Elle n'avait pas besoin de cela pour l'inciter à se dépêcher – elle avait hâte de l'entraîner dans la chambre aussi vite que possible, de peur de le voir mal se conduire ailleurs. Son ancien bureau, situé au rez-de-chaussée, avait été transformé en chambre équipée d'une salle de bains attenante, pour lui éviter d'avoir à monter l'escalier. Au moins, cette chambre avait un verrou, et Frances ne pouvait pas y faire irruption. Mais le téléphone risquait de sonner, Frances risquait d'avoir à venir les chercher. Elle pouvait rester devant la porte et serait alors bien forcée d'entendre les bruits – les halètements, les grognements et les brimades de maître Stephens, le sifflement de mépris avec lequel il commandait à Maureen de faire ceci ou cela, la façon dont il la pilonnait tout à la fin, et l'ordre qu'il lui donnait alors, un ordre peut-être incohérent pour tout le monde sauf pour Maureen, mais qui témoignait tout de même avec éloquence, tels des bruits de cabinets, du point extrême où il en était arrivé.

« Dis des sal'tés. Dis des sal'tés. »

Cet ordre sortait de la bouche d'un homme qui avait une fois bouclé Helena dans sa chambre pour avoir traité son frère d'immonde salaud.

Maureen connaissait suffisamment de mots, mais elle avait du mal, ébranlée comme elle était, à trouver exactement ceux susceptibles de convenir, et à les dire d'un ton convaincant. Elle essayait vraiment. Elle voulait par-dessus tout l'aider à en finir.

Après, il sombrait dans le court sommeil qui semblait effacer cet épisode de sa mémoire. Maureen s'esquivait à la salle de bains. Elle lavait le plus gros, puis se précipitait à l'étage pour changer certains de ses vêtements. Souvent, dans ces moments-là, elle devait s'agripper à la rampe, tant elle se sentait faible et vidée. Et elle devait ravaler non pas des hurlements de protestation mais un long geignement plaintif écœurant qui l'aurait fait ressembler à un chien battu.

Aujourd'hui, elle résistait mieux que d'habitude. Elle parvenait à regarder le miroir de la salle de bains, et à faire bouger ses sourcils, ses lèvres et ses mâchoires pour retrouver une expression normale. Affaire réglée ! semblait-elle dire. Au cœur même de l'action, elle avait réussi à penser à d'autres choses. Elle s'était dit qu'elle ferait une crème anglaise, s'était demandé s'ils avaient assez de lait et d'œufs. Pendant tout le temps que son mari se déchaînait, elle avait songé aux doigts caressant les plumes, à la main de la femme posée sur celle de son mari, à cette main pressante.

Aussi chanterons-nous la chanson d'Heather Bell,
Jusqu'à ce que touche à sa fin cette journée.
Dans les bois elle fut retirée de la scène,
Bien que sa vie ne fît que commencer.

« Quelqu'un a déjà composé un poème, dit Frances. Je l'ai ici, tapé à la machine.

– Je me disais que j'allais faire une crème anglaise », déclara Maureen.

Qu'est-ce que Frances avait entendu de l'histoire de Marian Hubbert ? Tout, probablement. Elle semblait essoufflée par l'effort qu'elle faisait afin de garder cela pour elle. Elle brandit les strophes dactylographiées sous le nez de Maureen. « Il est trop long, répondit celle-ci, je n'ai pas le temps. » Elle se mit à casser les œufs.

« Il est bien, reprit Frances. Il est assez bien pour qu'on le mette en musique. »

Elle le lut à voix haute. Maureen dit :

« Il faut que je me concentre.

– J'en déduis qu'on me fiche à la porte », répondit Frances, et elle partit nettoyer la véranda.

Maureen put ensuite jouir du calme de la cuisine – des vieux carreaux blancs et des hauts murs jaunis, des saladiers, des marmites et des appareils familiers qui la réconfortaient, comme ils avaient probablement réconforté celle qui l'avait précédée.

Ce que Mary Johnstone racontait aux filles durant son sermon était toujours plus ou moins la même chose, et la plupart d'entre elles savaient à quoi s'attendre. Elles pouvaient même se faire des grimaces préparées à l'avance. Mary Johnstone leur racontait que Jésus était venu lui parler pendant qu'elle se trouvait dans le poumon d'acier. Elle ne voulait pas dire dans un rêve, ni dans une vision, ni quand elle délirait. Elle voulait dire qu'Il était venu et qu'elle L'avait reconnu, sans pour autant trouver cela étrange. Elle L'avait reconnu tout de suite, bien qu'Il eût été habillé comme un médecin, en blouse blanche. Eh bien, s'était-elle dit, voilà qui est sensé, sinon, on ne L'aurait pas laissé entrer ici ! Voilà comment elle avait pris les choses. Couchée dans le poumon d'acier, elle s'était montrée intelligente et stupide à la fois, telle qu'on peut l'être quand une chose pareille vous tombe dessus. (Elle voulait parler de Jésus, pas de la polio.) Jésus avait dit : « Tu dois retourner à la batte, Mary. » Rien d'autre. Elle était bonne joueuse de softball, et Il avait employé ce langage sachant qu'elle le comprendrait. Puis Il était parti. Et elle s'était accrochée à la Vie, comme Il lui avait dit de le faire.

Il y avait une suite, sur le caractère unique et particulier de chacune de leur vie et chacun de leur corps, ce qui amenait bien entendu Mary Johnstone à ce qu'elle appelait « parler franchement » des garçons et des désirs. (C'est à ce moment-là que les filles faisaient des grimaces – elles étaient trop décontenancées pendant le passage sur Jésus.) Et de l'alcool, des cigarettes, et de la façon dont une chose pouvait en entraîner une autre. Les filles la croyaient folle : elle ne s'apercevait même pas qu'elles avaient failli se rendre malades à force de fumer la nuit d'avant. Elles empestaient la cigarette, et Miss Johnstone n'y faisait jamais allusion.

Elle l'était vraiment – folle. Mais tout le monde la laissait parler de Jésus à l'hôpital parce qu'ils estimaient qu'elle avait le droit d'y croire.

Mais suppose que tu aies bel et bien vu quelque chose ? Pas du même ordre que Jésus, mais quelque chose ? Cela lui est déjà arrivé. Quelquefois, quand elle sombre dans le sommeil mais qu'elle ne dort pas tout à fait, qu'elle ne rêve pas encore, Maureen entrevoit quelque chose. Ou même dans la journée, pendant ce qu'elle considère comme sa vie normale. Elle se voit parfois assise sur des marches de pierre et manger des cerises en regardant un homme monter l'escalier un paquet à la main. Elle n'a jamais vu ni ces marches ni cet homme, mais l'espace d'un instant, ils semblent faire partie d'une vie qu'elle mène parallèlement à la sienne, une vie tout aussi longue, aussi compliquée, étrange et monotone que celle-ci. Et elle n'est pas surprise. C'est le fruit d'un hasard extraordinaire, d'une erreur promptement corrigée, le fait qu'elle puisse connaître ces deux vies en même temps. Cela avait l'air si ordinaire, se dit-elle après coup. Ces cerises. Ce paquet.

Ce qu'elle voit à présent n'appartient à aucune de ses deux vies. Elle voit une de ces mains aux doigts épais qui s'enfonçaient dans sa nappe et passaient dans les plumes, et cette main est appuyée, irrésistiblement, par la volonté de quelqu'un d'autre – appuyée sur la plaque allumée de la cuisinière, sur laquelle Maureen remue la crème anglaise chauffant au bain-marie, et maintenue dessus une seconde ou deux, juste assez longtemps pour brûler légèrement les chairs sur le serpentin rougi, pour brûler mais pas pour mutiler. Ceci se passe en silence, et à l'amiable – un acte bref, barbare, nécessaire. Semble-t-il. La main punie aussi noire qu'un gant ou que l'ombre d'une main, les doigts écartés. Émergeant toujours des mêmes vêtements. La manche crème, le bleu terne.

Maureen entend son mari s'affairer dans le hall d'entrée, alors elle éteint le feu, pose la cuillère et va le retrouver. Il s'est arrangé. Il s'apprête à sortir. Elle sait sans avoir à lui demander où il se rend. Au poste de police, pour voir ce qu'on leur a dit, ce qu'ils ont entrepris.

« Je devrais peut-être t'y conduire, dit-elle. Il fait chaud dehors. »

Il secoue la tête, il marmonne.

« Ou je pourrais t'accompagner à pied. »

Non. Il sort faire une course importante, et il trouverait diminuant d'être accompagné ou transporté par son épouse.

Elle lui ouvre la porte d'entrée et il dit « Merci » de sa voix dure étrangement repentante. En passant devant elle, il se penche et tend les lèvres dans le vide près de sa joue.

Ils sont partis, il n'y a plus personne sur le mur à présent.

Heather Bell ne sera pas retrouvée. Pas de corps, pas d'indice. Elle s'est envolée telle de la cendre. Sa photographie ternira dans les lieux publics où elle est accrochée. Son sourire aux lèvres pincées, qu'elle mordait d'un côté comme pour réprimer un fou rire irrespectueux, semblera lié à sa disparition plutôt qu'aux moqueries inspirées par le photographe de l'école. Il restera toujours, dans ce sourire, l'infime insinuation qu'elle a agi de son plein gré.

Mr. Siddicup ne sera d'aucun secours. Il hésitera sans cesse entre confusion et accès de colère. On ne trouvera rien en fouillant sa maison, sauf si l'on tient compte des vieux sous-vêtements de sa femme, et quand on retournera son jardin, les seuls os que l'on exhumera seront de vieux os enterrés par des chiens. Beaucoup continueront à croire qu'il a fait ou vu quelque chose. *Il avait quelque chose à voir là-dedans.* Quand on l'internera à l'asile, rebaptisé centre de santé mentale, le journal local publiera des articles sur la détention préventive, dénonçant ceux qui prennent leurs précautions trop tard.

Paraîtront également dans le journal des lettres de Mary Johnstone expliquant pourquoi elle avait agi ainsi, pourquoi en toute logique et en toute bonne foi elle avait agi ainsi ce dimanche-là. Finalement, le rédacteur en chef devra lui signifier que Heather Bell est de l'histoire ancienne, que la ville souhaiterait être connue pour autre chose, que si les randonnées doivent s'arrêter un jour, ce ne sera pas la pire chose au monde, et qu'enfin on ne peut ressasser cette histoire indéfiniment.

Maureen est encore une femme jeune, bien qu'elle pense le contraire, et elle a la vie devant elle. D'abord un décès – qui surviendra bientôt –, puis un autre mariage, de nouvelles villes et de nouvelles maisons. Dans des cuisines situées à des centaines et des milliers de kilomètres de là, elle regardera la peau molle se former sur le dos d'une cuillère en bois et sa mémoire s'agitera, sans lui révéler tout à fait ce moment où elle semble considérer un secret, un secret que l'on ne trouve pas effrayant avant de penser à essayer de le raconter.

L'hôtel Jack Randa

Sur la piste d'envol, à Honolulu, l'avion perd de sa vitesse, perd de son courage, vacille et vire sur l'herbe, puis s'arrête dans une secousse. À quelques mètres, semble-t-il, de l'océan. À l'intérieur, tout le monde rit. D'abord un silence, puis des rires. Gail rit elle aussi. Puis soudain c'est un concert de présentations alentour. À côté de Gail sont assis Larry et Phyllis, de Spokane.

Larry et Phyllis se rendent à un tournoi de golf réservé aux gauchers, à Fidji, comme beaucoup d'autres couples à bord de cet appareil. C'est Larry, le joueur de golf gaucher – Phyllis est l'épouse qui accompagne pour regarder, encourager, et s'amuser.

Ils restent assis dans cet avion – Gail et les golfeurs gauchers – où le déjeuner est servi dans des boîtes pique-nique. Pas de boisson. Une chaleur terrible. Des annonces rigolotes et troublantes sont passées depuis le cockpit. *Désolés pour ce problème. Rien de sérieux mais on dirait que nous allons devoir mariner ici encore un petit moment.* Phyllis a un horrible mal de tête, que Larry tente de soigner en appliquant ses doigts sur des points de son poignet et de sa paume.

« Ça ne marche pas, se plaint Phyllis. Dire qu'à l'heure qu'il est, j'aurais pu être à La Nouvelle-Orléans avec Suzy.

– Pauvre lapin », répond Larry.

Gail aperçoit l'éclat étincelant de bagues en diamants au moment où Phyllis retire sa main. Les femmes mariées ont des bagues en diamants et des maux de tête, se dit Gail. C'est encore vrai. Pour celles qui ont vraiment réussi. Elles ont des maris grassouillets, des golfeurs gauchers, penchés sur un éternel parcours d'apaisement.

Finalement, les passagers ne se rendant pas à Fidji mais continuant jusqu'à Sydney sont débarqués. On les conduit au terminal où, abandonnés par leur hôtesse, ils errent un moment, récupèrent leurs bagages puis passent les douanes, essayant de repérer la compagnie aérienne censée honorer leur billet. À un moment, ils se font accoster par le comité d'accueil d'un hôtel de l'île, qui ne cesse de chanter des chansons hawaïennes et de leur jeter des guirlandes de fleurs autour du cou. Mais ils se retrouvent enfin à bord d'un autre avion. Ils mangent, boivent, dorment, les queues aux toilettes s'allongent, les couloirs se remplissent de détritus, les hôtesses de l'air se terrent dans leur cagibi pour discuter d'enfants et de petits amis. Puis arrivent la troublante clarté matinale et le sable jaune de la côte australienne très bas en dessous, le décalage horaire : même les passagers les plus élégants et les plus beaux sont hagards, de mauvaise humeur, engourdis, comme après un long voyage sur un entrepont. Et avant qu'ils aient eu le temps de quitter l'avion, ils subissent un dernier assaut. Des hommes poilus vêtus de shorts montent en masse à bord de l'appareil et vaporisent tout avec de l'insecticide.

« C'est peut-être comme ça quand on va au ciel, s'imagine-t-elle dire à Will. Des gens vous lancent des fleurs dont vous ne voulez pas, tout le monde a mal à la tête et est constipé, et ensuite il faut passer au pulvérisateur pour qu'on vous débarrasse des microbes terrestres. »

Sa vieille habitude d'essayer d'inventer des choses gaies et astucieuses à dire à Will.

Après le départ de Will, Gail eut l'impression que son magasin se remplissait de femmes. Qui n'achetaient pas nécessairement des vêtements. Elle s'en moquait. C'était comme en ces jours lointains, avant Will. Des femmes venaient s'asseoir dans les fauteuils anciens installés près de sa planche à repasser et de sa table à découper, derrière des rideaux de batik décolorés, pour boire un café. Gail se remit à moudre elle-même son café, ainsi qu'elle le faisait autrefois. Le mannequin fut bientôt drapé de perles et couvert de graffitis scandaleux. On se racontait des histoires d'hommes, en général, d'hommes qui étaient partis. De mensonges, d'injustices et de confrontations. De trahisons si horribles – et pourtant si banales – qu'on ne pouvait que se tordre de rire en les entendant. Les hommes tenaient des discours imbéciles (*Je suis désolé, mais je ne me sens plus impliqué dans ce mariage*). Ils proposaient de revendre à leurs épouses des voitures et des meubles qu'elles avaient elles-mêmes payés. Ils se pavanaient, tout satisfaits d'avoir réussi à mettre enceinte un ingénu petit bout de femme plus jeune que leurs propres enfants. Ils étaient diaboliques et puérils. Que pouvait-on faire à part renoncer à eux ? En tout honneur, en toute fierté, et pour sa propre protection.

L'intérêt que portait Gail à tout ceci s'émoussa assez rapidement. L'abus de café était mauvais pour le teint. Une querelle intestine divisa les femmes quand il apparut que l'une d'entre elles avait fait publier une annonce dans la rubrique « courrier du cœur ». Gail passa du café entre amies aux cocktails avec Cleata, la mère de Will. Ce faisant, son état d'esprit devint étrangement plus sobre. Une certaine légèreté perçait encore dans les notes qu'elle épinglait à sa porte afin de pouvoir sortir tôt les après-midi d'été. (Sa vendeuse, Donalda, était en vacances, et employer quelqu'un d'autre posait trop de problèmes.)

Partie à l'opéra.
Partie à l'asile.
Partie m'approvisionner sous le sac et la cendre.

En fait, il ne s'agissait pas de ses propres trouvailles, mais des notes que Will écrivait et scotchait sur sa porte les premiers temps où ils voulaient monter dans sa chambre. Elle apprit qu'une telle désinvolture n'était guère appréciée des gens ayant fait des kilomètres pour acheter une robe en vue d'un mariage, ni des filles parties en expédition dans l'intention de s'offrir des vêtements pour le lycée. Elle s'en moquait.

Sous la galerie de Cleata, Gail se sentait apaisée, elle reprenait vaguement espoir. Comme la plupart des gros buveurs, Cleata s'en tenait à un seul alcool – le whisky, en l'occurrence – et semblait amusée par les autres variantes. Mais elle préparait volontiers à Gail un gin-tonic, un rhum-soda. Elle lui fit découvrir la tequila. « C'est le paradis », disait parfois Gail en parlant non seulement de la boisson mais de la galerie abritée et du jardin bordé de haies, de la vieille maison qui se dressait derrière elles avec ses volets aux fenêtres, ses sols vernis, ses placards de cuisine trop hauts, et ses rideaux à fleurs démodés. (Cleata détestait la décoration.) C'était la maison où Will, et Cleata, avaient vu le jour, et la première fois que Will y avait amené Gail, celle-ci s'était dit : Voilà comment vivent les gens vraiment civilisés. Insouciance et bienséance conjuguées, respect des vieux livres et de la vaisselle ancienne. Les choses absurdes dont Will et Cleata trouvaient naturel de parler. Et les choses dont elle et Cleata ne parlaient pas – l'actuelle défection de Will, la maladie qui donnait désormais aux bras et aux jambes de Cleata l'air de brindilles vernies sous leur bronzage intense, et qui avait creusé ses joues encadrées de cheveux blancs bouclés en arrière. Elle et Will avaient le même visage légèrement simiesque, avec des yeux sombres, rêveurs et moqueurs.

Au lieu de cela, Cleata parlait du livre qu'elle lisait : *La Chronique anglo-saxonne.* Elle disait que si l'âge de l'ignorance était ainsi surnommé, ce n'était pas que l'on ne pouvait rien apprendre sur cette époque, mais qu'on ne pouvait pas se souvenir de ce que l'on avait appris, et cela à cause des noms.

« Caedwalla, dit-elle. Egfrith. Voilà des noms qu'on n'a plus sur le bout de la langue. »

Gail tentait de se rappeler quelle époque, ou quels siècles, étaient ceux de l'ignorance. Mais son manque de culture ne la gênait pas. De toute façon, Cleata se moquait de tout cela.

« Aelfflaed, dit Cleata en l'épelant ensuite. Quel genre d'héroïne était Aelfflaed ? »

Quand Cleata écrivait à Will, elle lui parlait sûrement d'Aelfflaed et d'Egfrith. Pas de Gail. Elle ne disait pas : *Gail est venue et elle était très jolie dans son espèce de pyjama d'été en soie grise. Elle était en forme et elle a fait plusieurs remarques spirituelles...*

Pas plus qu'elle ne disait à Gail : « J'ai des doutes sur les tourtereaux. En lisant entre les lignes, je ne peux m'empêcher de me demander si le désenchantement ne commence pas à se faire sentir… »

Quand Gail fit la connaissance de Will et Cleata, elle trouva qu'ils ressemblaient à des personnages de roman. Un fils d'âge mûr vivant avec sa mère, vraisemblablement dans la joie. Gail vit là une existence cérémonieuse, absurde et enviable, ayant au moins l'apparence du charme et de la sécurité propres au célibat. Elle y voyait encore un peu de cela, même si en réalité, Will n'avait pas toujours vécu chez sa mère, et même s'il n'était ni célibataire, ni même discrètement homosexuel. Il était parti pendant plusieurs années vivre sa propre vie – travaillant pour le conseil national du cinéma et la société de diffusion canadienne –, et il y avait renoncé tout récemment pour revenir enseigner à Walley. Qu'est-ce qui l'avait fait renoncer ? Ceci cela, disait-il. Des gens machiavéliques ici et là. Des bâtisseurs d'empires. L'épuisement.

Gail arriva à Walley un été, dans les années 70. Son petit ami de l'époque construisait des bateaux de plaisance, et elle vendait des vêtements qu'elle faisait elle-même – capes ornées de broderies, chemises à manches bouffantes, longues jupes brillantes. Quand vint l'hiver, elle eut un emplacement à l'arrière du centre de l'artisanat. Elle apprit à importer des ponchos et des grosses chaussettes fabriqués en Bolivie et au Guatemala. Elle trouva des femmes du cru capables de tricoter des pulls. Un jour, Will l'arrêta dans la rue et lui demanda de l'aider à confectionner les costumes pour la pièce qu'il mettait en scène : *La Peau de nos dents*. Son petit ami partit s'installer à Vancouver.

Très tôt, elle révéla à Will quelques détails la

concernant, au cas où il aurait pu croire qu'avec sa charpente solide, son teint rose et son large front indulgent, elle était exactement le genre de femme avec qui fonder une famille. Elle lui raconta qu'elle avait eu un bébé, et qu'un jour où elle et son ami transportaient des meubles dans une camionnette empruntée, de Thunder Bay à Toronto, des vapeurs de monoxyde de carbone avaient pénétré à l'intérieur, à peine de quoi leur donner mal au cœur mais assez pour tuer le bébé, âgé de sept semaines. Après cet incident, Gail était tombée malade – une inflammation pelvienne. Elle décida qu'elle ne voudrait pas avoir d'autre enfant, chose qui lui aurait été difficile de toute façon, et elle se fit faire une hystérectomie.

Will l'admirait. Il le lui dit. Il ne se sentit pas obligé de s'exclamer : « Quelle tragédie ! » Il ne suggéra même pas de façon détournée que cette mort était le résultat de certains choix que Gail avait faits. Il était en extase devant elle, à l'époque. Il la trouvait courageuse, généreuse, douée et pleine de ressources. Les costumes qu'elle dessina et confectionna pour lui étaient parfaits, miraculeux. Gail pensait que la vision qu'il avait d'elle, de sa vie, trahissait une touchante innocence. Il lui semblait au contraire que loin d'avoir un esprit libre et généreux, elle avait souvent cédé à l'angoisse et au désespoir, avait aussi passé beaucoup de temps à faire la lessive, à s'inquiéter pour l'argent, et à avoir l'impression de devoir énormément aux hommes qui la fréquentaient. Elle ne pensait pas être amoureuse de Will, à cette époque, mais elle aimait son style – son corps énergique, si droit qu'il paraissait plus grand que sa taille, sa tête rejetée en arrière, son front haut et brillant, sa collerette moelleuse de cheveux grisonnants. Elle aimait le regarder répéter, ou simplement en train de parler à ses étudiants. Il semblait tellement doué et intrépide comme metteur en scène, avoir une personnalité si forte quand il arpentait les couloirs du lycée ou les rues de Walley ! Et le sentiment d'admiration légèrement étrange qu'il éprouvait à son égard, sa courtoisie en tant qu'amant, le charme exotique de sa maison et de sa vie avec Cleata – tout ceci donnait à Gail l'impression de recevoir un accueil unique dans un endroit où, peut-être, elle n'avait pas vraiment le droit de se trouver. Cela n'avait aucune importance à ce moment-là – elle avait l'avantage.

Alors, quand avait-elle cessé de l'avoir ? Lorsqu'il avait pris l'habitude de coucher avec elle, après avoir emménagé ensemble ? Quand ils avaient fait tant de réparations dans leur cottage près de la rivière et qu'elle s'était montrée meilleure que lui à ce genre de travail ?

Était-elle du style à croire que quelqu'un devait forcément avoir l'avantage ?

Il y eut une période où le simple ton de sa voix, lorsqu'il disait « Ton lacet est défait » en la voyant passer devant lui au cours d'une promenade – juste cela – suffisait à la désespérer, l'avertissant qu'ils avaient pénétré dans un pays désolé où la déception qu'elle lui inspirait était sans limite, le mépris qu'il éprouvait impossible à égaler. Elle finissait par trébucher, par se mettre en rage – ils passaient des jours et des nuits de désespoir intense. Puis venaient la percée, la tendre réunion, les plaisanteries, et le soulagement stupéfait. Ainsi se poursuivait leur vie – Gail était incapable de la comprendre réellement ou de dire si elle ressemblait à celle des autres. Mais les périodes calmes semblaient s'allonger, les dangers reculer, et elle ne soupçonnait pas que Will attendait de rencontrer quelqu'un comme

Sandy, cette fille qui lui semblerait aussi mystérieuse et aussi délicieuse que Gail l'avait jadis été.

Will non plus ne le soupçonnait pas, probablement.

Il n'avait jamais eu grand-chose à dire au sujet de Sandy – Sandra –, venue à Walley l'année précédente dans le cadre d'un programme d'échange qui visait à observer comment on enseignait l'art dramatique dans les écoles canadiennes. Il l'avait qualifiée de jeune Turque. Puis avait ajouté qu'elle n'avait peut-être même jamais entendu cette expression. Très vite, une sorte d'électricité, de danger, avait entouré son nom. Gail obtint des renseignements par d'autres sources. Elle apprit que Sandy avait défié Will devant sa classe. Sandy avait déclaré que les pièces qu'il voulait monter n'étaient pas « pas révélatrices ». Ou peut-être était-ce « pas révolutionnaires ».

« Mais il l'aime bien, avait affirmé l'un de ses étudiants. Oh, ça oui, il l'aime *vraiment* beaucoup ! »

Sandy ne resta pas longtemps. Elle poursuivit ses observations sur l'enseignement de l'art dramatique dans d'autres écoles. Mais elle écrivit à Will, et sans doute lui répondit-il. Car il apparut qu'ils étaient tombés amoureux. Will et Sandy étaient tombés sérieusement amoureux, et à la fin de l'année scolaire, Will la suivit en Australie.

Sérieusement amoureux. Quand Will lui annonça cela, Gail était en train de fumer de l'herbe. Elle avait recommencé, tant côtoyer Will la rendait nerveuse.

« Tu veux dire que ce n'est pas moi ? s'exclama-t-elle. Tu veux dire que ce n'est pas de ma faute ? »

Le soulagement l'étourdit. Elle fut saisie d'une telle gaieté et d'une telle audace que Will, stupéfait, se retrouva au lit avec elle.

Le lendemain matin, ils évitèrent de se trouver

ensemble dans la même pièce. Ils décidèrent de ne pas s'écrire. Peut-être plus tard, dit Will. Comme tu voudras, répondit Gail.

Mais un jour, chez Cleata, Gail vit l'écriture de Will sur une enveloppe, qu'on avait d'évidence laissée à un endroit où elle pourrait la voir. C'était Cleata qui l'avait laissée là – Cleata, qui ne disait jamais un mot sur les deux fugitifs. Gail nota l'adresse de l'expéditeur : 16 Eyre Road, Toowong, Brisbane, Queensland, Australie.

C'est en voyant l'écriture de Will qu'elle comprit à quel point tout lui semblait désormais inutile. Cette maison de Walley à la façade prévictorienne dénudée, la galerie, les cocktails, le catalpa qu'elle regardait toujours, dans le jardin de Cleata. Tous les arbres et toutes les rues de Walley, toutes les vues libératrices qu'on avait sur le lac, le confort du magasin. Décors, trucages et accessoires inutiles. La véritable scène lui était cachée, en Australie.

Voilà pourquoi elle se retrouve assise à côté de la femme aux bagues de diamants. Ses mains à elle ne portent pas de bagues, ni de vernis à ongle – elle a la peau sèche à force de travailler l'étoffe. Elle qualifiait autrefois les vêtements qu'elle confectionnait de « faits main », jusqu'au jour où Will l'avait embarrassée à propos de cette définition. Elle ne voit toujours pas vraiment ce qu'elle a de mal.

Elle vendit le magasin – elle le vendit à Donalda, qui rêvait de l'acheter depuis longtemps. Elle empocha l'argent, et prit un vol à destination de l'Australie sans dire à personne où elle allait. Elle mentit, parlant de longues vacances qui commenceraient en Angleterre. Puis elle irait quelque part en Grèce, pour l'hiver, et après, qui sait ?

La nuit précédant son départ, Gail opéra sur elle une transformation. Elle coupa sa lourde chevelure rousse grisonnante, et appliqua sur le reste une teinture brun foncé. La couleur obtenue était étrange : un marron profond, visiblement artificiel, mais un peu trop sombre pour se vouloir glamour. Dans son magasin – bien que le contenu ne lui appartînt plus – elle prit une robe qu'elle n'aurait jamais portée en temps normal, une robe-chemisier bleu foncé en polyester imitation lin, avec des rayures en zigzag rouges et jaunes. Grande, large de hanches, elle portait habituellement des vêtements amples et élégants. Cette robe lui faisait des épaules trapues, et coupait sa jambe à un endroit peu flatteur au-dessus du genou. En quel genre de femme pensait-elle se transformer ? Le genre à jouer au bridge avec quelqu'un comme Phyllis ? Dans ce cas, elle s'était trompée. Elle avait l'air d'une femme ayant passé la majeure partie de sa vie en uniforme, à faire un travail honorable et mal payé (dans une cantine d'hôpital, peut-être ?), et qui venait d'investir trop d'argent dans une robe chic finalement déplacée et inconfortable, pour aller passer les vacances de sa vie.

Cela n'a pas d'importance. Il s'agit d'un déguisement.

Dans les toilettes de l'aéroport, sur un nouveau continent, elle s'aperçoit que la teinture sombre, insuffisamment rincée la veille au soir, s'est mélangée à sa sueur et lui coule à présent dans le cou.

Gail a atterri à Brisbane, encore mal habituée à l'heure locale et persécutée par un soleil brûlant. Elle porte toujours sa robe affreuse, mais elle s'est lavé les cheveux et sa teinture ne coule plus.

Elle a pris un taxi. Fatiguée comme elle est, elle ne parvient pas à se calmer, à se reposer, tant qu'elle n'a pas vu où ils habitent. Elle a déjà acheté un plan et trouvé Eyre Road. Une courte rue en courbe. Elle demande à être déposée à l'angle, où se tient une petite épicerie. C'est là qu'ils achètent leur lait, très probablement, ou les autres choses dont ils viennent à manquer. Détergent, aspirine, tampons.

Le fait que Gail n'eût jamais rencontré Sandy était évidemment de mauvais augure. Cela signifiait certainement que Will s'était très vite douté de quelque chose. Les tentatives qu'elle avait faites ultérieurement pour dénicher une description de Sandy n'avaient pas donné grand-chose. Plus grande que petite. Plus mince que grosse. Plus blonde que brune. Gail se représentait une de ces filles – ces *femmes* – dynamiques, au charme masculin, avec des jambes longues et des cheveux courts. Mais elle ne reconnaîtrait pas Sandy si elle la croisait.

Est-ce que quelqu'un la reconnaîtrait, elle ? Avec ses lunettes noires et ses cheveux invraisemblables, Gail se sent différente au point d'être invisible. C'est aussi le fait de se trouver dans un pays étranger qui l'a transformée. Elle n'est pas encore au diapason. Une fois qu'elle le sera, elle ne pourra peut-être plus faire les choses audacieuses qu'elle fait à présent. Elle doit prendre cette rue, regarder la maison, tout de suite, ou elle ne pourra peut-être plus jamais le faire.

La côte qu'a montée le taxi était rude, depuis la rivière brune. Eyre Road longe une crête. Il n'y a pas de trottoir, juste un chemin poussiéreux. Pas de piétons, pas de voitures, pas d'ombre. Des barrières en planches ou en vannerie – des clayonnages ? –, ou encore, de hautes haies couvertes de fleurs. Non, ces fleurs sont en réalité des feuilles écarlates ou d'un rose tirant sur le violet. Des arbres que Gail ne connaît pas dépassent des barrières. Ils ont un feuillage poussiéreux qui semble résistant, une écorce écailleuse ou effilochée, un air ornemental miteux. Ils suggèrent un genre d'indifférence ou de mauvaise volonté qu'elle associe aux tropiques. Sur le chemin, devant elle, marchent deux pintades, majestueuses et grotesques.

La maison qu'habitent Will et Sandy est cachée par une barrière de planches, peinte en vert pâle. Gail sent son cœur se serrer – son cœur semble pris dans un étau cruel en voyant cette barrière, ce vert.

La route est un cul-de-sac et elle doit faire demi-tour. Elle passe à nouveau devant la maison. Dans la barrière, il y a un portail permettant de laisser entrer et sortir une voiture. Il y a aussi une boîte aux lettres. Elle en a remarqué une semblable dans la barrière d'une autre maison, et la raison pour laquelle elle l'a remarquée est qu'un magazine en dépassait. La boîte aux lettres n'est donc pas très profonde, et une main qui s'y glisserait aurait une chance d'y trouver une enveloppe posée sur la tranche. Pour peu que le courrier n'ait pas encore été relevé. Et Gail y glisse une main. Elle ne peut s'en empêcher. Elle y trouve une lettre, exactement comme elle l'avait imaginé. Elle la met dans son sac.

Elle appelle un taxi depuis le magasin situé à l'angle de la rue.

« De quelle région des États-Unis venez-vous ? lui demande l'homme dans le magasin.

– Du Texas », répond-elle. Elle pense que les gens

d'ici aiment entendre dire qu'on vient du Texas ; l'homme lève en effet le sourcil, siffle.

« C'est ce que je pensais », dit-il.

C'est l'écriture de Will, sur l'enveloppe. Ainsi, il ne s'agit pas d'une lettre pour Will, mais d'une lettre de lui. Une lettre qu'il a envoyée à Ms. Catherine Thornaby, 491 Hawtre Street. Également à Brisbane. Une autre main a griffonné en travers « Retour à l'expéditeur, personne décédée le 13 sept ». Pendant un moment, dans son état de confusion, Gail croit que c'est Will qui est mort.

Elle doit se calmer, se ressaisir, rester à l'ombre un moment.

Pourtant, après avoir fini de lire la lettre dans sa chambre d'hôtel et s'être arrangée, elle prend un autre taxi, pour Hawtre Street cette fois, où elle trouve, comme elle s'y attendait, une pancarte sur la fenêtre : « Appartement à louer ».

Mais qu'y a-t-il dans la lettre que Will a écrite à Ms. Catherine Thornaby, Hawtre Street ?

Chère Ms. Thornaby,

Vous ne me connaissez pas, mais j'espère qu'une fois que je me serai expliqué, nous pourrons nous rencontrer et discuter. Il se peut que je sois un cousin canadien à vous, mon grand-père ayant quitté le Northumberland pour le Canada dans les années 1870, à peu près en même temps qu'un de ses frères partait pour l'Australie. Mon grand-père s'appelait William, comme moi, et son frère s'appelait Thomas. Bien sûr, je n'ai aucune preuve que vous descendiez du Thomas en question. J'ai sim-

plement été ravi en trouvant dans l'annuaire de Brisbane un Thornaby orthographié de la même façon. Je considérais autrefois ce travail de recherches généalogiques comme la chose la plus idiote et la plus ennuyeuse qui soit, mais maintenant que je m'y attelle moi-même, je lui découvre une étrange fascination. Peut-être est-ce mon âge – j'ai cinquante-six ans – qui me pousse à trouver des attaches. Et j'ai plus de temps que j'en ai l'habitude. Mon épouse travaille dans un théâtre des environs, ce qui l'occupe jusqu'à point d'heure. C'est une jeune femme très brillante et très dynamique. (Elle me gronde quand j'emploie le mot « fille » pour désigner toute jeune personne de plus de dix-huit ans, et elle n'en a que vingt-huit !) J'enseignais l'art dramatique dans un lycée canadien, mais je n'ai pas encore trouvé de travail en Australie.

Son épouse. Il essaie de paraître respectable aux yeux de l'éventuelle cousine.

Cher Mr. Thornaby,
Le nom que nous partageons est peut-être plus courant que vous ne le supposez, bien que j'en sois actuellement l'unique représentante dans l'annuaire de Brisbane. Vous ignorez peut-être que ce nom vient de Thorn Abbey, une abbaye dont on peut encore voir les ruines dans le comté de Northumberland. L'orthographe varie – Thornaby, Thornby, Thornabbey, Thornabby. Au Moyen Age, le nom du seigneur du domaine devenait le nom de famille de tous les gens travaillant sur ses terres, y compris des hommes de peine, des forgerons, des charpentiers, etc. De fait, il

existe de nombreuses personnes de par le monde portant un nom qu'elles n'ont, au sens strict du terme, pas le droit de porter. Seules celles qui peuvent faire remonter leur famille jusqu'au XII*e siècle sont de véritables Thornaby, en possession d'un titre nobiliaire. C'est-à-dire que seules ces personnes ont le droit de porter le blason de la famille. Je suis de cette lignée de Thornaby, et puisque vous ne faites aucune allusion à ces armoiries, et ne remontez pas votre ascendance au-delà de ce William, je présume que vous n'en êtes pas. Mon grand-père s'appelait Jonathan.*

Gail tape ceci sur une vieille machine à écrire portable qu'elle a achetée à la brocante du bas de la rue. Elle vit à présent au 491 Hawtre Street, dans une petite résidence baptisée le Miramar. C'est un immeuble de deux étages recouvert de stuc défraîchi couleur crème, avec des colonnes tordues se dressant de part et d'autre d'une entrée grillagée. Il a un air vaguement mauresque, espagnol ou californien, tel un vieux cinéma. Le propriétaire lui avait dit que l'appartement était très moderne.

« C'est une femme âgée qui l'occupait, mais elle a dû aller à l'hôpital. Quand elle est morte, quelqu'un est venu enlever ses affaires, mais il reste le mobilier de base qui va avec l'appartement. De quelle région des États-Unis venez-vous ? »

De l'Oklahoma, répond Gail. Mrs. Massie, de l'Oklahoma.

Le propriétaire paraît avoir dans les soixante-dix ans. Il porte des lunettes qui lui grossissent les yeux, et il marche vite, mais d'un pas plutôt chancelant, penché en avant. Il parle des problèmes – la proportion croissante d'étrangers dans la population rendant difficile la tâche de trouver de bons réparateurs ; la négligence de certains locataires ; les actes malveillants des passants qui salissent continuellement les pelouses. Gail lui demande s'il a déjà remis un avis de décès à la poste. Il répond qu'il en a l'intention, mais que la vieille dame ne recevait presque jamais de courrier. À l'exception d'une lettre. C'est étrange qu'elle soit arrivée juste le lendemain de sa mort. Il l'a renvoyée.

« Je le ferai, propose Gail. Je le dirai à la poste.

– Il faudra quand même que je signe le formulaire. Prenez-m'en un, je le signerai et vous pourrez le leur reporter. Ce serait très gentil à vous. »

Les murs de l'appartement sont peints en blanc – ce doit être ce qu'il a de moderne. Il est doté de stores en bambou, d'une minuscule cuisine, d'un convertible vert, d'une table, d'un buffet et de deux chaises. Sur le mur, une gravure : un tableau ou une photographie colorisée. Un paysage désertique vert jaunâtre, avec des rochers et des touffes de sauge devant des montagnes lointaines indistinctes. Gail est certaine d'avoir déjà vu cela.

Elle a payé le loyer en liquide. Elle a eu des choses à faire, pendant un moment : acheter des draps, des serviettes de toilette, des provisions, quelques casseroles et des assiettes, la machine à écrire. Elle a dû ouvrir un compte en banque, devenir une personne résidant dans le pays, cesser d'être une voyageuse. Il y a des magasins à deux pas de chez elle. Une épicerie, une brocante, un pharmacien, un salon de thé. Ce sont tous d'humbles établissements avec des bandes de papier coloré accrochées à l'entrée, des bannes de bois au-dessus du trottoir. Leur choix est limité. Le salon de thé ne possède que deux tables, la brocante propose à peine plus que le contenu accumulé sens dessus dessous d'une maison ordinaire. Les boîtes de céréales à l'épicerie, ainsi que les bouteilles de sirop contre la toux et les boîtes de comprimés à la pharmacie, sont présentées individuellement sur les rayons, comme si elles avaient une valeur ou une signification particulière.

Mais elle a trouvé ce dont elle avait besoin. À la brocante, elle a trouvé d'amples robes de coton à fleurs, un panier en osier pour ses provisions. À présent, elle ressemble aux autres femmes qu'elle voit dans la rue. Des ménagères, d'âge moyen, aux bras et aux jambes nus mais pâles, allant faire leurs courses tôt le matin ou tard l'après-midi. Elle s'est aussi acheté un chapeau de paille souple, pour protéger son visage, comme le font les femmes. Des visages indécis, mous, piquetés de taches de rousseur, aveuglés par la lumière.

La nuit tombe brusquement vers six heures, et elle doit trouver une occupation pour ses soirées. Il n'y a pas de télévision dans l'appartement. Mais un peu après les magasins, il y a une bibliothèque de prêt, que tient une vieille femme dans une pièce de sa maison donnant sur la rue. Cette femme porte un filet sur les cheveux, et des bas de fil gris malgré la chaleur. (Où donc trouve-t-on des bas de fil aujourd'hui ?) Elle a un corps décharné et des lèvres sans couleurs, serrées, qui ne sourient jamais. C'est elle que Gail imagine lorsqu'elle écrit la lettre signée Catherine Thornaby. C'est sous ce nom qu'elle pense à cette bibliothécaire, chaque fois qu'elle la voit, ce qui se produit presque tous les jours, car on ne peut emporter qu'un ouvrage à la fois, et Gail lit d'habitude un livre par soirée. Elle se dit : Voici Catherine Thornaby, morte et transportée dans une nouvelle existence quelques rues plus loin.

Toute cette histoire sur les Thornaby possédant ou

non un titre nobiliaire sort d'un livre. Pas d'un livre qu'elle lit en ce moment, mais d'un ouvrage qu'elle a lu dans sa jeunesse. Le héros ne portait pas blason de chevalier, mais il était l'héritier méritoire d'un grand domaine. Gail ne se souvient plus du titre du livre. À l'époque, elle vivait avec des gens qui ne lisaient que *Le Loup des steppes*, *Dune*, ou des livres de Krishnamurti, tandis qu'elle dévorait ses romans d'amour historiques d'un air gêné. Elle ne pense pas que Will ait lu un tel livre, ni recueilli ce genre d'information. Et elle est sûre qu'il sera forcé de répondre, pour dire à Catherine ses quatre vérités.

Elle attend, et lit les livres empruntés à la bibliothèque, qui semblent venir d'une époque encore plus lointaine que ces romans d'amour qu'elle lisait voilà vingt ans. Elle en avait déjà pris certains à la bibliothèque de Winnipeg avant de quitter ses parents, et ils paraissaient déjà dépassés en ce temps-là. *La Fille du Limberlost. Le Château bleu. Maria Chapdelaine.* De tels livres lui rappellent évidemment sa vie avant Will. Cette vie a bel et bien existé, et elle peut encore en récupérer quelque chose, si elle le souhaite. Elle a une sœur à Winnipeg. Elle a une tante, là-bas, dans une maison de repos, qui lit encore des livres en russe. Les grands-parents de Gail venaient de Russie, ses parents savaient encore parler russe, son vrai nom n'est pas Gail, mais Galya. Elle s'est détachée de sa famille – ou sa famille s'est détachée d'elle – quand elle a quitté la maison à dix-huit ans pour parcourir le pays, comme cela se faisait à l'époque. D'abord avec des amis, puis avec un petit ami, puis avec un autre. Elle fabriquait des colliers de perles et des foulards teints à la main qu'elle vendait dans la rue.

Chère Ms. Thornaby,
Je dois vous remercier de m'avoir éclairé sur la différence entre les Thornaby possédant un titre nobiliaire et les autres. J'en déduis que vous me soupçonnez fortement d'appartenir à ces derniers. Je vous prie de m'excuser : je n'avais pas l'intention de piétiner un terrain aussi sacré ni de porter les armoiries des Thornaby sur mon T-shirt. Nous n'attachons guère d'importance à ce genre de choses dans mon pays, et je ne pensais pas qu'on en attachait en Australie, mais je vois que je me suis trompé. Peut-être êtes-vous à un âge trop avancé de la vie pour avoir remarqué le changement des valeurs. Ce qui est tout à fait différent pour moi, puisque j'ai travaillé dans l'enseignement et que je suis par ailleurs constamment confronté aux discussions énergiques de ma jeune épouse.
Mon innocente intention était simplement d'entrer en contact avec quelqu'un de ce pays n'appartenant pas au cercle académique théâtral dans lequel ma femme et moi semblons nous cantonner. J'ai une mère au Canada, qui me manque. En fait, votre lettre m'a un peu fait penser à elle. Elle serait capable d'écrire une lettre semblable pour plaisanter, mais je doute que telle ait été votre motivation. La vôtre me semble relever d'un cas d'ascendance exaltée.

Lorsqu'il est offensé et troublé d'une certaine façon – une façon difficile à prévoir et à reconnaître pour la plupart des gens –, Will devient énormément sarcastique. L'ironie l'abandonne. Il se débat inutilement, ce qui provoque l'embarras des autres, non pour eux-mêmes, ainsi qu'il le souhaiterait, mais pour lui. Cela arrive rarement, et d'habitude, quand cela arrive, c'est qu'il se sent profondément sous-estimé. C'est même qu'il a lui aussi cessé de s'estimer.

Voilà donc ce qui s'est passé. C'est ce que Gail imagine. Sandy et ses jeunes amis, avec leur tempérament confiant et orageux, leur droiture fruste, le rendent peut-être malheureux. Ses traits d'esprit négligés, ses engouements dépassés. Pas moyen de se faire reconnaître parmi eux. Sa fierté d'être lié à Sandy se changeant peu à peu en amertume.

C'est ce qu'elle imagine. Tremblant, malheureux, il auditionne à tort et à travers pour connaître quelqu'un d'autre. Il a songé aux liens familiaux, ici, dans ce pays à l'éternelle floraison et à l'impudente vie ornithologique, aux journées fulgurantes et aux nuits brusquement imposées.

Cher Mr. Thornaby,
Vous attendiez-vous réellement, juste parce que je porte le même nom que vous, à ce que je vous ouvre ma porte en grand et que je vous déroule le « tapis de bienvenue » – comme vous dites, je crois, en Amérique (ce qui inclut inévitablement le Canada) ? Vous recherchez peut-être une autre mère ici, mais ceci ne m'oblige nullement à en être une. Au fait, vous vous trompez complètement sur mon âge – j'ai plusieurs années de moins que vous, alors, n'allez pas m'imaginer comme une vieille fille avec un filet sur les cheveux et des bas de fil gris. Je connais le monde probablement autant que vous. Je voyage beaucoup, étant acheteuse de collections de mode pour un grand magasin. Mes idées ne sont pas aussi démodées que vous l'imaginez.

Vous ne précisez pas si votre jeune épouse dynamique et très occupée était censée faire partie de cette amitié familiale. Je suis surprise que vous ayez besoin de nouveaux contacts. Je lis ou j'entends sans cesse parler dans les médias de ces relations « printemps-hiver », de leur pouvoir revigorant, et du bonheur avec lequel les hommes s'adaptent à la vie domestique et parentale. (Je ne parle pas des « courses d'essai » avec des femmes plus près de leur âge, ni de la façon dont ces femmes, elles, s'adaptent à leur vie de solitude !) Peut-être avez-vous donc besoin d'être papa pour vous donner un certain « sens de la famille » !

Gail est surprise de l'aisance avec laquelle elle écrit. Elle avait toujours trouvé cela difficile, et ses essais s'avéraient ternes et incomplets, avec de nombreux points de suspension, phrases inachevées, et excuses concernant le manque de temps. Où a-t-elle pris ce style élégant et désagréable ? Dans un livre, comme ces bêtises sur les titres nobiliaires ? Elle sort à la nuit tombée pour poster sa lettre, avec un sentiment d'audace et de satisfaction. Mais elle s'éveille tôt le lendemain matin, en se disant qu'elle est sûrement allée trop loin. Il ne répondra jamais à une telle lettre, elle n'entendra plus jamais parler de lui.

Elle se lève et quitte la résidence, pour aller faire une promenade matinale. Les magasins sont encore fermés, les stores vénitiens cassés sont baissés, aussi bien que possible, sur les fenêtres de la bibliothèque installée dans la pièce sur la rue de la vieille femme. Elle marche jusqu'à la rivière, où un petit parc tout en longueur borde un hôtel. Plus tard dans la journée, elle ne peut venir s'y promener ou s'y asseoir, car les terrasses de l'hôtel sont toujours bondées de buveurs de bière tapageurs, et le parc se trouve à portée de leur voix et même de leurs canettes. À présent, les terrasses sont vides, les portes sont closes, et elle marche sous les arbres. L'eau brune de la rivière s'étend paresseusement parmi les souches des mangroves. Des oiseaux volent au-dessus de l'eau, se posent sur le toit de l'hôtel. Ce ne sont pas des mouettes, comme elle l'avait cru au début. Plus petits que des mouettes, leurs ailes et leurs jabots blancs étincelants sont légèrement teintés de rose.

Dans le parc, deux hommes sont assis – le premier sur un banc, le second dans un fauteuil roulant placé à côté du banc. Elle les reconnaît : ils habitent dans son immeuble, et ils vont se promener tous les jours. Une fois, elle a tenu la grille ouverte pour les laisser passer. Elle les a vus dans les magasins, et à la table derrière la vitre du salon de thé. L'homme assis dans le fauteuil roulant a l'air très vieux et très malade. Son visage est plissé telle de la vieille peinture cloquée. Il porte des lunettes sombres, un postiche noir corbeau et un béret noir par-dessus. Il est emmitouflé dans une couverture. Même pendant la journée, quand le soleil est chaud – à chaque fois qu'elle les voit – il est emmitouflé dans ce plaid. L'homme qui pousse le fauteuil roulant, et qui se trouve à présent sur le banc, est assez jeune pour avoir l'air d'un garçon ayant grandi trop vite. Il est grand et solidement taillé, mais n'a pas l'air viril. Un jeune géant, dérouté par sa propre envergure. Fort, mais pas athlétique, avec une certaine raideur, peut-être due à de la timidité, dans les bras, les jambes, et dans son cou épais. Une toison rousse, pas seulement sur sa tête, mais aussi sur ses bras nus et au-dessus de ses boutons de chemise.

Gail s'arrête à leur hauteur, elle leur dit bonjour. Le jeune homme lui répond d'une voix presque inaudible. Il semble accoutumé à regarder le monde avec une indifférence majestueuse, mais Gail a l'impression que son bonjour a provoqué en lui un soupçon d'embarras ou d'appréhension. Pourtant, elle reprend :

« Quels sont ces oiseaux que je vois partout ?

– Des oiseaux de Galah », répond le jeune homme, donnant au nom local de ces cacatoès une sonorité semblable au prénom de son enfance. Elle s'apprête à lui demander de répéter quand le vieil homme se met à débiter ce qui lui paraît un chapelet d'injures. Ces mots lui semblent emmêlés et incompréhensibles, l'accent australien venant s'ajouter à quelque accent européen, mais la méchanceté concentrée qui s'en échappe ne fait aucun doute. Et ces mots lui sont destinés – il se penche en avant, luttant en fait pour se libérer des attaches qui le retiennent. Il veut lui sauter dessus, se jeter sur elle, la chasser hors de sa vue. Sans lui faire aucune excuse ni plus se soucier d'elle, le jeune homme s'incline vers le vieillard et le repousse doucement, en lui disant des choses qu'elle n'entend pas. Elle voit qu'il n'y aura aucune explication. Elle s'en va.

Pendant dix jours, pas de lettre. Pas un mot. Elle ne sait pas quoi faire. Elle va marcher quotidiennement – c'est sa principale activité. Le Miramar se trouve à deux kilomètres à peine de la rue de Will. Elle ne va plus jamais dans cette rue, ni dans le magasin où elle a dit à l'homme qu'elle venait du Texas. Elle a du mal à imaginer maintenant comment elle a pu être aussi hardie, le premier jour. Mais elle marche dans les rues avoisinantes. Toutes ces rues suivent des crêtes. Entre ces crêtes, auxquelles les maisons s'accrochent, il y a des ravines escarpées pleines d'oiseaux et d'arbres.

Même quand le soleil devient chaud, ces oiseaux ne se taisent pas. Les pies poursuivent leur troublante conversation, et émergent parfois des arbres pour effectuer des vols en piqué menaçants sur son chapeau aux teintes claires. Les oiseaux dont le surnom ressemble au sien poussent des cris stupides lorsqu'ils s'envolent, tournoient et s'affalent dans les feuilles. Elle marche jusqu'à se sentir étourdie, en nage, au point de craindre une insolation. Elle tremble malgré la chaleur – redoutant et désirant par-dessus tout apercevoir la silhouette si familière de Will, ce petit paquet unique et désinvolte à la démarche libre, contenant la seule chose au monde susceptible de la blesser ou de l'apaiser.

Cher Mr. Thornaby,
Juste un petit mot pour vous prier de m'excuser de m'être montrée aussi vive et impolie que je l'ai sans doute été dans mes lettres. Ayant subi quelques tensions ces derniers temps, j'ai pris un congé exceptionnel pour récupérer. Dans ces circonstances, on ne se comporte pas toujours aussi bien qu'on pourrait l'espérer, et on ne voit pas les choses d'un œil aussi rationnel...

Un jour, elle passe devant l'hôtel et le parc. Le brouhaha des buveurs de l'après-midi s'élève des terrasses. Tous les arbres du parc ont atteint leur floraison. Les fleurs sont d'une couleur qu'elle a déjà vue sans pouvoir imaginer un instant la trouver un jour sur des arbres – une teinte de bleu argenté, ou de violet argenté, si belle et si délicate que l'on s'attendrait à ce qu'elle plonge tout dans le silence, dans la contemplation, mais apparemment, tel n'est pas le cas.

Quand elle retourne au Miramar, elle trouve le jeune homme aux cheveux roux dans l'entrée du rez-de-chaussée, devant la porte de l'appartement qu'il partage avec le vieil homme. À travers la porte close filtrent les sons d'une diatribe.

Le jeune homme lui sourit, cette fois. Elle s'arrête et côte à côte, ils écoutent.

« Si jamais vous avez envie d'un endroit où vous asseoir en attendant, vous savez que vous êtes le bienvenu à l'étage », propose Gail.

Il secoue la tête, continuant de sourire comme s'il s'agissait d'une plaisanterie entre eux. Elle pense qu'elle devrait dire autre chose avant de le laisser là, alors elle l'interroge sur les arbres du parc.

« Ces gros arbres à côté de l'hôtel, dit-elle, où je vous ai vu l'autre matin… Ils sont tous en fleur, à présent. Comment s'appellent-ils ? »

Il dit un mot qu'elle ne saisit pas. Elle lui demande de le répéter.

« Jack Randa, reprend-il. C'est l'hôtel *Jack Randa.* »

Chère Ms. Thornaby,

J'ai dû m'absenter quelque temps, et à mon retour, j'ai trouvé vos deux lettres qui m'attendaient. Je ne les ai pas ouvertes dans le bon ordre, bien que cela n'ait aucune importance.

Ma mère est morte. Je suis allé « chez moi », au Canada, pour son enterrement. Il fait froid là-bas, c'est l'automne. Beaucoup de choses ont changé. Pourquoi est-ce que j'éprouve le besoin de vous raconter cela, je l'ignore complètement. Nous avons assurément fait fausse route, l'un vis-à-vis de l'autre. Même si je n'avais pas reçu votre mot d'explication, je crois que j'aurais tout de même

éprouvé un certain plaisir à recevoir la première lettre que vous m'avez envoyée. Je vous ai adressé un courrier aussi tranchant que désagréable, et vous m'avez répondu de la même manière. Ce caractère tranchant et désagréable, ainsi que cette susceptibilité, ne me semblent pas tout à fait étrangers. Devrais-je, au risque d'attiser votre courroux nobiliaire, suggérer que nous sommes après tout parents ?
Je me sens partir à la dérive, ici. J'admire ma femme et ses amis comédiens, avec leur zèle, leur franchise et leur engagement, leur espoir d'utiliser leurs talents afin de créer un monde meilleur. (Je dois pourtant avouer que leur espoir et leur zèle me semblent souvent excéder leurs talents.) Je ne peux être un des leurs. Je dois reconnaître qu'ils s'en sont aperçus avant moi. Ce doit être le vertige dû au décalage horaire, après ce vol affreux, qui me permet de faire face à cette constatation, et d'écrire mes sentiments dans une lettre adressée à une femme comme vous, qui a ses propres problèmes, et qui, à juste titre, a déclaré qu'elle ne voulait pas être importunée par les miens. Je ferais mieux de conclure, avant de vous infliger plus long verbiage sur mes états d'âme. Je ne vous en voudrais pas si vous avez cessé de me lire avant d'en être arrivée là…

Allongée sur le convertible, Gail presse cette lettre des deux mains contre sa poitrine. Beaucoup de choses ont changé. Il est donc allé à Walley : on lui a dit qu'elle avait vendu le magasin pour partir faire un grand voyage autour du monde. Mais ne l'aurait-il pas appris de toute façon, par Cleata ? Peut-être pas, Cleata était muette comme une carpe. Et en entrant à l'hôpital, juste avant le départ de Gail, elle lui avait dit : « Je ne veux voir ni recevoir des nouvelles de personne pendant un moment, et ne pas m'embêter avec des lettres. Ce traitement promet d'être un peu mélodramatique. »

Cleata est morte.

Gail savait que Cleata allait mourir, mais elle s'était imaginé que tout s'arrêterait, que rien ne pourrait vraiment arriver pendant le temps où elle resterait ici. Cleata est morte et Will est seul, Sandy mise à part, et Sandy a peut-être cessé de lui être d'une grande utilité.

On frappe à la porte. Gail sursaute, en proie à un grand affolement, et elle cherche un foulard pour se couvrir les cheveux. C'est le propriétaire, qui l'appelle par son nom d'emprunt.

« Je voulais juste vous dire que quelqu'un était venu me poser des questions. Il m'a interrogé sur Miss Thornaby, et je lui ai répondu qu'elle était morte. Que ça faisait déjà un moment maintenant. Il m'a répondu : "Ah, vraiment ?" J'ai dit oui, et il a dit : "Eh bien, c'est étrange."

– A-t-il dit pourquoi ? demanda Gail. A-t-il dit pourquoi il trouvait cela étrange ?

– Non. Je lui ai dit qu'elle était morte à l'hôpital, et qu'il y avait maintenant une Américaine dans son appartement. J'avais oublié de quel endroit vous veniez. Comme il semblait américain lui aussi, ça lui aurait peut-être évoqué quelque chose. Je lui ai dit qu'il y avait eu une lettre pour Miss Thornaby après sa mort, et je lui ai demandé si c'était lui qui l'avait écrite. J'ai précisé que je l'avais renvoyée. Il a dit que oui, c'était bien lui qui avait écrit cette lettre, mais il ne l'avait jamais reçue. Il a ajouté qu'il devait s'agir d'une erreur. »

Gail répond qu'il doit en effet s'agir d'une erreur. « Une erreur d'identité, ou quelque chose comme ça.

– Oui. Quelque chose comme ça. »

Chère Ms. Thornaby,

J'ai appris que vous étiez morte. Je sais que la vie est étrange, mais je ne l'avais encore jamais trouvée aussi étrange. Qui êtes-vous, et de quoi s'agit-il ? Il semble que tous ces galimatias sur les Thornaby n'aient été rien d'autre : des galimatias. Vous devez certainement avoir du temps libre et un esprit enclin aux fantasmes. Je suis fâché de m'être laissé prendre, mais je crois que je comprends la tentation. À présent, je pense réellement que vous me devez une explication pour me dire si mon hypothèse est la bonne et s'il s'agit d'une plaisanterie. Ou bien si j'ai à faire à une « acheteuse de collections de mode » sortie d'outre-tombe ? (Avez-vous pris ce détail quelque part ou est-ce la vérité ?)

Quand Gail sort acheter à manger, elle sort par la porte de service, elle emprunte un chemin détourné qui mène aux magasins. En rentrant par ce même chemin, elle rencontre le jeune homme roux, debout entre les poubelles. S'il n'était pas si grand, on pourrait croire qu'il s'y cache. Elle lui parle mais il ne répond pas. Il la regarde à travers des larmes, comme si ces larmes n'étaient rien d'autre qu'une vitre ondulée, quelque chose d'habituel.

« Est-ce que votre père est malade ? » lui demande Gail. Elle a décidé que telle devait être leur relation, bien que leur différence d'âge semble plus grande qu'à l'ordinaire entre père et fils, qu'ils ne se ressemblent pas beaucoup, et que la patience et la fidélité du jeune homme dépassent de loin les sentiments – de nos jours, elles leur semblent même contraires – dont. témoigne habituellement un fils. Mais elles dépassent également de loin tout ce dont pourrait témoigner un infirmier.

« Non », répond le jeune homme, et bien que son expression reste calme, le rouge lui noie bientôt le visage, sous sa délicate peau de roux.

Des amants, se dit Gail. Tout à coup, elle en est certaine. Elle sent un frisson de sympathie la parcourir, une étrange satisfaction.

Des amants.

Elle descend relever son courrier à la nuit tombée, et trouve une autre lettre.

J'aurais pu croire que vous aviez quitté la ville pour une de ces virées au cours desquelles vous achetez vos collections, mais le propriétaire m'a dit que vous ne vous étiez pas absentée depuis que vous aviez pris l'appartement ; j'en déduis que votre « congé exceptionnel » se poursuit. Il m'a également dit que vous étiez brune. J'imagine que nous pourrions échanger nos descriptions – et ensuite, avec émoi, nos photos – de la façon brutale des gens qui se rencontrent par l'intermédiaire d'une petite annonce. Je crois que pour tenter de vous connaître, je suis disposé à me rendre ridicule. Rien de nouveau à cela, bien sûr…

Gail ne quitte pas l'appartement pendant deux jours. Elle se passe de lait, boit son café noir. Que fera-t-elle quand elle n'aura plus de café ? Elle mange des repas étranges : du thon tartiné sur des crackers quand elle n'a plus de pain pour se faire un sandwich, un bout de fromage rassis, deux mangues. Elle sort sur le palier, au premier étage du Miramar – ouvrant d'abord la porte de quelques millimètres, guettant la présence d'un résident –, et marche jusqu'à la fenêtre voûtée qui donne sur la rue. Et de très loin, il lui revient un souvenir – le souvenir de regarder une rue, la partie visible d'une rue, où une voiture est censée apparaître, risque d'apparaître, ou peut encore ne pas apparaître du tout. Elle se souvient même des voitures à présent – une Austin mini bleue, une Chevrolet marron, un break. Ces voitures dans lesquelles elle faisait de petits trajets, illicitement, plongée dans une hébétude audacieuse et consentante. Longtemps avant Will.

Elle ne sait pas quels vêtements portera Will, ni comment seront coupés ses cheveux, ni si sa démarche ou son expression auront subi un changement quelconque, un changement adapté à sa vie ici. Il ne peut pas avoir plus changé qu'elle. Elle n'a pas de miroir dans l'appartement, à l'exception de la petite glace fixée sur l'armoire de la salle de bains, mais celle-ci suffit à lui montrer comme elle a minci, et comme sa peau s'est endurcie. Au lieu de se faner et de se rider ainsi que le font la plupart des peaux claires sous ce climat, la sienne a pris l'aspect d'une toile terne. C'est réparable – elle le voit. Avec un maquillage adéquat, on peut obtenir un air de maussaderie exotique. Ses cheveux lui posent plus de problèmes : le roux se voit à la racine, entrelacé de fils gris brillants. Elle les dissimule presque tout le temps sous un foulard.

Quand le propriétaire revient frapper à sa porte, elle n'a qu'une ou deux secondes de folles espérances. Il se met à l'appeler : « Mrs. Massie ! Mrs. Massie ! Oh, j'espérais que vous seriez là. Pouvez-vous descendre me donner un coup de main. C'est le vieux d'en bas, il est tombé de son lit. »

Il la précède dans l'escalier, il se tient à la rampe et pose chaque pied en tremblant, avec précipitation, sur la marche inférieure.

« Son ami n'est pas là. Je m'interroge. Je ne l'ai pas vu hier. J'essaie de surveiller les allées et venues, mais je n'aime pas déranger. J'ai pensé qu'il reviendrait probablement dans la nuit. J'étais en train de balayer l'entrée quand j'ai entendu un bruit sourd, et je suis allé voir : je me demandais ce qui se passait. Le vieux était tout seul, par terre. »

L'appartement n'est pas plus grand que celui de Gail, et il est disposé de la même façon. Il y a des rideaux tirés devant les stores en bambou, ce qui assombrit beaucoup la pièce. L'appartement sent la cigarette, la cuisine rance, et une espèce de désodorisant parfumé au pin. Le convertible a été déplié, transformé en lit double, et le vieil homme gît à côté sur le sol, ayant entraîné une partie de la couverture avec lui. Sans postiche, sa tête est lisse, comme un morceau de savon sale. Ses yeux sont à demi clos et un bruit monte du tréfonds de lui, un bruit semblable à celui d'un moteur essayant désespérément de tourner.

« Avez-vous appelé l'ambulance ? demande Gail.

– Si vous pouviez juste le prendre par un bout, dit le propriétaire. J'ai le dos fragile, et j'ai peur de me le démettre encore une fois.

– Où est le téléphone ? reprend Gail. Il a peut-être eu une attaque. Il s'est peut-être cassé une hanche. Il faut qu'il aille à l'hôpital.

– Vous croyez ? Son ami pouvait le déplacer si facilement. Il en avait la force. Et maintenant, il a disparu.

– Je vais téléphoner, dit Gail.

– Non, non ! J'ai le numéro inscrit sur le téléphone dans mon bureau. Je ne laisse personne d'autre y entrer. »

Laissée seule avec le vieil homme, qui ne l'entend probablement pas, Gail dit : « Tout va bien. Tout va bien. On est allé vous chercher de l'aide. » Sa voix lui semble ridiculement amicale. Elle se penche pour remonter la couverture sur son épaule, et à sa grande surprise, une main jaillit à la recherche de la sienne et s'y agrippe. Cette main est frêle et osseuse, mais assez chaude, et terriblement forte. « Je suis là, je suis là », lui dit-elle en se demandant si elle incarne à ses yeux le jeune homme roux, un autre jeune homme, une femme, ou même sa mère.

L'ambulance arrive rapidement, avec son cri rythmé déchirant, et les ambulanciers équipés d'un brancard entrent bientôt dans la pièce, talonnés par le propriétaire qui explique : « … pas pu le bouger. Voici Mrs. Massie, qui est descendue m'aider, devant l'urgence. »

Pendant qu'ils installent le vieil homme sur le brancard, Gail doit retirer sa main, et il se met à geindre – c'est du moins ce qu'elle pense : au bruit régulier et involontaire qu'il émet vient s'ajouter un autre *ah-unh-anh*. Elle lui reprend donc la main dès que possible, et trotte à ses côtés tandis qu'on le conduit à l'extérieur. Il s'agrippe à elle si fermement qu'elle a l'impression qu'il l'entraîne avec lui.

« C'était le patron de l'hôtel *Jacaranda*, dit le propriétaire. Il y a des années. C'était lui le patron. »

Il y a quelques passants dans la rue, mais personne ne s'arrête, personne ne veut être pris en train de regarder la scène bouche bée. Ils veulent voir, ils ne veulent pas voir.

« Puis-je monter avec lui ? demande Gail. Il ne semble pas vouloir me lâcher.

– Comme vous voulez », lui répond un des ambulanciers, et elle grimpe à l'intérieur. (Ou plutôt, elle est tirée à l'intérieur, par cette main qui l'agrippe.) L'ambulancier lui installe un petit siège, les portes sont fermées, la sirène se met en route quand ils démarrent.

C'est alors qu'à travers la vitre de la porte arrière, elle aperçoit Will. Il se trouve à environ une rue du Miramar et se dirige vers celui-ci. Il porte une veste claire à manches courtes et un pantalon assorti – un ensemble saharien, probablement –, ses cheveux ont blanchi, ou ont été décolorés par le soleil, mais elle le reconnaît tout de suite, elle le reconnaîtra toujours, et elle ne pourra jamais s'empêcher de l'appeler en le voyant, comme maintenant, tentant même de bondir de son siège, de libérer sa main de l'emprise du vieil homme.

« C'est Will, dit-elle à l'ambulancier. Oh, je suis désolée ! C'est mon mari.

– Eh bien, il vaudrait mieux qu'il ne vous voie pas en train de sauter d'une ambulance filant à toute allure », répond l'homme. Puis il ajoute : « Oh, oh ! Qu'est-il arrivé par ici ? » Pendant les quelques minutes suivantes, il prête au vieil homme une attention professionnelle. Il se redresse bientôt pour annoncer :

« Parti.

– Il me tient toujours », dit Gail. Mais elle comprend en disant cela que c'est faux. Un moment plus tôt, il s'accrochait – avec une force surprenante, semblait-il, une force suffisante pour la retenir au moment où elle aurait bondi vers Will. À présent, c'est elle qui se tient à lui. Les doigts du vieil homme sont encore chauds.

En revenant de l'hôpital, elle trouve le mot qu'elle attendait :

Gail : je sais que c'est toi.

Vite. Vite. Son loyer est payé. Elle doit laisser un mot au propriétaire. Elle doit retirer son argent de la banque, se rendre à l'aéroport, trouver un vol. Ses vêtements peuvent rester ici : ses humbles robes pâles imprimées, son chapeau souple. Le dernier livre emprunté à la bibliothèque peut demeurer sur la table au-dessous du tableau aux touffes de sauge. Il peut demeurer là, et accumuler les amendes.

Sinon, qu'arrivera-t-il ?

Ce qu'elle a certainement voulu. Ce qui l'a poussée, tout aussi soudainement que certainement, à fuir.

Gail, je sais que tu es là ! Je sais que tu es de l'autre côté de cette porte.

Gail ! Galya !

Parle-moi, Gail. Réponds-moi. Je sais que tu es là. Je t'entends, Gail. J'entends battre ton cœur par le trou de la serrure, ton ventre gargouiller, ton esprit s'agiter.

Je sens ton odeur par le trou de la serrure. Toi. Gail.

Les mots les plus désirés peuvent changer. Il peut leur arriver quelque chose, pendant que vous les attendez. *Amour – besoin – pardon. Amour – besoin – toujours.* Les sons de pareils mots peuvent se transformer en vacarme, en coups de bélier, semblables à ceux des marteaux-piqueurs dans la rue. Et tout ce qu'on peut faire est fuir, pour ne pas les honorer par la force de l'habitude.

Dans la boutique de l'aéroport, elle voit un certain nombre de petites boîtes, fabriquées par des aborigènes australiens. Elles sont rondes, et légères comme des plumes. Elle en choisit une décorée de pois jaunes, irrégulièrement espacés, sur un fond rouge sombre. Là-dessus se détache une forme noire enflée : une tortue, peut-être, avec de petites pattes écartées. Impuissante, sur le dos.

Gail se dit : un cadeau pour Cleata. Comme si tout son séjour ici avait été un rêve, quelque chose dont elle pouvait se débarrasser en retournant à un point voulu, à un commencement.

Pas pour Cleata. Un cadeau pour Will ?

Un cadeau pour Will, donc. Tu l'envoies maintenant ? Non, remporte-le au Canada, jusqu'au Canada, et envoie-le de là-bas.

La façon dont s'envolent les pois jaunes rappelle à Gail une chose qu'elle a vue en automne dernier. Avec Will. Ils étaient allés se promener par un après-midi ensoleillé. Après avoir marché depuis leur maison au bord de la rivière jusqu'à la berge boisée, ils avaient assisté à un spectacle dont ils avaient jusque-là seulement entendu parler.

Des centaines, peut-être des milliers de papillons étaient suspendus dans les arbres, se reposant avant d'entreprendre leur long vol jusqu'au bas du lac Huron et à travers le lac Érié, puis vers le sud en direction du Mexique. Ils étaient suspendus telles des feuilles de métal, de l'or battu – telles des paillettes d'or qu'on aurait lancées en l'air et qui se seraient accrochées dans les branches.

« Comme la giboulée d'or dans la Bible », avait dit Gail.

Will lui avait dit qu'elle confondait Jupiter et Jehova.

Ce jour-là, Cleata avait déjà commencé à mourir et Will avait déjà rencontré Sandy. Ce rêve avait déjà commencé : le voyage de Gail et ses supercheries, puis les mots qu'elle imaginait – croyait – avoir entendu crier à travers la porte.

Amour – pardon
Amour – oubli
Amour – toujours

Des marteaux-piqueurs dans la rue.

Que pouvait-on mettre dans une boîte comme celle-ci avant de l'envelopper et de l'expédier à l'autre bout du monde ? Une perle, une plume, un poison violent ? Ou bien un mot, plié très serré, réduit à la taille d'une boulette de papier.

Maintenant, c'est à toi de me suivre.

Un endroit désert

I

Miss Margaret Creswell, Intendante, Foyer de l'industrie, Toronto, à Mr. Simon Herron, Huron du Nord, 15 janvier 1852.

Puisque votre lettre est accompagnée de l'approbation de votre pasteur, c'est avec joie que je vous réponds. De semblables requêtes nous sont fréquemment adressées, mais à moins de recevoir une telle approbation, nous ne pouvons être sûrs qu'elles sont faites de bonne foi.

Nous n'avons au foyer aucune fille en âge de se marier, puisque nous les envoyons habituellement gagner leur vie vers quatorze ou quinze ans, mais nous les suivons pendant quelques années, en général jusqu'à leur mariage. Dans des cas tels que le vôtre, il nous arrive de recommander l'une de ces filles et d'organiser une entrevue avec elle ; ensuite, c'est bien sûr aux deux intéressés de voir s'ils se conviennent.

Il y a deux filles de dix-huit ans avec lesquelles nous sommes toujours en contact. Toutes deux sont apprenties chez un chapelier et sont bonnes couturières, mais épouser un homme d'avenir leur semblera probablement préférable à une vie entière d'un tel travail. Je ne peux vous en dire plus, devant m'en remettre à la jeune fille, et bien entendu à votre penchant pour elle, ou au contraire à votre aversion.

Les filles en question se nomment Miss Sadie Johnstone et Miss Annie McKillop. Toutes deux sont les enfants légitimes de couples chrétiens, et ont été placées au foyer à la suite du décès de leurs parents. L'ivrognerie ou l'immoralité n'entrent pas en considération. En ce qui concerne Miss Johnstone, il faut cependant signaler un cas de phtisie, et bien qu'elle soit la plus jolie des deux, une jeune fille rebondie au teint rose, je me sens dans l'obligation de vous prévenir qu'elle n'est peut-être pas taillée pour le travail pénible d'une vie en pleine forêt. L'autre, Miss McKillop, est de constitution plus solide, bien qu'elle soit plus légèrement charpentée et n'ait pas un aussi joli teint. Elle a un œil capricieux, mais cela n'affecte en rien sa vue, et elle excelle en matière de couture. Ses yeux et ses cheveux sombres, pas plus que sa peau brune, ne signifient qu'elle est de sang mixte, puisque ses parents étaient tous deux de Fife. C'est une fille courageuse qui, je pense, conviendrait à une vie telle que vous pouvez lui offrir, ne souffrant pas non plus de cette timidité imbécile que nous voyons souvent chez les filles de son âge. Je lui parlerai pour l'informer de ce projet, et attendrai votre lettre précisant à quelle date vous vous proposez de la rencontrer.

II

Argus de Carstairs, Édition du cinquantième anniversaire, 3 février 1907. Souvenirs de Mr. George Herron.

Le premier jour de septembre 1851, mon frère Simon et moi entassâmes des couvertures et des ustensiles ménagers dans une malle, et après avoir mis celle-ci dans un chariot attelé à un cheval, nous quittâmes le comté de Halton pour tenter notre chance dans les contrées sauvages de Huron et de Bruce – c'est ainsi en effet que l'on considérait ces régions à l'époque. Le matériel provenait de chez Archie Frame, pour qui Simon travaillait, et il représentait une partie de son salaire. De même, nous avions dû lui louer le cheval, et son fils, qui avait environ mon âge, nous accompagna pour le ramener avec le chariot.

Il faut dire pour commencer que mon frère et moi étions livrés à nous-mêmes, notre père puis notre mère étant morts de la fièvre dans les cinq semaines suivant notre arrivée dans ce pays, alors que j'avais trois ans et Simon huit. Simon fut placé chez Archie Frame, le cousin de notre mère, tandis qu'on me confia à l'instituteur et à sa femme, lesquels n'avaient pas d'enfants. Ceci se passait à Halton, et je n'aurais pas demandé mieux que de rester y vivre, mais Simon, qui habitait à quelques kilomètres, continua de venir me voir : il disait que dès que nous serions assez grands, nous partirions acquérir une terre où nous serions seuls, et où nous ne travaillerions pas pour d'autres, car telle avait été l'intention de notre père. Archie Frame n'envoyait pas Simon à l'école, ainsi qu'on m'y envoyait, si bien que Simon ne pouvait pas manquer de partir. Quand j'eus l'âge de quatorze ans et la carrure d'un solide gaillard, comme mon frère, celui-ci décida que nous devions partir nous installer sur une terre domaniale, au nord du pays huron.

Le premier jour, nous n'allâmes pas plus loin que Preston, car les routes étaient mauvaises et rocailleuses après Nassageweya et Puslinch. Le lendemain, nous atteignîmes Shakespeare, et le troisième après-midi

Stratford. L'état des routes empirant à mesure que nous avancions vers l'ouest, nous pensâmes qu'il serait mieux de faire suivre notre malle jusqu'à Clinton par la diligence. Mais la diligence avait cessé de fonctionner à cause des pluies, et comme ils attendaient le gel des routes, nous dîmes au fils d'Archie de faire demi-tour et de reconduire le cheval, le chariot et le matériel à Halton. Ensuite, notre hache sur l'épaule, nous marchâmes jusqu'à Carstairs.

Il n'y avait guère âme qui vive avant nous. Carstairs voyait à peine le jour : un bâtiment grossier faisait magasin et auberge en même temps, et un Allemand dénommé Roem construisait une scierie. Un autre homme, qui répondait au nom d'Henry Treece, était arrivé avant nous et habitait déjà une cabane de taille raisonnable ; il allait plus tard devenir mon beau-père.

Nous nous installâmes à l'auberge, où nous dormions à même le sol, nous partageant une couverture ou un édredon. L'hiver arrivait vite, avec ses pluies froides et son humidité pénétrante, mais nous nous attendions à des privations – Simon, tout au moins. Je venais d'un endroit plus agréable. Simon déclara qu'il fallait nous en accommoder, et c'est ce que je fis.

Nous commençâmes à débroussailler un passage jusqu'à notre parcelle de terre, et après avoir tracé les limites de celle-ci, nous coupâmes des rondins pour notre hutte et de grosses tuiles en bois pour la couvrir. Nous avions la possibilité d'emprunter un bœuf à Henry Treece pour tirer les rondins. Mais Simon n'était pas du genre à emprunter ou à dépendre de qui que ce soit. Il voulait que nous tentions de monter notre hutte tout seuls, mais quand nous vîmes que nous n'y parvenions pas, je partis chez les Treece, et avec l'aide d'Henry, de deux de ses fils et d'un gars de la scierie, la tâche fut accomplie. Le lendemain, nous entreprîmes de boucher les jours entre les rondins avec de la boue, et de ramasser quelques branches de sapin-ciguë pour pouvoir dormir chez nous et ne plus avoir à nous ruiner en logeant à l'auberge. Une grosse planche en orme faisait office de porte. Mon frère avait entendu dire par des Canadiens français discutant chez Archie Frame que dans les camps de bûcherons, le foyer se trouvait toujours au milieu de la hutte. Il décida que nous ferions le nôtre ainsi : nous prîmes donc quatre poteaux, pour construire notre cheminée dessus, comme dans une maison, prévoyant de la recouvrir avec de la boue à l'intérieur et à l'extérieur. Nous allâmes nous coucher sur nos lits de sapin devant une belle flambée, mais en nous réveillant au milieu de la nuit, nous nous aperçûmes que notre construction était en feu, et que les tuiles du toit se consumaient elles aussi rapidement. Nous démolîmes la cheminée, et les tuiles, en bois de tilleul vert, ne furent pas difficiles à sauver du feu. Dès le lever du jour, nous commençâmes à reconstruire la cheminée de la façon habituelle, à un bout de la maison, et je me dis qu'il valait mieux ne pas faire de remarque.

Après avoir enlevé quelques arbustes et autres broussailles, nous nous attachâmes à abattre les gros arbres. Nous coupâmes un gros frêne, que nous fendîmes en lattes pour notre plancher. Comme notre malle, qui devait arriver par bateau depuis Halton, n'était toujours pas là, Henry Treece nous fit parvenir une peau d'ours très grande et très confortable pour nous couvrir au lit, mais mon frère refusa cette faveur et la renvoya en disant que nous n'en avions pas besoin. Après plusieurs semaines, notre malle arriva, et il nous fallut emprunter le bœuf pour l'apporter de

Clinton, mais mon frère dit que c'était la dernière fois que nous aurions à demander de l'aide.

Nous partîmes pour Walley, d'où nous rapportâmes de la farine et du poisson salé sur notre dos. À Manchester, un homme nous fit traverser la rivière pour un prix élevé. Il n'y avait pas de ponts à l'époque, et cet hiver-là, il n'avait pas gelé assez dur pour pouvoir traverser facilement à gué.

Aux alentours de Noël, mon frère déclara qu'il trouvait désormais notre maison suffisamment bien pour y amener une femme, ce qui nous permettrait d'avoir quelqu'un pour faire la cuisine et le ménage, et traire la vache quand nous pourrions nous en offrir une. C'était la première fois que je l'entendais parler d'une femme ; j'ignorais qu'il avait fait la connaissance de quelqu'un, et je le lui dis. Il m'expliqua que ce n'était pas le cas, mais il avait entendu dire qu'on pouvait écrire à l'orphelinat pour leur demander s'ils avaient une fille désireuse de trouver un parti à recommander, et si oui, il irait la voir. Il en voulait une entre dix-huit et vingt-deux ans, en bonne santé, ne rechignant pas à la tâche et élevée à l'orphelinat, pas une qui venait d'y entrer, pour qu'elle ne s'attendît pas à vivre dans le luxe ou à avoir des domestiques, ni qu'elle pût se souvenir de l'époque où les choses avaient été plus faciles pour elle. Je ne doute pas que pour ceux qui lisent ceci aujourd'hui, cette façon de procéder semble étrange. Ce n'est pas que mon frère n'aurait pu faire la cour à une fille et se trouver une femme tout seul, car il était beau garçon, mais il n'en avait ni le temps, ni l'argent, ni l'envie, tant son esprit était occupé par l'aménagement de notre propriété. Et quand une jeune fille avait des parents, ceux-ci n'acceptaient probablement pas de la voir partir si loin, dans un endroit où il y avait si peu de confort et tant de travail.

Le fait que le pasteur McBain, arrivé depuis peu dans la région, ait aidé Simon à écrire sa lettre et qu'il ait lui-même envoyé un mot à titre de garantie prouve qu'il s'agissait d'une façon respectable de faire les choses.

Une lettre arriva, annonçant qu'il y avait peut-être une fille susceptible de faire l'affaire, et Simon partit pour Toronto la chercher. Elle s'appelait Annie, mais j'ai oublié son nom de jeune fille. Ils avaient dû traverser les ruisseaux de Hullet à gué et marcher dans une épaisse couche de neige fraîche après avoir quitté la diligence, à Clinton, si bien qu'en arrivant, elle était épuisée, et aussi très surprise par ce qu'elle voyait, car d'après ce qu'elle disait, elle n'avait jamais imaginé qu'il pût y avoir autant d'arbres. Dans sa malle, elle avait des draps, des marmites et des assiettes que des femmes lui avaient donnés, et qui rendirent notre maison plus confortable.

Au début du mois d'avril, mon frère et moi partîmes abattre des arbres dans le coin le plus éloigné de notre propriété. Pendant que Simon s'était absenté pour se marier, j'avais fait des coupes dans l'autre direction, en allant chez les Treece, mais Simon voulait dégager toutes les limites de notre terrain, et cesser de couper là où j'avais commencé. La matinée était douce, et il restait encore beaucoup de neige dans les bois. Nous étions en train d'abattre un arbre à l'endroit qu'avait choisi Simon quand, je ne saurais dire comment, une branche tomba à un moment inattendu. Nous entendîmes juste craquer les brindilles où elle s'était détachée, et quand nous levâmes les yeux, elle heurta Simon à la tête et le tua sur le coup.

Je dus traîner son corps dans la neige jusqu'à la hutte. Simon était un grand gaillard, quoique pas très en chair, et il s'agissait d'une tâche délicate et extrêmement fatigante. Le temps s'était refroidi, et en arrivant à la clairière, je vis que le vent soufflait de la neige comme au début d'une tempête. Les traces de pas que nous avions faites plus tôt étaient comblées. Simon était tout couvert par la neige, qui avait cessé de fondre à son contact, et quand sa femme ouvrit la porte, elle parut très étonnée, croyant que je traînais un rondin.

Une fois dans la hutte, Annie le lava, et nous restâmes assis un moment sans savoir quoi faire. Le prêtre logeait à l'auberge, puisqu'il n'avait pas encore d'église ou de maison, et l'auberge ne se trouvait qu'à cinq ou six kilomètres, mais la tempête avait pris une telle ampleur que nous ne voyions même pas les arbres bordant la clairière. Elle avait l'air d'une tempête qui pouvait durer deux ou trois jours, le vent soufflant du nord-ouest. Nous savions que nous ne pouvions pas garder le corps à l'intérieur de la hutte, et que nous ne pouvions pas non plus le laisser dehors dans la neige, de peur qu'il ne se fît dévorer par les lynx ; alors, nous entreprîmes de l'enterrer. Le sol n'étant pas gelé sous la neige, je creusai une tombe près de la cabane pendant qu'Annie le cousait dans un drap, puis nous retendîmes dans sa tombe ; nous ne restâmes pas longtemps dans le vent, mais suffisamment pour dire le Notre-Père et lire un psaume de la Bible. Je ne me rappelle pas exactement lequel, mais je me souviens qu'il se trouvait à la fin du Livre des Psaumes et qu'il était très court.

C'était le troisième jour du mois d'avril 1852.

C'était aussi la dernière neige de l'année ; plus tard, le pasteur vint célébrer l'office, et je dressai un jalon en bois. Par la suite, quand nous eûmes notre parcelle au cimetière, nous mîmes sa pierre là-bas, mais Simon n'est pas dessous car je trouve stupide et inutile de charrier les os d'un homme d'un endroit à un autre, alors qu'il reste uniquement les os et que son âme est partie pour le Jugement dernier.

Je me retrouvai donc seul pour couper et débroussailler, et je me mis bientôt à travailler main dans la main avec les Treece, lesquels me traitaient avec la plus grande gentillesse. Nous travaillions tous ensemble sur mes terres ou sur les leurs, sans faire de différence entre les unes et les autres. Je commençai à prendre mes repas, et même à dormir chez eux, où je fis la connaissance de leur fille Jenny, qui avait à peu près mon âge ; nous décidâmes de nous marier, ce que nous fîmes en temps voulu. Notre vie fut longue et pleine de difficultés, mais la chance finit par nous sourire et nous élevâmes huit enfants. Je vis mes fils reprendre les terres de mon beau-père ainsi que les miennes, car mes deux beaux-frères partirent dans l'Ouest où ils réussirent.

La femme de mon frère ne resta pas vivre ici, préférant partir de son côté pour Walley.

Maintenant, il y a des routes de gravillon qui vont vers le nord, le sud, l'est et l'ouest, plus une voie ferrée à cinq cents mètres de ma ferme. Hormis les parcelles de bois restantes, la forêt n'est plus qu'un souvenir, et je songe souvent aux arbres que j'ai coupés en me disant que si je les avais encore aujourd'hui, je serais un homme riche.

Révérend Walter McBain, Ministre de l'Église presbytérienne libre de Huron du Nord, à Mr. James

Mullen, Agent de la paix, Walley, comtés unis de Huron et de Bruce, 10 septembre 1852.

Monsieur,

Je vous écris pour vous informer de l'arrivée probable dans votre ville d'une jeune femme de ce district, répondant au nom d'Annie Herron, veuve et membre de ma congrégation. Cette jeune personne a quitté son domicile situé dans le voisinage de Carstairs, dans la commune de Holloway, avec l'intention, je crois, de marcher jusqu'à Walley. Comme elle se présentera peut-être à la geôle pour chercher à s'y faire admettre, je crois de mon devoir de vous expliquer qui elle est, et quel a été son passé ici depuis que je la connais.

Je suis arrivé dans cette région en novembre dernier, étant le tout premier homme d'Église à m'y aventurer. Ma paroisse n'est encore presque qu'une vaste forêt, et je n'ai nulle part où loger en dehors de l'auberge de Carstairs. Je suis né dans l'Ouest de l'Écosse, et je suis venu dans ce pays sous les auspices de la mission de Glasgow. Après m'être appliqué à connaître la volonté de Dieu, Il m'a chargé d'aller prêcher là où l'on avait le plus besoin d'un pasteur. Je vous dis ceci afin que vous sachiez quel genre d'homme je suis pour me permettre de vous faire part de ma version des faits, ainsi que de mon opinion sur les affaires concernant cette femme.

Elle est arrivée dans le pays à la fin de l'hiver dernier après avoir épousé le jeune Simon Herron. Sur mon conseil, celui-ci avait écrit au Foyer de l'industrie de Toronto afin qu'ils lui recommandent une jeune femme chrétienne, de préférence presbytérienne, répondant à ses besoins, et c'est elle qu'ils lui ont recommandée. Il l'a tout de suite épousée et l'a amenée ici, dans la hutte qu'il avait bâtie avec son frère. Ces deux jeunes gens étaient venus dans la région pour se défricher un bout de terre et en prendre possession, étant eux-mêmes orphelins et sans perspectives d'avenir. Un jour qu'ils travaillaient justement à défricher, vers la fin de l'hiver, un accident est survenu. Une branche s'est détachée tandis qu'ils coupaient un arbre et est tombée sur le frère aîné, causant une mort instantanée. Le plus jeune a réussi à ramener le corps à la hutte, et, prisonniers d'une violente tempête de neige, lui et la jeune veuve ont eux-mêmes célébré les funérailles et l'enterrement.

Le Seigneur est sévère en sa miséricorde, et nous sommes tenus de recevoir ses coups comme les signes de son amour et de sa bonté, car c'est ainsi qu'ils apparaîtront un jour.

Privé de l'aide de son frère, le jeune garçon a trouvé une place dans une famille voisine, elle aussi membre estimé de ma congrégation, qui l'a accepté pour fils, bien qu'il travaille encore pour acquérir sa propre terre. Ces gens auraient également recueilli la jeune veuve, mais elle a refusé leur offre et semble nourrir une certaine aversion envers tous ceux désireux de l'aider. Et particulièrement envers son beau-frère, qui affirme n'avoir jamais eu la moindre querelle avec elle, ainsi qu'envers moi-même. Quand je lui ai parlé, elle n'a donné aucune réponse ni fait aucun signe permettant de croire à la soumission de son âme. C'est un de mes défauts, d'être peu doué pour parler aux femmes. Il ne m'est pas facile de gagner leur confiance. Leur entêtement est d'un autre ordre que celui des hommes.

Je veux simplement dire que je n'ai eu aucune influence bénéfique sur elle. Elle ne venait plus aux offices, et la détérioration de sa propriété trahissait tant son état d'esprit que son moral. Elle refusait de planter les pois et les pommes de terre qu'on lui avait pourtant donnés à semer entre les souches. Elle ne coupait pas les vignes sauvages poussant autour de sa porte. La plupart du temps, elle n'allumait même pas de feu pour se faire un biscuit d'avoine ou un porridge. Son beau-frère parti, il n'y avait plus rien pour venir rythmer ses journées. Quand je lui rendais visite, je trouvais la porte ouverte et, à l'évidence, des animaux allaient et venaient dans sa maison. Quand elle était là, elle se cachait, pour se moquer de moi. Ceux qui l'apercevaient disaient que ses vêtements étaient sales et déchirés à force d'errer à quatre pattes dans la forêt, qu'elle-même était écorchée par les ronces et piquée par les moustiques, et qu'elle ne peignait ni ne tressait plus ses cheveux. Je crois qu'elle se nourrissait du poisson salé et du pain de farine de maïs que les voisins ou son beau-frère lui apportaient.

Et j'en étais encore à me demander comment trouver un moyen de protéger son corps pendant l'hiver et de m'occuper du danger plus important qu'encourait son âme, quand j'ai appris qu'elle était partie. Elle a laissé la porte ouverte et s'en est allée sans manteau ni bonnet, après avoir marqué avec un bâton brûlé sur le sol de la hutte ces deux mots : « Walley, geôle ». J'en conclus qu'elle a l'intention de se rendre là-bas et de se livrer aux autorités. Son beau-frère pense qu'il lui serait inutile de se lancer à sa poursuite, vu l'attitude inamicale qu'elle montre à son égard, et je ne peux moi-même partir d'ici, étant retenu au chevet d'un mourant. Je vous demande donc de me faire savoir si elle est arrivée, dans quel état, et ce que vous comptez faire d'elle. Je considère encore son âme sous ma responsabilité, et j'essayerai de venir lui rendre visite avant l'hiver si vous la gardez en prison. C'est une enfant de l'Église libre et de la Convention, et à ce titre, elle a le droit de voir un ministre de son propre culte ; ne croyez pas suffisant qu'un prêtre de l'Église anglicane, baptiste, ou méthodiste, lui soit envoyé.

Au cas où elle ne se présenterait pas à la geôle et où elle errerait dans les rues, je dois vous dire qu'elle est brune, grande et maigre, pas très belle, mais pas laide non plus, malgré un œil partant de côté.

Mr. James Mullen, Agent de la paix, Walley, au révérend Walter McBain, Carstairs, Huron du Nord, 30 septembre 1852.

Votre lettre concernant la jeune Annie Herron m'est arrivée fort à propos et je vous en remercie. Elle a achevé son voyage à Walley indemne et sans dommages sérieux, bien qu'elle ait été faible et affamée quand elle s'est présentée à la geôle. Interrogée sur le motif de sa visite, elle a répondu qu'elle venait avouer un meurtre, et se faire emprisonner. Après consultation alentour, on m'a envoyé chercher, et comme il était près de minuit, j'ai accepté qu'elle passe la nuit dans une cellule. Le lendemain, je suis allé la voir pour obtenir autant de détails que possible.

Son enfance à l'orphelinat, son apprentissage chez un chapelier, son mariage, et sa venue en Huron du Nord, tout concorde assez bien avec ce que vous m'avez dit. Les événements de son récit ne diffèrent que sur la mort de son mari. À ce sujet, voici ce qu'elle raconte :

Le jour où, au début du mois d'avril, son mari et son frère sont partis abattre des arbres, elle devait leur préparer à manger pour leur repas de midi, et, comme elle n'avait pas terminé au moment où ils voulaient partir, elle a accepté de le leur porter dans les bois. Elle a donc fait des biscuits d'avoine, pris du poisson salé et suivi leurs traces, pour aller les retrouver à quelque distance de là. Mais quand son mari a déballé sa nourriture, il s'est mis très en colère, car elle l'avait enveloppée de façon telle que l'huile salée du poisson avait imprégné les biscuits, les réduisant en miettes et les rendant désagréables au goût. Déçu, il est devenu furieux, et il lui a promis une correction quand il en aurait plus le loisir. Puis il lui a tourné le dos, il était assis sur un rondin ; elle a ramassé une pierre et la lui a lancée, l'atteignant à la tête, si bien qu'il est tombé inconscient – mort, en fait. Elle et le frère du jeune homme ont ensuite porté et tiré le corps jusqu'à la maison. Entre-temps, le blizzard s'était levé, et ils en sont restés prisonniers. Le frère a déclaré qu'ils ne devaient révéler la vérité à personne, étant donné qu'elle n'avait pas voulu commettre de meurtre, ce qu'elle a accepté. Ensuite, ils l'ont enterré – son récit concorde à nouveau avec le vôtre – et telle aurait pu être la fin de l'histoire ; mais elle s'est mise à douter de plus en plus, convaincue qu'elle avait sûrement eu l'intention de le tuer. Si elle ne l'avait pas tué, dit-elle, son geste lui aurait simplement valu une correction plus sévère, et elle n'avait aucune raison de vouloir courir ce risque. Elle a donc finalement décidé de se confesser, et comme si cela prouvait quelque chose, elle m'a tendu une mèche de cheveux pleine de sang séché.

Voici sa version, que je ne crois pas un seul instant. Aucune pierre susceptible d'être soulevée par cette fille, conjuguée à la force qu'elle pourrait rassembler pour la lancer, ne serait capable de tuer un homme. Quand je l'ai questionnée à ce propos, elle a modifié son histoire, expliquant qu'il s'agissait d'une grosse pierre, qu'elle l'avait soulevée à deux mains et ne l'avait pas lancée mais fracassée sur le crâne de son mari par-derrière. Je lui ai demandé pourquoi le frère ne l'en avait pas empêchée, et elle m'a répondu qu'il regardait dans l'autre direction. Je lui ai donc fait remarquer qu'il devait y avoir une pierre tachée de sang quelque part dans les bois, mais elle a répondu qu'elle l'avait lavée avec de la neige. (En fait, il n'est guère probable qu'on puisse trouver aussi facilement une pierre à portée de main par une telle épaisseur de neige.) Je lui ai demandé de relever ses manches afin de pouvoir juger des muscles de ses bras, capables d'un tel exploit, et elle a prétexté qu'elle était plus robuste quelques mois auparavant.

J'en conclus qu'elle ment, ou qu'elle s'abuse elle-même. Mais je ne vois rien d'autre à faire pour le moment sinon l'admettre à la geôle. Je lui ai demandé ce qui, d'après elle, allait lui arriver, et elle a répondu : Eh bien, vous allez me juger et ensuite vous allez me pendre. Mais comme on ne pend pas les gens en hiver, je vais pouvoir rester ici jusqu'au printemps. Et si vous me laissez travailler ici, vous aurez peut-être envie que je continue mon travail au lieu de me pendre. J'ignore où elle a pris l'idée qu'on ne pendait pas les gens en hiver. Je suis perplexe à son sujet. Comme vous le savez peut-être, nous avons ici une nouvelle geôle très confortable, où les prisonniers sont au chaud et au sec, bien nourris, traités avec humanité, et nous avons reçu une plainte disant que certains n'étaient pas navrés, mais au contraire très contents d'y entrer, surtout à cette époque de l'année. Pourtant, il est évident qu'elle ne peut continuer à errer ainsi plus longtemps, et d'après votre rapport, elle refuse de demeurer chez des amis tout en étant elle-même incapable de tenir correctement une maison. La geôle sert actuellement de lieu de détention pour les déments ainsi que pour les criminels, et si elle est accusée de démence, je pourrai la garder ici pendant l'hiver, avant un éventuel transfert à Toronto au printemps. J'ai demandé à un médecin de venir la voir. J'ai parlé à la jeune femme de votre lettre et de votre espoir de lui rendre visite, mais je l'y ai trouvée très peu disposée. Elle demande à ce que personne ne soit autorisé à venir la voir à part une certaine Miss Sadie Johnstone, qui n'habite pas dans cette partie du pays.

Je joins une lettre à l'attention de son beau-frère afin que vous la lui transmettiez, pour qu'il sache ce qu'elle a déclaré et me dise son avis sur le sujet. Je vous remercie par avance de lui remettre cette lettre, ainsi que de la peine que vous vous êtes donnée en m'informant aussi minutieusement que vous l'avez fait. Je suis moi-même membre de l'Église anglicane, mais j'ai une haute estime pour le travail accompli par les autres cultes protestants afin d'apporter une vie rangée dans cette partie du monde où nous nous trouvons. Je vous prie de croire que je ferai tout ce qui est en mon pouvoir pour vous permettre de vous occuper de l'âme de cette jeune femme, mais il serait peut-être préférable d'attendre qu'elle se montre favorable à ce projet.

Révérend Walter McBain à Mr. James Mullen, 18 novembre 1852.

J'ai tout de suite porté votre lettre à Mr. George Herron, et je crois qu'il vous a répondu pour vous dire ce qu'il se rappelait du drame. Il a été stupéfait par la déclaration de sa belle-sœur, car elle n'avait jamais raconté une telle histoire, ni à lui, ni à personne. Il affirme que tout est pure invention ou imagination de sa part, étant donné qu'elle ne se trouvait pas dans les bois au moment de l'accident, et qu'elle n'avait d'ailleurs rien à y faire puisqu'ils avaient emporté leur repas avec eux en quittant la maison. Il dit que son frère lui avait effectivement fait des reproches à une occasion, à propos de biscuits gâchés par la proximité du poisson, mais que ce n'était pas cette fois-là. Selon lui, il n'y avait pas non plus de pierres permettant d'accomplir spontanément un tel acte si jamais elle avait été là et avait souhaité le faire.

Je dois le retard de ma réponse, pour lequel je vous prie de m'excuser, à de récents ennuis de santé. J'ai eu une crise de gravelle et des crampes abdominales pires que tous les malheurs qui m'ont jusque-là été infligés. Je suis aujourd'hui un peu rétabli, et je serai à nouveau capable de vaquer comme à l'ordinaire la semaine prochaine, si tout continue à guérir.

Quant à la santé mentale de la jeune femme, j'ignore ce qu'en dira votre médecin, mais j'y ai réfléchi, j'ai interrogé le Divin, et voici ce que je crois. Il se peut qu'à ce stade si peu avancé de leur mariage, elle n'ait pas su montrer une entière soumission à son mari, qu'elle ait négligé son confort, eu des paroles méchantes, une attitude querelleuse, ainsi que ce genre de bouderies et de silences blessants auquel est enclin son sexe. La mort de son mari intervenant avant que tout ceci ne soit arrangé, elle aura éprouvé des remords naturels et déchirants, et ceux-ci se seront emparés de son esprit au point qu'elle s'imagine réellement être responsable de sa mort. Je crois que beaucoup de gens deviennent fous de cette manière. Au début, certains considèrent la folie comme une sorte de jeu, jusqu'à ce qu'ils soient punis de leur futilité et de leur audace, le jour où ils s'aperçoivent que ce n'est plus un jeu, et que le diable a bloqué toutes les issues.

Je nourris encore l'espoir de lui parler et lui faire comprendre ceci. Je traverse actuellement une période difficile, non seulement en raison de mon corps malade, mais du fait d'être logé dans un endroit sale et bruyant, où je suis condamné à entendre jour et nuit un vacarme tel qu'il en détruit le sommeil et la réflexion, et qu'il s'immisce même dans mes prières. Un vent glacial souffle à travers les rondins, mais quand je descends près du feu, je me trouve confronté à des torrents d'alcool et à la pire des insolences. Et dehors, rien hormis des arbres, à décourager toute tentative de sortie, et des tourbières gelées à engloutir hommes et chevaux. Il y a bien eu une promesse concernant la construction d'une église et d'un logement, mais ceux qui ont fait cette promesse sont aujourd'hui occupés par leurs propres affaires, et il semble que le projet ait été ajourné. Je n'ai toutefois pas cessé de prêcher, même durant ma maladie et dans les granges ou les maisons qu'on veut bien mettre à ma disposition. Je trouve courage en songeant à un grand homme, au grand prédicateur et interprète de la volonté de Dieu, Thomas Boston, qui, dans les derniers jours de son infirmité, prêcha la grandeur de Dieu depuis la fenêtre de sa chambre à une foule d'environ deux mille personnes assemblées dans la cour. Ainsi, j'entends prêcher jusqu'à la fin, bien que ma congrégation soit plus modeste.

Quel que soit l'escroc qui se trouve parmi nous, c'est une créature de Dieu. Thomas Boston.

Ce monde est un désert, dans lequel il peut en effet

nous arriver de changer d'endroit, mais seulement pour aller d'un endroit désert à un autre. Idem.

Mr. James Mullen au révérend Walter McBain, 17 janvier 1853.

Je vous écris pour vous dire que la santé de notre jeune femme paraît solide et qu'elle a moins l'air d'un épouvantail, qu'elle mange bien et prend soin de son hygiène comme de son allure. Elle semble aussi avoir l'esprit plus serein. Elle a entrepris de repriser le linge de la prison, tâche dont elle s'acquitte très bien. Mais je dois vous dire qu'elle s'oppose toujours aussi fermement à votre visite, et je ne saurais trop vous déconseiller de venir jusqu'ici, pensant que ce serait peine perdue. C'est un voyage très dur en hiver, et il n'améliorera pas votre état de santé.

Son beau-frère m'a envoyé une lettre très convenable où il affirme que rien n'était vrai dans l'histoire qu'elle raconte, et j'en suis désormais convaincu.

Vous serez peut-être intéressé d'apprendre ce que le médecin l'ayant examinée a dit sur son cas. Selon lui, elle serait sujette à une sorte de fantasme propre au sexe féminin, motivé par le désir de se faire valoir, ainsi que par l'espoir d'échapper à la monotonie de la vie ou aux corvées auxquelles les femmes sont destinées. Elles s'imaginent parfois possédées par les forces du Mal, avoir commis toutes sortes de crimes affreux, etc. Certaines peuvent également déclarer avoir eu de nombreux amants, mais ces amants sont tous imaginaires, et celles qui se prennent pour des prodiges du vice s'avèrent en fait parfaitement chastes et indemnes. Il – le médecin – met tout ceci sur le compte du genre de littérature accessible à ces femmes, qu'elle traite de fantômes, de démons ou d'escapades amoureuses avec des lords, des ducs et autres gentilshommes. Pour beaucoup, ces contes sont une passade qu'elles abandonnent au moment où interviennent les vraies responsabilités de la vie. D'autres se laissent tenter de temps en temps, comme si ces lectures étaient des friandises ou du sherry, mais certaines finissent par s'y adonner complètement et vivre dans ces contes tel un opiomane dans son rêve. Il n'a pu obtenir de la jeune femme un compte-rendu de ses lectures, mais il pense qu'elle a pu oublier ce qu'elle avait lu, ou dissimuler cela par ruse.

Avec l'interrogatoire du médecin est apparu un autre fait que nous ignorions. Lorsqu'il lui a demandé si elle n'avait pas peur d'être pendue, elle a répondu que non, car il y avait une raison pour qu'on ne la pende pas. Vous voulez dire qu'on vous jugera folle ? lui a-t-il alors demandé, et elle a répondu : Oh, peut-être, mais n'est-il pas vrai qu'on ne pendra jamais une femme qui attend un enfant ? Le médecin l'a ensuite examinée afin de découvrir la vérité, et comme elle a accepté l'examen, on peut penser qu'elle a fait cette déclaration en toute bonne foi. Il a cependant découvert qu'elle s'était leurrée. Les signes qui l'ont trompée étaient seulement le résultat de sa longue période de sous-nutrition et de faiblesse, et plus tard, probablement de son hystérie. Il lui a fait part de ses conclusions, mais il est difficile de dire si elle le croit ou non.

On doit reconnaître que c'est une région vraiment dure pour les femmes. Une autre démente a été admise ici récemment, et son cas est encore plus pitoyable puisqu'elle a sombré dans la folie à la suite d'un viol. Ses deux agresseurs ont été arrêtés, et ils se trouvent en fait de l'autre côté du mur de sa cellule, dans le quartier des hommes. Les hurlements de la victime résonnent parfois plusieurs heures d'affilée, et la prison est en conséquence devenu un refuge bien moins agréable. Mais quant à savoir s'ils parviendront à persuader notre soi-disant meurtrière de se rétracter et de partir, je n'en ai aucune idée. C'est une bonne couturière, et elle pourrait trouver un emploi si elle le désirait.

Je suis navré d'apprendre ces nouvelles concernant votre mauvaise santé et votre misérable logement. La ville est devenue si civilisée que nous en oublions les difficultés de l'arrière-pays. Ceux qui, comme vous, choisissent de les affronter méritent notre admiration. Mais permettez-moi de dire qu'un homme ne jouissant pas d'une santé robuste semble à l'évidence ne pas pouvoir tenir longtemps dans une situation telle que la vôtre. Votre Église n'y verrait sûrement pas un cas de défection si vous veniez à choisir de la servir plus longtemps en allant vous installer dans un endroit plus confortable. Je joins une lettre de la jeune femme adressée à une certaine Miss Sadie Johnstone, King Street, Toronto. Nous l'avons interceptée au cas où nous pourrions en apprendre plus sur son état d'esprit, mais nous l'avons recachetée et envoyée. Toutefois, elle nous a été retournée, revêtue de la mention « Inconnue ». Nous n'en avons rien dit à la jeune femme dans l'espoir qu'elle lui écrira de nouveau et plus longuement, révélant quelque chose capable de nous aider à déterminer si oui ou non, elle nous ment consciemment.

Mrs. Annie Herron, geôle de Walley, comtés unis de Huron et de Bruce, à Miss Sadie Johnstone, 49 King Street, Toronto, 20 décembre 1852.

Sadie,

Je suis assez bien et en sécurité ici, et je n'ai à me plaindre ni de la nourriture ni des couvertures. C'est un bon bâtiment de pierre qui ressemble un peu au foyer. Si tu pouvais venir me voir, j'en serais très heureuse. Je te raconte souvent des tas de choses dans ma tête, mais je ne veux pas les écrire ici, car il pourrait y avoir des espions. Je reprise le linge de la prison : les affaires n'étaient pas en bon état quand je suis arrivée, mais elles sont mieux maintenant. Et je suis en train de faire des rideaux pour le théâtre de l'opéra, un travail qu'on m'a envoyé ici. J'espère que je te verrai. Tu peux venir en diligence jusqu'ici. Peut-être que tu ne voudras pas pendant l'hiver mais que tu auras envie au printemps.

Mr. James Mullen au révérend Walter McBain, 7 avril 1853.

N'ayant pas eu de réponse à ma dernière lettre, j'espère que vous allez bien et que vous êtes toujours intéressé par le cas d'Annie Herron. Elle se trouve encore ici, où elle s'occupe en faisant les travaux de couture que j'ai entrepris de lui trouver à l'extérieur. Il n'a plus été question de sa grossesse, de sa pendaison ou de son histoire. Elle a de nouveau écrit à Sadie Johnstone, mais très brièvement, et je joins ici sa lettre. Savez-vous qui peut bien être cette Sadie Johnstone ?

Je n'ai reçu aucune réponse de toi, Sadie, je ne crois pas qu'ils t'aient envoyé ma lettre. Aujourd'hui, c'est le 1er avril 1853. Mais ceci n'est pas un poisson d'avril, comme nous nous en faisions. S'il te plaît, viens me voir si tu peux. Je suis à la geôle de Walley, mais je vais bien.

Pour Mr. James Mullen, de la part d'Edward Hoy, propriétaire de l'auberge de Carstairs, 19 avril 1853.

Ci-joint votre lettre adressée à Mr. McBain, il est mort à l'auberge le 25 février. Il y a des livres ici, personne n'en veut.

III

Annie Herron, geôle de Walley, à Sadie Johnstone, Toronto. Merci de poster cette lettre si vous la trouvez.

George est revenu en le traînant dans la neige, j'ai cru que c'était un rondin qu'il traînait. Je ne savais pas que c'était lui. George a dit : c'est lui. Une branche est tombée d'un arbre et l'a assommé. Il n'a pas dit qu'il était mort. Je m'attendais à ce qu'il parle. Sa bouche était entrouverte et il y avait de la neige dedans. Ses yeux aussi étaient entrouverts. On a dû aller à l'intérieur parce qu'il commençait à y avoir une tempête de tous les diables. On l'a traîné dedans chacun par une jambe. Quand j'ai pris sa jambe, j'ai fait comme si c'était encore le rondin. À l'intérieur, où j'avais allumé le feu, il faisait bon et la neige qui était sur lui a commencé à fondre. Son sang a dégelé et il a coulé un peu autour de son oreille. J'avais l'impression que ses yeux me regardaient.

George s'est assis près du feu avec son gros manteau épais et ses bottes. Il me tournait le dos. Je me suis assise à la table, faite de rondins fendus en deux.

J'ai dit : Comment tu sais qu'il est mort ? George a dit : Touche-le si tu veux savoir. Mais je n'ai pas voulu. Dehors, il faisait une tempête terrible, on entendait le vent dans les arbres et au-dessus du toit. J'ai dit : Notre Père qui êtes aux cieux, et c'est comme ça que j'ai trouvé mon courage. Je le répétais chaque fois que je bougeais. Je dois le laver, j'ai dit, aide-moi. J'ai pris le seau où je faisais fondre la neige. J'ai commencé par ses pieds, et j'ai dû lui retirer ses bottes, une tâche difficile. George ne s'est pas retourné et n'a pas regardé une seule fois, et il ne m'a pas non plus aidée quand je lui ai demandé. Je ne lui ai pas enlevé son pantalon ni son manteau, je n'ai pas pu. Mais je lui ai lavé les mains et les poignets. Comme le sang et ce qui avait coulé là où la neige avait fondu faisaient une flaque sous sa tête et ses épaules, j'ai voulu le retourner pour le nettoyer. Mais je n'ai pas pu. Alors, je suis allée tirer George par le bras. Aide-moi, je lui ai dit. Il a répondu : Quoi ? J'ai expliqué qu'on devait le retourner. Alors il est venu m'aider, et on l'a retourné face contre terre. Et là, j'ai vu : j'ai vu l'endroit où la hache s'était enfoncée.

On n'a rien dit ni l'un ni l'autre. J'ai lavé le sang et le reste. J'ai demandé à George d'aller me chercher le drap dans ma malle. C'était le bon drap que je ne voulais pas mettre sur le lit. Je n'ai pas vu l'utilité de lui enlever ses vêtements, même si c'était du bon tissu. Il aurait fallu les découper aux endroits où le sang avait collé, et on n'aurait eu que des loques. J'ai coupé une petite mèche de ses cheveux, car je me suis souvenue que quand Lila est morte, au foyer, c'est ce qu'on a fait. Après, j'ai convaincu George de m'aider à le rouler dans le drap, et j'ai commencé à le coudre à l'intérieur. Pendant que je cousais, j'ai dit à George : Sors sur le côté de la maison, là où on empile le bois, et tu seras peut-être assez protégé pour lui creuser une tombe. Enlève le bois, le sol doit être plus mou en dessous.

J'ai dû m'accroupir pour coudre, et j'étais presque allongée par terre à côté de lui. J'ai commencé par la tête en repliant le drap dessus, parce que je ne pouvais pas m'empêcher de regarder ses yeux et sa bouche. George est sorti et, malgré la tempête, j'entendais qu'il faisait ce que je lui avais demandé et qu'il jetait des morceaux de bois qui venaient parfois cogner contre le mur de la maison. J'ai continué à coudre, et chaque fois qu'un bout de lui disparaissait, je disais tout haut : Ça y est, ça y est. J'avais bien rabattu le drap sur sa tête, mais aux pieds, je n'avais plus assez de tissu pour le couvrir, alors j'ai rajouté le jupon à œillets que j'avais fait au foyer pour apprendre le point, et comme ça, j'ai pu finir de le coudre à l'intérieur.

Je suis sortie aider George. Il avait enlevé tout le bois et s'était mis à creuser. Le sol était assez mou, comme je le pensais. Il avait la bêche, alors j'ai pris la grosse pelle et on a continué à travailler, lui qui creusait et déliait la terre et moi qui déblayais.

Ensuite, on l'a sorti. Comme on ne pouvait plus le prendre chacun par une jambe, George l'a pris par la tête et moi par les chevilles, à l'endroit où il y avait le jupon, et on l'a fait rouler dans la terre, puis on s'est remis au travail pour le recouvrir. George avait la pelle, et comme j'avais l'impression de ne pas pouvoir prendre suffisamment de terre avec la bêche, j'ai poussé la terre avec mes mains et tapé dedans avec mes pieds dans tous les sens. Quand elle a toute été dans le trou, George l'a aplatie de son mieux avec la pelle. Ensuite, on a rapporté tout le bois, qu'on a dû chercher dans la neige, et on l'a empilé comme il faut pour que personne n'ait l'air d'y avoir touché. Je crois qu'on n'avait ni chapeau ni écharpe, mais le travail nous tenait chaud.

On a rentré du bois pour le feu et mis la barre en travers de la porte. J'ai essuyé le sol, et j'ai dit à George d'enlever ses bottes. Puis d'enlever son manteau. George faisait ce que je lui demandais. Il était assis à côté du feu. J'ai préparé de cette espèce de tisane à base de feuilles de cataire, comme me l'avait montré Mrs. Treece, et j'y ai ajouté un morceau de sucre. George n'en a pas voulu. C'est trop chaud, j'ai dit. Je l'ai laissée refroidir, mais il n'en a pas voulu non plus. Alors j'ai fait le premier pas, et je lui ai parlé.

Tu ne l'as pas fait exprès.

C'était sous le coup de la colère, tu ne savais pas ce que tu faisais.

J'ai vu, d'autres fois, ce qu'il te faisait. J'ai vu qu'il te jetait à terre pour un rien, et que tu te relevais sans dire un mot. Comme il me faisait à moi.

Si tu ne l'avais pas fait, un jour c'est lui qui te l'aurait fait.

Écoute, George. Écoute-moi.

Si tu te rends, qu'est-ce qui se passera, d'après toi ? Ils te pendront. Tu seras mort, tu ne seras plus d'aucune utilité pour personne. Que deviendra ta terre ? Elle retournera sûrement à la Couronne, d'autres la prendront, et tout le travail que tu as fait leur servira à eux.

Qu'est-ce que je vais devenir, ici, si on t'emmène ?

J'ai pris des biscuits d'avoine froids et je les ai fait réchauffer. J'en ai posé un sur son genou. Il l'a pris, en a croqué une bouchée, l'a mâchée, mais il n'a pas pu l'avaler et l'a crachée dans le feu.

Écoute. Je sais pas mal de choses. Je suis plus vieille

que toi. Et je suis croyante : je prie Dieu tous les soirs et mes prières sont exaucées. Je sais ce que Dieu veut aussi bien que n'importe quel prédicateur, et je sais qu'il ne veut pas qu'un brave type comme toi soit pendu. Tout ce que tu as à faire, c'est dire que tu es désolé. Si tu dis que tu es désolé et que tu le penses vraiment, Dieu te pardonnera. Je dirai la même chose, que moi aussi je suis désolée, parce que quand j'ai vu qu'il était mort, je n'ai pas souhaité, pas un seul instant, qu'il soit en vie. Je dirai : Dieu pardonne-moi, et tu feras la même chose. Mets-toi à genoux.

Mais il ne voulait pas. Il ne voulait pas bouger de sa chaise. Et j'ai dit : Très bien, j'ai une idée. Je vais aller chercher la Bible. Je lui ai demandé : Tu crois à la Bible ? Dis oui. Fais oui de la tête.

Je n'ai pas vu s'il a hoché la tête ou pas, mais j'ai dit : Voilà ! Voilà, c'est bien. Bon ! Maintenant, je vais faire ce que nous faisions toutes au foyer quand on voulait savoir ce qui allait nous arriver, ou quelle décision il fallait prendre dans la vie. On ouvrait la Bible n'importe où, on posait le doigt sur une page, puis on ouvrait les yeux et on lisait le verset qui se trouvait sous notre doigt, et ça nous disait ce qu'on avait besoin de savoir. Pour être doublement sûr, il faut dire « Dieu guide mon doigt » quand tu fermes les yeux.

Mais comme il ne levait pas la main de ses genoux, j'ai dit : Très bien, je vais le faire à ta place. Je l'ai fait, et j'ai lu le passage où mon doigt s'était arrêté. Je tenais la Bible près du feu pour pouvoir lire.

C'était quelque chose sur la vieillesse et les cheveux gris, *oh Dieu, ne m'abandonne pas*, et j'ai dit : Ça veut dire que tu es censé vivre jusqu'à ce que tu sois vieux et que tu aies les cheveux gris, et que rien n'est censé t'arriver avant ça. C'est écrit dans la Bible.

Le verset d'après disait : Unetelle partit prendre Untel pour époux, elle conçut et lui donna un fils.

Ça dit que tu auras un fils. Il faut que tu vives, que tu vieillisses pour te marier et avoir un fils.

Mais le verset suivant, je m'en souviens si bien que je peux l'écrire en entier. *Ils ne peuvent pas non plus prouver les choses dont ils m'accusent à présent.*

George, tu entends ça ? *Ils ne peuvent pas non plus prouver les choses dont ils m'accusent à présent.* Ça veut dire que tu ne crains rien.

Tu ne crains rien. Lève-toi maintenant. Lève-toi, va t'allonger sur le lit et dors.

Il était incapable de le faire seul, mais je l'ai fait à sa place. Je l'ai hissé jusqu'à ce qu'il soit debout, et je l'ai aidé à traverser la pièce pour l'emmener jusqu'au lit – pas le sien, dans le coin, mais le grand lit – où je l'ai fait asseoir puis s'allonger. Je l'ai roulé dans un sens et dans l'autre pour lui retirer ses vêtements, m'arrêtant à sa chemise. Il claquait des dents, et j'avais peur qu'il ait attrapé un rhume ou la fièvre. J'ai mis à chauffer les fers à repasser, je les ai enveloppés dans du tissu et je lui en ai posé un de chaque côté, près de sa peau. Il n'y avait ni whisky ni cognac à la maison, juste la tisane de cataire. J'y ai rajouté du sucre, et je la lui ai donnée à la cuillère. Je lui ai frictionné les pieds, puis les bras et les jambes, et j'ai trempé des linges dans de l'eau chaude pour lui poser sur le ventre et la poitrine. Après, je lui ai parlé différemment, d'une voix très douce, et je lui ai dit de s'endormir, que quand il se réveillerait, il aurait les idées claires et tous ses cauchemars auraient disparu.

Une branche d'arbre lui est tombée dessus. C'est exactement comme tu m'as dit. Je la vois tomber. Je la vois qui s'abat aussi vite qu'un éclair et les petites branches qui crépitent sur son passage, ça ne prend guère plus longtemps qu'un coup de fusil, et le temps que tu te demandes ce que c'est, elle l'a assommé et il est mort.

Quand j'ai eu réussi à l'endormir, je me suis allongée sur le lit à côté de lui. J'ai quitté ma blouse, et j'ai vu les marques bleues et noires sur mes bras. J'ai relevé ma jupe pour voir si celles que j'avais en haut des cuisses étaient toujours là, et elles y étaient toujours. Le dos de ma main était encore noir et douloureux à l'endroit où je l'avais mordu.

Il ne s'est rien passé de mal, une fois que je me suis allongée, et je n'ai pas dormi de toute la nuit, l'écoutant respirer et le touchant sans cesse pour voir s'il se réchauffait. Je me suis levée aux premières lueurs et j'ai fait le feu. Quand il m'a entendue, il s'est réveillé et il allait mieux.

Il n'avait pas oublié ce qui s'était passé, mais en parlait comme s'il pensait que tout allait bien. Il a dit qu'on aurait dû faire une prière et lire un passage de la Bible. Quand il a ouvert la porte, il y avait une grosse congère de neige, mais le ciel se dégageait. C'était la dernière neige de l'hiver.

On est sorti réciter le Notre-Père. Ensuite, il a demandé : Où est la Bible ? Pourquoi n'est-elle pas sur l'étagère ? Quand je l'ai prise à côté du feu, il m'a demandé ce qu'elle faisait là. Je n'ai pas voulu lui rappeler quoi que ce soit. Comme il ne savait pas quoi lire, j'ai choisi le psaume 131 qu'on devait apprendre au foyer. *Seigneur, je n'ai pas le cœur fier ni le regard hautain, je n'ai pas pris un chemin de grandeurs ni de prodiges qui me dépassent. Non, je tiens mon âme en paix et en silence comme un enfant contre sa mère. Mon âme est en moi comme un enfant.* Il l'a lu. Ensuite, il a déclaré qu'il allait creuser un chemin dans la neige pour aller prévenir les Treece. Je lui ai dit que j'allais lui préparer à manger. Il est sorti et s'est mis à déneiger, sans jamais se fatiguer ni rentrer manger comme je pensais qu'il allait le faire. Il a déneigé, déneigé, un long chemin jusqu'à perte de vue, puis il a disparu et il n'est pas revenu. Il n'est pas revenu avant la tombée du jour, et là, il a dit qu'il avait mangé. Je lui ai demandé : Tu leur as parlé de l'arbre ? Et pour la première fois, il m'a regardée d'un air méchant. C'était le même air méchant que son frère. Je n'ai plus jamais reparlé de ce qui s'était passé, ni refait la moindre allusion à ce sujet. Et lui ne m'a plus rien dit, sauf qu'il viendrait me voir dans mes rêves. Mais j'ai toujours su faire la différence entre mes rêves et les moments où j'étais réveillée, et quand j'étais réveillée, j'avais toujours droit au regard méchant.

Mrs. Treece est venue pour essayer de me persuader d'aller vivre avec eux, comme le faisait George. Elle a dit que je pourrais manger et dormir là-bas, qu'ils avaient assez de lits. Je ne voulais pas y aller. Ils pensaient que je ne voulais pas y aller à cause de mon chagrin, mais je ne voulais pas y aller parce que quelqu'un risquait de voir mes bleus, et parce qu'ils s'attendaient à me voir pleurer. J'ai dit que je n'avais pas peur de rester seule.

Je rêvais presque toutes les nuits que l'un ou l'autre me poursuivait avec la hache. Lui ou George, l'un ou l'autre. Quand ce n'était pas la hache, c'était une grosse pierre soulevée à deux mains, et l'un des deux m'attendait avec derrière la porte. Les rêves sont faits pour nous avertir.

Je ne suis pas restée dans la maison, où il pouvait me trouver, et quand j'ai cessé de dormir à l'intérieur pour aller dormir dehors, je n'ai plus fait ce rêve aussi souvent. Il s'est vite mis à faire chaud, et les mouches et les moustiques sont arrivés, mais ils ne me gênaient pas beaucoup. Je voyais leurs piqûres mais je ne les sentais pas, un autre signe me disant qu'à l'extérieur, j'étais protégée. Je me baissais dès que j'entendais quelqu'un approcher. Je mangeais des baies rouges et noires, et Dieu me protégeait de leur malice.

Au bout d'un certain temps, j'ai fait un autre genre de rêve. Je rêvais que George venait me parler et qu'il avait toujours ce regard méchant mais qu'il essayait de le cacher en faisant semblant d'être gentil. Il n'arrêtait pas de venir dans mes rêves et il n'arrêtait pas de me mentir. Il commençait à faire plus froid dehors, et je ne voulais pas retourner dans la hutte, mais il y avait beaucoup de rosée et j'étais trempée quand je dormais dans l'herbe. J'ai ouvert la Bible pour voir ce que je devais faire.

Et là, j'ai été punie de ma tricherie, parce que la Bible ne m'a rien dit que je pouvais comprendre, rien sur ce que je devais faire. J'avais triché en cherchant un verset pour George : je n'avais pas lu exactement le passage sur lequel mon doigt s'était arrêté, mais j'avais rapidement jeté un œil autour pour trouver quelque chose qui correspondait mieux à ce que je voulais. Je faisais pareil quand on cherchait des versets au foyer, et j'avais toujours eu de bonnes réponses ; personne ne m'avait jamais prise sur le fait ni jamais soupçonnée de tricherie. Toi non plus, Sadie.

J'ai donc été punie, car j'ai eu beau regarder, je n'ai rien trouvé qui puisse m'aider. Mais j'ai eu l'idée de venir ici, ce que j'ai fait, car je les avais entendus dire qu'il y faisait bien chaud et que les vagabonds auraient sûrement envie d'y être enfermés, alors je me suis dit que moi aussi j'allais y aller, et j'ai eu l'idée de leur raconter ce que je leur ai raconté. Je leur ai dit exactement le mensonge que George m'avait si souvent répété dans mes rêves, pour essayer de me faire croire que c'était moi et pas lui. Je suis à l'abri de George ici, et c'est le plus important. S'ils me croient folle alors que je sais que je ne le suis pas, je ne risque rien. Seulement, j'aimerais que tu viennes me voir.

Et j'aimerais que ces hurlements s'arrêtent.

Quand j'aurai fini d'écrire cette lettre, je la mettrai avec les rideaux que je fais pour l'opéra. Et je marquerai dessus : Merci de poster cette lettre si vous la trouvez. J'ai plus confiance en ce système qu'en la leur donnant comme les deux autres qu'ils n'ont jamais envoyées.

IV

Miss Christena Mullen, Walley, à Mr. Leopold Henry, Département d'histoire, Université de Queen, Kingston, 8 juillet 1959.

Oui, je suis bien la Miss Mullen que la sœur de Treece Herron se rappelle avoir reçue à la ferme, et c'est très gentil à elle de me décrire comme une jolie jeune femme avec un chapeau et un foulard. C'était le foulard que je portais en voiture. La vieille dame dont elle parle était la belle-sœur du grand-père de Mr. Herron, si j'ai bien compris. Étant donné que vous écrivez sa biographie, vous aurez sans doute démêlé leurs liens de parenté. Je n'ai moi-même jamais voté pour Treece Herron, car je suis conservatrice, mais il s'agissait d'un politicien haut en couleurs, et comme vous le soulignez, sa biographie attirera quelque attention sur cette partie du pays qui passe trop souvent pour être « mortellement triste ».

Je suis plutôt surprise que la sœur de Mr. Herron ne fasse aucune allusion particulière à la voiture. C'était une Stanley Steamer. Je l'ai achetée moi-même pour mon vingt-cinquième anniversaire, en 1907. Elle m'a coûté douze cents dollars, une partie de l'héritage de mon grand-père James Mullen, qui était un des premiers policiers installés à Walley. Il a fait fortune en achetant et en revendant des fermes.

Mon père étant mort jeune, ma mère est partie vivre chez mon grand-père avec ses cinq filles. C'était une grosse bâtisse en pierre taillée baptisée Traquair, aujourd'hui reconvertie en foyer pour jeunes délinquants. Je dis parfois en plaisantant que c'est ce qu'elle a toujours été !

Quand j'étais jeune, nous avions un jardinier, un cuisinier et une couturière. C'étaient tous des « personnages », enclins à se quereller les uns les autres, et tous devaient leur emploi à l'intérêt que leur avait porté mon grand-père au temps où ils étaient détenus à la geôle du comté (comme on disait dans le temps), et au fait qu'il avait fini par les ramener à la maison.

À l'époque où j'ai acheté la Steamer, j'étais la dernière des cinq filles à vivre à la maison, et la couturière était la dernière survivante de ces vieux domestiques. On l'appelait la Vieille Annie, un surnom auquel elle ne s'est jamais opposée. Elle l'employait elle-même, et laissait des mots au cuisinier disant : « Le thé était tiède, avais-tu fait chauffer la théière ? La Vieille Annie. » Le troisième étage tout entier était son domaine, et l'une de mes sœurs – Dolly – disait que chaque fois qu'elle rêvait de la maison, c'est-à-dire de Traquair, elle revoyait la Vieille Annie en haut de l'escalier menant au troisième, en train de brandir son mètre de couturière, vêtue d'une robe noire avec de longues manches floconneuses, telle une araignée.

Elle avait un œil qui partait de côté et qui lui donnait l'air de percevoir plus de détails qu'une personne ordinaire.

Nous n'étions pas censées harceler les domestiques avec des questions sur leur vie privée, en particulier ceux qui avaient séjourné à la geôle, mais bien sûr, nous le faisions quand même. Parfois, la Vieille Annie appelait la geôle le foyer. Elle disait que la fille occupant le lit d'à côté hurlait sans cesse, et que c'était à cause de cela qu'elle s'était enfuie pour aller vivre dans les bois. Elle disait que la fille avait été battue pour avoir laissé le feu s'éteindre. Quand nous lui demandions pourquoi elle était allée en prison, elle répondait : « J'ai raconté un bobard ! » Si bien que pendant assez longtemps, nous avons cru qu'on allait en prison si on racontait des mensonges !

Certains jours, elle était de bonne humeur et jouait à cache-tampon avec nous. D'autres fois, mal disposée, elle nous piquait avec ses aiguilles en égalisant nos ourlets, quand nous nous tournions trop vite ou nous arrêtions trop tôt. Elle connaissait un endroit, disait-elle, où l'on trouvait des briques à poser sur la tête des enfants pour les empêcher de grandir. Elle détestait faire des robes de mariée (elle n'a jamais eu à en faire une pour moi !) et elle n'appréciait guère les hommes que mes sœurs avaient épousés. Elle détestait tellement le prétendant de Dolly qu'elle s'était délibérément trompée en cousant les manches de sa robe, et qu'on avait dû les arracher, pendant que Dolly pleurait. Mais elle nous avait confectionné à toutes de belles robes de bal à l'occasion de la venue du gouverneur général et de Lady Minto à Walley.

À la question de savoir si elle-même avait été mariée, elle répondait parfois oui et parfois non. Elle disait qu'un homme était venu au foyer et qu'il avait fait parader toutes les filles devant lui avant de déclarer : « Je vais prendre celle à la chevelure noir charbon. » Il s'agissait de la Vieille Annie, mais elle avait refusé de partir avec lui, bien qu'il ait été riche et qu'il soit venu en carrosse. Un peu comme Cendrillon, mais avec une fin différente. Ensuite, elle prétendait qu'un ours avait tué son mari dans les bois, et que mon grand-père avait abattu cet ours, puis l'avait enveloppée dans la peau de l'animal avant de la faire sortir de prison et de la ramener chez nous.

Ma mère disait : « Allons, les filles. Laissez la Vieille Annie tranquille. Et ne croyez pas un mot de ce qu'elle raconte. »

Je m'étends beaucoup sur le contexte mais vous avez dit vous-même être intéressé par les détails concernant cette période. Je suis comme la plupart des gens de mon âge : j'oublie d'acheter le lait mais je pourrais vous dire la couleur du manteau que je portais quand j'avais huit ans.

Donc, quand j'ai eu la Stanley Steamer, la Vieille Annie m'a demandé de l'emmener faire un tour. Il est apparu qu'elle avait plus qu'une simple promenade derrière la tête. C'était surprenant car elle n'avait jamais voulu aller se promener jusque-là, déclinant une excursion aux chutes du Niagara, et refusant même de pousser jusqu'au port pour voir le feu d'artifice du 1er juillet. Elle se méfiait des automobiles et de mes talents de conductrice. Mais le plus étonnant, c'est qu'elle voulait aller voir quelqu'un. Elle voulait se rendre à Carstairs pour voir la famille Herron, qui, d'après elle, était de ses parents. Elle n'avait jamais reçu de visites ou de lettres de ces gens, et quand je lui ai demandé si elle leur avait écrit pour savoir si notre venue ne les dérangeait pas, elle a répondu qu'elle ne savait pas écrire. C'était ridicule : elle rédigeait ces fameuses notes à l'attention des cuisiniers, ainsi que de longues listes d'articles qu'elle me chargeait de prendre sur le chemin du square ou de la ville. Tresse, bougran, taffetas – elle savait orthographier tous ces mots.

« Et ils n'ont pas besoin de le savoir à l'avance, a-t-elle ajouté. À la campagne, c'est différent. »

Enfin, j'adorais aller me balader avec la Steamer. Je conduisais depuis l'âge de quinze ans, mais c'était ma première voiture et peut-être la seule à vapeur dans tout le comté de Huron. Tout le monde accourait pour la voir passer. Elle ne faisait pas le vacarme monstrueux que faisaient les autres voitures en s'étouffant et brinquebalant, mais roulait en silence, un peu comme un bateau à hautes voiles glissant sur les eaux du lac, et au lieu de polluer l'air, elle laissait derrière elle un panache de vapeur. Les Stanley Steamers étaient interdites à Boston, parce que la vapeur causait du brouillard dans l'atmosphère. J'ai toujours aimé dire aux gens que je conduisais autrefois une voiture interdite à Boston !

Nous partîmes assez tôt par un dimanche de juin. Il fallait environ vingt-cinq minutes pour faire monter la pression, et pendant tout ce temps, la Vieille Annie resta bien droite sur le siège avant, comme si nous avions déjà démarré. Nous portions toutes les deux des foulards et de longs cache-poussière, mais la robe qu'arborait en dessous la Vieille Annie était en soie couleur de prune. En fait, elle l'avait taillée dans celle qu'elle avait faite pour ma grand-mère en l'honneur de la visite du prince de Galles.

La Steamer couvrait les kilomètres comme un ange. Elle faisait du quatre-vingts à l'heure – fantastique à l'époque –, mais je ne la poussai pas. J'essayais d'éprouver les nerfs de la Vieille Annie. Les gens se trouvaient encore à l'église à notre départ, mais plus tard, les routes étaient encombrées de chevaux et de bogheis qui les ramenaient chez eux. Je faisais preuve d'une extrême politesse en me faufilant à côté d'eux. Mais la Vieille Annie n'était pas disposée à se montrer aussi pondérée, et elle répétait sans cesse : « Appuyez dessus ! » en parlant du klaxon, qui était actionné par une poire située sous un garde-boue à côté de moi.

Elle n'avait pas dû sortir de Walley depuis plus d'années que je n'en comptais à l'époque. Quand nous traversâmes le pont de Saltford (le vieux pont en fer où il y avait tant d'accidents à cause du tournant à chaque bout), elle dit qu'il n'y avait pas de pont à cet endroit autrefois, et qu'il fallait payer un homme pour prendre le bac.

« Je n'avais pas de quoi payer, mais j'ai traversé sur les pierres : j'ai remonté mes jupes, et j'ai traversé à gué, expliqua-t-elle. C'est dire s'il faisait chaud cet été-là. »

Naturellement, j'ignorais de quel été elle parlait.

Ensuite, ce fut : « Regardez ces grands champs, où sont passées les souches, où est la forêt ? Regardez comme cette route est droite, et ils construisent leurs maisons en briques ! Et que sont ces bâtiments aussi gros que des églises ? »

Des granges, lui répondis-je.

Je savais aller à Carstairs sans problèmes, espérant

toutefois que la Vieille Annie m'aiderait une fois là-bas. Mais rien. Je fis la rue principale dans les deux sens pour lui permettre de repérer quelque chose de familier. « Si seulement je pouvais voir l'auberge, disait-elle, je retrouverais l'endroit d'où part la piste, derrière. »

C'était une ville industrielle, pas très jolie à mon avis. La Steamer attirait évidemment l'attention, ce qui me permit de demander le chemin jusqu'à la ferme des Herron sans avoir à couper le moteur. Après maints cris et gestes, je finis par trouver la bonne route. Je demandai à la Vieille Annie de regarder les boîtes aux lettres, mais elle voulait à tout prix trouver le ruisseau. J'aperçus le nom moi-même, et tournai dans une longue allée menant à une maison de briques rouges, flanquée de deux de ces granges qui avaient étonné la Vieille Annie. Les maisons en briques rouges avec des vérandas et des portes-fenêtres étaient à la mode à l'époque, et il en poussait partout.

« Regardez ! » s'écria la Vieille Annie, et je crus qu'elle voulait me montrer un troupeau de vaches qui décampait en nous voyant arriver, dans le pré bordant l'allée. Mais elle pointait le doigt vers un monticule largement recouvert de vigne sauvage, d'où émergeaient quelques rondins. Elle expliqua qu'il s'agissait de la hutte. « Bon, c'est bien, lui répondis-je, maintenant, espérons que tu vas reconnaître une ou deux personnes. »

Il y avait pas mal de monde. Deux bogheis appartenant à des visiteurs étaient rangés à l'ombre, et les chevaux attachés paissaient l'herbe. Quand la Steamer s'arrêta devant la galerie, un certain nombre de personnes s'étaient alignées pour la regarder. Pas une ne s'approcha ; même les enfants n'accoururent pas pour la voir de plus près, comme l'auraient fait des enfants de la ville. Ils se contentèrent de rester en rang, à la contempler d'un air pincé.

La Vieille Annie regardait de l'autre côté.

Elle me dit de descendre.

« Descendez, et demandez-leur si un certain Mr. George Herron habite ici, et s'il est toujours en vie. »

Je fis ce qu'on me demandait. Et l'un des hommes me répondit :

« C'est exact. Il habite ici. C'est mon père.

– Eh bien, j'ai amené quelqu'un. J'ai amené Mrs. Annie Herron.

– Vraiment ? » dit l'homme.

(Pause, due à quelques évanouissements, et à un séjour à l'hôpital. De nombreux examens effectués, pour dépenser l'argent du contribuable. À présent de retour, j'ai relu tout ceci, atterrée par mes divagations, mais trop fainéante pour recommencer. Je n'en suis même pas arrivée à Treece Herron, qui est la partie à laquelle vous vous intéressez, mais patience, j'y suis presque.)

Tous ces gens étaient abasourdis en voyant la Vieille Annie ; c'est du moins ce qu'il me sembla. Ils ignoraient jusque-là où elle se trouvait, ce qu'elle faisait, et si elle était en vie. Mais ne croyez pas qu'ils se précipitèrent pour l'accueillir avec force démonstrations. Seul un jeune homme sortit, très courtois, et il l'aida à descendre de voiture avant de venir m'assister. Il m'expliqua que la Vieille Annie était la belle-sœur de son grand-père. Il regrettait que nous ne soyons pas venues seulement quelques mois plus tôt, car son grand-père était alors très lucide et en très bonne santé – il avait même écrit un article pour le journal sur ses débuts ici – mais il était ensuite tombé malade. Il s'était rétabli, mais ne serait plus jamais le même. Il ne pouvait pas parler, à part quelques mots de temps à autre.

Ce jeune homme courtois était Treece Herron.

Nous dûmes arriver juste après qu'ils eurent fini de déjeuner. La maîtresse de maison sortit pour dire à Treece Herron de nous demander si nous avions mangé. On aurait cru que nous ne parlions pas la même langue. Ils étaient tous très timides – les femmes avec leurs cheveux tirés en arrière, les hommes dans leurs costumes du dimanche bleu foncé, et les enfants muets. Vous ne pensez pas, j'espère, que je me moque d'eux ; simplement, je ne comprendrai jamais pourquoi les gens se sentent obligés d'être si timides !

On nous mena dans la salle à manger, qui, à l'odeur, ne semblait pas avoir été utilisée – ils avaient dû prendre leur repas ailleurs –, et où l'on nous servit une grande quantité de nourriture dont, je m'en souviens, des radis au sel, de la laitue, du poulet rôti, et des fraises à la crème. Dans des assiettes du service en porcelaine, pas dans celles de tous les jours. Un bon vieux service Indian Tree. Ils avaient des tas de meubles assortis : un salon somptueux complet, toute une salle à manger en noyer. Je me dis qu'il leur faudrait du temps pour s'habituer à être riches.

La Vieille Annie trouvait agréable de se faire servir avec tant de manières, et elle mangea beaucoup, allant jusqu'à prendre les os de poulet avec les doigts pour racler les derniers lambeaux de viande. Des enfants rôdaient près des portes, et les femmes parlaient à voix basse sur un ton scandalisé dans la cuisine. Le jeune homme, Treece Herron, eut la grâce de s'asseoir avec nous et de boire une tasse de thé pendant que nous mangions. Il parlait assez volontiers de lui et me raconta qu'il était étudiant en théologie à l'université Knox. Il disait qu'il aimait vivre à Toronto. Il voulait me faire comprendre, je crois, que les étudiants en théologie n'étaient pas aussi rabat-joie que je l'imaginais, et qu'ils ne menaient pas une existence aussi rigoureuse. Il avait fait du toboggan à High Park, était allé pique-niquer à Hanlan's Point, avait vu des girafes au zoo de Riverdale. Pendant qu'il parlait, les enfants s'enhardirent un peu et commencèrent à entrer dans la pièce au compte-gouttes. Je leur posais les habituelles questions idiotes : quel âge as-tu, quel livre étudies-tu en ce moment à l'école, est-ce que tu aimes ta maîtresse ? Treece les poussait à répondre ou répondait à leur place, expliquant lesquels étaient ses frères et sœurs, et lesquels ses cousins.

La Vieille Annie demanda :

« Alors, vous vous aimez tous ? », ce qui suscita de drôles de regards.

La maîtresse de maison revint et s'adressa de nouveau à moi par l'intermédiaire de l'étudiant en théologie. Elle lui dit que le Pépé était à présent levé, et qu'il était assis sur la galerie de devant. Elle regarda les enfants avant d'ajouter :

« Pourquoi les as-tu tous laissés entrer ? »

Nous sortîmes nous attrouper sur la galerie où trônaient deux chaises droites ; un vieil homme était assis sur l'une d'elles. Il avait une belle barbe blanche épaisse qui lui descendait en dessous de la poitrine. Il ne semblait pas s'intéresser à nous. Son vieux visage était long, blême et obéissant.

« Eh bien, George », dit la Vieille Annie comme si c'était à peu près ce à quoi elle s'attendait. Elle s'assit sur l'autre chaise et dit à l'une des petites filles :

« Apporte-moi un coussin. Un coussin assez mince et mets-le-moi dans le dos. »

Je passai l'après-midi à faire faire des balades dans la Stanley Steamer. Je connaissais désormais suffisamment ces gens pour ne pas leur demander tout de suite qui voulait faire un tour, ou pour les bombarder de questions du genre : Est-ce que vous vous intéressez aux automobiles ? Je sortis simplement, tapotant ma voiture çà et là comme s'il s'agissait d'un cheval, puis vérifiai la chaudière. L'étudiant en théologie vint derrière moi pour lire le nom écrit sur le flanc de la Steamer. « Le bolide du gentleman. » Il demanda si elle appartenait à mon père.

À moi, lui répondis-je. Je lui expliquai comment l'eau de la chaudière était chauffée, et quelle pression elle pouvait supporter. Les gens s'interrogeaient toujours là-dessus – sur les explosions. Entre-temps, les enfants s'étaient rapprochés, et je m'aperçus tout à coup que la chaudière était presque vide. Je demandai s'il y avait un moyen d'avoir de l'eau.

Grande débandade pour aller chercher des seaux et se poster à la pompe ! Je partis demander aux hommes qui se trouvaient sur la galerie s'ils n'y voyaient pas d'inconvénient, et les remerciai quand ils me dirent de me servir. Une fois la chaudière pleine, il paraissait naturel de leur demander s'ils voulaient que je fasse monter la pression, et un porte-parole remarqua que cela ne ferait de tort à personne. Pas un ne montra d'impatience durant l'attente. Les hommes fixaient la chaudière des yeux, concentrés. Ce n'était certainement pas la première voiture qu'ils voyaient, mais sans doute la première voiture à vapeur.

Je proposai d'abord de faire faire un tour aux hommes, comme il se devait. Ils me regardèrent d'un œil sceptique pendant que je trifouillais tous les boutons et autres leviers nécessaires pour faire démarrer ma princesse. Treize manettes différentes à pousser ou tirer ! Nous descendîmes l'allée en cahotant à dix kilomètres-heure, puis à quinze. Je savais qu'ils souffraient un peu de se faire conduire par une femme, mais la nouveauté de l'expérience les tenait. J'eus ensuite une bande d'enfants, hissés à l'intérieur par l'étudiant en théologie qui leur disait de s'asseoir, de se tenir, de ne pas avoir peur et de ne pas tomber. J'augmentai un peu la vitesse, connaissant désormais les ornières et les trous laissés par les flaques, et ils ne purent contenir leurs cris de peur et de triomphe.

J'ai omis de dire dans quel état d'esprit je me trouvais, mais ne l'omettrai pas plus longtemps, poussée par les effets du Martini que je suis en train de boire – mon plaisir de la soirée. J'avais à l'époque des problèmes dont je ne vous ai pas encore parlé, car il s'agissait de problèmes sentimentaux. Mais en partant ce jour-là avec la Vieille Annie, j'étais décidée à m'amuser le plus possible. J'avais l'impression que c'était faire insulte à la Stanley Steamer que d'agir autrement. Toute ma vie, j'ai trouvé qu'il s'agissait d'une bonne règle à observer : tirer des choses le plus de plaisir possible même quand on n'a pas le cœur à être heureux.

Je dis à l'un des garçons de courir jusqu'à la galerie de devant pour demander à son grand-père s'il avait envie de faire un tour dans la Steamer. Il revint en disant qu'ils s'étaient endormis tous les deux.

Je dus remplir une nouvelle fois la chaudière avant

de repartir, et à ce moment-là, Treece Herron s'approcha de moi.

« Vous avez rendu cette journée mémorable pour tout le monde », me dit-il.

Flirter avec lui ne me déplaisait pas. J'avais en fait une longue carrière de flirt devant moi. C'est une attitude assez naturelle, quand la perte d'un amour vous force à renoncer à vos projets de mariage.

Je lui répondis qu'il l'oublierait complètement une fois ses amis retrouvés à Toronto. Il m'assura que non, il ne l'oublierait jamais, puis me demanda s'il pouvait m'écrire. Je lui dis que personne ne saurait l'en empêcher.

Sur le chemin du retour, je songeai à cette discussion en me disant que ce serait vraiment ridicule si jamais il avait réellement le béguin pour moi. Un étudiant en théologie ! Je ne soupçonnais pas alors qu'il abandonnerait la théologie pour se lancer dans la politique.

« Dommage que le vieux Mr. Herron n'ait pas pu te parler, dis-je à la Vieille Annie.

– Oh, moi j'ai pu lui parler », me répondit-elle.

En fait, Treece Herron m'écrivit bel et bien, mais lui aussi devait avoir quelques craintes, car il joignit à sa lettre des brochures sur des écoles tenues par des missionnaires. Quelque chose à propos d'une collecte d'argent pour ces écoles. Ceci me déconcerta, et je ne lui répondis pas. (Des années plus tard, je dirais en plaisantant que j'aurais pu l'épouser, si j'avais su tirer mon épingle du jeu.)

Quand je demandai à la Vieille Annie si Mr. Herron avait compris ce qu'elle lui disait, elle m'assura : « Suffisamment. » Je lui demandai également si elle était contente de l'avoir revu, et elle me dit oui. « Et contente qu'il ait pu me voir », ajouta-t-elle, non sans une certaine exultation qui avait probablement un rapport avec sa robe et le véhicule.

Nous poursuivîmes donc notre chemin dans la Steamer, filant à petite vapeur sous la haute voûte des arbres qui bordaient les routes en ce temps-là. On apercevait le lac à des kilomètres à la ronde – des visions fugitives, des éclairs lumineux, si espacés les uns des autres entre les arbres et les collines que la Vieille Annie me demanda s'il pouvait réellement s'agir du même lac, du même que celui de Walley.

À l'époque, beaucoup de personnes âgées avaient des idées saugrenues dans la tête, même si la Vieille Annie en avait sans doute plus que les autres. Je la revois une autre fois en train de me raconter qu'au foyer, elle avait vu sortir un bébé du gros furoncle qu'une fille avait sur le ventre et qui avait éclaté ; le bébé était inerte et de la taille d'un rat, mais ils l'avaient passé au four, où il avait gonflé et pris une taille normale ainsi qu'une jolie couleur, après quoi il avait commencé à agiter les jambes. (Demandez à une vieille femme de se souvenir, et elle vous déballe tout : voilà ce que vous devez vous dire à présent.)

Je lui fis remarquer que ce n'était pas possible, qu'il devait s'agir d'un cauchemar.

« Peut-être », me répondit-elle, pour une fois d'accord avec moi. « Fut un temps où je faisais les pires cauchemars. »

Des vaisseaux spatiaux ont atterri

La nuit où Eunie Morgan disparut, Rhea était assise dans le tripot de Carstairs – chez Monk –, une maison de bois étroite et nue, souillée jusqu'à mi-hauteur par les inondations périodiques de la rivière. C'était Billy Doud qui l'y avait amenée. Il jouait aux cartes à un bout de la grande table, tandis qu'une conversation se déroulait à l'autre. Rhea était installée dans un fauteuil à bascule relégué dans un coin près du poêle à pétrole, à l'écart.

« Un besoin naturel, alors, appelons ça un besoin naturel », disait un homme qui avait auparavant parlé de merde. Un autre lui avait demandé de surveiller son langage. Personne ne regardait Rhea, mais elle savait que c'était à cause d'elle.

« Parti dans les rochers pour soulager un besoin naturel. Et il se disait qu'il aimerait bien trouver un bout de quelque chose, ça lui rendrait service. Même si bien entendu, il ne s'attendait pas à trouver quoi que ce soit là-haut. Et là, qu'est-ce qu'il voit ? Y voit ce truc par terre. Des feuilles de ce truc, par terre. Si c'est pas la vérité ! Partout par terre, des feuilles. Alors il en ramasse et en fourre dans ses poches en se disant : "Il en reste plein pour la prochaine fois." Il y pense plus. Y retourne au camp.

– Il était dans l'armée ? » demanda un homme que Rhea connaissait – l'homme qui déneigeait les trottoirs de l'école, pendant l'hiver.

« Qu'est-ce qui te fait croire ça ? J'ai jamais dit ça !

– T'as parlé d'un camp. D'un camp militaire », reprit l'homme qui déneigeait. Il s'appelait Dint Mason.

« J'ai jamais parlé d'un camp militaire. Je parle d'un camp de bûcherons. Là-haut, dans le Nord du Québec. Qu'est-ce que ferait un camp militaire là-haut ?

– J'ai cru que t'avais dit "camp militaire".

– Et là, quelqu'un voit ce qu'il a trouvé. Qu'est-ce que c'est que ça ? Ben, il dit, je sais pas. Tu l'as ramassé où ? Ça traînait par terre. Et qu'est-ce que tu crois que c'est ? Ben, je sais pas.

– À entendre, ça ressemble beaucoup à de l'amiante », intervint un autre homme que Rhea connaissait de vue, un ancien enseignant qui vendait à présent des casseroles en tout genre pour cuisiner à la vapeur. Il souffrait de diabète, et d'après ce qu'on disait, son état était si critique qu'il avait toujours une goutte de sucre pur, cristallisé, au bout du pénis.

« De l'amiante, confirma l'homme qui racontait l'histoire, mécontent. Et c'est à cet endroit qu'on a creusé la plus grosse mine d'amiante du monde entier. Et de cette mine est sortie une fortune ! »

Dint Mason reprit la parole.

« Pour le type qui l'a trouvée, je te parie que non. C'est jamais comme ça. La fortune, c'est jamais pour le type qui trouve quelque chose.

– Quelquefois, si, dit l'homme qui racontait l'histoire.

– Jamais, répéta Dint.

– Certains ont trouvé de l'or et ils en ont tiré un bon

parti, insista l'homme qui racontait l'histoire. Il y en a plein ! Ils ont trouvé de l'or et ils sont devenus millionnaires. Milliardaires. Sir Harry Oakes, par exemple. Il en a trouvé. Il est devenu millionnaire !

– Il s'est fait tuer », ajouta un homme qui jusque-là n'avait pas pris part à la conversation. Dint Mason se mit à rire, plusieurs autres se mirent à rire, et l'homme aux casseroles demanda :

« Millionnaire ? Milliardaire ? Qu'est-ce qui vient après milliardaire ?

– Y s'est fait tuer : voilà tout le parti qu'il en a tiré ! » s'écria Dint Mason au comble du rire. L'homme qui venait de raconter l'histoire abattit ses mains plates sur la table et la fit trembler.

« J'ai jamais dit le contraire ! J'ai jamais dit qu'il ne s'était pas fait tuer ! On n'est pas en train de discuter pour savoir s'il s'est fait tuer ou non ! J'ai dit qu'il en avait trouvé, qu'il en avait tiré le maximum, et qu'il était devenu millionnaire ! »

Tout le monde avait saisi sa bouteille et son verre, pour les empêcher de se renverser. Même les hommes qui jouaient aux cartes avaient interrompu leur partie pour se mettre à rire. Billy tournait le dos à Rhea, ses larges épaules miroitant dans une chemise blanche. Son ami Wayne se tenait de l'autre côté de la table, et regardait le jeu. Wayne était le fils du pasteur de l'Église unifiée de Bondi, un village non loin de Carstairs. Il avait fréquenté le lycée avec Billy, il allait devenir journaliste – il avait déjà un travail, dans un journal de Calgary. Tandis que se déroulait la conversation sur l'amiante, il avait levé les yeux et croisé le regard de Rhea, et depuis, il l'observait avec un léger sourire pincé et insistant. Ce n'était pas la première fois que Wayne croisait le regard de Rhea, mais d'habitude, il ne souriait pas. Il la regardait, puis détournait les yeux, quelquefois pendant que Billy parlait.

Mr. Monk se releva. Une maladie ou un accident l'avait estropié : il marchait avec une canne, courbé en avant presque à angle droit au niveau de la ceinture. Assis, il paraissait presque normal. Debout, il était plié en deux sur la table, affalé au milieu des rires.

L'homme qui avait raconté l'histoire se leva au même moment et, peut-être sans le vouloir, fit tomber son verre. Celui-ci se brisa et les hommes se mirent à crier :

« Rembourse ! Rembourse !

– Tu payeras la prochaine fois », dit Mr. Monk, d'une voix à calmer tout le monde – une voix forte et chaleureuse pour un homme à ce point délabré et diminué.

« Il y a moins de génies que de trous du cul, dans cette pièce ! » cria l'homme qui avait raconté l'histoire ; il marcha sur le verre, le poussa du pied, passa devant le fauteuil de Rhea pour atteindre la porte de derrière. Ses poings se serraient et se desserraient, et ses yeux étaient pleins de larmes.

Mrs. Monk apporta le balai.

D'ordinaire, Rhea ne serait même pas entrée dans cette maison. Elle serait restée dehors avec Lucille, la petite amie de Wayne, dans la voiture de Wayne ou dans celle de Billy. Billy et Wayne entraient boire un verre, promettant de ressortir une demi-heure plus tard. (Cette promesse n'était pas à prendre au sérieux.) Mais ce soir-là – début août – Lucille, souffrante, était restée chez elle, Billy et Rhea étaient allés seuls au bal de Walley et, au lieu de passer un moment dans la voiture, ils avaient coupé à travers la campagne pour se rendre directement chez Monk. Le tripot se trouvait aux abords de Carstairs, où Billy et Rhea habitaient. Billy habitait en ville, Rhea dans un élevage de volailles situé juste de l'autre côté du pont, après cette rangée de maisons qui bordaient la rivière.

Quand Billy aperçut la voiture de Wayne garée devant chez Monk, il la salua comme s'il s'était agi de Wayne en personne.

« Ah, ah ! Sacré Wayne ! s'écria-t-il. Tu nous as devancés ! » Il pressa l'épaule de Rhea. « Entrons, dit-il. Toi aussi. »

Quand Mrs. Monk leur ouvrit la porte de service, Billy annonça :

« Vous voyez : j'ai amené une de vos voisines. »

Mrs. Monk regarda Rhea de la manière dont elle aurait regardé une pierre sur la route. Billy Doud avait des idées bizarres sur les gens. Il les mettait tous dans le même sac, à partir du moment où ils étaient pauvres – pauvres à ses yeux – ou appartenaient à « la classe ouvrière ». (Rhea avait rencontré ce terme uniquement dans des livres.) Il mettait Rhea dans le même sac que les Monk parce qu'elle habitait sur la colline dans l'élevage de volailles – sans comprendre que la famille de son amie ne se considérait pas comme voisine des personnes vivant dans ces maisons, ou que son père n'aurait jamais accepté de s'y asseoir pour prendre un verre.

Rhea avait souvent rencontré Mrs. Monk sur la route menant en ville, mais Mrs. Monk ne parlait jamais. Ses cheveux bruns grisonnants étaient attachés en chignon derrière sa tête, et elle ne portait pas de maquillage. Elle avait conservé une silhouette élancée, comme peu de femmes à Carstairs. Ses vêtements étaient simples et soignés, et s'ils ne faisaient pas particulièrement jeunes, ils ne faisaient pas non plus ce que Rhea appelait « ménagère ». Elle arborait ce soir-là une jupe à carreaux et un chemisier jaune à manches courtes. Elle avait toujours la même expression – pas hostile, mais grave et préoccupée, comme si elle portait le poids d'un désenchantement et d'un tracas familiers.

Elle conduisit Billy et Rhea dans la pièce du milieu. Les hommes assis à la table ne levèrent pas les yeux et ne prêtèrent aucune attention à Billy avant qu'une chaise ait été tirée. Il y avait peut-être une sorte de règle à ce sujet. Tous ignorèrent Rhea. Mrs. Monk retira quelque chose du fauteuil à bascule et lui fit signe de s'asseoir.

« Je vous apporte un Coca-Cola ? » demanda-t-elle.

La crinoline cachée sous la robe de bal vert tilleul que portait Rhea fit un bruit de paille écrasée quand elle s'assit. Elle eut un petit rire gêné, mais Mrs. Monk avait déjà tourné les talons. La seule personne à remarquer ce bruit fut Wayne, qui venait de l'entrée et pénétrait à l'instant dans la pièce. Il leva ses sourcils noirs d'un air amical mais accusateur. Elle ne savait pas du tout si Wayne l'aimait ou non. Même lorsqu'il dansait avec elle, au *Walley Pavilion* (lui et Billy s'obligeaient, une fois dans la soirée, à échanger leur partenaire), il la tenait comme un paquet dont il n'aurait pas vraiment été responsable. C'était un danseur sans vie.

Lui et Billy ne s'étaient pas salués ainsi qu'ils le faisaient d'habitude, par un grognement et un coup de poing dans le vide. Ils se montraient prudents et réservés devant ces hommes plus âgés.

À part Dint Mason et l'homme qui vendait des casseroles, Rhea connaissait Mr. Martin, qui travaillait au pressing, et Mr. Boles, l'entrepreneur des pompes funèbres. Parmi les autres, certains avaient des visages familiers, certains non. Aucun de ces hommes n'aurait été véritablement déshonoré par la fréquentation de cet établissement – le tripot de Monk n'était pas un endroit déshonorant. Pourtant, il laissait une légère tache sur leur réputation. On en parlait comme si cela expliquait quelque chose. Même quand un homme prospérait. « Il va chez Monk. »

Mrs. Monk apporta à Rhea un Coca-Cola sans verre. Il n'était pas frais.

Ce que Mrs. Monk avait retiré du fauteuil, pour permettre à Rhea de s'asseoir, était une pile de vêtements humidifiés et roulés en vue d'être repassés. Ainsi donc, on faisait du repassage ici, des tâches ménagères ordinaires. On étalait peut-être de la pâte à tarte sur cette table. On préparait des repas – il y avait un poêle à bois, à présent froid et recouvert de journaux puisqu'on se servait du poêle à pétrole pendant tout l'été. Il y avait une odeur de pétrole et de plâtre humide. Des taches laissées par les inondations sur le papier peint. Un ordre stérile, des stores vert foncé baissés sur les fenêtres. Un rideau en fer-blanc dans un coin, qui cachait probablement un vieux monte-plats.

Mrs. Monk était aux yeux de Rhea la personne la plus intéressante de la salle. Elle avait les jambes nues, mais portait des talons hauts. Ils martelaient sans cesse les lattes du plancher. Autour de la table, comme elle allait et revenait du buffet où se trouvaient les bouteilles de whisky (et où elle s'arrêtait le temps d'inscrire des choses sur un bloc de papier : le Coca-Cola de Rhea, le verre cassé). Tap-tap-tap, tandis qu'elle se rendait dans l'entrée de service à quelque base de ravitaillement, d'où elle revenait avec une poignée de bouteilles de bière dans chaque main. Elle était aussi attentive qu'un sourd-muet, et aussi silencieuse, captant le plus petit signal émis autour de la table, satisfaisant avec obéissance, sans jamais sourire, à toutes les exigences. Ceci rappela à Rhea les rumeurs qui couraient sur Mrs. Monk, et elle pensa au signe d'un autre genre que pouvait faire un homme. Selon ces rumeurs, Mrs. Monk retirait alors son tablier et précédait son client dans le hall d'entrée, où un escalier devait mener aux chambres. Les autres hommes, y compris son mari, feignaient de ne rien remarquer. Elle montait l'escalier sans se retourner, laissant son client suivre des yeux ses fesses bien dessinées dans sa jupe d'institutrice. Puis, sur un lit qui l'attendait, elle s'allongeait sans la moindre hésitation ni le moindre enthousiasme. Cet empressement indifférent, cette froide complaisance, l'idée d'une telle confrontation, rapide et contrainte, achetée et payée, était pour Rhea honteusement excitante.

Être à ce point écrasée, utilisée, et savoir à peine qui vous possédait, tout accepter avec cette faculté secrète, encore et encore.

Elle songea à Wayne, qui passait la porte du hall d'entrée au moment où on l'avait conduite dans la salle en compagnie de Billy. Elle se dit : Et s'il venait de là-haut ? (Plus tard, Wayne lui expliqua qu'il se trouvait au téléphone – il appelait Lucille, comme promis. Plus tard, elle en vint à croire que ces rumeurs étaient fausses.)

Elle entendit un homme s'écrier :

« Surveille ton langage.

– Un besoin naturel, alors, d'accord, un besoin naturel. »

La maison de Eunie Morgan était la troisième après celle des Monk. La dernière au bord de la route. Vers minuit, racontait la mère de Eunie, elle avait entendu la porte grillagée se refermer. Elle avait entendu la porte et n'y avait rien trouvé d'anormal. Elle pensait naturellement que Eunie était sortie aux toilettes. Même en 1953, les Morgan n'avaient pas de sanitaires à l'intérieur.

Évidemment, aucun d'entre eux n'allait jusqu'aux toilettes, tard dans la nuit. Eunie et sa mère s'accroupissaient dans l'herbe. Son père arrosait la reine-des-prés poussant à l'autre bout de la galerie.

Ensuite, j'ai dû m'endormir, poursuivit la mère, mais je me suis réveillée plus tard et je me suis dit que je ne l'avais pas entendue rentrer.

Elle descendit faire le tour de la maison. La chambre de Eunie se trouvait derrière la cuisine, mais elle dormait n'importe où quand il faisait chaud. Eunie pouvait être couchée sur le divan de la salle de séjour, ou allongée par terre dans l'entrée pour profiter du courant d'air soufflant entre les portes. Elle avait pu sortir sur la galerie où était installée une banquette de voiture en bon état, que son père avait récupérée, des années plus tôt, un peu plus bas sur la route. Sa mère ne la trouva nulle part. La pendule de la cuisine indiquait deux heures vingt.

La mère de Eunie retourna au premier étage et secoua le père de Eunie jusqu'à ce que celui-ci se réveillât.

« Eunie n'est pas en bas, dit-elle.

– Où est-elle, alors ? » lui demanda son mari, comme si c'était à elle de le savoir. Elle dut le secouer à plusieurs reprises pour l'empêcher de se rendormir. Il témoignait d'une grande indifférence pour les nouvelles qu'on lui annonçait, de la répugnance à écouter ce qu'on lui disait, même lorsqu'il était éveillé.

« Lève-toi, lève-toi, lui dit-elle. Il faut qu'on la trouve. » Il finit par lui obéir, s'assit, enfila son pantalon et ses bottes. « Prends ta lampe de poche », lui dit-elle, et, suivie de son mari, elle redescendit l'escalier, sortit sur la galerie, alla jusqu'au jardin. C'était à lui de diriger la lampe ; elle lui indiquait où la diriger. Elle le conduisit le long du chemin menant aux toilettes, lesquelles se dressaient dans un massif de lilas et de groseilliers au fond de leur terrain. Ils pointèrent la lampe à l'intérieur de la cabine, sans rien y trouver. Ils jetèrent ensuite un œil au milieu des robustes troncs de lilas – ceux-ci étaient presque des arbres –, et le long du sentier, aujourd'hui presque effacé, qui menait, par une trouée dans le grillage de clôture, à la végétation sauvage poussant sur les berges de la rivière. Rien là non plus. Personne.

Ils revinrent par le potager, éclairant les plants de pommes de terre couverts de poussière, et la rhubarbe splendidement montée en graine. Le vieux souleva une grande feuille de rhubarbe du bout de sa botte, braqua la lampe en dessous. Sa femme lui demanda s'il était devenu fou.

Elle se souvint que Eunie marchait autrefois pendant son sommeil. Mais il y avait des années de cela.

Elle aperçut quelque chose briller à l'angle de la maison, comme des couteaux ou un homme portant une armure.

« Là, là ! dit-elle. Éclaire par là ! Qu'est-ce que c'est ? » Il s'agissait seulement de la bicyclette de Eunie, que celle-ci enfourchait tous les jours pour se rendre au travail.

Puis la mère se mit à appeler Eunie. Elle l'appela derrière et devant la maison – devant, des pruniers atteignaient la hauteur du toit, et il n'y avait pas de trottoir, juste un chemin de terre entre les arbres. Leurs troncs se pressaient les uns contre les autres tels des sentinelles, des animaux noirs informes. Pendant qu'elle espérait une réponse, elle entendit le coassement d'une grenouille, aussi proche que si la bête avait été postée dans les branches des pruniers. À peine un kilomètre plus loin, la route s'arrêtait dans un champ trop marécageux pour être exploité, où poussaient des peupliers couverts de mauvaises herbes au milieu des saules et des sureaux. Dans l'autre direction, elle rejoignait la route venant de la ville, puis enjambait la rivière pour grimper la colline jusqu'à l'élevage de volailles. Dans les plaines de la rivière s'étendaient les vieux champs de foire, où subsistaient quelques tribunes abandonnées depuis avant la guerre, époque à laquelle la foire locale avait été remplacée par la grande foire de Walley. L'ovale de la piste de course était encore visible dans l'herbe.

C'était l'endroit où la ville avait vu le jour, plus de cent ans auparavant. Il y avait eu ici des moulins et des hôtelleries. Mais les crues de la rivière avaient persuadé les gens d'aller s'installer plus haut. Les terrains restaient inscrits sur la carte, et les routes tracées, mais seule demeurait aujourd'hui la rangée de maisons habitées par des gens trop pauvres ou bien trop têtus pour déménager – ou encore, à l'autre extrême, par des personnes dont la vie était trop temporaire dans son organisation pour que l'invasion de l'eau les dérangeât.

Les parents de Eunie abandonnèrent. Ils s'assirent dans la cuisine sans éclairer la lumière. Il était entre trois et quatre heures du matin. Ils devaient sembler attendre l'arrivée de Eunie et son avis sur ce qu'il fallait faire. C'était Eunie qui commandait dans cette maison, et ils avaient probablement du mal à se souvenir du temps où il en allait autrement. Dix-neuf ans plus tôt, elle avait littéralement fait irruption dans leur vie. Mrs. Morgan pensait qu'elle souffrait du retour d'âge et qu'elle prenait du poids – elle était déjà suffisamment forte pour que la différence ne se remarquât pas trop. Elle pensait que ce qui lui commotionnait le ventre était dû à ce que les gens appelaient une indigestion. Elle savait comment on faisait les enfants, elle n'était pas idiote – mais elle avait vécu si longtemps sans jamais en avoir ! Un jour, à la poste, elle avait dû demander une chaise, elle se sentait faible et tordue par des crampes. Ensuite, elle avait perdu les eaux, on l'avait emmenée d'urgence à l'hôpital, et Eunie était sortie d'un coup, coiffée d'une épaisse toison de cheveux blancs. Elle avait réclamé l'attention dès le moment de sa naissance.

Pendant tout un été, Eunie et Rhea avaient joué ensemble, sans jamais cependant considérer leur activité comme un jeu. Jouer était le mot qu'elles employaient pour satisfaire les autres. Il s'agissait des moments les plus importants de leur existence. Ce qu'elles faisaient le reste du temps leur paraissait frivole, bien peu mémorable. Quand elles rejoignaient la berge en coupant par le jardin de Eunie, elles devenaient des individus différents. Chacune d'elles s'appelait Tom. Les Deux Toms. Pour elles, un Tom était un substantif, pas seulement un nom propre. Il n'était ni masculin ni féminin. Il désignait quelqu'un d'exceptionnellement courageux et intelligent mais pas toujours chanceux, un être – tout simplement – invulnérable. Les « toms » menaient une lutte sans fin, et ce contre les « harapies ». (Peut-être Rhea et Eunie avaient-elles entendu parler des harpies ?) Les harapies rôdaient le long de la rivière et pouvaient prendre l'apparence de voleurs, d'Allemands, ou de squelettes. Leurs subterfuges et leurs vices étaient illimités. Elles posaient des pièges, tendaient des embuscades, et torturaient les enfants qu'elles avaient volés. Parfois, Eunie et Rhea prenaient de vrais enfants – les McKay, qui avaient brièvement vécu dans l'une des maisons bordant la rivière – et elles les persuadaient de se laisser ligoter et fouetter avec des quenouilles. Mais les McKay ne pouvaient ou ne voulaient se plier à cette conspiration, et ils se mettaient à pleurer ou s'échappaient rapidement pour rentrer chez eux, si bien qu'il ne restait à nouveau plus que les toms.

Les toms avaient construit une cité de boue près de la rivière. Ceinte de murs de pierres pour résister aux attaques des harapies, elle possédait un palais royal, une piscine, un drapeau. Mais un jour que les toms étaient partis en voyage, les harapies l'avaient entièrement rasée. (Bien sûr, Eunie et Rhea devaient, souvent, se changer en harapies.) Un nouveau chef fit son apparition, une reine harapie prénommée Joylinda, dont les projets s'avéraient diaboliques. Elle avait empoisonné les mûres poussant sur la berge, et les toms en avaient mangé, insouciants et affamés qu'ils étaient après leur voyage. Ils se tortillaient et transpiraient au milieu des baies juteuses sous l'effet du poison. Ils s'aplatissaient dans la terre boueuse légèrement molle et tiède, comme du caramel qu'on vient de faire. Ils sentaient leurs entrailles se recroqueviller et tremblaient de tous leurs membres, mais ils durent se relever en titubant à la recherche d'un antidote. Ils essayèrent de mâcher de l'iris des marais – qui, comme l'indiquait son surnom d'herbe épée, pouvait vous trancher la peau –, se barbouillèrent la bouche avec de la boue, et envisagèrent de mordre dans une grenouille vivante s'ils parvenaient à en attraper une, mais ils décidèrent finalement que ce seraient les merises de Virginie qui les sauveraient de la mort. Après avoir mangé une poignée de ces minuscules baies, la peau tapissant l'intérieur de leurs joues se crispa à tel point qu'ils durent courir à la rivière pour se désaltérer. Ils se jetèrent dedans, là où l'eau était toute vaseuse, entre les nénuphars, et où l'on ne voyait pas le fond. Ils burent encore et encore, tandis que les mouches à viande filaient telles des flèches au-dessus de leurs têtes. Ils étaient sauvés.

Émergeant de ce monde en fin d'après-midi, elles se retrouvaient dans le jardin de Eunie, où ses parents travaillaient encore, ou de nouveau, à biner, butter, ou désherber leurs légumes. Elles s'allongeaient à l'ombre de la maison, aussi épuisées que si elles avaient traversé des lacs à la nage ou escaladé des montagnes. Elles sentaient la rivière, l'ail et la menthe sauvages qu'elles avaient écrasés sous leurs pieds, l'herbe drue et chaude, la boue putride où se déversaient les égouts. Parfois, Eunie allait leur chercher quelque chose à manger dans la maison – des tranches de pain et du sirop de maïs ou de la mélasse. Elle n'avait jamais à demander la permission. Elle se gardait toujours la plus grosse part.

Elles n'étaient pas amies, dans le sens où Rhea entendrait cette expression, plus tard. Elles n'essayaient jamais de se faire plaisir ou de se réconforter. Elles ne partageaient aucun secret, mis à part leur jeu, et même cela n'était pas un secret puisqu'elles laissaient d'autres enfants y participer. Mais elles ne les laissaient jamais être des toms. Peut-être était-ce donc là ce qu'elles partageaient, au cours de leur intense collaboration quotidienne. La nature, le danger, d'être des toms.

Eunie n'avait jamais semblé dépendante de ses parents, ni même liée à eux, à la manière des autres enfants. Rhea était frappée par la façon dont elle gouvernait sa propre vie, le pouvoir insouciant qu'elle détenait au sein du foyer. Quand Rhea annonçait qu'elle devait rentrer chez elle à une certaine heure, ou qu'elle avait des corvées à faire, ou encore qu'elle devait changer de vêtements, Eunie s'en trouvait offensée, incrédule. Toutes les décisions que prenait Eunie, elle les prenait seule. À quinze ans, elle cessa d'aller à l'école pour se trouver un emploi à la fabrique de gants, et Rhea l'imaginait très bien rentrer chez elle pour annoncer à ses parents ce qu'elle avait fait. Non, même pas le leur annoncer – cela apparaîtrait tout naturellement, peut-être quand elle commencerait à rentrer plus tard l'après-midi. À présent qu'elle gagnait de l'argent, Eunie s'acheta une bicyclette. Elle s'acheta aussi une radio, qu'elle écoutait dans sa chambre tard le soir. Peut-être ses parents entendaient-ils alors des coups de feu résonner, des véhicules rugir dans les rues. Eunie leur racontait peut-être des choses qu'elle avait entendues : les informations annonçant des crimes, des accidents, des ouragans, des avalanches. Rhea ne pensait pas qu'ils y prêtaient une grande attention. Ils avaient du travail et une vie riche en événements, même si ces événements étaient liés aux saisons et aux légumes qu'ils vendaient en ville pour gagner leur vie. Les légumes, les framboises, la rhubarbe. Ils n'avaient pas le temps de faire grand-chose d'autre.

À l'époque où Eunie allait encore à l'école, Rhea s'y rendait à vélo, si bien qu'elles ne faisaient jamais le chemin ensemble, même si elles empruntaient le même itinéraire. Quand Rhea doublait Eunie, celle-ci avait l'habitude de crier quelque chose de provocateur, de dénigrant. « Hue, mon cheval ! » Et maintenant que Eunie possédait une bicyclette, Rhea faisait le trajet à pied – au lycée, on trouvait qu'une fille venant à vélo après la classe de seconde avait l'air gauche et ridicule. Mais Eunie descendait de selle, et marchait à côté de Rhea, comme si elle lui faisait une faveur.

Ce n'était pas du tout une faveur – Rhea ne voulait pas d'elle. Eunie avait toujours eu une allure singulière : grande pour son âge, elle avait les épaules étroites et pointues, une crête de cheveux crêpelés blond blanchâtre dressée au sommet de la tête, un air outrecuidant, et une grosse mâchoire allongée. Cette mâchoire donnait à la partie inférieure de son visage une certaine épaisseur, laquelle semblait se refléter dans le râle épais et flegmatique de sa voix. Plus jeune, rien de tout cela n'avait eu d'importance – sa conviction que tout en elle était parfait en avait intimidé beaucoup. Mais à présent qu'elle mesurait entre un mètre soixante-quinze et un mètre quatre-vingts, elle paraissait terne et masculine avec son pantalon et ses bandanas, ses grands pieds semblant chaussés de chaussures pour homme, sa voix autoritaire et sa démarche disgracieuse – elle était passée directement du stade d'enfant à celui de personnage. Et elle parlait à Rhea sur un ton possessif agaçant, lui demandant si elle n'était pas lasse d'aller à l'école, ou si son vélo était cassé et que son père n'avait pas les moyens de le faire réparer. Quand Rhea se fit faire une permanente, Eunie lui demanda ce qui était arrivé à ses cheveux. Elle pensait avoir le droit d'agir ainsi parce qu'elle et Rhea habitaient du même côté de la ville et qu'elles avaient joué ensemble, à une époque qui semblait à Rhea aussi lointaine que méprisable. Et le pire était quand Eunie se lançait dans des récits que Rhea trouvait à la fois ennuyeux et exaspérants, sur les meurtres, les catastrophes et autres événements monstrueux dont elle avait entendu parler à la radio. Rhea était exaspérée car malgré ses efforts, Eunie ne parvenait jamais à lui dire si ces choses avaient vraiment eu lieu, ni même – d'après ce que voyait Rhea – à faire la différence entre fiction et réalité.

Était-ce aux informations, Eunie ? Était-ce une histoire ? Est-ce que des gens jouaient un rôle devant un micro ou s'agissait-il d'un reportage ? Eunie ! Était-ce réel ou s'agissait-il d'une pièce ?

C'était toujours Rhea, jamais Eunie, que ces questions éreintaient. Eunie se contentait d'enfourcher sa bicyclette et de filer. « À plus tard, mon canard ! »

Le travail de Eunie lui convenait, assurément. La ganterie occupait les deuxième et troisième étages d'un immeuble donnant sur la rue principale, et quand il faisait doux, et que les fenêtres étaient ouvertes, on entendait non seulement les machines à coudre mais les plaisanteries bruyantes, les querelles et les insultes, le fameux langage cru des femmes qui travaillaient. Sur l'échelle sociale, elles étaient censées se trouver en dessous des serveuses, bien en dessous des vendeuses de magasin. Elles travaillaient plus d'heures et gagnaient moins d'argent, mais cela ne les rendait pas humbles pour autant. Loin de là. Elles descendaient l'escalier en se bousculant et en plaisantant, et sortaient en trombe dans la rue. Elles hurlaient après les voitures où se trouvaient des personnes qu'elles connaissaient, et d'autres qu'elles ne connaissaient pas. Elles semaient la pagaille comme si elles avaient eu tous les droits.

Les gens proches de la base, telle Eunie Morgan, ou tout au sommet, tel Billy Doud, montraient une insouciance similaire, une faculté d'entendement émoussée.

Pendant sa dernière année de lycée, Rhea trouva elle aussi un emploi. Elle travaillait au magasin de chaussures les samedis après-midi. Billy Doud entra dans la boutique, au début du printemps, et déclara qu'il voulait acheter une paire de bottes en caoutchouc semblable à celle qui était accrochée dehors.

Il avait enfin terminé ses études, et apprenait à diriger l'usine familiale de pianos.

Billy retira ses chaussures, révélant des pieds moulés dans d'élégantes chaussettes noires. Rhea lui conseilla de porter des chaussettes en laine, des chaussettes de travail, dans les bottes en caoutchouc, pour éviter d'avoir les pieds qui bougent à l'intérieur. Il lui demanda s'ils en vendaient, et ajouta qu'il en achèterait également une paire, si Rhea lui en apportait une. Il lui demanda ensuite si elle voulait bien lui enfiler les chaussettes de laine.

Ce n'était qu'un stratagème, lui dit-il plus tard. Il n'avait besoin ni de bottes, ni de chaussettes.

Il avait des pieds longs, blancs, et délicatement parfumés. Il s'en dégageait une odeur de savon agréable, une senteur de talc. Renversé dans le fauteuil, grand et pâle, propre et frais, il semblait lui-même taillé dans du savon. Un haut front sculpté, des tempes déjà dégarnies, des cheveux à l'allure clinquante, des paupières indolentes couleur ivoire.

« C'est gentil à vous », dit-il, et il l'invita à aller danser le soir même, au bal d'ouverture qui avait lieu au *Walley Pavilion.*

Après cela, ils allèrent au bal de Walley tous les samedis soir. Ils ne sortaient pas ensemble pendant la semaine, car Billy devait se lever tôt pour aller à la fabrique apprendre le métier – avec sa mère, surnommée la Tartare – et Rhea devait faire quelques travaux ménagers pour son père et ses frères. Sa mère était à l'hôpital, à Hamilton.

« Voilà celui qui fait battre ton cœur », disaient les filles quand Billy passait en voiture devant l'école tandis qu'elles jouaient au volley, ou quand il marchait dans la rue ; et le cœur de Rhea se mettait réellement à battre en le voyant – sa tête nue aux cheveux brillants, ses mains nonchalantes mais assurément puissantes posées sur le volant. Son cœur battait aussi lorsqu'elle songeait à la façon si soudaine dont il l'avait remarquée, à la manière si inattendue dont il l'avait choisie, l'auréolant désormais d'un éclat digne d'une gagnante de prix – ou du prix lui-même –, d'une grâce jusque-là cachée. Des inconnues plus âgées qu'elle lui souriaient dans la rue, des filles portant une bague de fiançailles s'adressaient à elle en l'appelant par son prénom, et chaque matin, elle s'éveillait avec l'impression qu'on lui avait offert un cadeau extraordinaire, mais que sa mémoire l'avait rangé quelque part durant la nuit et qu'elle ne se souvenait plus, l'espace d'un instant, de quoi il s'agissait.

Billy lui valut des honneurs partout sauf au sein du

foyer familial. Cela ne la surprenait pas – le foyer familial, comme le savait Rhea, était l'endroit où l'on vous remettait à votre place. Ses frères cadets imitaient Billy en train d'offrir une cigarette à leur père. « Prenez donc une Pall Mall, Mr. Sellers. » Ils brandissaient devant lui un paquet imaginaire de cigarettes déjà roulées. Sa voix onctueuse, ses manières suffisantes, donnaient à Billy l'air stupide. « Molasse » était le surnom qu'ils lui avaient donné. Ce fut d'abord « Billy l'imbécile », puis « Billy la Molasse », puis « Molasse » tout court.

« Arrêtez d'embêter votre sœur », disait le père de Rhea. Puis il s'y mettait lui-même, par le biais d'une question pratique. « Tu as l'intention de continuer au magasin de chaussures ?

– Pourquoi ?

– Oh ! Comme ça. Tu en auras peut-être besoin.

– Pour quoi faire ?

– Pour entretenir ce type. Une fois que sa vieille mère sera morte et qu'il aura coulé l'affaire. »

Et pendant tout ce temps, Billy ne tarissait pas d'éloges sur le père de Rhea. Des hommes comme ton père, disait-il. Qui travaillent si dur. Juste pour s'en sortir. Et qui n'attendent rien d'autre. Qui sont si honnêtes, si placides, et qui ont bon cœur. Le monde doit énormément aux hommes comme lui.

Billy Doud, Rhea, Wayne et Lucille quittaient le bal vers minuit et prenaient leurs deux voitures pour aller se ranger sur le parking, au bout du chemin de terre longeant les falaises qui dominaient le lac Huron. Billy laissait la radio allumée, doucement. Il allumait toujours la radio, même quand il racontait à Rhea quelque histoire compliquée. Ses histoires avaient trait à sa vie d'étudiant, ponctuée de soirées, de blagues, et de sinistres escapades impliquant parfois la police. Elles avaient toujours trait à l'alcool. Un jour, un type saoul avait vomi par la fenêtre d'une voiture, et ce qu'il avait ingurgité était tellement nocif que la peinture avait été abîmée tout le long de la portière. Rhea ne connaissait pas les personnages de ces histoires, à part Wayne. Quand occasionnellement des noms de filles surgissaient, Rhea devait l'interrompre. Au fil des ans, elle avait vu Billy rentrer de l'université avec des filles dont le style, ou les vêtements, ou l'air fragile ou désinvolte, lui avaient fait grande impression, et à présent, elle ne pouvait s'empêcher de lui demander : Est-ce que Claire était celle qui portait le petit chapeau à voilette et les gants violets ? À l'église ? Qui était celle qui avait les longs cheveux roux et le manteau en poil de chameau ? Qui donc portait des bottes en velours avec un revers en mouton ?

En général, Billy ne s'en souvenait pas, et quand il lui arrivait d'en dire plus long sur ces filles, ce qu'il avait à en dire ne s'avérait pas toujours flatteur.

Quand ils étaient garés, et parfois même pendant qu'ils roulaient, Billy passait un bras autour des épaules de Rhea, il l'étreignait. Une promesse. Ils se faisaient aussi des promesses en dansant. Il n'était alors que trop fier de se blottir contre sa joue, ou de répandre une série de baisers dans ses cheveux. Les baisers qu'il lui donnait dans la voiture étaient plus rapides, et leur brièveté, le rythme auquel ils se succédaient, les petits claquements qui les accompagnaient parfois, informaient Rhea qu'ils n'étaient pas sérieux, ou qu'à demi sérieux. Il pianotait des doigts sur elle, sur ses genoux, et juste au-dessus de sa poitrine, avec des murmures appréciateurs, puis il se grondait, ou grondait Rhea, en disant qu'il devait prendre des mesures contre elle.

« Tu es une grosse vilaine », disait-il. Il pressait ses lèvres fermement contre les siennes, comme si c'était à lui de les faire taire tous les deux.

« Ce que tu peux m'attirer », poursuivait-il d'une voix qui n'était pas la sienne, une voix d'acteur de cinéma mielleux et langoureux ; il glissait ensuite sa main entre les jambes de Rhea, touchait sa peau au-dessus de ses bas – puis il sursautait, riait, comme si elle avait été à cet endroit trop chaude, ou trop froide.

« Je m'demande comment s'en sort ce vieux Wayne ? » disait-il.

La règle voulait qu'après un moment, lui ou Wayne donnât un coup de klaxon auquel l'autre se devait de répondre. Ce jeu – Rhea ne comprenait pas qu'il s'agissait d'une compétition, ou tout au moins, de quel genre de compétition il s'agissait – en vint à accaparer de plus en plus l'attention de Billy.

« Qu'est-ce que t'en penses ? disait-il en scrutant la nuit pour discerner la forme sombre de la voiture de Wayne. Qu'est-ce que t'en penses : tu crois que je devrais le klaxonner ? »

En retournant à Carstairs, au tripot, Rhea avait envie de pleurer, sans raison, et ses bras, ses jambes, lui semblaient avoir été remplis de ciment. Seule, elle se serait sans doute endormie profondément, mais elle ne pouvait rester seule car Lucille avait peur du noir, et quand Billy et Wayne entraient chez Monk, Rhea devait lui tenir compagnie.

Lucille était une fille blonde, mince, avec un estomac fragile, des règles irrégulières et une peau sensible. Les aléas de son corps la fascinaient et elle les traitait comme elle aurait traité un animal de compagnie pénible mais précieux. Elle transportait toujours de la lotion pour bébé dans son sac à main, et elle en appliquait sur son visage, que les poils de Wayne avaient ravagé un moment plus tôt. La voiture sentait la lotion pour bébé, et il flottait sous ce parfum une autre odeur, semblable à celle de la pâte à pain.

« Je vais l'obliger à se raser quand on se mariera, disait Lucille. Juste avant. »

Billy avait dit à Rhea que selon ses propres aveux, Wayne était resté avec Lucille tout ce temps et allait se marier avec elle parce qu'elle ferait une bonne épouse. Wayne expliquait qu'elle n'était pas la plus jolie fille du monde, et certainement pas la plus intelligente, et que c'était pour cette raison qu'il se sentirait toujours en sécurité dans leur couple. Elle n'aurait pas grande influence. Et elle n'était pas habituée à avoir beaucoup d'argent.

« Certaines personnes diront peut-être que c'est prendre la chose avec cynisme, avait remarqué Billy. Mais d'autres parleront de réalisme. Un fils de pasteur doit se montrer réaliste, il doit faire son propre chemin dans la vie. De toute façon, Wayne, c'est Wayne. »

« Wayne, c'est Wayne », répétait-il avec un plaisir solennel.

Un jour, Lucille avait demandé à Rhea :

« Alors, et toi ? Tu t'y habitues ?

– Oh, oui, avait répondu Rhea.

– Il paraît que c'est mieux sans capote. Je crois que je le saurai une fois mariée. »

Rhea était trop embarrassée pour avouer qu'elle n'avait pas tout de suite compris de quoi elles parlaient.

Lucille disait qu'une fois mariée, elle utiliserait des éponges et de la crème. Rhea se dit que ces articles seraient mieux à leur place dans une cuisine, mais elle se retint de rire, sachant que Lucille prendrait une telle plaisanterie pour une insulte. Lucille se mit à parler du conflit entourant les préparatifs de son mariage, quant à savoir si les demoiselles d'honneur porteraient un chapeau ou une couronne de boutons de rose. Lucille avait opté pour les boutons de rose, et elle pensait que tout était réglé, mais la sœur de Wayne s'était fait faire une permanente qui avait mal tourné. Du coup, elle voulait un chapeau pour la dissimuler.

« Ce n'est même pas une amie – elle est du mariage uniquement parce que c'est sa sœur et que je ne pouvais pas l'exclure. C'est une égoïste. »

L'égoïsme de la sœur de Wayne avait donné à Lucille une crise d'urticaire.

Rhea et Lucille avaient baissé les vitres pour aérer. Dehors, il y avait la nuit, avec la rivière qui tarissait, alors à son niveau le plus bas, entre les grosses pierres blanches ; les grenouilles et les grillons qui chantaient ; les chemins de terre qui luisaient faiblement en allant vers nulle part ; et la tribune en ruine du vieux champ de foire qui se dressait pareille à une inquiétante tour squelettique. Rhea savait que tout ceci se trouvait là, mais elle ne parvenait pas à s'y intéresser. Ce n'était pas seulement la conversation de Lucille qui l'en empêchait – pas seulement les chapeaux de mariage. Elle avait de la chance : Billy Doud l'avait choisie, une fiancée se confiait à elle, sa vie tournait peut-être mieux que quiconque aurait pu le prévoir. Mais dans un moment tel que celui-ci, elle se sentait isolée et perplexe, comme si elle avait perdu et non gagné quelque chose. Comme si elle avait été mise au ban. Mais de quoi ?

Wayne avait levé une main dans sa direction depuis l'autre bout de la pièce pour lui demander si elle avait soif. Il lui apporta une autre bouteille de Coca-Cola et se laissa glisser par terre à côté d'elle.

« M'assois avant de tomber », dit-il.

Elle comprit dès la première gorgée, peut-être dès qu'elle eut mis le nez dessus, ou peut-être même avant, qu'il y avait autre chose que du Coca-Cola dans la bouteille. Elle se dit qu'elle ne la boirait pas en entier, et même pas à moitié. Elle en avalerait juste un petit peu de temps en temps, pour montrer à Wayne qu'il ne l'avait pas démontée.

« Ça te va ? demanda Wayne. Est-ce que tu aimes boire ce genre de chose ?

– Ça va, répondit Rhea. J'aime tout ce qui se boit.

– Tout ? C'est bien, ça. Tu m'as l'air d'être le genre de fille qu'il faut à Billy Doud.

– Est-ce qu'il boit beaucoup, Billy ?

– Autant demander si le pape est juif. Non. Attends. Si Jésus était catholique. Non. Passons. Je ne voudrais pas te donner une mauvaise impression. Ni devenir trop clinique. Est-ce que Billy est un ivrogne ? Est-ce un alcoolique ? Est-ce un salocolique ? Je veux dire, un sale-con-olique ? Non, je me suis encore trompé. J'oubliais à qui je parlais. Mille excuses. Efface tout. Désolé. »

Il prononça tout ceci de deux voix étranges : l'une artificiellement aiguë, chantonnante ; l'autre bourrue et sérieuse. Rhea ne pensait pas l'avoir déjà entendu parler autant, de quelque voix que ce fût. C'était Billy qui parlait, d'habitude. Wayne disait un mot de temps à autre, un mot sans importance mais qui semblait important à cause du ton sur lequel il le disait. Et pourtant ce ton était souvent vide, parfaitement neutre, et son visage sans expression. Cela rendait les gens nerveux. On sentait en lui comme un mépris contenu. Rhea avait déjà vu Billy faire son possible pour rallonger une histoire, la déformer, en changer la tonalité – tout cela afin d'obtenir le grognement approbateur de Wayne, son glapissement de rire absolutoire.

« Tu ne dois pas en conclure que je n'aime pas Billy, reprit Wayne. Non. Non, je ne voudrais pas que tu penses une chose pareille.

– Mais tu ne l'aimes pas, déclara Rhea avec satisfaction. Pas du tout. » Sa satisfaction venait du fait qu'elle répondait à Wayne. Elle le regardait dans les yeux. Rien de plus. Car il l'avait plus d'une fois rendue nerveuse elle aussi. Il comptait parmi ces gens qui font une impression bien plus grande que celle que leur taille, leur style, ou n'importe lequel de leurs attributs peut leur conférer. Il n'était pas très grand, et son corps compact avait peut-être été dodu dans son enfance – il pouvait le redevenir un jour. Il avait un visage carré plutôt pâle, mis à part l'ombre bleutée de la barbe qui blessait Lucille. Ses cheveux noirs étaient très raides et très fins, et ils lui tombaient souvent sur le front.

« Ah, non ? s'écria-t-il, surpris. Je ne l'aime pas ? Comment serait-ce possible ? Alors que c'est quelqu'un d'adorable comme tout ! Regarde-le, là-bas, en train de boire et de jouer aux cartes avec le commun des mortels. Tu ne le trouves pas gentil ? Ou est-ce que tu te dis parfois que c'est un peu étrange d'être tout le temps gentil à ce point ? *Tout le temps.* Il n'y a qu'un seul moment où il se fiche dedans, et c'est quand tu l'amènes à parler de ses anciennes petites amies. Ne me dis pas que tu ne l'as pas remarqué. »

Il avait la main posée sur le pied du fauteuil à bascule où Rhea était assise. Il la berçait.

Elle rit, étourdie par le va-et-vient du fauteuil, ou peut-être parce que Wayne avait mis le doigt sur la vérité. D'après Billy, la fille à la voilette et aux gants violets avait l'haleine viciée par le tabac, une autre devenait grossière lorsqu'elle était saoule, et une troisième avait une infection cutanée, un fongus sous les bras. Billy avait confié à Rhea tous ces défauts sur le ton du regret, mais en parlant du fongus, il avait éclaté de rire. Involontairement, et avec une coupable satisfaction, il avait ricané.

« Il les critique toutes, dit Wayne. Les jambes poilues. La mauvaise haleine. Ça ne t'inquiète pas ? Mais toi, tu es tellement soignée. Je parie que tu te rases les jambes tous les soirs. » Il fit courir sa main le long de la jambe de Rhea, qu'elle avait par chance rasée avant d'aller au bal. « Ou est-ce que tu mets de ce truc qui fait tomber les poils ? Comment on appelle ça ?

– Du Veet, répondit Rhea.

– Du Veet ! C'est ça. Seulement, tu ne trouves pas que ça sent une drôle d'odeur ? Une odeur de moisi ou de levure, ou quelque chose dans ce genre-là ? La levure. C'est pas aussi un truc que les filles attrapent, ça ? Je te mets mal à l'aise ? Je devrais agir en gentleman et aller te chercher une autre bouteille. Si j'arrive à tenir debout et à marcher, je vais t'en chercher une autre. »

« Y'a presque pas de whisky dans celui-ci, dit-il en parlant du Coca-Cola qu'il lui rapportait. Il ne te fera pas de mal. » Rhea se dit que la première déclaration de Wayne était probablement un mensonge, mais que la seconde était sûrement vraie. Rien ne pouvait lui faire de mal. Et rien ne lui échappait. Elle ne pensait pas que Wayne eût de bonnes intentions. Pourtant, elle s'amusait. Toute la confusion, la sensation d'évoluer dans le brouillard qu'elle avait en compagnie de Billy s'était consumée. Elle avait envie de rire de tout ce que Wayne disait, et de tout ce qu'elle-même disait. Elle se sentait en sécurité.

« C'est une drôle de maison, dit-elle.

– Comment ça, drôle ? Qu'est-ce qu'elle a de drôle, cette maison ? C'est toi qui es drôle. »

Elle le regarda hocher sa tête brune et se mit à rire, car il lui faisait penser à un genre de chien. Il était intelligent, mais son entêtement frôlait la stupidité. Il y avait un entêtement canin, et de la souffrance, aussi, dans la façon dont il se cognait maintenant la tête contre le genou de Rhea, puis la rejetait en arrière pour ôter ses cheveux noirs de ses yeux.

Elle lui expliqua, avec maintes interruptions durant lesquelles elle ne put s'empêcher de rire à l'idée de lui expliquer cela, que ce qu'elle trouvait drôle était le rideau de fer-blanc installé dans le coin de la pièce. Elle pensait qu'il cachait un monte-plats, qui montait et descendait à la cave.

« On pourrait se pelotonner sur l'étagère, proposa Wayne. Tu veux essayer ? On pourrait demander à Billy de nous descendre avec la corde. »

Rhea chercha à nouveau des yeux la chemise blanche de Billy. Pour autant qu'elle sache, il ne s'était pas retourné une seule fois pour la regarder depuis qu'il avait pris place. Wayne était assis juste en face d'elle à présent, et si jamais Billy décidait enfin de se retourner, il ne verrait pas que sa chaussure pendait à son gros orteil et que Wayne lui donnait des chiquenaudes contre la plante du pied. Elle répondit qu'il lui faudrait d'abord aller aux toilettes.

« Je vais t'escorter », dit Wayne.

Il s'accrocha aux jambes de Rhea pour se relever.

« Tu es saoul, dit-elle.

– Je ne suis pas le seul. »

La maison des Monk avait des toilettes – une salle de bains, en fait – en retrait de l'entrée de service. La baignoire était remplie de caisses de bière – juste entreposées ici, pas en train de rafraîchir. La chasse d'eau fonctionnait convenablement. Rhea avait craint le contraire, car cela ne semblait pas avoir été le cas pour le précédent occupant.

Elle regarda son visage dans le miroir accroché au-dessus du lavabo et lui parla avec audace et approbation. « Laisse-le faire, dit-elle. *Laisse-le faire.* » Elle éteignit la lumière et pénétra dans le hall obscur. Des mains s'emparèrent d'elle immédiatement, et on la guida jusqu'à la porte de derrière où on la propulsa à l'extérieur. Debout contre le mur de la maison, elle et Wayne se poussèrent, s'attrapèrent, s'embrassèrent. À ce moment-là, elle eut l'impression d'être ouverte et refermée, ouverte et refermée encore, tel un accordéon. Elle recevait également un avertissement – quelque chose de lointain, sans rapport avec ce qu'elle et Wayne étaient en train de faire. Une sorte de cohue, de grognement, en elle ou au-dehors, qui tentait de se faire comprendre.

Le chien des Monk s'était approché et fourrait son museau entre eux. Wayne connaissait son nom.

« Couché, Rory ! Couché, Rory ! » cria-t-il tandis qu'il tirait sur la crinoline de Rhea. L'avertissement venait de son estomac, si étroitement pressé contre le mur. La porte de service s'ouvrit, Wayne lui dit clairement une phrase à l'oreille – elle ne saurait jamais laquelle de ces deux choses était arrivée en premier –, puis, brusquement libérée, elle se mit à vomir. Elle n'en avait pas eu envie avant de commencer. Elle tomba ensuite à quatre pattes et rendit jusqu'à ce que son estomac lui parût tordu comme une vieille serpillière miteuse. Quand elle eut fini, elle tremblait autant que si elle avait eu de la fièvre, et sa robe de bal ainsi que sa crinoline étaient mouillées là où le vomi avait giclé.

Quelqu'un – ce n'était pas Wayne – la releva et lui essuya le visage avec l'ourlet de sa robe.

« Gardez la bouche fermée et respirez par le nez, ordonna Mrs. Monk. Toi, fiche le camp », dit-elle à Wayne ou à Rory. Elle leur donnait à tous des ordres sur le même ton dénué de compassion ou de reproche. Elle emmena Rhea de l'autre côté de la maison jusqu'au camion de son mari, dans lequel elle dut en partie la hisser.

« Billy…, dit Rhea.

– Je le dirai à votre Billy. Je lui dirai que vous étiez fatiguée. N'essayez pas de parler.

– J'ai fini de vomir.

– On ne sait jamais », reprit Mrs. Monk en reculant le camion sur la route. Elle conduisit Rhea au sommet de la colline puis dans son jardin sans rien ajouter. « Attention en descendant, dit-elle après avoir fait demi-tour avec le camion et s'être arrêtée. La marche est plus haute que celle d'une voiture. »

Rhea entra dans la maison, utilisa la salle de bains sans fermer la porte, se débarrassa de ses chaussures dans la cuisine, grimpa l'escalier, ôta sa robe et sa crinoline, et les enfouit profondément sous son lit.

Le père de Rhea se leva tôt pour ramasser les œufs et se préparer à aller à Hamilton, comme il le faisait tous les seconds samedis du mois. Les garçons l'accompagnaient – ils pouvaient monter à l'arrière du camion. Rhea n'y allait pas aujourd'hui, car il n'y aurait pas de place à l'avant. Son père emmenait Mrs. Corey, dont le mari se trouvait dans le même hôpital que la mère de Rhea. Quand il emmenait Mrs. Corey, il mettait toujours une chemise et une cravate, car ils déjeunaient parfois au restaurant sur le chemin du retour.

Il vint frapper à la porte de Rhea pour lui dire qu'ils partaient. « Si tu trouves le temps long, tu peux nettoyer les œufs qui sont sur la table », dit-il.

Il se dirigea vers l'escalier, puis revint sur ses pas.

« Bois beaucoup beaucoup d'eau », lui conseilla-t-il à travers la porte.

Rhea voulait leur crier à tous de s'en aller. Il lui fallait réfléchir à certaines choses, des choses qui lui trottaient dans la tête et n'arrivaient pas à sortir à cause de la pression qu'exerçaient les occupants de la maison. Voilà ce qui lui causait un tel mal de tête. Après avoir entendu le bruit du camion mourir sur la route, elle sortit prudemment de son lit, descendit prudemment l'escalier, prit trois aspirines, but autant d'eau qu'elle put en avaler, et mesura une dose de café sans baisser les yeux.

Les œufs se trouvaient sur la table, dans des paniers de six litres. Ils avaient des traces de fumiers et des morceaux de paille collés, et attendaient d'être frottés à la paille de fer.

Quelles choses ? Des mots, surtout. Les mots que Wayne lui avait dits juste avant que Mrs. Monk sorte par la porte de service.

J'te baiserais bien si t'étais pas si laide.

Elle s'habilla, et quand le café fut prêt, elle s'en servit une tasse puis sortit sur la galerie, très ombragée durant la matinée. Les aspirines avaient commencé à agir, et maintenant, à la place du mal de tête, elle avait un vide à l'intérieur du crâne, un vide clair et fragile entouré d'un léger bourdonnement.

Elle n'était pas laide. Elle savait qu'elle n'était pas laide. Comment pouvait-on être sûr de ne pas être laid ?

Mais si elle était laide, est-ce que Billy Doud serait jamais sorti avec elle ? Billy se targuait d'être gentil.

Mais Wayne était très saoul quand il avait dit cela. Les ivrognes disent la vérité.

Heureusement qu'elle n'allait pas voir sa mère aujourd'hui. Si jamais celle-ci parvenait à lui tirer les vers du nez pour la faire avouer ce qui n'allait pas – et Rhea n'était pas sûre de pouvoir tenir sa langue –, elle exigerait que Wayne fût châtié. Elle serait capable de téléphoner à son père, le pasteur. C'est le mot « baiser » qui l'irriterait, plus que le mot « laide ». Elle passerait complètement à côté du problème.

La réaction de son père serait plus complexe. Il blâmerait Billy de l'avoir emmenée dans un endroit tel que chez Monk. Billy, et le genre d'amis qu'il fréquentait. Il serait fâché à propos de l'expression « baiser », mais il aurait surtout honte de Rhea. Il aurait éternellement honte qu'un homme l'ait traitée de laide.

On ne peut laisser ses parents approcher de ses véritables humiliations.

Elle savait qu'elle n'était pas laide. Comment pouvait-elle savoir qu'elle n'était pas laide ?

Elle ne pensait pas à Billy ou à Wayne, ni à ce que cela pouvait provoquer entre eux. Elle ne s'intéressait pas aux autres pour l'instant. Elle pensait en tout cas qu'au moment où Wayne avait prononcé ces mots, il avait parlé de sa voix normale.

Elle ne voulait pas retourner à l'intérieur, avoir à regarder les paniers pleins d'œufs sales. Elle se mit donc à descendre l'allée, clignant des yeux dans le soleil, baissant la tête entre deux îlots d'ombre. À cet endroit, chaque arbre était différent, et chacun d'eux représentait un jalon, à l'époque où elle demandait à sa mère jusqu'où elle pouvait aller pour rejoindre son père qui revenait de la ville. Jusqu'à l'aubépine, jusqu'au hêtre, jusqu'à l'érable. Il s'arrêtait et laissait Rhea monter sur le marchepied du camion.

Une voiture klaxonna depuis la route. Quelqu'un qui la connaissait, ou simplement un homme qui passait. N'ayant pas envie d'être vue, elle coupa à travers le champ que les poulets avaient nettoyé en picorant et tapissé d'une couche lisse d'excréments. Dans l'un des arbres poussant à l'autre extrémité de ce champ, ses frères avaient construit une cabane. C'était juste une plate-forme, avec des planches clouées à un tronc d'arbre pour permettre d'y grimper. Et c'est ce qu'elle fit – Rhea grimpa s'asseoir sur la plate-forme. Elle vit que ses frères avaient découpé des fenêtres dans les branches feuillues, pour espionner. Elle pouvait regarder la route, et voyait à présent quelques voitures conduisant des enfants de la campagne à la ville, au premier cours de catéchisme dominical de l'Église baptiste. Les occupants de ces voitures ne la voyaient pas. Billy et Wayne ne la verraient pas non plus, si par hasard ils venaient avec des explications, des accusations, ou des excuses.

Dans une autre direction, elle captait des reflets de la rivière et apercevait une partie du vieux champ de foire. Depuis l'arbre, on distinguait facilement, dans l'herbe haute, l'endroit où se tenait autrefois la piste de course.

Elle vit quelqu'un marcher, dans les traces de la piste. C'était Eunie Morgan, et elle portait son pyjama. Elle marchait le long de la piste, vêtue d'un pyjama clair, peut-être rose pâle, à environ neuf heures et demie du matin. Elle suivit les traces jusqu'à l'endroit où celles-ci tournaient, et continua en direction du vieux chemin menant à la rivière. Les buissons la dissimulèrent.

Eunie Morgan, avec ses cheveux blancs hirsutes, ses cheveux et son pyjama qui renvoyaient la lumière. Tel un ange paré de plumes. Mais elle marchait de son habituelle démarche maladroite et autoritaire – tête en avant, bras ballants. Rhea ne savait pas ce que Eunie pouvait faire là. Elle ne savait rien de sa disparition. Le tableau qu'offrait Eunie lui semblait à la fois étrange et naturel.

Rhea se souvenait des chaudes journées d'été où elle trouvait que les cheveux de Eunie ressemblaient à une boule de neige, à des fils de glace demeurés intacts depuis l'hiver, et où elle avait envie d'écraser son visage pour se rafraîchir.

Elle se souvenait de l'herbe et de l'ail chauds, de la sensation de changer de peau quand elles devenaient des toms.

Elle retourna chez elle et téléphona à Wayne. Elle espérait qu'il serait chez lui et le reste de sa famille à l'église.

« Je veux te demander quelque chose, mais pas au téléphone, dit-elle. Papa et les garçons sont partis à Marmiton. »

Quand Wayne arriva, elle était sur la galerie en train de nettoyer les œufs.

« Je veux savoir ce que tu voulais dire, déclara-t-elle.

– Quand ça ? » répondit Wayne.

Rhea le regarda et ne le quitta plus des yeux, un œuf dans une main et un bout de paille de fer dans l'autre. Il avait un pied posé sur la première marche. Une main sur la rampe. Il voulait monter, se mettre à l'abri du soleil, mais elle lui bloquait le passage.

« J'étais saoul, dit Wayne. Tu n'es pas laide.

– Je sais.

– Je me sens affreusement mal.

– Pas à cause de ça.

– J'étais saoul. C'était pour rire.

– Tu ne veux pas te marier avec elle, dit Rhea. Avec Lucille. »

Il s'appuya contre la balustrade. Elle se dit qu'il allait peut-être vomir. Mais il se reprit, et essaya de lever les sourcils, de lui faire son sourire désarmant.

« Vraiment ? Sans blague ? Alors, quel conseil as-tu à me donner ?

– Écris-lui un mot », répondit Rhea comme s'il lui avait posé cette question le plus sérieusement du monde. « Saute dans ta voiture et va à Calgary.

– Comme ça, simplement.

– Si tu veux, j'irai avec toi jusqu'à Toronto. Tu n'as qu'à me déposer là-bas et je logerai à l'auberge de jeunesse jusqu'à ce que je trouve un travail. »

C'était ce qu'elle avait l'intention de faire. Elle jurerait toujours que c'était ce qu'elle avait eu l'intention de faire. Elle se sentait plus libre, à présent, et se surprenait encore plus que la veille, quand elle était saoule. Elle faisait ces suggestions comme s'il n'y avait rien eu de plus simple. Il lui faudrait des jours

– des semaines, peut-être – avant de tout assimiler, tout ce qu'elle avait dit et fait.

« Tu as déjà regardé une carte ? dit Wayne. On ne traverse pas Toronto en allant à Calgary. On traverse la frontière à Sarnia, on va jusqu'à Winnipeg en passant par les États-Unis, et on rejoint Calgary.

– Pose-moi à Winnipeg, dans ce cas, c'est mieux.

– Une question, reprit Wayne. As-tu fait vérifier ta santé mentale, récemment ? »

Rhea ne bougea pas, ne sourit pas.

« Non », répondit-elle.

Eunie rentrait chez elle, au moment où Rhea l'aperçut. Elle fut surprise en constatant que le chemin menant à la rivière n'était pas dégagé, comme elle s'y attendait, mais envahi par les broussailles. Quand elle déboucha dans son propre jardin, elle avait des égratignures ainsi que des traces de sang sur les bras et le front, des morceaux de feuilles dans les cheveux. De plus, un côté de sa figure était sale, d'être resté appuyé contre le sol.

Dans la cuisine, elle trouva sa mère, son père et sa tante Muriel Martin, Norman Coombs, qui était le chef de la police, et Billy Doud. Après que sa mère eut téléphoné à tante Muriel, son père s'était secoué et avait annoncé qu'il allait appeler Mr. Doud. Il avait travaillé à l'usine étant jeune, et se souvenait qu'on envoyait toujours chercher Mr. Doud, le père de Billy, en cas d'urgence.

« Il est mort, dit la mère de Eunie. Et si tu tombais sur *elle* ? » (Elle voulait parler de Mrs. Doud, à qui il manquait une case.) Mais le père de Eunie téléphona quand même, et il tomba sur Billy. Billy ne s'était pas couché.

En arrivant, tante Muriel avait appelé le chef de la police. Il lui avait répondu qu'il viendrait sitôt qu'il se serait habillé et aurait avalé son petit déjeuner. Cela lui prit un moment. Il détestait tout ce qui s'avérait déconcertant ou perturbateur, tout ce qui le forçait à prendre des décisions risquant par la suite de lui valoir des critiques ou de le faire passer pour un idiot. De tous les gens qui attendaient dans la cuisine, il était peut-être le plus heureux de voir Eunie rentrer chez elle saine et sauve, et d'entendre son histoire. Celle-ci se passait totalement en dehors de sa juridiction. Il n'y avait rien à poursuivre, personne à inculper.

Eunie raconta que trois enfants s'étaient approchés d'elle, dans son propre jardin, au milieu de la nuit. Ils avaient déclaré avoir quelque chose à lui montrer. Elle leur avait demandé de quoi il s'agissait, et ce qu'ils faisaient debout si tard. Elle ne se souvenait plus de leur réponse.

Elle s'aperçut ensuite qu'ils la transportaient quelque part, sans qu'elle ait accepté d'aller avec eux. Ils la firent passer par le trou qu'il y avait dans la barrière, au coin du jardin, et par le chemin de la rivière. Elle fut surprise de le trouver si dégagé – elle n'était pas passée par là depuis des années.

Il y avait deux garçons et une fille. Ils paraissaient avoir neuf ou dix ans, peut-être onze, et ils portaient tous les trois des tenues identiques : un genre de costume bain-de-soleil en coton gaufré avec un bavoir sur le devant et des pattes sur les épaules. Aussi propres et nets que s'ils descendaient de la planche à repasser. Ils avaient les cheveux châtain clair, raides et brillants. C'était les plus polis, les plus propres et les plus agréables des enfants. Mais comment pouvait-elle affirmer que leurs cheveux étaient châtain clair et leurs tenues en coton gaufré ? En sortant de la maison, elle n'avait pas pris la lampe de poche. Ils devaient avoir apporté un genre d'éclairage – c'était le sentiment qu'elle avait eu, mais elle ne pouvait pas dire de quoi il s'agissait.

Ils l'emmenèrent le long du chemin jusqu'au vieux champ de foire. Ils l'emmenèrent dans leur tente. Mais elle eut l'impression de ne pas avoir vu celle-ci de l'extérieur. Elle se retrouva dedans comme par enchantement, et vit qu'elle était blanche, très haute et très blanche, claquant telles les voiles d'un bateau. Cette tente aussi possédait un éclairage, et là encore, elle ne voyait pas d'où pouvait venir la lumière. Une partie de cette tente ou de ce bâtiment, quelle qu'en fût la nature, semblait en verre. Oui. En verre, sans aucun doute possible, d'une teinte verte, très pâle, comme si l'on avait glissé des panneaux de ce matériau entre les voiles. Le sol aussi était peut-être en verre, car elle marchait pieds nus sur une surface lisse et fraîche – certainement pas de l'herbe, et encore moins du gravier.

Plus tard, dans le journal, il y eut un dessin, une interprétation artistique, d'une sorte de bateau à voiles dans une soucoupe. Mais « soucoupe volante » n'était pas le terme qu'avait employé Eunie, du moins pas quand elle avait raconté son histoire sitôt après son aventure. Elle ne dit rien non plus à propos de l'article qui parut plus tard, dans un recueil d'histoires semblables, concernant son enlèvement et l'étude de son corps, les échantillons de sang et autres fluides prélevés sur sa personne, la possibilité qu'on lui ait subtilisé un ovaire et qu'une fécondation ait eu lieu dans une dimension extra-terrestre – un accouplement subtil ou explosif, dans tous les cas indescriptible, ayant aspiré les gènes de Eunie pour les déverser dans le flux vital des envahisseurs.

On l'avait fait asseoir dans un siège qu'elle n'avait pas remarqué – elle ne put dire s'il s'agissait d'une simple chaise ou d'un trône –, puis les enfants s'étaient mis à tisser un voile autour d'elle. Celui-ci ressemblait à une moustiquaire, ou à une matière similaire, légère mais solide. Les trois enfants évoluaient constamment, enroulant ou tissant le voile autour d'elle, sans jamais se heurter. À ce stade, elle avait cessé de poser des questions. « Qu'est-ce que vous fabriquez ? », « Comment êtes-vous arrivés ici ? », « Où sont les adultes ? », toutes ces interrogations s'étaient simplement éclipsées dans un endroit qu'elle ne pouvait décrire. Peut-être y avait-il une chanson ou un bourdonnement qui s'insinuait dans sa tête, quelque chose d'apaisant et de délicieux. Et tout avait fini par sembler parfaitement normal. Toute question semblait aussi incongrue que si l'on demandait « Que fait cette théière ici ? » dans une cuisine ordinaire.

À son réveil, il n'y avait rien autour d'elle, rien sur elle. Elle était allongée dans la chaude lumière du soleil, à une heure avancée de la matinée. Dans le vieux champ de foire, sur la terre dure.

« Merveilleux », s'exclama Billy Doud à plusieurs reprises, tandis qu'il regardait et écoutait Eunie. Personne ne savait exactement ce qu'il voulait dire par là. Il sentait la bière mais semblait sobre et très attentif. Plus qu'attentif – on aurait pu dire ensorcelé. Les révélations singulières de Eunie, son visage sale et rougi, sa voix un rien arrogante, paraissaient donner à Billy le plus grand plaisir. Quel soulagement, quelle bénédiction, semblait-il se dire. De trouver dans le monde et à portée de main cette créature calme et grotesque. *Merveilleux.*

Son amour – le genre d'amour dont Billy était capable – pouvait jaillir pour venir satisfaire un besoin dont Eunie aurait autrement ignoré l'existence.

Tante Muriel déclara qu'il était temps de téléphoner aux journaux.

La mère de Eunie demanda :

« Bill Proctor ne sera-t-il pas à l'église ? » Elle parlait du rédacteur en chef de l'*Argus* de Carstairs.

« Bill Proctor peut toujours attendre, dit tante Muriel. Je vais téléphoner au *Free Press* de London ! »

Elle appela, mais ne put obtenir la personne voulue – seulement un genre de gardien, car c'était dimanche. « Ils vont le regretter ! s'écria-t-elle. Je vais les court-circuiter en appelant directement le *Star* de Toronto. »

Elle avait pris l'histoire en main. Eunie la laissa faire. Eunie semblait satisfaite. Quand elle eut fini de raconter son aventure, elle resta assise avec un air de satisfaction indifférente. Il ne lui vint pas à l'esprit de demander à quiconque de prendre soin d'elle, d'essayer de la protéger, de lui témoigner respect et gentillesse au cours de ce qui l'attendait. Mais Billy Doud avait déjà décidé de le faire.

Eunie connut son heure de gloire. Des journalistes vinrent la voir. Un écrivain aussi. Un photographe prit des clichés du champ de foire, et particulièrement de la piste de course, censée être la marque laissée par le vaisseau spatial. Il prit également une photographie de la tribune, qui, se disait-il, avait été démolie pendant l'atterrissage.

L'engouement pour ce genre d'histoire atteignit un point culminant, puis retomba peu à peu.

« Qui sait ce qui s'est vraiment passé ? écrivit le père de Rhea dans une lettre qu'il envoya à Calgary. Une chose est sûre : Eunie Morgan n'en a jamais tiré un centime. »

Cette lettre s'adressait à Rhea. Peu après leur arrivée à Calgary, Rhea et Wayne se marièrent. Il fallait être mariés, à l'époque, pour prendre un appartement ensemble – à Calgary, tout au moins –, et ils s'étaient aperçus qu'ils ne voulaient pas vivre séparément. Un sentiment qu'ils continueraient d'avoir la plupart du temps, même s'ils devaient envisager quelquefois une telle solution, s'en menacer, et tenter brièvement une ou deux fois l'expérience.

Wayne quitta le journal pour entrer à la télévision. Pendant des années, on le voyait parfois aux dernières informations, sous la pluie ou sous la neige, posté sur la colline du Parlement en train de livrer quelque rumeur ou autre nouvelle. Plus tard, il voyagea à l'étranger, où il fit la même chose, et plus tard encore, il devint l'un de ces journalistes qui depuis leur fauteuil débattent de la portée des informations et dénoncent les menteurs.

(Eunie se prit de passion pour la télévision, mais elle ne vit jamais Wayne, car elle détestait les émissions où les gens ne faisaient que parler – elle changeait toujours immédiatement pour un programme où il se passait quelque chose.)

De retour à Carstairs le temps d'une courte visite et d'une promenade dans le cimetière, histoire de voir qui y a emménagé depuis sa dernière inspection, Rhea aperçoit le nom de Lucille Flagg sur une pierre. Mais tout va bien : Lucille n'est pas morte. C'est son mari qui est mort ; Lucille a fait graver son propre nom et sa date de naissance sur la pierre à côté du sien, à l'avance. Beaucoup de gens le font, car le prix des gravures augmente sans cesse.

Rhea se souvient des chapeaux et des boutons de roses, et elle éprouve pour Lucille une tendresse qui ne pourra jamais lui être rendue.

Rhea et Wayne ont alors passé ensemble bien plus que la moitié de leur vie. Ils ont eu trois enfants, et entretemps, en comptant tout, cinq fois plus d'amants et de maîtresses. Et aujourd'hui, abruptement, étonnamment, toute cette turbulence, cette fertilité et cette espérance incertaine mais enthousiaste se sont retirées, et Rhea sait qu'ils commencent à être vieux. Là, dans le cimetière, elle dit tout haut :

« Je n'arrive pas à m'y faire. »

Ils passent voir les Doud, qui comptent parmi leurs amis, d'une certaine manière, et ensemble, les deux couples se rendent à l'endroit où s'étendait le vieux champ de foire.

Rhea répète la même chose là-bas.

Les maisons bordant la rivière ont toutes disparu. La maison des Morgan, la maison des Monk – tout a disparu de cet emplacement originel mal situé. Le terrain est à présent une plaine inondable, sous le contrôle de la Peregrine River Authority. Plus rien ne peut y être construit. Un vaste parc, des berges dépouillées, civilisées – rien ne subsiste hormis quelques vieux arbres encore debout, aux feuilles encore vertes mais alourdies par l'humidité diffuse et dorée flottant dans l'air en cet après-midi de septembre, peu d'années avant la fin de ce siècle.

« Je n'arrive pas à m'y faire », dit Rhea.

Ils ont les cheveux blancs aujourd'hui, tous les quatre. Rhea est une femme mince et preste, dont les manières enjouées et cajoleuses se sont avérées utiles pour enseigner l'anglais aux non-anglophones. Wayne est mince, lui aussi, doté d'une élégante barbe blanche et d'un caractère doux. Lorsqu'il n'est pas à l'antenne, il pourrait évoquer un moine tibétain. Devant la caméra, il devient caustique, brutal même.

Les Doud sont gros et imposants, avec leurs visages lisses et leur coussin de bonne graisse.

Billy sourit devant la véhémence de Rhea, et regarde autour de lui avec une approbation distraite.

« Le temps passe », dit-il.

Il tapote le large dos de sa femme, répondant à un faible grognement de celle-ci que les autres n'ont pas entendu. Il lui dit qu'ils vont rentrer chez eux dans une minute, qu'elle ne manquera pas l'émission qu'elle regarde tous les après-midi.

Le père de Rhea avait raison en affirmant que Eunie n'avait pas tiré d'argent de son expérience, et il avait également raison concernant l'avenir de Billy Doud. Après la mort de sa mère, les problèmes s'étaient multipliés et Billy avait vendu. Bientôt, les gens qui lui avaient racheté l'usine vendirent à leur tour, et le site fut fermé. Il n'y eut plus de pianos fabriqués à Carstairs. Billy partit pour Toronto, et il trouva un emploi qui, selon le père de Rhea, avait quelque chose à voir avec les schizophrènes, les drogués, ou le christianisme.

En fait, Billy travaillait dans des centres de réadaptation pour drogués et des foyers collectifs, ce que Wayne et Rhea savaient. Billy avait entretenu leur amitié. Il avait également entretenu l'amitié particulière qu'il témoignait à Eunie. Il l'employa pour veiller sur sa sœur Bea quand celle-ci se mit à boire un peu trop pour s'occuper de sa propre personne. (Billy ne buvait plus du tout.)

À la mort de Bea, Billy hérita de la maison, qu'il transforma en foyer pour les personnes âgées et handicapées qui n'étaient ni assez âgées ni assez handicapées pour avoir à rester au lit. Il voulait en faire un endroit où ces gens pourraient trouver confort et gentillesse, petits plaisirs et distractions. Il revint à Carstairs pour le gérer.

Il demanda à Eunie Morgan de l'épouser.

« Je ne voudrais pas pour autant qu'il se passe quoi que ce soit entre nous, ni rien, répondit Eunie.

– Oh, ma chère Eunie ! répondit Billy. Oh, ma chère, chère Eunie ! »

Vandales

I

« Ma chère Liza,

Je ne t'ai pas encore écrit pour te remercier d'être allée jusqu'à la maison (pauvre "Lugubre", je crois qu'elle mérite vraiment son nom à présent) en dépit de la tempête ou du moins de ses suites, en février dernier, et de m'avoir fait savoir ce que tu avais trouvé là-bas. Remercie également ton mari de t'y avoir emmenée en motoneige, et si, comme je le suppose, c'est bien lui qui a bouché la fenêtre cassée pour éviter qu'entrent les bêtes sauvages, etc. N'amasse aucun trésor sur terre là où sévissent les mites et la poussière – sans parler des adolescents. J'ai appris que tu étais chrétienne à présent, Liza, quelle chose merveilleuse ! T'es-tu sentie renaître ? J'ai toujours aimé cette expression !

Oh, Liza, je sais que je suis ennuyeuse, mais je songe toujours à toi et au pauvre petit Kenny comme à ces beaux enfants bronzés qui surgissaient de derrière les arbres pour me faire peur, et sautaient ou plongeaient dans l'étang.

Ladner n'a pas eu la moindre prémonition au sujet de sa mort la nuit précédant son opération – ou peut-être était-ce la nuit d'avant, celle où je t'ai téléphoné en tout cas. Ce n'est pas très fréquent, de nos jours, que des gens meurent au cours d'un simple pontage, et de plus, Ladner ne se préoccupait pas d'être mortel. Il se souciait seulement de savoir par exemple s'il avait coupé l'eau. Il était de plus en plus obsédé par ce genre de détail. La seule manie qui trahissait son âge. Bien qu'il ne s'agisse pas après tout d'un si petit détail, si l'on considère que les tuyaux peuvent éclater : ce serait une catastrophe. Mais une catastrophe est tout de même arrivée. Je ne suis allée là-bas qu'une seule fois pour constater les dégâts, et le plus bizarre, c'est que cela m'a paru naturel. Après la mort de Ladner, cela semblait presque l'ordre normal des choses. Ce qui m'aurait semblé étrange aurait été de me mettre au travail et de tout nettoyer, même s'il me faudra sans doute le faire, ou employer quelqu'un pour s'en occuper. J'ai juste envie de gratter une allumette et de tout laisser partir en fumée, mais j'imagine que si je le faisais, je me retrouverais sous les verrous.

En un sens, j'aurais préféré faire incinérer Ladner, mais je n'y ai pas pensé. Je me suis contentée de le faire enterrer dans la concession des Doud, pour surprendre mon père et ma belle-mère. Mais maintenant, je dois te le dire : l'autre nuit, j'ai fait un rêve ! Dans mon rêve, je me trouvais quelque part derrière le *Canadian Tire Store*, et ils avaient dressé la grande tente en plastique qu'ils montent quand ils vendent des plants à repiquer, au printemps. Je suis allée ouvrir le coffre de ma voiture, exactement comme si je comptais y mettre ma cargaison annuelle de sauge ornementale ou d'impatientes. D'autres gens attendaient également, et des hommes en tablier vert allaient et venaient depuis la tente. Une femme me dit : “Sept ans, c'est sûr, ça passe vite !” Elle semblait me connaître mais je ne la connaissais pas, et je me suis dit : Pourquoi faut-il que ça m'arrive tout le temps ? Est-ce parce que j'ai fait un peu d'enseignement ? Est-ce à cause de ce qu'on pourrait poliment appeler mon comportement dans la vie ?

Puis la signification des sept années m'est apparue : j'ai compris ce que je faisais là et ce que les autres gens faisaient là. Ils étaient venus chercher les os. J'étais venue chercher les os de Ladner : dans mon rêve, sept ans avaient passé depuis son enterrement. Mais je me suis dit : N'est-ce pas ce qu'on fait en Grèce ou je ne sais où, pourquoi le faisons-nous ici ? J'ai demandé à des gens si les cimetières devenaient surpeuplés. Pourquoi nous avions adopté cette coutume ? Si c'était païen, chrétien, ou quoi ? Les personnes auxquelles je m'étais adressée paraissaient plutôt maussades et offensées, et je me suis dit : Qu'est-ce que j'ai encore fait ? J'ai vécu par ici toute ma vie et on me regarde encore de cette façon – est-ce à cause du mot "païen" ? Puis l'un des hommes m'a tendu un sac en plastique que j'ai pris avec reconnaissance, et je l'ai tenu en pensant aux solides tibias de Ladner, à ses larges omoplates et à son crâne intelligent, tout nettoyés et tout polis par un appareil de lavage automatique dissimulé sans aucun doute à l'intérieur de la tente. Ceci semblait avoir un rapport avec la purification de mes sentiments pour lui et de ses sentiments pour moi, mais l'idée était encore plus intéressante et plus subtile que cela. J'étais vraiment contente, pourtant, de recevoir mon paquet, et les autres gens étaient contents eux aussi. En fait, certains sont devenus tout joyeux et ils lançaient leur sac plastique en l'air. Quelques sacs étaient bleu vif, mais la plupart étaient verts, et le mien était d'un vert standard.

"Oh ! m'a dit quelqu'un. Vous avez eu la petite fille ?" J'ai compris ce qu'il voulait dire. Les os de la petite fille. J'ai vu que mon sac était bien trop petit et bien trop léger pour contenir Ladner. Je veux dire, les os de Ladner. Je me suis demandé : Quelle petite fille ? Mais je commençais déjà à tout embrouiller et à soupçonner que j'étais peut-être en train de rêver. Puis quelque chose m'est venu à l'esprit : Est-ce qu'ils veulent parler du petit garçon ? À l'instant où je me suis réveillée, je pensais à Kenny et je me demandais s'il y avait sept ans que s'était produit l'accident. (J'espère ne pas te froisser, Liza, en faisant allusion à cela – je sais aussi que Kenny n'était plus un enfant au moment de l'accident.) Je me suis réveillée en pensant que je devais poser la question à Ladner. Je sais toujours, avant même d'être éveillée, que le corps de Ladner n'est pas à côté de moi, et que la sensation de son poids, de sa chaleur et de son odeur n'est qu'un souvenir. Mais j'ai toujours le sentiment – au réveil – qu'il se trouve dans la pièce d'à côté et que je peux l'appeler pour lui raconter mon rêve, ou n'importe quoi. Ensuite, tous les matins, je dois me faire à l'idée que c'est faux, et je me sens frissonner. Je me sens rétrécir. Je ressens la même chose que si j'avais deux planches de bois en travers de la poitrine, ce qui ne m'incite pas à me lever. Une expérience banale. Mais je ne la vis pas en ce moment, je me contente de la décrire, et je suis en fait assez heureuse, assise ici avec ma bouteille de vin rouge. »

Il s'agissait d'une lettre que Bea Doud n'avait jamais envoyée, ni même jamais terminée. Dans sa grande maison de Carstairs mal entretenue, elle était entrée dans une phase de rêverie et d'ébriété, qui pour tous les autres ressemblait à un lent déclin, mais qui pour elle paraissait après tout tristement agréable, telle une convalescence.

Bea Doud avait rencontré Ladner un dimanche, alors qu'elle faisait un tour en voiture dans la campagne en compagnie de Peter Parr. Peter était professeur de sciences, et principal du lycée de Carstairs où Bea avait pendant un temps fait des remplacements. Elle ne possédait aucun diplôme d'enseignement, mais elle avait une maîtrise d'anglais, et les choses étaient moins strictes à cette époque. On faisait également appel à elle pour accompagner les élèves au musée royal de l'Ontario, ou à Stratford, afin d'y recevoir leur dose annuelle de Shakespeare. Quand elle commença à s'intéresser à Peter Parr, elle essaya de se dégager de pareilles obligations. Elle souhaitait que les choses restent convenables, pour sa réputation à lui. La femme de Peter se trouvait dans une maison de repos – elle souffrait d'une sclérose en plaques, et il allait loyalement lui rendre visite. Tout le monde pensait que c'était un homme admirable, et la plupart des gens comprenaient parfaitement son besoin d'avoir une petite amie régulière (une expression que Bea trouvait révoltante), mais certains jugeaient peut-être son choix déplorable. Bea avait, selon sa propre expression, connu des hauts et des bas dans sa carrière. Mais elle s'était rangée grâce à Peter : sa décence, sa bonne foi et sa bonne humeur l'avaient amenée à vivre une vie plus ordonnée, une vie qu'elle croyait aimer.

Quand Bea disait qu'elle avait connu des hauts et des bas au cours de sa carrière, elle prenait un ton sarcastique ou dépréciateur qui ne reflétait pas ce qu'elle pensait réellement de sa vie de liaisons amoureuses. Cette vie avait débuté peu après son mariage.

Son mari était un aviateur anglais basé à proximité de Walley durant la Seconde Guerre mondiale. Après la guerre, elle était partie pour l'Angleterre avec lui, mais ils avaient rapidement divorcé. Elle était revenue au pays, et avait fait différentes choses, parmi lesquelles tenir la maison de sa belle-mère, et passer sa maîtrise. Mais ses liaisons occupaient la majeure partie de son existence, et elle savait qu'elle manquait d'honnêteté en les dénigrant. Elles étaient douces, elles étaient amères ; Bea les vivait bien, Bea les vivait mal. Elle savait ce que c'était d'attendre dans un bar un homme qui ne venait jamais. D'attendre des lettres, de pleurer en public, et à l'inverse, d'être harcelée par un homme dont elle ne voulait plus. (Elle avait été obligée de démissionner de l'Association pour l'opérette à cause d'un idiot qui lui dédiait ses solos de baryton.) Pourtant, elle ressentait le premier signe d'une liaison comme la chaleur du soleil sur sa peau, comme de la musique à travers une porte, ou comme le moment, ainsi qu'elle l'avait souvent dit, où les publicités télévisées en noir et blanc passaient tout à coup à la couleur. Elle ne pensait pas gaspiller son temps. Elle ne pensait pas l'avoir gaspillé.

En revanche, elle pensait, elle admettait, qu'elle était orgueilleuse. Elle aimait les honneurs et les marques d'attention. Elle trouvait contrariant, par exemple, de savoir que lorsque Peter l'emmenait faire un tour en voiture dans la campagne, il ne le faisait pas pour le seul plaisir d'avoir sa compagnie. C'était un homme apprécié, et lui-même appréciait beaucoup de monde, même des personnes dont il venait de faire la connaissance. Peter et Bea finissaient toujours par rendre visite à quelqu'un, par discuter pendant une heure avec un ancien élève qui travaillait à présent dans une station-service, ou par se joindre à une expédition concoctée avec des gens qu'ils avaient rencontrés par hasard en s'arrêtant dans une épicerie de campagne pour acheter des cornets de glace. Elle était tombée amoureuse de lui, séduite par sa triste situation, son air galant et solitaire, le sourire timide dessiné sur ses lèvres fines, mais Peter était en fait irrémédiablement sociable, de ceux qui ne peuvent passer devant un jardin où se dispute un match de volley familial sans avoir envie de bondir hors de leur voiture pour prendre part au jeu.

Un dimanche après-midi de mai, par une éblouissante journée vert tendre, il lui dit qu'il voulait s'arrêter quelques minutes chez un dénommé Ladner. (Avec Peter, c'était toujours quelques minutes.) Bea pensa qu'il avait déjà rencontré cet homme quelque part, puisqu'il l'appelait simplement par son nom et semblait savoir beaucoup de choses à son sujet. Peter expliqua que Ladner était venu d'Angleterre peu après la guerre, qu'il avait servi dans la Royal Air Force (oui, comme son mari !), que son avion avait été abattu et lui-même brûlé sur tout un côté du corps. Il avait donc décidé de vivre en ermite. Il avait tourné le dos à cette société régie par la guerre, la corruption et la compétition, acheté cent cinquante hectares de terre ingrate, principalement constituée de marécages et de bois, au nord du comté dans la commune de Stratton, afin d'y créer une sorte de réserve naturelle remarquable, avec des ponts, des pistes et des ruisseaux endigués pour aménager des étangs, ainsi qu'une exposition très vivante d'oiseaux et d'animaux le long des sentiers. Car il était taxidermiste, et travaillait principalement pour des musées. Il laissait gracieusement les gens emprunter les sentiers et regarder son exposition. Blessé et désabusé de la pire des façons, il s'était retiré du monde, mais lui donnait pourtant tout ce qu'il pouvait par le biais de l'attention qu'il prêtait à la nature.

La plupart de ces révélations étaient fausses, ou vraies en partie seulement, ainsi que Bea le découvrit plus tard. Ladner n'était pas du tout un pacifiste – il soutenait la guerre du Viêt-nam, et croyait que les armes nucléaires n'existaient qu'à titre dissuasif. Il se montrait partisan d'une société compétitive. Il n'avait de brûlé qu'un côté du visage et du cou, et ce à cause d'un obus qui avait explosé durant la bataille terrestre (il servait dans l'infanterie), près de Caen. Il n'avait pas quitté l'Angleterre immédiatement, mais avait travaillé là-bas pendant des années, dans un musée, jusqu'au jour où quelque chose arriva – Bea ne sut jamais quoi –, qui le dégoûta de son travail et du pays.

Le passage concernant le terrain et ce qu'il en avait fait était vrai. Et lui-même était bien taxidermiste.

Bea et Peter eurent du mal à trouver la maison de Ladner. Il s'agissait à l'époque d'une simple construction en A, cachée par les arbres. Ils finirent par repérer l'allée, où ils se rangèrent avant de descendre de voiture. Bea s'attendait à subir les présentations d'usage puis à suivre une visite et à s'ennuyer considérablement pendant une heure ou deux, et peut-être même à devoir s'asseoir pour boire une bière ou un thé tandis que Peter consoliderait une amitié.

Ladner contourna la maison et leur fit face. Bea eut l'impression qu'il était flanqué d'un chien de garde. Mais non. Ladner n'avait pas de chien. Il était son propre chien de garde.

« Qu'est-ce que vous voulez ? » furent les premiers mots qu'il leur adressa.

Peter lui répondit qu'il irait droit au but.

« J'ai tellement entendu parler de l'endroit merveilleux que vous avez aménagé ici ! commença-t-il. Et je vais vous le dire sur-le-champ : je suis éducateur. J'éduque des lycéens, ou du moins j'essaie. J'essaie de leur inculquer quelques idées qui leur éviteront de bousiller le monde ou de le faire sauter quand ils en auront l'âge. Qu'est-ce qu'ils voient autour d'eux à part des exemples horribles ? À peine s'il y a une seule chose positive. Et c'est pour ça que j'ai trouvé l'audace de venir à vous, monsieur. C'est pour ça que je suis venu vous demander de réfléchir. »

Classe verte. Élèves sélectionnés. Voir ce qu'un individu pouvait apporter. Respect de la nature, coopération avec l'environnement, occasion de voir par soi-même.

« Eh bien moi, je ne suis pas éducateur, dit Ladner. J'en ai rien à foutre de vos adolescents, et je ne tiens pas du tout à voir un groupe de voyous traîner dans ma propriété en fumant des cigarettes et en lorgnant mon travail comme des demeurés. Je ne sais pas ce qui vous a donné l'impression que ce que j'ai fait ici, je l'ai fait pour le bien public, car c'est une chose à laquelle je n'accorde pas le moindre intérêt. Je laisse parfois des gens visiter, mais uniquement ceux que je choisis.

– Eh bien, je me posais justement la question pour nous deux ? dit Peter. Juste nous deux, aujourd'hui – est-ce que vous nous laisseriez jeter un œil ?

– Hors de question aujourd'hui, répondit Ladner. Je travaille sur le sentier. »

Une fois dans la voiture, en redescendant la route de gravier, Peter dit à Bea :

« Eh bien, voilà qui a brisé la glace, tu ne crois pas ? »

Ce n'était pas une plaisanterie. Il ne faisait pas ce

genre de plaisanterie. Bea répondit quelque chose de vaguement encourageant. Mais elle comprenait – ou avait compris quelques minutes plus tôt, dans l'allée de Ladner – qu'elle faisait fausse route avec Peter Parr. Elle ne voulait plus de sa bienveillance, de ses bonnes intentions, de ses incertitudes et de ses efforts. Tout ce qui l'avait attirée et réconfortée en lui était maintenant plus ou moins réduit en poussière. Maintenant qu'elle l'avait vu avec Ladner.

Elle aurait pu se convaincre du contraire, bien sûr. Mais telle n'était pas sa nature. Même après des années de bonne conduite, ce n'était pas sa nature.

Elle avait à l'époque un ou deux amis, à qui elle écrivit et envoya bel et bien des lettres tentant d'analyser et d'expliquer ce tournant dans sa vie. Elle expliqua qu'elle détestait l'idée d'avoir couru après Ladner parce qu'il était grossier, irritable et un peu sauvage, avec sa tache sur le côté de la figure qui brillait pareille à du métal dans le soleil filtrant au travers des arbres. Elle détestait cette idée, car n'était-ce pas ce qui se passait dans toutes les histoires à l'eau de rose, où une brute faisait vibrer le cœur de la dame et où l'on disait au revoir à Monsieur Comme-Il-Faut ?

Non, écrivit-elle, mais ce qu'elle pensait – et elle savait que ceci faisait très rétrograde et très mauvais genre –, ce qu'elle pensait, c'était que certaines femmes, les femmes comme elle, recherchaient peut-être toujours une forme de folie capable de les englober. Car que signifiait vivre avec un homme si ce n'était pas vivre dans sa folie ? Un homme pouvait avoir une folie très ordinaire, très quelconque, telle sa dévotion pour une équipe sportive. Mais cette folie pouvait s'avérer insuffisante, insuffisamment grande – et une folie qui n'était pas assez grande rendait tout simplement les femmes mesquines et insatisfaites. Peter, par exemple, montrait une gentillesse et une espérance à un degré frôlant le fanatisme. Mais en fin de compte, pour moi, écrivit Bea, ce n'était pas une folie qui convenait.

Quelle était donc celle que lui offrait Ladner, et dans laquelle elle pouvait vivre ? Elle ne voulait pas simplement dire qu'elle saurait accepter l'importance d'étudier les mœurs des porcs-épics, ainsi que d'écrire sur le sujet des articles virulents pour des revues dont elle-même n'avait jamais entendu parler. Elle voulait également dire qu'elle saurait vivre entourée d'inflexibilité, de doses d'indifférence toute prêtes à être dispensées et qui, par moments, pourraient ressembler à du mépris.

Ainsi, elle expliqua sa situation, pendant le premier semestre.

Plusieurs autres femmes s'étaient crues capables d'en faire autant. Elle en trouva des traces. Une ceinture taille 75, un pot de beurre de cacao, des peignes fantaisie. Il n'en avait pas laissé une seule rester. Pourquoi moi et pas elles ? lui avait demandé Bea.

« Aucune n'avait d'argent », avait répondu Ladner.

Une plaisanterie. *Je me fends la poire avec toutes ces plaisanteries.* (À présent, elle n'écrivait plus ses lettres que dans sa tête.)

Mais en se rendant chez Ladner en milieu de semaine, quelques jours après leur première entrevue, que ressentait-elle ? Désir et terreur. Elle ne pouvait s'empêcher de s'apitoyer sur elle-même, dans ses sous-vêtements de soie. Ses dents claquaient. Elle se plaignait d'être victime de tels besoins. Qu'elle avait déjà ressentis – elle ne prétendrait pas le contraire. Ce n'était pas encore très différent de ce qu'elle avait éprouvé auparavant.

Elle trouva la maison facilement. Elle devait avoir bien mémorisé le chemin. Elle avait inventé une histoire : elle était perdue. Elle cherchait un endroit dans les environs où l'on vendait des arbustes de pépinière. Cette explication s'accorderait avec la saison. Mais Ladner se trouvait dehors devant ses arbres, travaillant dans le caniveau, et il la salua d'une manière si désinvolte, si dénuée de surprise et d'irritation qu'elle n'eut pas besoin de débiter ces excuses.

« Patientez seulement le temps que je finisse ce boulot, dit-il. Ça me prendra environ dix minutes. »

Pour Bea, il n'existait rien de tel – rien de tel que la vue d'un homme accomplissant quelque dure besogne, lorsqu'il vous néglige et travaille bien, d'une façon ordonnée et rythmée – rien de tel pour vous échauffer le sang. Il n'y avait chez Ladner aucun gaspillage, aucune démesure ni énergie inutile, et assurément aucune conversation élaborée. Ses cheveux gris étaient coupés très court, selon la mode de sa jeunesse – le sommet de son crâne brillait d'un éclat argenté, comme son morceau de peau à l'aspect métallique.

Bea déclara qu'elle partageait son avis sur les élèves.

« J'ai fait des remplacements au lycée et je les ai emmenés en excursions, dit-elle. Il y a eu des moments où j'avais envie de lancer des dobermans à leurs trousses et de les pousser dans une fosse à purin. Vous ne pensez pas, j'espère, que je suis ici pour vous persuader de quoi que ce soit, poursuivit-elle. Personne ne sait que je suis ici. »

Il prit son temps pour lui répondre.

« Je suppose que vous aimeriez faire une randonnée,

dit-il quand il fut prêt. Non ? Aimeriez-vous faire une randonnée dans le parc ? »

Tel fut ce qu'il dit et ce qu'il voulait dire. Une randonnée. Bea ne portait pas les chaussures adéquates – à cette époque-là de sa vie, elle ne possédait aucune paire de chaussures susceptible de convenir. Il ne ralentit pas pour lui être agréable, pas plus qu'il ne l'aida à traverser un ruisseau ou à escalader une berge. Il ne lui tendit jamais la main, et ne proposa pas une seule fois de s'asseoir pour se reposer sur un rondin, une pierre ou un talus.

Il la conduisit tout d'abord sur une promenade en planches qui enjambait un marécage et menait à un étang, où des bernaches du Canada s'étaient posées et où deux cygnes nageaient en cercles l'un autour de l'autre, le corps serein mais le cou fougueux, leurs becs laissant échapper des cris amers.

« C'est un couple ? demanda Bea.

– Évidemment. »

Non loin de ces oiseaux bien vivants se dressait une caisse munie d'une vitrine et contenant un aigle doré empaillé aux ailes déployées, une chouette grise et un harfang. La caisse était en fait un vieux congélateur dont ne subsistaient que les parois, avec une vitre enchâssée d'un côté, et camouflée par des tourbillons de peinture gris et verts.

« Ingénieux, remarqua Bea.

– J'utilise ce que je trouve », répondit Ladner.

Il lui montra la prairie où vivaient les castors, les souches pointues des arbres qu'ils avaient abattus, leurs constructions en piles désordonnées, les deux spécimens à la somptueuse fourrure exposés derrière leur vitrine. Puis elle regarda tour à tour un renard roux, un vison doré, un furet blanc, une délicate famille de mouffettes, un porc-épic et un pékan, qui d'après Ladner était assez intrépide pour tuer des porcs-épics. Des ratons laveurs empaillés très réussis étaient accrochés à un tronc d'arbre, un loup était figé dans la posture qu'il prenait pour hurler, et un ours noir parvenait juste à lever sa grosse tête douce, son museau triste. Ladner expliqua qu'il s'agissait d'un petit ours. Il ne pouvait pas se permettre de garder les gros – ils lui rapportaient une trop belle somme.

Elle vit beaucoup d'oiseaux, également. Des dindons sauvages, un couple de tétras-lyre, un faisan avec un cercle rouge vif autour de l'œil. Des pancartes spécifiant leur habitat, leur nom latin, leurs préférences alimentaires, et leur style de comportement. Certains arbres portaient également une étiquette. Des informations pointues, précises, complexes. D'autres panneaux proposaient des citations.

La nature ne fait rien inutilement.

Aristote.

La nature ne nous abuse jamais ; c'est toujours nous qui nous abusons.

Rousseau.

Quand Bea s'arrêta pour les lire, Ladner lui sembla impatient et parut se renfrogner un peu. Elle ne fit plus aucun commentaire sur ce qu'elle vit.

Elle ne parvenait pas à savoir dans quelle direction ils avançaient, ni à se faire une idée de l'étendue de la propriété. Avaient-ils traversé différents ruisseaux, ou bien plusieurs fois le même ? Les bois pouvaient s'étendre sur des kilomètres, ou seulement jusqu'au sommet d'une colline proche. Les jeunes feuilles ne suffisaient pas à arrêter le soleil. Les trilliums abondaient. Ladner souleva une feuille de podophylle pour lui montrer la fleur qu'elle dissimulait. Des plantes grasses, des fougères qui se déroulaient, des aracées jaunes qui jaillissaient des fondrières, la sève et la lumière du soleil alentour, l'humus où le pied enfonce, et ils se retrouvèrent dans un vieux verger planté de pommiers, entouré de bois, où il l'emmena chercher des champignons – des morilles. Il en trouva cinq, qu'il ne proposa pas de partager. Elle les confondait avec les pommes pourries de l'année précédente.

Une colline escarpée se dressait devant eux, envahie de petites aubépines barbelées et fleuries.

« Les gosses l'appellent la Colline du Renard, dit-il. Il y a un terrier en haut. »

Bea se figea.

« Vous avez des enfants ? »

Il rit.

« Pas à ma connaissance. Je voulais parler des enfants qui habitent de l'autre côté de la route. Attention aux branches, elles ont des épines. »

À ce moment, elle avait perdu tout désir, bien que le parfum des fleurs d'aubépine lui parût une odeur intime, évoquant le moisi ou la levure. Elle avait depuis longtemps cessé de fixer des yeux le point situé entre les omoplates de Ladner, et cessé de vouloir qu'il se retourne pour la prendre dans ses bras. Elle se dit que cette randonnée, aussi exténuante physiquement que mentalement, était peut-être une blague qu'il faisait à ses dépens, une punition pour lui apprendre à n'être finalement qu'une vamp et une menteuse assommante. Elle fit donc appel à sa fierté pour agir comme si c'était exactement ce qu'elle avait voulu en venant ici. Elle posa des questions, s'intéressa, ne montra aucun signe de fatigue. De la même façon dont, plus tard – mais pas ce jour-là –, elle apprendrait à l'égaler grâce à cette même fierté, dans l'impitoyable énergie du sexe.

Elle ne pensait pas qu'il l'inviterait à entrer chez lui. Mais il lui dit : « Désirez-vous une tasse de thé ? Je peux vous en faire une », et ils entrèrent. Elle fut accueillie par une odeur de cuir, de savon Borax, de copeaux de bois, de térébenthine. Des peaux étaient empilées, pliées sur l'envers. Des têtes d'animaux aux orbites et aux bouches vides étaient installées sur des supports. Ce qu'elle prit tout d'abord pour le corps dépecé d'un daim n'était en fait qu'une armature en fil de fer avec des paquets d'une matière semblable à de la paille collée fixés dessus. Il lui expliqua que le corps serait fabriqué en papier mâché.

Il y avait des livres dans la maison : quelques-uns sur la taxidermie, les autres appartenant pour la plupart à des collections. Une histoire de la Seconde Guerre mondiale. Une histoire des sciences. Une histoire de la philosophie. Une histoire des civilisations. La Guerre d'Espagne. Les Guerres du Péloponnèse. Les Guerres coloniales en Amérique du Nord. Bea imagina les longues soirées d'hiver de Ladner – sa solitude ordonnée, ses lectures systématiques et son contentement stérile.

Il semblait un peu nerveux en préparant le thé. Il s'assura qu'il n'y avait pas de poussière sur les tasses. Il oublia qu'il avait déjà sorti le lait du réfrigérateur, et il oublia qu'elle lui avait déjà dit qu'elle ne prenait pas de sucre. Quand elle goûta le thé, il l'observa, lui demanda s'il lui convenait. Était-il trop fort ? Voulait-elle un peu d'eau chaude ? Bea le rassura et le remercia pour la randonnée, faisant allusion aux choses qu'elle avait particulièrement appréciées. Voici donc cet homme, se dit-elle, un homme pas si étrange que cela, après tout, sans rien de très mystérieux, peut-être même sans rien de très intéressant. Des informations superposées. Les Guerres coloniales en Amérique du Nord.

Elle demanda un peu plus de lait dans son thé. Elle voulait le boire plus vite et s'en aller.

Il lui dit qu'elle devait repasser si jamais elle se trouvait dans les environs sans rien de particulier à faire. « Et si vous avez besoin d'un peu d'exercice, ajouta-t-il. Il y a toujours quelque chose à voir, quelle que soit la saison. » Il lui parla des oiseaux hivernaux et des traces dans la neige, puis lui demanda si elle possédait des skis. Elle s'aperçut qu'il n'avait pas envie de la voir partir. Ils s'arrêtèrent sur le pas de la porte ouverte, et il lui raconta le ski en Norvège, les tramways munis de porte-skis sur le toit et les montagnes aux abords de la ville.

Elle dit qu'elle n'était jamais allée en Norvège, mais qu'elle aimerait certainement ce pays.

Elle considérait ce moment comme le vrai commencement de leur histoire. Ils paraissaient tous deux embarrassés et préoccupés, moins hésitants que troublés, éprouvant même une certaine pitié l'un pour l'autre. Elle lui demanda plus tard s'il avait ressenti quelque chose d'important à cet instant-là, et il lui répondit que oui : il avait compris qu'elle était quelqu'un avec qui il serait capable de vivre. Elle lui demanda alors s'il ne pouvait pas plutôt dire « quelqu'un avec qui il *voulait* vivre », et il lui répondit qu'en effet, il pouvait dire cela. Il pouvait le dire, mais il ne le dit pas.

Elle eut de nombreuses tâches à apprendre, liées à l'entretien de la propriété et à l'art de la taxidermie. Elle apprit, par exemple, à teinter les lèvres, les paupières et le bout des museaux avec un astucieux mélange de peinture à l'huile, de graine de lin et de térébenthine. Les autres choses qu'elle dut apprendre concernaient ce que Ladner disait et ce qu'il ne disait pas. Elle semblait devoir guérir de toute sa futilité, de sa vanité, et de toutes ses anciennes conceptions de l'amour.

Une nuit, je me suis glissée dans son lit et il n'a pas levé les yeux de son livre, il n'a pas fait le moindre geste ni prononcé le moindre mot, même quand je me suis esquivée en rampant pour retourner dans mon propre lit, où je me suis endormie presque aussitôt, car je crois que je ne pouvais supporter la honte de rester éveillée.

Le matin, il est venu dans mon lit, et tout s'est passé comme d'habitude.

Je me heurte à des blocs de ténèbres denses.

Elle apprit, elle changea. L'âge lui vint en aide. L'alcool aussi.

Et quand Ladner se fut habitué à Bea, ou sentit qu'il n'avait rien à craindre d'elle, ses sentiments allèrent en s'améliorant. Il lui parla volontiers des choses qui l'intéressaient, et tira de son corps un réconfort plus agréable.

La nuit précédant l'opération, ils étaient couchés côte à côte sur ce lit inconnu, se touchant par chaque parcelle de peau nue disponible – les jambes, les bras, les hanches.

II

Liza dit à Warren qu'une femme nommée Bea Doud avait téléphoné de Toronto pour leur demander s'ils pouvaient aller jeter un coup d'œil sur la maison où elle vivait à la campagne avec son mari. Ils voulaient s'assurer que l'eau avait bien été coupée. Bea et Ladner (lequel, en fait, n'était pas son mari, précisa Liza) se trouvaient à Toronto, où Ladner devait subir une opération. Un pontage cardiaque. « Parce que les tuyaux risquent d'éclater », dit Liza. Ceci se passait un dimanche soir de février, au plus fort des tempêtes ayant sévi cet hiver-là.

« Tu les connais, reprit Liza. Oui, tu les connais, tu te souviens de ce couple auquel je t'ai présenté ? Un jour, en automne dernier, sur la place devant Radio Shack ? Il avait une cicatrice sur la joue, et elle des cheveux longs, à moitié noirs, à moitié gris. Je t'ai dit qu'il était taxidermiste et tu m'as dit : "Qu'est-ce que c'est ?" »

À présent, Warren se souvenait. Un vieux couple – mais pas vraiment vieux – vêtu de chemises en flanelle et de pantalons trop larges. La cicatrice et l'accent anglais de l'homme, les cheveux étranges et la bienveillance spontanée de la femme. Un taxidermiste empaille des animaux morts. Enfin, des peaux d'animaux. Des oiseaux et des poissons morts, également.

« Qu'est-il arrivé à la figure de ce type ? » avait-il demandé à Liza, et celle-ci avait répondu : « 39-45. »

« Je sais où se trouve la clé – c'est pour ça qu'elle m'a appelée, dit Liza. C'est là-haut, dans la commune de Stratton. Là où j'habitais avant.

– Est-ce qu'ils fréquentaient la même église que toi, ou quelque chose dans ce genre ?

– Bea et *Ladner* ? Soyons sérieux. Ils habitaient juste de l'autre côté de la route. C'est elle qui m'a donné de l'argent », poursuivit Liza, comme s'il s'agissait de quelque chose que Warren devait savoir, « pour faire des études supérieures. Bea – je ne lui ai jamais demandé. Elle a téléphoné un beau jour pour dire qu'elle en avait envie. Alors je me suis dit : D'accord, elle est pleine de fric. »

Quand elle était petite, Liza vivait dans la commune de Stratton avec son père et son frère Kenny, où ils habitaient une ferme. Son père n'était pas fermier. Il louait seulement la bâtisse. Il travaillait comme couvreur. Sa mère était déjà morte. Quand Liza atteignit l'âge d'aller au lycée – Kenny avait un an de moins et deux classes de retard sur elle –, son père les emmena vivre à Carstairs. Il y fit la connaissance d'une femme qui possédait un mobile home, et qu'il épousa plus tard. Plus tard encore, il partit s'installer à Chatham avec elle. Liza n'était pas sûre de l'endroit où ils demeuraient à présent – Chatham, Wallaceburg ou Sarnia. À l'époque où ils déménagèrent, Kenny avait déjà trouvé la mort : il s'était fait tuer à l'âge de quinze ans, dans un de ces graves accidents de voiture qui impliquaient des adolescents et semblaient devoir se produire chaque printemps, accidents dans lesquels intervenaient des conducteurs saouls, bien souvent sans permis, des véhicules momentanément empruntés, du gravillon frais sur des routes de campagne, des vitesses insensées. Liza termina le lycée et alla à la faculté de Guelph pendant un an. La faculté ne lui plut pas, les gens de là-bas non plus. Entre-temps, elle était devenue chrétienne.

C'est ainsi que Warren l'avait connue. La famille de Warren appartenait à la confrérie de la Chapelle de la Bible du Sauveur, à Walley. Il était allé à la Chapelle de la Bible toute sa vie. Liza avait commencé à la fréquenter après avoir emménagé à Walley et trouvé un emploi dans le magasin de vins et spiritueux géré par l'État. Elle y travaillait encore, même si cela la dérangeait et si elle pensait parfois qu'elle aurait dû démissionner. Elle ne buvait jamais d'alcool à présent, elle ne mangeait même jamais de sucre. Comme elle ne voulait pas que Warren prît des viennoiseries pendant sa pause, elle lui emballait des gâteaux d'avoine faits maison. Elle faisait la lessive tous les mercredis soir, comptait les coups de brosse quand elle se lavait les dents, et elle se levait tôt le matin pour faire des génuflexions et lire des versets de la Bible.

Elle pensait qu'elle aurait dû démissionner, mais ils avaient besoin de cet argent. Le magasin de modèles réduits où travaillait Warren avait fermé, et il suivait un stage de reconversion afin de vendre des ordinateurs. Ils étaient mariés depuis un an.

Ce matin-là, le temps était dégagé, et ils partirent en motoneige peu avant midi. Liza ne travaillait pas le lundi. Les chasse-neige dégageaient l'autoroute, mais les voies secondaires étaient encore ensevelies. Les motoneiges, qui avaient commencé à ronfler dans les rues de la ville avant l'aube, avaient laissé leurs traces dans les champs intérieurs et sur la rivière gelée.

Liza dit à Warren de suivre la rivière jusqu'à l'autoroute 86, puis de se diriger vers le nord-est en prenant à travers champs pour contourner le marécage. La rivière était couverte d'empreintes d'animaux, en ligne droite, en boucles et en cercles. Les seules que Warren reconnaissait à coup sûr étaient les empreintes de chien, La rivière, avec ses dix centimètres de glace et son revêtement de neige régulier, formait une route magnifique. La tempête avait soufflé de l'ouest, ainsi que la plupart des tempêtes dans ce pays, et les arbres bordant la rive est étaient tout poudrés de neige, figés, leurs branches étendues pareilles à des paniers d'osier neigeux. Sur la rive opposée, des congères enroulées comme des vagues restaient paralysées, évoquant d'immenses clapotis de crème. C'était sensationnel de se trouver là, dehors, parmi toutes les autres motoneiges qui sculptaient les pistes et partaient à l'assaut de la journée avec de tels rugissements et de tels tourbillons de bruit.

De loin, le marécage semblait noir, une longue bavure sur l'horizon boréal. Mais, de près, lui aussi étouffait sous la neige. Des troncs noirs contrastant sur ce fond blanc étincelaient par intermittence, à un rythme légèrement écœurant. Liza guida Warren en lui donnant de petites tapes sur la jambe jusqu'à une route secondaire croulant sous la neige, puis le frappa plus fort pour lui signaler de s'arrêter. Le passage du bruit au silence et de la vitesse à l'immobilité leur donna l'impression d'être tombés d'un nuage porté par le vent dans quelque chose de solide. Ils étaient coincés dans le cœur solide de cette journée d'hiver.

D'un côté de la route s'élevait une grange effondrée d'où émergeait du vieux foin gris.

« C'est là que nous habitions, dit Liza. Non, je rigole. En fait, il y avait une maison. Elle a disparu aujourd'hui. »

De l'autre côté se dressait un panneau, « La Petite Lugubre », puis des arbres ainsi qu'une maison en A, agrandie et peinte en gris clair. Liza expliqua qu'il existait quelque part aux États-Unis un marécage baptisé « Le Grand Lugubre », et que c'était à lui que le nom de la demeure faisait allusion. Une plaisanterie.

« Je n'en ai jamais entendu parler », remarqua Warren.

D'autres panneaux disaient : « Propriété privée », « Chasse interdite », « Motoneiges interdites », « Défense d'entrer ».

La clé de la porte de derrière se trouvait dans un endroit étrange. Elle était dans un sac en plastique caché dans le trou d'un tronc d'arbre. Il y avait plusieurs vieux arbres courbés – des fruitiers, probablement – près du perron de derrière. On avait mis du goudron autour du trou – Liza précisa que c'était pour empêcher les écureuils de s'y installer. Du goudron protégeait d'autres trous dans d'autres arbres, si bien que celui où était dissimulée la clé ne se remarquait pas du tout.

« Comment l'as-tu trouvé, alors ? »

Liza lui fit remarquer la forme d'un profil – facile à voir, quand on regardait attentivement – accentuée au couteau et longeant les fissures de l'écorce. Un long nez, un œil et une bouche tombants, et une grosse goutte – le trou goudronné – juste au bout du nez.

« Rigolo, non ? » dit Liza qui fourra le sac plastique dans sa poche puis tourna la clé dans la serrure de la porte de service. « Ne reste pas là. Entre. Bon sang, il fait froid comme dans une tombe, là-dedans ! » Elle prenait toujours soin de s'exclamer « bon sang » au lieu de « bon Dieu » ou « flûte », au lieu de « merde », ainsi qu'ils étaient censés le faire au sein de la confrérie.

Elle alla tourner les thermostats pour allumer le chauffage.

« Nous n'allons pas traîner ici, si ?

– On traînera jusqu'à ce qu'on se soit réchauffés », répondit Liza.

Warren ouvrait les robinets de la cuisine. Rien n'en sortit.

« L'eau est coupée, dit-il. C'est bon. »

Liza était allée dans le séjour.

« Quoi ? cria-t-elle. Qu'est-ce qui est bon ?

– L'eau. Elle est coupée.

– Ah oui ? Bien ! »

Warren s'arrêta sur le seuil du séjour.

« Est-ce qu'on ne devrait pas enlever nos bottes ? dit-il. Enfin, si on marche à l'intérieur ?

– Pourquoi ? rétorqua Liza en tapant du pied sur le tapis. Quel mal peut faire de la belle neige bien propre ? »

Warren n'était pas du genre à remarquer grand-chose à propos d'une pièce et de ce qui s'y trouvait, mais il vit que celle-ci renfermait des choses habituelles et d'autres moins ordinaires. Elle contenait des tapis, des fauteuils, une télévision, un canapé, des livres et un grand bureau. Mais aussi des étagères pleines d'oiseaux empaillés fixés sur des socles, certains tout petits et brillants, d'autres assez gros pour être chassés. À cela s'ajoutaient un animal à la fourrure lisse et marron – une belette ? –, ainsi qu'un castor, qu'il reconnut à sa queue en forme de pagaie.

Liza ouvrait les tiroirs du bureau et fourrageait dans les papiers qu'elle avait trouvés à l'intérieur. Il la crut en train de chercher un objet que la femme l'avait chargée de prendre. Puis elle se mit à sortir les tiroirs entièrement et à les lâcher par terre avec leur contenu. Liza fit un bruit bizarre – un claquement de langue admiratif, comme si les tiroirs avaient fait cela d'eux-mêmes.

« Nom de Dieu ! » s'exclama-t-il. (Ayant fait partie de la confrérie toute sa vie, il ne surveillait pas son langage avec autant de soin que Liza.) « Liza ? Qu'est-ce que tu fabriques ?

– Rien qui te regarde, ni de près ni de loin », répondit Liza. Mais elle parlait avec bonne humeur, et même avec gentillesse. « Pourquoi ne te détendrais-tu pas en regardant la télé, par exemple ? »

Elle prenait les oiseaux et les animaux empaillés puis les jetait par terre un à un, les ajoutant au gâchis qu'elle faisait sur le sol. « Il utilise du balsa, dit-elle. C'est tout léger. »

Warren alla bel et bien allumer la télévision. C'était un poste noir et blanc, et la plupart des chaînes n'offraient rien d'autre que de la neige ou des vagues. La seule chose qu'il recevait clairement était une scène d'une vieille série où jouaient une fille blonde portant une tenue de harem – il s'agissait d'une sorcière – et l'acteur incarnant J. R. Ewing à une époque où il était si jeune qu'il n'était pas encore devenu J.R.

« Regarde ça ! dit-il. C'est comme si on remontait le temps. »

Liza ne regarda pas. Warren s'assit sur un agenouilloir en lui tournant le dos. Il essayait d'agir tel un adulte qui refuse de prêter attention à un enfant. Ignore-la et elle cessera. Pourtant, il entendait derrière lui le bruit de livres et de papier qu'on déchirait. Les livres étaient retirés des étagères, déchiquetés, jetés sur le sol. Il entendit Liza aller à la cuisine et y arracher des tiroirs, claquer des portes de placard, fracasser des assiettes. Elle revint dans le séjour un moment plus tard, et une poussière blanche se mit à emplir la pièce. Elle devait avoir versé de la farine. Elle toussait.

Warren ne put éviter de tousser lui aussi, mais il ne se retourna pas. Il entendit bientôt des bouteilles se vider – des éclaboussures d'un liquide très fluide et des glouglous épais. Il sentit une odeur de vinaigre, de sirop d'érable et de whisky. C'était ce que Liza répandait par-dessus la farine, les livres, les tapis, les plumes et la fourrure des corps d'oiseaux et d'animaux. Quelque chose vint se briser contre le poêle. Il aurait parié pour la bouteille de whisky.

« Dans le mille ! » s'écria Liza.

Warren ne se retournait pas. Son corps tout entier lui semblait bourdonner sous le coup de l'effort qu'il fournissait pour rester immobile et faire cesser le carnage.

Une fois, Liza et lui étaient allés à un bal de rock chrétien à St. Thomas. Une grande controverse divisait la confrérie au sujet du rock chrétien – quant à savoir si une telle musique pouvait même exister. Cette question ennuyait Liza. Pas Warren. Il était allé quelquefois à des concerts et des soirées rock qui ne se prétendaient même pas chrétiens. Mais quand ils avaient commencé à danser, c'était Liza qui s'était laissée aller, tout de suite, Liza qui avait attiré le regard – le regard vigilant, mécontent – de l'animateur qui souriait et applaudissait avec hésitation depuis le bord de la piste. Warren n'avait jamais vu danser Liza, et l'esprit fanatique, pervers, qui s'était alors emparé d'elle l'avait stupéfié. Il avait ressenti plus de fierté que d'inquiétude, mais il savait que ce qu'il pouvait ressentir n'avait aucune espèce d'importance. Liza dansait, et tout ce qu'il pouvait faire était patienter, tandis qu'elle se frayait un chemin à travers la musique, suppliait et s'enroulait autour de la mélodie, se débattait, aveugle à tout ce qui l'entourait.

C'est ce qu'elle a en elle, avait-il envie d'expliquer à tout le monde. Il se dit qu'il le savait déjà. Il l'avait su la première fois qu'il l'avait vue à la confrérie. C'était en été, et elle portait le petit chapeau de paille ainsi que la robe à manches imposés à toutes les filles de la confrérie, mais elle avait la peau trop dorée et le corps trop mince pour en faire partie. Non pas qu'elle eût l'air d'une fille de magazine, d'un mannequin ou d'une m'as-tu-vue. Pas Liza, avec son haut front arrondi, ses yeux marron très enfoncés, son expression à la fois enfantine et sévère. Elle paraissait unique, et elle l'était. Elle n'aurait jamais osé dire « nom de Dieu », mais, dans ses moments de contentement absolu et de paresse méditative, elle pouvait s'exclamer : « Ben merde, alors ! »

Elle disait avoir été délurée avant de devenir chrétienne. « Même étant gosse, avait-elle ajouté.

– Délurée dans quel sens ? lui avait demandé Warren. Du genre, avec les garçons ? »

Elle lui avait décoché un regard qui semblait signifier : Ne sois pas bête.

Warren sentait à présent quelque chose lui couler le long du crâne. Liza s'était glissée derrière lui. Il porta la main à sa tête et l'en retira verte, collante et sentant la menthe.

« Bois-en un coup », dit Liza en lui tendant une bouteille. Il en avala une gorgée, et la menthe fortement alcoolisée faillit l'étrangler. Liza reprit la bouteille et la jeta contre la grande baie vitrée. Le projectile ne traversa pas la fenêtre mais fendit le verre. La bouteille ne s'était pas cassée : elle tomba sur le sol, et une flaque de beau liquide vert s'en écoula. Du sang vert foncé. La vitre s'était étoilée de milliers de fissures rayonnant à partir du point d'impact et était devenue aussi blanche qu'un halo. Debout, Warren hoquetait sous l'effet de l'alcool. Des vagues de chaleur se propageaient à travers son corps. Liza marchait délicatement parmi les livres épars déchirés, le verre cassé, les oiseaux souillés et piétinés, les flaques de whisky et de sirop d'érable, les morceaux de bois calcinés qu'elle avait sortis du poêle pour faire des traces noires sur les tapis, les cendres, la farine et les plumes collées. Elle marchait délicatement, même dans ses bottes de neige, admirant ce qu'elle avait fait, le travail qu'elle avait accompli jusque-là.

Warren s'empara de l'agenouilloir sur lequel il s'était assis et le lança sur le canapé. Il bascula ; il ne causa aucun dégât, mais ce geste le mit dans l'ambiance. Ce n'était pas la première fois qu'il participait à la mise à sac d'un intérieur. Il y a longtemps, alors qu'il avait neuf ou dix ans, il avait pénétré dans une maison avec un ami en rentrant de l'école. Cette maison appartenait à la tante de son ami. Celle-ci ne se trouvait pas chez elle – elle travaillait dans une bijouterie. Elle vivait seule. Warren et son ami s'étaient introduits chez elle parce qu'ils avaient faim. Ils s'étaient fait des sandwiches biscuits secs-confiture et servi du ginger ale. Mais quelque chose s'était emparé d'eux. Ils avaient vidé une bouteille de ketchup sur la nappe, trempé les doigts dedans et écrit sur le papier peint : « Attention ! Sang ! » Ils avaient cassé des assiettes et répandu de la nourriture.

Ils eurent une chance extraordinaire. Personne ne les avait vus pénétrer dans la maison, et personne ne les avait vus repartir. La tante elle-même accusa des adolescents qu'elle avait récemment chassés du magasin.

À ce souvenir, Warren se rendit à la cuisine en quête d'une bouteille de ketchup. Il ne semblait pas y en avoir, mais il trouva une boîte de sauce tomate qu'il ouvrit. Plus liquide que le ketchup, la sauce ne fonctionnait pas aussi bien, mais il tenta tout de même d'écrire sur la cloison en bois de la cuisine. « Attention : ceci est votre sang ! »

La sauce pénétrait dans les planches ou coulait le long du mur. Liza s'approcha pour lire les mots avant qu'ils ne s'effacent. Elle rit. Quelque part dans les décombres elle trouva un marqueur magique. Elle grimpa sur une chaise et écrivit au-dessus du message faussement sanglant. « Le salaire du péché est la mort. »

« J'aurais dû sortir plus de choses, dit-elle. L'endroit où il travaille est plein de peinture, de colle et de trucs en tout genre. Dans cette pièce à côté.

– Tu veux que j'aille en chercher ?

– Ça ira », dit-elle. Elle se laissa tomber sur le canapé – l'un des rares endroits du séjour où l'on pouvait encore s'asseoir. « Liza Minnelli, murmura-t-elle paisiblement, Liza Minnelli, voilà mon petit zizi ! »

Était-ce quelque chose que lui chantaient les gosses quand elle allait à l'école ? Ou quelque chose qu'elle s'était inventé ?

Warren s'assit à côté d'elle.

« Alors, qu'ont-ils fait ? demanda-t-il. Qu'ont-ils fait pour te rendre folle à ce point ?

– Qui est folle ? » rétorqua Liza, puis elle se leva pour aller à la cuisine. Warren la suivit, et vit qu'elle composait sauvagement un numéro sur le clavier du téléphone. Elle dut patienter un peu. « Bea ? » dit-elle ensuite d'une voix douce, blessée et hésitante. « Oh, Bea ! » Elle fit signe à Warren d'éteindre la télévision.

Il l'entendit expliquer : « La fenêtre près de la porte de la cuisine… Je pense. Même du sirop d'érable, c'est incroyable… Oh, et la jolie baie vitrée du séjour, ils ont lancé quelque chose contre, ils ont sorti le bois du poêle, les cendres, les oiseaux qu'il y avait partout et aussi la grosse belette. Je ne peux pas te dire à quoi ça ressemble… »

Warren revint à la cuisine, et Liza lui fit une grimace, levant les sourcils et avançant les lèvres tandis qu'elle écoutait la personne à l'autre bout du téléphone. Puis elle poursuivit la description des dégâts, compatissante, la voix tremblante de tristesse et d'indignation. Warren n'aimait pas la regarder. Il partit chercher leurs casques.

Quand elle eut raccroché, elle vint le retrouver.

« C'est à cause d'elle, dit Liza. Je t'ai déjà dit ce qu'elle m'avait fait. Elle m'a envoyée à la faculté ! » Cela les fit rire tous les deux.

Mais Warren regardait un oiseau qui gisait dans le désordre jonchant le sol. Les plumes détrempées, la tête ballante, il exposait un œil rouge amer.

« C'est bizarre de faire ça comme métier, dit-il. D'avoir des trucs morts en permanence autour de soi.

– Ils sont bizarres, remarqua Liza.

– Ça t'embêterait qu'il claque ? » demanda Warren.

Liza émit quelques ronchonnements pour le tirer de ses réflexions. Puis elle appliqua ses dents, sa langue pointue, sur le cou de Warren.

III

Bea posa à Liza et Kenny beaucoup de questions. Elle leur demanda quels étaient leurs programmes télé, leurs couleurs et leurs parfums de glace préférés, quel genre d'animal ils aimeraient être s'ils pouvaient se transformer à volonté, et quel était leur premier souvenir. « Manger des crottes de nez », répondit Kenny. Il ne disait pas cela pour plaisanter.

Ladner, Liza et Bea éclatèrent de rire – Liza plus fort que les autres. Puis Bea déclara :

« Tu sais, c'est une des premières choses dont je me souviens, moi aussi ! »

Elle ment, se dit Liza. Elle ment pour ménager Kenny, et il ne s'en rend même pas compte.

« Voici Miss Doud, leur avait dit Ladner. Tâchez d'être corrects avec elle.

– Miss Doud », répéta Bea comme si elle venait d'avaler quelque chose d'étonnant. « Bea. Bzzz. Je m'appelle Bea.

– Qui c'est ? demanda Kenny à Liza tandis que Bea et Ladner marchaient devant eux. Est-ce qu'elle va vivre avec lui ?

– C'est sa petite amie, répondit Liza. Ils vont sûrement se marier. » À l'époque, Bea habitait chez Ladner depuis une semaine, et Liza ne supportait pas l'idée de la voir partir un jour.

La première fois que Liza et Kenny avaient pénétré dans la propriété de Ladner, ils étaient entrés en se glissant sous la barrière, ce que tous les panneaux et leur propre père leur avaient déconseillé de faire. Quand ils se furent enfoncés si loin dans les arbres que Liza ne savait plus avec certitude quel était le chemin de la sortie, ils entendirent un sifflement aigu.

« Vous deux ! » leur cria Ladner. Il surgit tel un meurtrier à la télévision, une petite hache à la main, de derrière un arbre. « Vous savez lire ? »

Ils avaient à peu près six et sept ans à l'époque.

« Oui, répondit Liza.

– Alors, vous avez lu mes panneaux ? »

Kenny dit timidement :

« Un renard est entré ici. »

Une fois qu'ils étaient en voiture avec leur père, ils

avaient vu un renard roux traverser la route et disparaître dans ces arbres. « Cette saloperie habite dans la forêt de Ladner », s'était exclamé leur père.

Les renards n'habitent pas dans la forêt, leur dit Ladner. Il les emmena voir l'endroit où vivait réellement le renard. Il appelait cela un terrier. Un tas de sable se dressait à côté d'un trou, creusé dans le flan d'une colline recouverte d'épaisses herbes sèches et de petites fleurs blanches.

« Très bientôt, ça va devenir des fraises, dit Ladner.

– Quoi donc ? demanda Liza.

– Vous êtes deux bêtas, déclara Ladner. Qu'est-ce que vous faites toute la journée – vous regardez la télé ? »

Cet épisode marqua le début de l'époque où ils passaient leurs samedis – et, quand vint l'été, presque tous les jours – avec Ladner. Leur père n'y voyait pas d'inconvénient, dans la mesure où Ladner était assez stupide pour les supporter. « Mais vous feriez bien de ne pas le mettre en colère, ou il vous écorchera tout vifs. Comme il fait avec les animaux. Vous saviez ça ? »

Ils savaient ce que faisait Ladner. Il leur avait permis de regarder. Ils l'avaient vu nettoyer le crâne d'un écureuil et fixer le plus avantageusement possible les plumes d'un oiseau à l'aide de fil de fer fin et de petites épingles. Quand Ladner sut qu'ils feraient suffisamment attention, il les laissa mettre les yeux de verre en place. Liza et Kenny l'avaient regardé dépecer des animaux, racler les peaux et les saler, puis les faire sécher sur l'envers avant de les envoyer chez le tanneur. Le tannage consistait à y mettre du poison pour les empêcher de se craqueler et aussi empêcher la fourrure de tomber.

Ladner ajustait les peaux sur des corps entièrement artificiels. Les corps d'oiseaux pouvaient être d'une seule pièce, sculptés dans du bois, mais les corps des animaux plus gros étaient de merveilleuses constructions de fil de fer, de toile, de colle, de papier mâché et d'argile.

Liza et Kenny avaient pris dans leurs mains des corps dépecés aussi résistants que de la corde. Ils avaient touché des intestins qui ressemblaient à des tubes en plastique. Ils avaient réduit des yeux en bouillie. Ils dirent tout ceci à leur père. « Mais nous n'attraperons aucune maladie, affirma Liza. Nous nous lavons les mains avec du savon Borax. »

Les informations qu'ils recueillaient ne concernaient pas uniquement les animaux morts – Que fait le carouge à épaulettes rouges ? *Compagnie !* Que fait le roitelet ? *Liza-Liza-Liza, puis-je avoir une friandise ?*

« Ah, une friandise ! » disait leur père.

Ils en surent bientôt beaucoup plus. Liza, tout au moins. Elle apprit à connaître les oiseaux, les arbres, les champignons, les fossiles, le système solaire. Elle apprit d'où venaient certaines roches, et que le renflement bombant la tige des verges d'or contenait un petit ver blanc qui ne pouvait vivre nulle part ailleurs.

Elle apprit à ne pas tant parler de tout ce qu'elle avait appris.

Bea se tenait au bord de l'étang, dans son kimono japonais. Liza nageait déjà. « Viens, viens ! » cria-t-elle à Bea. Ladner travaillait à l'autre bout de l'étang, où il coupait des roseaux et enlevait les mauvaises herbes qui encrassaient l'eau. Kenny était censé l'aider. Liza se dit : C'est comme une famille.

Bea laissa tomber son kimono et resta debout, dans son maillot de bain jaune soyeux. C'était une femme petite, avec des cheveux bruns légèrement grisonnants qui lui tombaient en masse sur les épaules. Elle avait d'épais sourcils noirs dont l'arche, tout comme la douce forme boudeuse de sa bouche, implorait la gentillesse et la consolation. Le soleil l'avait couverte de pâles taches de rousseur, et son corps était partout un rien trop mou. Quand elle baissait le menton, de petites poches s'accumulaient le long de sa joue et sous ses yeux. Elle était la proie des petites poches pendantes, des entailles et autres rides de la peau ou de la chair, des petites veines violettes éclatant au soleil, des légères décolorations dans les endroits en creux. Et c'était en fait cet éventail d'imperfections, ces ravages indistincts, que Liza aimait particulièrement. Elle aimait aussi l'humidité qu'on voyait fréquemment dans les yeux de Bea, le ton tremblant, taquin et gaiement suppliant de sa voix, l'enrouement et l'artificialité de celle-ci. Bea n'était ni jaugée ni jugée par la fillette de la façon dont l'étaient les autres. Mais cela ne signifiait pas que l'amour que lui portait Liza fût facile ou reposant – son amour était fait d'espérance, mais elle ignorait ce qu'elle pouvait bien espérer.

Bea entrait à présent dans l'étang. Elle procédait par étapes. Décision, petite course, pause. De l'eau jusqu'aux genoux, elle se frictionnait les bras en poussant de petits cris.

« Elle n'est pas froide, dit Liza.

– Non, non, j'adore ! » répondit Bea. Et elle continua, manifestant son appréciation par de petits bruits, jusqu'à ce qu'elle atteignît un endroit où l'eau lui arrivait à la taille. Elle se retourna pour faire face à Liza, qui s'était approchée d'elle par-derrière dans l'intention de l'éclabousser.

« Ah, non, pas ça ! » s'écria Bea. Et elle se mit à sauter sur place, à plonger ses mains dans l'eau, doigts écartés, l'attrapant comme elle aurait attrapé des pétales. Sans grand succès, elle aspergea Liza.

Liza se retourna pour faire la planche, et de ses pieds, elle envoya doucement un peu d'eau vers le visage de Bea. Bea ne cessait de se baisser et de se relever, d'esquiver l'eau que Liza lui lançait, et en même temps, elle entonna une sorte de chant stupide et joyeux. Oh-woo, oh-woo, oh-woo. Quelque chose de ce genre.

Bien que Liza se trouvât sur le dos, se laissant flotter à la surface de l'eau, elle vit que Ladner avait cessé de travailler. Il restait immobile, immergé jusqu'à la ceinture à l'autre extrémité de l'étang, derrière Bea. Il la regardait. Puis lui aussi se mit à faire des bonds. Son corps restait rigide, mais il tournait brusquement la tête d'un côté et de l'autre, effleurait ou tapotait l'eau en agitant les mains. Il se rengorgeait, se convulsait, comme emporté par l'admiration qu'il se vouait à lui-même.

Ladner imitait Bea. Il faisait les mêmes gestes, mais d'une façon plus stupide, laide. Avec une conscience et une insistance toutes particulières, il se moquait d'elle. Regardez comme elle est fière, disaient les cabrioles saccadées de Ladner. Regardez cette hypocrite. Elle fait semblant de ne pas craindre l'eau profonde, semblant d'être heureuse, semblant d'ignorer à quel point nous la méprisons.

Cette scène était saisissante et choquante. Le visage de Liza tremblait tant elle avait envie de rire. Une partie d'elle voulait arrêter Ladner, l'arrêter immédiatement, avant que le mal ne fût fait, mais une autre partie d'elle désirait ce mal, le mal que Ladner pouvait causer, la déchirure, le plaisir suprême qu'il procurait.

Kenny s'esclaffa. Il ne se rendait pas compte.

Bea, qui avait déjà remarqué le changement d'expression sur le visage de Liza, entendit alors Kenny. Elle se retourna pour voir ce qu'il y avait derrière elle. Mais Ladner avait de nouveau plongé dans l'eau, il enlevait les mauvaises herbes.

Liza souleva aussitôt une tempête avec ses pieds pour créer une diversion. Quand elle vit que Bea ne réagissait pas, elle nagea jusqu'à la partie profonde du bassin et plongea. Profond, très profond, là où il faisait noir, là où vivaient les carpes, dans la vase. Elle resta sous l'eau aussi longtemps qu'elle put. Elle nagea si loin qu'elle se prit dans les herbes qui poussaient près de l'autre bord, et émergea en hoquetant, à un mètre à peine de Ladner.

« Je me suis prise dans les roseaux, dit-elle. J'aurais pu me noyer.

– On n'a pas eu cette chance », répondit Ladner. Il feignit de s'agripper à elle, pour glisser une main entre ses jambes. À ce même moment, il fit une grimace pieuse, choquée, comme si sa tête réprouvait ce que sa main pouvait faire.

Liza fit mine de ne rien remarquer.

« Où est Bea ? » demanda-t-elle.

Ladner regarda le bord opposé.

« Elle est peut-être remontée à la maison, dit-il. Je ne l'ai pas vue partir. » Il était de nouveau parfaitement normal, un ouvrier sérieux, légèrement agacé par toutes leurs idioties. Ladner était ainsi. Il pouvait changer de personnalité et vous en tenir rigueur si jamais vous vous en souveniez.

Liza traversa l'étang en ligne droite et aussi vite qu'elle put. Elle sortit dans une gerbe d'éclaboussures et escalada lourdement le bord. Elle passa devant les chouettes et l'aigle qui l'observaient à travers leur vitrine. Devant le panneau annonçant : « La nature ne fait rien inutilement. »

Elle ne vit Bea nulle part. Ni devant elle sur le chemin de planches qui enjambait le marécage. Ni dans la clairière sous les pins. Liza prit le sentier menant derrière la maison. Au milieu du chemin poussait un hêtre qu'il fallait contourner, et qui portait des initiales gravées sur son écorce lisse. Un L pour Ladner, un autre pour Liza, un K pour Kenny. À une trentaine de centimètres au-dessous, on apercevait les lettres E.C.S. La première fois que Liza avait montré ces initiales à Bea, Kenny avait tapé du poing contre ces trois lettres. « Enlève ce slip ! » s'exclama-t-il en sautillant. Ladner lui administra une fausse tape sur la tête. « Empruntez ce sentier », corrigea-t-il, et il pointa le doigt vers la flèche taillée dans l'écorce qui faisait le tour du tronc. « Ne prête pas attention à ces jeunes à l'esprit mal tourné », dit-il à Bea.

Liza ne pouvait se résoudre à frapper à la porte. Elle se sentait coupable et pleine de mauvais pressentiments. Il lui semblait que Bea allait devoir partir. Comment pourrait-elle rester après un tel outrage ? Comment pourrait-elle supporter un seul d'entre eux ? Bea ne comprenait rien à Ladner. Et comment aurait-elle pu comprendre quelque chose ? Liza elle-même aurait été incapable de le décrire à quiconque. Dans la vie secrète qu'elle vivait avec lui, les choses terribles étaient toujours comiques, la méchanceté toujours mêlée à la bêtise, il fallait toujours y participer en prenant des mimiques et des voix stupides, et prétendre qu'il était un monstre de dessin animé. On ne pouvait pas plus s'en échapper, ni même vouloir s'en échapper, qu'on pouvait empêcher les fourmis de vous engourdir un membre.

Liza fit le tour de la maison et quitta l'ombre des arbres. Les pieds nus, elle traversa la route de gravillon brûlante. Sa propre maison se dressait au milieu d'un champ de maïs, au bout d'une courte allée. C'était une maison en bois, avec le haut peint en blanc et le bas en rosé vif, de la couleur d'un rouge à lèvres. Une idée de son père. Peut-être pensait-il ainsi raviver la baraque. Peut-être pensait-il que le rose lui donnerait l'air d'abriter une femme.

Il y a un beau désordre dans la cuisine – des céréales répandues par terre, des flaques de lait en train de tourner sur le plan de travail. Une pile de linge revenant de la laverie automatique qui déborde du fauteuil installé dans l'angle, et le torchon à vaisselle – Liza le sait sans même avoir à regarder – roulé en boule dans l'évier avec les ordures. C'est elle qui doit nettoyer tout ceci, et elle ferait mieux de s'y mettre avant que son père rentre à la maison.

Elle ne s'en soucie pas pour l'instant. Elle monte à l'étage, où règne une chaleur de four sous le toit mansardé, et elle sort son petit sac d'objets précieux. Elle cache ce sac au fond d'une vieille botte en caoutchouc qui ne lui va plus. Personne n'est au courant de son existence. Et surtout pas Kenny.

Le sac contient une robe du soir pour poupée Barbie, volée à une fille avec qui Liza jouait autrefois (Liza n'aime plus tellement la robe, mais elle conserve une certaine valeur pour avoir été volée), un étui muni d'une fermeture à ressort contenant les lunettes de sa mère, un œuf en bois peint gagné à un concours de dessin organisé pour Pâques quand elle était au cours élémentaire (avec un œuf plus petit à l'intérieur, et un autre encore plus petit à l'intérieur de ce dernier). Et la boucle d'oreille en strass dépareillée qu'elle a trouvée sur la route. Pendant longtemps, elle a pris les brillants pour des diamants. Le bijou suit une ligne compliquée et élégante, avec des brillants en forme de larme qui se balancent à des boucles et des festons ornés de pierres plus petites, et, lorsqu'il est suspendu à l'oreille de Liza, il lui frôle presque l'épaule.

N'étant vêtue que de son maillot de bain, elle doit porter la boucle lovée dans sa main – un nœud éblouissant. Sa tête lui semble enflée par la chaleur, par le fait d'être restée penchée sur son sac à secrets, par sa résolution. Elle songe avec impatience à l'ombre des arbres de Ladner, comme s'il s'agissait d'un étang noir.

Il n'y a aucun arbre près de sa maison, et le seul arbuste est un lilas aux feuilles frisées bordées de brun qui pousse vers l'entrée de service. Autour, rien que du maïs, et à quelque distance de là, la vieille grange penchée dans laquelle Liza et Kenny n'ont pas le droit d'entrer, car elle risque de s'effondrer à tout moment. Aucune cloison par ici, aucun endroit secret – tout est dépouillé.

Mais quand on traverse la route – ainsi que Liza le fait à présent, trottinant sur le gravier –, quand on pénètre sur le territoire de Ladner, c'est comme si l'on entrait dans un monde composé de pays différents et distincts. Il y a le pays marécageux, profond et broussailleux, plein d'œstres, de balsamines et d'aracées. Il s'en dégage une impression de menaces et de complexité tropicales. Puis la plantation de pins, aussi solennelle qu'une église, avec ses hauts rameaux et son tapis d'aiguilles, incitant aux murmures. Et les pièces sombres sous les branches surbaissées des cèdres – des pièces entièrement ombragées et secrètes avec un sol en terre nu. Il est des endroits différents où le soleil tombe différemment, et d'autres où il ne tombe pas du tout. Il est des endroits où l'air est lourd et confiné, et d'autres où l'on sent souffler une brise énergique. Les odeurs y sont âcres ou alléchantes. Certaines promenades imposent le sens du décorum, et certaines pierres, disposées à un bond les unes des autres, appellent à la fantaisie. Tels sont ces lieux d'instruction sérieuse où Ladner leur a appris à différencier un hickory d'un noyer blanc et une étoile d'une planète, ces lieux où ils ont couru et crié à tue-tête, où ils se sont pendus aux branches et livrés à toutes sortes d'acrobaties téméraires. Et ces lieux où Liza pense qu'il y a sur le sol une ecchymose, un chatouillement honteux dans l'herbe.

E.C.S.
Pouet-pouet.
Ratataplan.

Quand Ladner saisissait Liza et se pressait contre elle, elle sentait un danger terré au fond de lui, un crépitement mécanique, comme s'il allait se consumer en un seul arc de lumière, et si rien n'allait rester de lui que de la fumée noire, des odeurs de brûlé et des fils calcinés. Au lieu de cela, il s'affaissait lourdement, telle la peau d'un animal brusquement détachée de la chair et des os. Lorsqu'il gisait ainsi, il était si lourd et si inutile que pendant un moment Liza, et même Kenny, avait l'impression que le regarder devenait un acte de transgression. Il devait extirper sa voix de ses entrailles gémissantes pour leur dire qu'ils étaient vilains.

Il faisait mollement claquer sa langue, et ses yeux brillaient du fond de leur embuscade, aussi durs et aussi ronds que les yeux de verre des animaux.

Vilains-vilains-vilains.

« C'est vraiment adorable ! s'exclama Bea. Liza, dis-moi : était-ce à ta mère ? »

Liza répondit que oui. Elle se rendait compte à présent qu'offrir cette boucle d'oreille dépareillée pouvait passer pour un geste puéril et pathétique – peut-être intentionnellement pathétique. Même le fait de la garder comme un trésor pouvait sembler stupide. En revanche, si elle avait appartenu à sa mère, cela serait compréhensible, et son cadeau prendrait une certaine valeur.

« Tu pourrais l'accrocher à une chaîne, suggéra Liza. Si tu l'accrochais à une chaîne, tu pourrais la porter à ton cou.

– Mais c'est justement ce que j'étais en train de penser ! s'écria Bea. Je pensais justement qu'elle serait jolie accrochée à une chaîne. Une chaîne en argent – tu ne crois pas ? Oh, Liza, je suis tellement fière que tu me l'aies donnée !

– Tu pourrais te la mettre dans le nez », intervint Ladner. Mais il fit cette remarque sans aucune animosité. Il était paisible à présent – vanné, paisible. Il parlait du nez de Bea comme si celui-ci pouvait être une chose agréable à contempler.

Ladner et Bea étaient assis sous les pruniers qui poussaient juste derrière la maison. Ils étaient assis dans les fauteuils en rotin que Bea avait rapportés de la ville. Elle n'avait pas rapporté grand-chose, juste de quoi s'aménager quelques îlots ici et là parmi les peaux et les instruments de Ladner. Ces fauteuils, des tasses, un coussin. Les verres à vin dans lesquels ils buvaient à présent.

Bea avait passé une robe bleu foncé coupée dans un tissu très fin et très doux. La robe, longue et ample, pendait à ses épaules. Bea faisait couler les brillants entre ses doigts, les laissant tomber et scintiller dans les plis de sa robe bleue. Elle avait pardonné à Ladner, finalement, ou avait convenu de ne pas se souvenir.

Bea pourrait diffuser la sécurité, si elle voulait. Assurément, elle le pourrait. Tout ce qu'il faudrait, c'est qu'elle devienne un autre genre de femme, une femme inflexible, sachant fixer des limites et faire table rase, une femme énergique et intolérante. *Rien de tout cela. C'est interdit. Sois sage.* La femme qui pourrait les sauver – qui pourrait tous les rendre sages, les faire rester sages.

Ce qu'on l'a envoyée faire ici, Bea ne le voit pas.

Seule Liza le voit.

IV

Liza verrouilla la porte comme il se devait, de l'extérieur. Elle mit la clé dans le sac plastique, et le sac dans le trou de l'arbre. Elle se dirigea vers la motoneige, et, voyant que Warren ne la suivait pas, elle demanda :

« Qu'est-ce qui t'arrive ?

– Et la fenêtre, près de la porte de derrière ? » dit-il.

Liza expira bruyamment.

« Oh, que je suis bête ! s'exclama-t-elle. Je suis vraiment bête ! »

Warren retourna vers la fenêtre, et donna un coup de pied dans le carreau du bas. Puis il prit un bout de bois de chauffage, dans la pile qui se trouvait près de la resserre en tôle, et put fracasser la vitre.

« C'est assez grand pour permettre à un gosse d'entrer, dit-il.

– Comment puis-je être aussi stupide ? reprit Liza. Tu m'as sauvé la vie.

– Je nous ai sauvé la vie », rectifia Warren.

La resserre en tôle n'était pas fermée à clé. À l'intérieur, Warren trouva des cartons, des morceaux de bois, des outils de base. Il déchira un bout de carton de taille appropriée. Il prit un grand plaisir à le clouer par-dessus le carreau qu'il venait de briser.

« Autrement, des animaux risqueraient d'entrer », dit-il à Liza.

Quand il eut terminé, il s'aperçut que Liza s'était éloignée dans la neige, entre les arbres. Il la suivit.

« Je me demandais si l'ours était toujours là », expliqua-t-elle.

Il allait lui dire qu'à son avis les ours ne s'aventuraient pas si loin dans le Sud, mais elle ne lui en laissa pas le temps.

« Sais-tu reconnaître les arbres à leur écorce ? » demanda-t-elle.

Warren répondit qu'il n'était même pas capable de les reconnaître à leurs feuilles.

« Euh, des érables, dit-il. Des érables et des pins.

– Des cèdres, corrigea Liza. Il faut que tu saches reconnaître un cèdre. En voici un. Ça, c'est un merisier. Là-bas, des bouleaux. Les blancs. Et celui dont l'écorce ressemble à de la peau grise ? C'est un hêtre.

Tu vois, il y a des lettres gravées dessus, mais elles se sont déformées, elles ressemblent à n'importe quelle autre vieille tache maintenant. »

Cela n'intéressait pas Warren. Il voulait juste rentrer.

Il n'était guère plus de trois heures, mais on sentait déjà l'obscurité se resserrer, monter parmi les arbres, telle une fumée froide s'exhalant de la neige.

Table

RÉALISATION : IGS-CP À L'ISLE-D'ESPAGNAC
IMPRESSION : BRODARD ET TAUPIN À LA FLÈCHE
DÉPÔT LÉGAL : SEPTEMBRE 2012. N° 109320 (69313)
Imprimé en France